新时代文学批评丛书

吴义勤 主编

# 散文的边界与体性

王兆胜 著

山东文艺出版社

图书在版编目（CIP）数据

散文的边界与体性/王兆胜著 . -- 济南：山东文艺出版社，2024.3

（新时代文学批评丛书/吴义勤主编）

ISBN 978-7-5329-7046-9

Ⅰ.①散… Ⅱ.①王… Ⅲ.①中国文学—当代文学—文学评论—文集 Ⅳ.① I206.7-53

中国国家版本馆 CIP 数据核字（2023）第 230590 号

## 散文的边界与体性
SANWEN DE BIANJIE YU TIXING

王兆胜　著

| | |
|---|---|
| 主管单位 | 山东出版传媒股份有限公司 |
| 出版发行 | 山东文艺出版社 |
| 社　　址 | 山东省济南市英雄山路 189 号 |
| 邮　　编 | 250002 |
| 网　　址 | www.sdwypress.com |
| 读者服务 | 0531-82098776（总编室） |
| | 0531-82098775（市场营销部） |
| 电子邮箱 | sdwy@sdpress.com.cn |
| 印　　刷 | 山东华立印务有限公司 |
| 开　　本 | 710 毫米 × 1000 毫米　1/16 |
| 印　　张 | 17.25 |
| 字　　数 | 218 千 |
| 版　　次 | 2024 年 3 月第 1 版 |
| 印　　次 | 2024 年 3 月第 1 次印刷 |
| 书　　号 | ISBN 978-7-5329-7046-9 |
| 定　　价 | 69.00 元 |

版权专有，侵权必究。如有图书质量问题，请与出版社联系调换。

# 开辟文学批评的新时代
## ——"新时代文学批评丛书"总序

吴义勤

党的十八大以来,中国特色社会主义进入新时代,中国文学也翻开了崭新的一页。置身新时代新征程,面对丰富的史诗性伟大实践,广大作家胸怀"国之大者",牢记初心使命,深入生活,扎根人民,与时代共振,与人民共情,用心用情用功书写新时代的中国故事,展现中国人民昂扬的精神风貌,谱写了新时代文学的辉煌篇章。

文学批评与文学创作是文学发展的车之两轮、鸟之两翼,一个时代的文学发展既需要广大作家的笔耕不辍、创新创造,也需要批评家的积极呼应、理论引领。在新时代文学不断攀登高峰的历史进程中,新时代文学批评也发挥了至关重要的作用,取得了丰硕的发展成果,形成了独特的新时代文学批评景观。习近平总书记高度重视文学批评工作,近年来就繁荣新时代文学批评发表了一系列重要讲话,做出了一系列重要指示批示。我们策划这套"新时代文学批评丛书",就是要全面学习贯彻落实总书记关于文学批评的讲话与指示批示精神,一方面旨在呈现新时代文学批评的基本样貌、发展成果,另一方面也希望从中获得推动文学批评发展的经验和启示,为推动新时代文学理论批评建设和新时代文学繁荣提供有益的镜鉴。

本丛书遴选的作者都是长期持续坚守在新时代文学批评现场并卓有成就的优秀批评家。从年龄结构上,他们涵盖了"60后""70后""80后",这也是当下文学批评的主力军;从批评对象的文学门类上,覆盖了小说、诗歌、散文等多个当下最具影响力的艺术门类,可以说是对新时代文学的全面阐释和研究。通过这套批评丛书,读者一方面可以深入了解新时代文学批评的丰富实践,同时可以通过文学批评了解新时代文学发展的基本风貌和历史特征。

在内容上,本丛书侧重于遴选研究新时代文学的评论文章,以对新时代十年来具有代表性的作家作品、有广泛影响的新文学现象、引人关注的文学热点事件以及文学发展中存在的症候性问题为主要研究对象,是对围绕新时代文学展开的文学批评成果的一次全面梳理和集中展示。我们希望以出版批评丛书的方式,深入总结文学批评发展的历史经验,同时吸引更多研究力量来增强对新时代文学研究的力度和深度。

本丛书的出版要感谢山东出版传媒股份有限公司副总经理李运才、山东文艺出版社社长徐迪南,他们提供了非常多的支持和帮助,也提出了许多富有建设性的意见和建议。新世纪之初,我曾和山东文艺出版社共同策划出版了一套"e批评丛书",在学术界产生了良好的反响。今年,又再次在山东文艺出版社出版这套"新时代文学批评丛书",可谓是一种极为特殊也极为难得的缘分,也体现了山东文艺出版社多年来一直积极参与、支持中国当代文学批评事业发展的出版精神。在此,我代表丛书编委会向山东文艺出版社表示衷心的感谢并致以崇高的敬意。

两套丛书虽然出版时间不同,但在内容上又有着一种延续性和整体性。"e批评丛书"着力呈现的是二十世纪九十年代文学批评的发展成果,也是当时年轻的"60后"批评家的一次集体亮相。"新时代文学批评丛书"更侧重于展现新世纪尤其是新时代以来的文学批评成果，参与作者既包括了"e批评丛书"中的部分作者，又吸纳了"70后""80后"等新生批评力量。两套丛书虽然侧重点不同，但形成了一种巧妙的呼应，构成了一种互补关系，具有了批评史意义上的"整体性"，某种意义上，它们就是一种特殊形态的近三十年来中国文学批评的发展史。

当然，对于新时代文学批评成果的总结展示并不意味着我们回避当下文学批评存在的问题。新时代以来，随着时代语境和文学生态的不断变化，文学批评面临着更为复杂严峻的形势和挑战，文学批评如何更好地发挥作用，真正成为助推文学发展的"磨刀石"和"利器"？这是所有文学批评者面临的共同课题和任务。出版这套丛书，我们一方面意在梳理总结这一时段文学批评发展的成果和经验，同时也希望能够从中析出当下文学批评发展存在的一些问题，以史为镜，为未来更好地推动中国文学批评发展，更好地发挥文学批评引导创作、推出精品、提高审美、引领风尚的作用提供启示和帮助。

新征程是充满光荣与梦想的远征，新时代文学正在我们面前浩浩荡荡地展开，作为文学发展的重要一翼，中国文学批评也正在砥砺前行，积极开辟一个文学批评的新时代。

是为序。

# 目录

001 **第一辑**

002 "形不散—神不散—心散"
　　——我的散文观及对当下散文的批评

013 "散文"的命名及相关问题

023 散文的审美特性与文学性

039 关于散文的"变"与"常"

046 关于散文文体的辩证理解

053 散文写作的难度与境界

061 散文文体：中国传统文化基因密码的载体

068 文化自信与中国现当代散文价值评估

080 中国当代散文研究观念的调整与创新

## 第二辑

093

094　七十年中国散文的文体变革

104　新世纪二十年中国散文创作走向

118　大众文化与二十一世纪中国散文创作

132　学者散文的使命与价值重建

151　关于中国现当代作家的"散文批评"

164　"国体散文"与观念变革

177　改革开放以来中国散文的"母爱"叙事

## 第三辑

195　第三辑

196　季羡林：散文的大树四季常青

202　贾平凹散文的魅力与局限

215　胸襟与情怀
　　　　——读王干的散文随笔作品

226　中国之文的发现与再造
　　　　——穆涛散文的价值意义

242　精神生态与绿色写作
　　　　——郭文斌散文的价值旨趣

256　魄力与魅力
　　　　——刘琼《花间词外》的文化选择与审美旨趣

散文的边界与体性

# 第一辑

# "形不散—神不散—心散"
## ——我的散文观及对当下散文的批评

在各种文体中,自二十世纪九十年代以来,散文占尽先机,不断出彩,到世纪之交,它已呈独领风骚之势。最突出的例子是,由余秋雨引导的"散文热"席卷全国,乃至于风靡整个华文世界。近几年,散文渐次降温,其存在的问题也像海水退潮一样开始浮出水面。在此,主要对二十年来影响文坛的所谓"新"散文观提出质疑,由此反思当下中国散文存在的几大误区。

### 一、散文文体的"破"与"立"

纵观中国现代以来的散文,它经由一个不断"破体"和"建构"的过程,而在这一过程中,中国散文才逐渐跳出传统的窠臼,推陈出新,别具风姿。不过,就"破"与"立"的关系看,显然"破"多而"立"少。换言之,在散文理论的探索中,更多人注重的是突围、变革和革命,而建设性的意见则显得淡弱多了。

就建设性的散文理论而言,大致有下面几个阶段:一是五四时期周作人提出了"美文"的概念,其后才有小品文这一文体的复兴。林语堂承周作人遗绪并将之发扬光大,提出了"幽默""闲适"和"性灵"的小品文理论。二是二十世纪五六十年代,散文三大家之代表杨朔提出以"诗"的方式从事散文创作,于是诗化散文风靡一时。1963年,余光中写了《剪掉散文的辫子》,倡导"讲究弹性、密度和质料的一种新散文",即"现代散文"。①由于时代和政治的关系,余光中的这一观点当时流布不广,改革开放后它的影响增大。三是二十世纪八九十年代,林非提出了散文的"真情""自由""个性"与"平等"等概念,有助于在更广大的视域和更深入的层面提升对散文的理解。还有贾平凹提出的"大散文"概念,对于散文文体的变革也是有益的。此时期,刘烨园提出"新艺术散文"的概念,他的看法与余光中比较接近,都强调散文的"密度""浓度"和"厚度",不过他更强调散文的"读不'懂'甚至感觉也不'懂'"。②四是进入二十一世纪,陈剑晖的散文理论研究与建构独树一帜,除了比以往的视野更开阔、观念更现代外,他提出了"散文的诗学建构"这一问题,希望从中西文化和散文资源的角度,为相对匮乏的中国散文理论做一支撑。可以说,百年中国散文理论的建设是自觉的,也是成绩斐然的。

但另一方面,解构的声音更是如雷贯耳,它甚至遮蔽了散文理论建构的努力。最早的要算周作人的"人的文学",这对中国旧散文的现代转型起了很大的作用。1927年,鲁迅表示:"散文的体裁,其实是大可以随便的,有破绽也不妨。"③鲁迅的这一观点对后世的影响最大!梁实秋的看法也是如此,他说:"散文是没有一定格式的,是最自由的。"④这极容易给人以散文可以随意的印象。1961年4月10日,王尔龄在《散文的"散"》中认为"散文贵'散'"。同年5月12日,肖云儒提出"形散神不散"的概念:"神不'散',中心明确,紧凑集中,不赘述。形'散'是什么意思呢?我以为是指散文的运笔如风、不拘成法,尤贵清淡自然、平易近人而言。"⑤这里,虽然对"神"和"形"的理解有明显的偏误,但给散文松套,令其"形"散,却是清楚明白的。到二十世纪八九十年代,

---

① 余光中:《剪掉散文的辫子》,载《余光中散文选集》第1辑,时代文艺出版社1997年版,第333页。

② 刘烨园:《新艺术散文札记》,载《领地》,珠海出版社1995年版,第319页。

③ 鲁迅:《怎么写——夜记之一》,载《鲁迅全集》第4卷,人民文学出版社1991年版,第24—25页。

④ 梁实秋:《论散文》,《新月》1928年10月第1卷第8号。

⑤ 肖云儒:《形散神不散》,《人民日报》1961年5月12日。

这种"解构"散文的意识得以加强。像赵玫的《我的当代散文观》、佘树森的《散文不妨野一点》，希望打破散文固定的模式，来一场变革。刘烨园说得更明确，他于1993年提出，变革后的新艺术散文应该由以前的"形散神不散变成形散神也飘忽无踪了"。①刘烨园没有直言散文可以"神"散，但"飘忽无踪"的意思也差不多。至此，散文的"形"和"神"都可以打破了。我认为，后来散文的根本"破体"，包括余秋雨及其跟随者"义无反顾"倡导的散文文体革命都与此有关。更重要的是，越到后来，散文文体的规范越不受重视，如南帆曾表示："散文令我心动的原因是没有规矩。"②陈剑晖也表示："散文又是一种'法无定法'的现代文学中仅存的'古典'。""盖因散文是极自由极潇洒的文体，它的规矩就是没有规矩，它的形式就是没有形式。"③在刘烨园、南帆和陈剑晖看来，没有规矩的"散"的自由正是散文的特点和魅力所在。这是散文文体"破"之极致。

应该承认，正如"立"对散文文体建设的意义，"破"也是使其发展的强大动力，否则就很难想象散文何以能冲破重重包围，获得解放与自由。余秋雨的散文融历史、现实于一炉，将知识、思想、情感和感觉贯通起来，从而将原本狭隘刻板的散文体式拓展成"天地之宽"，就很能说明问题。不过，也应该看到，在论者看来，散文的"法无定法"之无规矩也许不言自明，但其表述却容易让人误解，即现在许多散文家奉行的和读者遵从的所谓"散文是一种爱怎么写就怎么写的文体"。散文不仅仅形可以散，而且神也可以散，一切都大可以随便的。

我认为，不能将散文进行简单化理解，如"爱怎么写就怎么写"，又如"形可散神也可以飘忽无踪"，再如"形散神不散"，因为散文的"形""神"如果"散"了，它不仅不能被称为佳作，也不能算是文学，其生命力也就岌岌可危了。这颇似一个人，如果他的"形"散了，那就是形销骨立、委地如泥；而如果他的"神"散了，则不是失魂落魄，就是呆若木鸡，抑或是行将就木。就如清代姚鼐所说："神、理、气、味者，文之精也；格、

---

① 刘烨园：《新艺术散文札记》，载《领地》，珠海出版社1995年版，第319页。
② 在山东省淄博市举行的一次散文讨论会上，南帆持有此说。
③ 陈剑晖：《中国现当代散文的诗学建构》，江西高校出版社2004年版，第311页。

律、声、色者,文之粗也。然苟舍其粗,则精者亦胡以寓焉?"①刘勰在《文心雕龙·体性第二十七》中言:"夫情动而言形,理发而文见,盖沿隐以至显,因内而符外者也。"在《文心雕龙·神思第二十六》中亦言:"是以陶钧文思,贵在虚静,疏瀹五藏,澡雪精神。积学以储宝,酌理以富才,研阅以穷照,驯致以怿辞。然后使玄解之宰,寻声律而定墨;独照之匠,窥意象而运斤。此盖驭文之首术,谋篇之大端。"可见,为文的"形"和"神"都很重要,不能无视其存在,更不能使之散失掉。正是在此意义上说,散文既不能"形"散,也不能"神"散。

那么,什么是散文的"形"和"神"呢?前者比较明确,不易混淆,即"形体"之谓也,指散文的结构布局、用词遣句;后者人云亦云,差别较大,但我认为可理解为"精神""神采""神气"或"神韵"等。打个比方,"形"是蜡烛,而"神"则为烛光,二者均不可"散",因为散则漫溢,散则跳跃、昏暗,以至于熄灭。关于此,我们可以古今中外的散文经典为证,没有哪一篇是以"形散神散"闻名于世的。

既然散文的"形"和"神"都不能"散",必须"形聚神凝",那么散文之"散"如何体现呢?我认为,关键在于"心",即有一颗宁静、平淡、从容、温润和光明的心灵。换言之,散文的本质不在于"形神俱散",也不是"形散神不散",而是"形聚神凝"中包含一颗潇洒散淡的自由之心,这颇似珠玉金质包隐于石,更多的时候亦如高僧禅定。也是从此角度说,散文是边缘文体和业余文体,它远离中心、不急不躁、心地坦然、自然而然、知足常乐,充满人生的智慧。而一旦散文成为"中心",变得"专业"化了,其生命力也就渐渐失去了。李广田曾这样说:"好的散文,它的本质是散的,但也须具有诗的圆满,完整如珍珠,也具有小说的严密,紧凑如建筑。"②在此,作者没有提到"形""神"和"心",也没有对于散文的理论概括,但他的意思与我的"形不散—神不散—心散"比较接近。如珍珠般完整和小说般严密,可理解为散文之形聚;如诗般圆满,可

---

① 转引自汪福来主编:《桐城文化志》,安徽人民出版社1992年版,第224页。
② 李广田:《谈散文(二)》,载《李广田散文》第二集,中国广播电视出版社1994年版,第371页。

认为是散文之神凝;而本质是散的,又可看成对散文"心散"的表述。他还有个关键词,即"好的散文",因为不好的散文不在论述之列。

总之,散文是在"破"与"立"的互动中发展的,二者也非绝缘的,之所以分开只是为了叙述方便。但百年来,尤其是近二十年,散文的"破"成为大势所趋,甚至为人们所乐从,这就使得散文的本质扭曲变形了,越来越失去了其本义。在我的理解中,优秀散文的"形聚神凝心散"颇似庄子《逍遥游》中的真人,肌肤若冰雪,静若处子,动如行云流水,他神采奕奕,玉树临风,有仙风道骨之风采。

## 二、当下散文的"穷途末路"

至今,恐怕还有不少人沉溺在"散文热"的迷雾中,但我却感知到当下散文的下滑,自二十一世纪开始即以较快的速度朝谷底滚动,如果不加控制,散文的命运实在堪忧!自二十世纪八九十年代开始,中国散文确实创造了自己的辉煌,但同时也埋下了隐患,而这种危险被散文界不断放大而不自知。今天的散文已在歧途上越走越远,要获得更大的发展,必须进行新的调整,不论在观念上还是在实践上都应该如此。

无度与失衡是当下中国散文存在的第一大困境。自从散文变得形可以散、神也可以散,甚至于爱怎么写就怎么写,尤其是余秋雨将散文当作可以纵横驰骋的疆域进行创作实践并大获成功后,散文的面目就与以前大为不同了。从优点方面说,这使散文变得更自由了,而且获得了巨大潜力、活力和中心地位;但其缺点是背离了散文的常识和本性,进入令人吃惊的"失范"状态。最突出的"失范"是文章以"长"取胜,动辄万言甚至数万或十余万言,人们对"大"散文的理解过于看重文章之"长"。在余秋雨之后,受其影响好为长文者有李存葆、周涛、史铁生、李国文、韩少功、王充闾、梁衡、南帆、林贤治、刘烨园、筱敏、王英琦、素素、朱增泉、祝勇、周晓枫、格致等。他们的散文确实改变了以前的"小格局",但不加节制的患漫却是共同的。最有代表性的是李存葆,他的《祖槐》《霍山听泉》和《永难凋谢的罂粟花》等作品过于漫长,更趋向随笔和读书笔记的路数,"形聚"的特点荡然无存。另外是欲望的放纵,包括写作欲、发表欲、表达欲。我们不妨对散文家的创作量进行研究，有的高产到比复印慢不了多少；有的一稿多发，竟达很多次；还有的随意挥发感情，给人空洞不实之感。如王英琦写他对李小龙的崇拜："虽则我知道，一个半老不老的女人，突然崇拜起一位过世的武术大师，显得多么可疑多么不可理喻。但我的爱你永远不懂——你的爱我就明明白白吗？正是人与人之爱的差别、崇拜的区别，拉开了人与人之间人性及个性的距离和档次。"①这一表述是失度的、不平衡的，也是表面化的。有人指出："在恣意、矫饰、玄虚、纵情、炫鬻、腐朽方面，散文与别种文学体裁一样，不可避免地迈出了未加节制的脚步。"② 这一认识是敏锐的。

罗马诗人、批评家贺拉斯曾提出文艺的"合式"原则。"所谓'合式'，就是从形式到内容都应当和谐统一、合情合理。""他主张作品结构要首尾一致，恰到好处，艺术家要善于使细节美服从整体美；他反对脱离作品内容而随意卖弄辞藻，他把那种'摆得不得其所'的华丽藻饰和不能与表达思想感情和谐一致的段落，起了一个'大红补丁'的著名绰号。"③ 林语堂也表示，他的幽默文学"刚刚足以暗示我的思想和别人的意见，但同时却饶有含蓄"，"这样写文章无异是马戏场中所见的在绳子上跳舞，亟须眼明手快，身心平衡合度"。④ 因为任何事物都有一个"度"，超过了度也就"物极必反"。散文亦然，没有限制而过于随意地书写，必然使之变得支离破碎、不可收拾。因此，当务之急不是让散文之"形"继续"散"下去，而是聚合起来。

当下中国散文的第二大困境是"神散"或"无神"。既然散文之"神"可以飘忽无踪，散文创作也就不要求"神凝"了，所以当前的许多散文是无精打采的，甚至是失魂落魄的。比如，将一篇散文分成几十个段落，还有的用互不相干的小题目连缀成篇，成"集锦"体，这一方面使得文章结

---

① 王英琦：《不竭的生命》，《散文海外版》2002年第1期。

② 冯秋子主编：《〈人间：个人的活着〉代序》，青海人民出版社2002年版，第2页。

③ 胡经之主编：《西方文艺理论名著教程》（上），北京大学出版社1988年版，第88—89页。

④ 林语堂：《八十自叙》，宝文堂书店1990年版，第112页。

构松散，但另一方面使得主题分散、精神离散。翻开今天的散文杂志，这种散漫气泄之风如疾病一样流行，少有不被感染者。最典型的是题目的毫无生气，像一个病入膏肓者，散文家的懒散无聊令人想到俄国作家冈察洛夫塑造的形象奥勃洛摩夫。看了下面的散文题目就会一目了然：《醉也无人管》《不转眼珠地盯住某人》《今晚大白月亮》《谁都想留住些什么》《刚刚亮起灯来的城市》《那年寒假我在学校值班》《借钱过日子，挺好的！》《父亲，那些看得见和看不见的伤》《一头来自异乡的驴子》《很多死去的树，一块即将死去的地》《把我们自己娱乐死？》《总有一些事情在等待唤醒》《今天给我家装空调的民工哭了》《因为你没有责备我》《平生第一次打小报告》《在黑夜的旷野里听狼叫》……这些题目有不少是名家所为，然而令人沮丧的是，它们散发着墓穴的气息，本该精光四射的题目何以成为死鱼之目？作家是心力已竭，是偷懒省事，还是深受散文之"神散"观念的左右？散文的题目尚且如此，其精、气、神、韵、姿、态就可想而知了！

"脑"大于"心"，有的作品处于心灵"缺位"状态，这是当下中国散文的第三大困境。如果从增加知识和思想含量的角度看，二十世纪九十年代以来的中国散文确实有了较大的改观，这主要表现在密度、厚度和深度加强了；但从心灵和人生智慧的角度观之，它又明显表现出淡化和萎缩之势。于是，理智大于情感、头脑大于心灵、思想大于智慧成为相当普遍的现象。一般的作家不论，像史铁生这样的优秀散文家也存在用"脑"过度的问题，他的《病隙碎笔》即是被"思想"缠绕的一个例子。作者往往被所谓的概念折磨得不堪重负，唯独缺乏心灵之光的照耀。[①]王充闾的散文有时知识成分过重，说理色彩过浓，"心灵"有被过于挤压的感觉。梁衡的一系列伟人论也是如此，理性的冷静分析和刻板的定式，往往有如持了一把手术刀，难显个人的独创性和心灵光焰。李存葆近年的散文越写越沉重，他试图用智力举起泰山般沉重的问题，可总是事与愿违，因为他忽略了"心力"的潜能与"举重若轻"的道家功夫！还有朱增泉，他以描写

---

[①] 参见王兆胜：《文学的命脉》，华东师范大学出版社2005年版，第184—186页。

政治和军事人物及事件著称,但描述和分析成为其核心词,而文学性、美感、心性与悟力比较匮乏,这就影响了其散文水准的提升。包括筱敏在内的一些女散文家,原来她们擅长心灵之光的照耀,近些年对于理性的偏爱甚至迷信,却在相当程度上破坏了其散文的质地。其实,散文是最重心灵散淡自由的一种文体,如果过于用"脑"推理,散文之"心"就容易变得焦躁、生硬、不平,甚至缩小枯萎。何况有的说理并无见解,而是味同嚼蜡。

当余秋雨写《文化苦旅》时,他还心处边缘,态度从容,加上多年的思想、文化和文学积累,从而使其散文在冲破传统束缚时,基本能做到形聚、神凝和心散;然而越到后来,随着他身处中心,心灵浮躁,再加上写作的急迫与随便,散文渐向形散、神散和心急转变。而许多追随者由于缺乏余秋雨的学识学养,往往难逃东施效颦之弊。再加上对散文文体不加分析的片面理解,于是出现了当下散文的落花流水之势。换言之,在散文"形神俱散"的理论与实践中,余秋雨之后的不少模仿者不知所措、骑虎难下:继续按这个路子写下去自觉力不从心,放弃又心有不甘。时下能够抑制散文颓势的还是传统意义上的散文样式,如近年来抒情散文成绩斐然,其内里就是遵从"形聚神凝心散"的散文特质。

在二十一世纪,散文正面临二十世纪八十年代中期以来最为严峻的时刻,二十年的探索与解构已使它走进了死胡同,传统的资源早已被弃如敝屣,新的观念尚未形成,这就是我所说的时下中国散文的"穷途末路"。这话仿佛是危言耸听,其实它反映了真实的现状。

### 三、前景与构想:二十一世纪散文变革

我们说时下中国散文正面临巨大的困境,并不是说它已没了希望,只要审时度势和努力探索,就一定能找到走出困局的路径。常言道:"山重水复疑无路,柳暗花明又一村。"更何况,如今的散文毕竟建立在多年来不断解放和创新的基础上。我提出散文"形不散—神不散—心散"这一概念,既为抛砖引玉,又试图为新世纪散文奠定一块基石。

"形聚神凝"具有传统的意义,不言自明,将其作为我的散文观的前两项,只是对长期以来"形散神也散"的散文观的纠偏。在此,关键是"心

散"的引入，以及我提出这一核心词的理论依据。第一，"五四"以来的中国文学受西方影响最大，但比较起来，散文的西化程度最弱，也就是说它更多地保持了中国传统散文的流风遗韵。这就为散文的"心散"找到了历史文化资源。因为中国古代最重"天地之心"这一命题，所以作为中国传统文化的一部分，散文也应该有其"心"。第二，中国文化极富灵心，重视散文之"心"正是考虑了中国人的性格特点。第三，在中国现代就有"散文的心"的说法，这为我们从"心"的角度来理解散文提供了可靠保证。如郁达夫所说："我以为一篇散文的最重要的内容，第一要寻这'散文的心'；照中国旧式的说法，就是一篇的作意，在外国修辞学里，或称作主题或叫它要旨的，大约就是这'散文的心'了。有了这'散文的心'后，然后方能求散文的体，就是如何能把这心尽情地表现出来的最适当的排列与方法。"[①] 郁达夫所言的"散文的心"是指"作意""主题"或"要旨"，而我所谓的散文之"心"是相对于其"形""神"而言的，主要强调的是散文的"情调""情绪""笔调""步调""品格"或"格调"之类的意思。第四，与西方的现代思想意识相符。因为现代思想建立在自由、平等、对话的基础上，而散文的"心散"更多地包含了这些现代内容。林语堂曾说："故西人称小品笔调为'个人笔调'（personal style），又称之为 familiar style。后者颇不易译，余前译为'闲适笔调'，约略得之，亦可译为'闲谈体''娓语体'。盖此种文字，认读者为'亲熟的'（familiar）故交……真情易于吐露，或者谈得畅快忘形，出辞乖戾，达到如西文所谓'衣不钮扣之心境'……"[②] 林语堂没有提到散文的"心"，但其"个人笔调"和"闲谈笔调"之散淡对我的散文的"心散"是有启示意义的。

从实践意义上说，古今中外的散文经典也成为我的散文观立论的基础。不论是中国古代的《秋声赋》《兰亭集序》《滕王阁序》，现当代的《背影》《从百草园到三味书屋》《巩乃斯的马》和《人生麦茬地》，

---

① 郁达夫：《〈中国新文学大系·散文二集〉导言》，载《郁达夫文集》第六卷，花城出版社、生活·读书·新知三联书店香港分店 1982 年版，第 259—260 页。

② 林语堂：《论小品文笔调》，《人世间》1934 年 6 月 20 日第六期。

还是外国的《天鹅》《马》《一撮黏土》，都是形聚、神凝和心散的佳作。以法国布封的《天鹅》和《马》为例，两部作品都结构严谨、精神饱满、心灵散淡。虽然以其"自由"思想贯穿文章始终，但作者并没有从学理、逻辑和概念层面进行推演，而是用散淡透彻、温暖如春的心灵照亮了，给人以甘处边缘和臻于化境的宁静圣洁之美。语言也如珠玉般饱满圆润，它们在文章的金盘中滚动碰击，发出金声玉振的乐音。可以肯定地说，凡是名留青史的散文经典，形神俱是凝聚简洁的，而心境则总是散淡平和、自然天成的。

那么，在二十一世纪，中国散文如何能够真正达到"形不散—神不散—心散"的境界，它需要做出怎样的努力呢？我认为以下几点应当注意：一是必须从观念上破除以往对散文的错误认识，即认为散文是爱怎么写就怎么写，其"形"要散，而"神"也可飘忽。真正树立散文"形聚神凝心散"的新观念。二是从对余秋雨的散文的模仿中走出来，力避其不良影响。余秋雨的散文不是不可以学，关键是学什么和怎样学。如果学其形散、文长、知识及说理，我认为是取其毛皮而弃其精髓，即所谓"买椟还珠"是也。要学就学他开阔的胸襟、创新的意识、情思理的融合，以及飞扬的文采。三是将古今中外的散文传统融会贯通，并以独特的方式进行"化合"与"创新"，只取一点、不及其余，或生吞活剥、消化不良，都是难以创作出新散文的。四是中西文化双修，即在更大的范围和更高的层次提升自己的文化品位与境界，同时以一己之"心"穿透历史文化的迷茫。这就是林语堂所说的："两脚踏东西文化，一心评宇宙文章。"① 五是修身养性，这是写出天地至文最难达到的一环。一般人总认为，散文是"写"出来的，但我认为最重要的是如何"修"，即如何将天地自然、社会人生、生命智慧融入心间，变成自己的底气和元气，然后以自然而然、散淡从容的笔法表达出来，这样可以庶几得之。

应该强调的是，对散文的"形""神"进行规范，使其凝聚不散，并不等于否认它的开放性，尤其是不拒斥吸收多样化的表现手法，这样才能

---

① 林语堂：《八十自叙》，宝文堂书店1990年版，第112页。

使"形"更有张力，令"神"更加精彩。另一方面，散文的"心散"也不只是表现为西方的现代意识，它同样也包括中国道家的逍遥自适和禅宗的悟性。同时，它的"散"也不是随随便便的，而是有所限制的。在此，散文与"水"颇似：它的"形"必须固定，否则覆水难收；它的"神"也要在宁静中方能光鉴照人，不然就会在"散"中尽失；它的"心"却是"散淡"的，因为这是本性使然。

# "散文"的命名及相关问题

近现代以来,散文作为一个现代概念逐渐被接受,并与诗歌、小说、戏剧一起,成为文学的门类。然而,围绕散文出现的各种命名可谓多矣,其复杂程度更是超出想象。这是一个一直被人忽略,也缺乏研究的领域。余光中就曾直言:"散文就是散文,谁都知道散文是什么,没有谁为它的定义烦心。"① 这是对散文命名的"无所事事"。今天,是超越传统认识的时候了,我们应从"散文"命名着眼,进入散文内部,理解其创作和研究情状,并反思一些关键性问题。

## 一、如花绽放的散文命名

关于诗歌、小说和戏剧的"名目"一定不少,但恐怕很难与散文比肩。我们常见的散文名称有:抒情散文、议论文、记叙文,还有随笔、小品文、杂文、随感、演讲、书话散文、日记体散文、游记、回忆录等。但这些远不能概括散文的名称。除此之外,散文的名称还有很多,可谓不一而足。我们可从以下方面进行归类和分析,从中可见散文概念的发展和延伸。

从时间上看,散文的命名有:新散文、新潮散文、新锐散文、新感觉散文、新世代散文、儿童散文、青春散文、新生代散文、老生代散文、五四散文、抗日战争散文、十七年散文、"文革"散文、新时期散文、新世纪散文、古代散文、现代散文、当代散文、传统散文、二十世纪散文、

---

① 余光中:《剪掉散文的辫子》,载《余光中散文选集》第 1 辑,时代文艺出版社 1997 年版,第 327 页。

等等。在此，时间在散文上被打上了深深的烙印。

从空间上看，散文有下列命名：西部散文、孤岛散文、乡土散文、田园散文、都市散文、海洋散文、星空散文等。这些称谓主要从空间上给散文以明确规范。

从学科专业上看，散文的名称有：政治散文、经济散文、历史散文、文化散文、科学散文、军旅散文、艺术家散文、网络散文、学者散文、报人散文、报章体散文、摄影散文、地理散文、植物散文、动物散文、校园散文、园林散文等。梁衡的散文即被称为"政治散文"，吴冠中、黄永玉、范曾等人的散文被归入"画家散文"。

从性质上分，散文的称谓有：美文、知性散文、亲情散文、幽默散文、小散文、大散文、纯散文、絮语散文、女性散文、小女人散文、小男人散文、乡情散文、大品散文、现实主义散文、浪漫主义散文、现代主义散文、后现代主义散文、后散文、新新散文、生态散文、绿色散文、性灵散文、在场主义散文、诗性散文、诗的散文、诗化散文、平民散文、市民散文、大众散文、主流化散文、非主流化散文、硬散文、软散文，等等。这是给散文"定性"，往往更强调散文的内涵特征和精神气质。孙绍振甚至提出"审美散文""审丑散文"和"审智散文"三个概念，从性质上对散文进行"三审"之区分。

还有混合式的散文命名，如新艺术散文、新媒体散文、大文化散文、文化大散文、大历史文化散文、新学人散文、小说家散文、新随笔，等等。翁礼华则出版了《礼华财经历史散文》。这些称呼是将时间、空间、专业甚至性质合而为一的命名方式，是一种五味杂陈的"混搭式"散文命名。当然，也有用地名、人名定义散文的，如公安派散文、竟陵派散文、桐城派散文、港台散文、华人散文等。

如将散文比成一棵春天的树，它在春风中摇曳生姿，长出片片耳朵般的叶子。这些叶子就是那一个个散文命名，它们静听大地与天空发出的各种声音。我们对散文的各种称谓也可能有感觉，但将它们汇集起来，壮观景象一定令人惊诧。其实，每个名字后面都有一个故事，都有前因后果，也包含着更多生命的感知，以及难以言说的内容。

## 二、散文命名的特点及其规律

对上述散文命名，我粗略做了分类，有的恰当，有的也不一定。不过，它们在时间、空间、专业、性质及综合的维度，展示了自己的风采，也显出一个整体性景观。除此之外，我们还可进一步思考其特点与规律，在一定程度上对其进行透视、烛照和较为深入的理解。

丰富多彩中有类同化倾向，这是散文命名的第一个特点。以往还只是一种感觉，即关于散文的命名多而杂；经过研讨，其包罗万象的景致令人叹为观止。一个散文概念，何以能生发出如此多的名称，形成山丰海富的存在？有的命名呈细致入微之变，反映了对于散文不同侧面、内涵、性质的独特理解。以"大文化散文""大历史文化散文"和"文化大散文"为例，它们虽都是以"大散文"为轴心延伸出的多个维度，但显然有所不同。如再结合贾平凹提出的"美文"也是"大散文"，情况就变得更加多样。另外，如将这些关于"大"的散文概念与关于"小"的散文命名结合起来考察，那就更加意味深长。"小"的散文就包括"小散文""小女人散文"，但与之相关者却并不简单，它带有某些悠长的连缀与牵扯，可将散文的命名扩而充之。比如，有人将"小女人散文""大散文"与苇岸散文进行比较，于是提出："由于苇岸倾向于散文文字的简约、准确、生动、智性，崇尚以最少的文字，写最大的文章，所以苇岸在时下'小女人味'散文特浓、抒情正达到泛滥的散文语境中，呈现给人的是一种崭新的阅读感觉。"[①]与否定"小女人散文"不同，还有人悬置价值判断，将新媒体散文与"小女人散文"和"小散文"等量齐观："有人将新媒体散文称之为'小散文'，而几年前还将黄爱东西等人的文章命名为'小女人散文'，如果不计较其中的价值判断，我认为称之为'小'是大体准确的。"[②]有趣的是，王义

---

[①] 徐迅：《苇岸：大地的理念》，载《未曾消失的苇岸：纪念》，广西师范大学出版社2019年版，第346页。

[②] 王义军：《〈新媒体散文的时代〉序言》，载《2001最佳新媒体散文》，湖北教育出版社2002年版，第1页。

军还将有"小女人散文"之称的黄爱东西的散文列入新媒体散文。不过,也应看到,散文命名中的同质化倾向突出,如新潮散文、新锐散文、新感觉散文与新散文之间就较难区分,大致是一个散文概念,在多样性中有同语反复。

在明晰划分中有形式主义倾向,这是散文命名的第二个特征。以一定标准对散文进行命名,有清晰、明快、易记的优点,但也有过于直接、表面化、简单化之嫌。这就造成当前的散文命名缺乏思考,也少有思想含量和现实针对性。如以学科方式对散文进行命名就有这样的特点,科学散文以知识、思想、理性见长,那么对之与文化散文、知性散文如何进行区分?梁衡主要以政治家为描写对象,其散文也被称为"政治散文"。在此,散文概念是明确了,但却有些过于形式化。还有地理散文、校园散文、摄影散文等称谓,都显得过于简单直白,划分的意义不大。

"命名热"的爆发呈现出随意性和无序状态,这是散文命名的第三个特点。纵观一个世纪以来的散文命名,有三个阶段最为突出:一是"五四"前后,二是二十世纪三十年代,三是二十世纪九十年代以来。尤其是二十一世纪前后的散文命名呈爆发式增长,各种各样的名目层出不穷。对于散文命名的热衷追求,反映的是散文文体意识的自觉,也是散文地位得以提高的表征。这也是为什么九十年代以来,以余秋雨为代表的"大文化散文"能直接走上文学舞台的前台和中心,甚至有风靡世界之势,至少在华人世界成为时尚。雨后春笋般的新概念、新术语使"散文"这一文体光彩照人,令人称羡。与此同时,也要清醒地认识到,整体而言,"散文"命名极不平衡。不要说二十一世纪前后与五四时期、二十世纪三十年代极不平衡,也不能相提并论,就是在二十一世纪前后这段时间,也存在较大差异。似乎在百年中国散文发展进程中,虽有命名的爆发,但无规律可循,更缺乏理性自觉和科学推进。不仅是新时期以来的散文命名比较随意和感性,在五四时期与二十世纪三十年代也缺乏理性探讨和自觉的学科意识。当然,这种在爆发中的随意与无序,从一个角度也正诠释了百年中国散文命名的演进轨迹。

这就形成了散文命名的复杂性、多样化、随意性、感觉式的特点,也导致了科学辨析意识和推进能力的缺乏,像广阔沙漠上空不断有乌云翻涌而来，但真正能下雨的地方并不多见。这也是为什么散文理论和散文命名虽不乏一块一块的绿洲，但仍未改变整体上的沙漠化状态。

## 三、散文命名不理想的原因

今天，散文命名整体而言还处在不理想状态。因为其中存在的模糊不明甚至混乱，不要说无法引领散文创作，就是给予合理的解释都难，更不要说具有学科的规范性、科学性和权威性，以及在整个文学和社会中产生巨大辐射与影响了。究其因，我认为以下几点最为重要。

首先，是散文命名主体的限度。如简单概括，为散文命名者主要有两个主体：一是作家（主要是散文家）；二是学者（包括学者散文家）。对前者而言，他们的长处是有创作经验，加之敏感多情、直观快捷，所以容易给"散文"命名，这也是为什么不少散文名称是作家提出的。不过，作家相对缺乏学科规范和理论知识训练，也缺乏文学史、散文史背景，更缺乏史识、史观、史胆，这就造成其命名主要建立于感性、感觉和体悟上，难有高度概括力和经典话语，也往往经不起推敲。更重要的是，不少散文命名不是由散文家，而是由小说家、诗人完成的，这就形成一种更大的隔膜。就后者而言，许多学者往往缺乏散文创作经历，其概括和分析就容易跑偏或不得要领，从而导致命名不接散文创作的地气。如有学者这样概括中国现代散文十大流派：1."直派"散文，指那些"长篇议论文"；2."辣派"散文，以鲁迅为主将；3."闲派"散文，以周作人为盟主；4."涩派"散文，以俞平伯的散文为主；5."真派"散文，以朱自清等人成就最高；6."感伤派"散文，以何其芳为主；7."乡土派"散文，主要包括沈从文、李广田等人的散文；8."仙派"散文，以许地山、丰子恺的散文为中心；9."幽默派"散文，以林语堂为主将；10."科学派"散文，以顾颉刚为代表。① 应该说，这样为"中国现代散文"命名，给人不少启发，也不乏学理性和想象力；但其最大的问题是与散文之"隔"，有时还不止"一墙之隔"。因为略有

---

① 席扬：《知识分子的心路历程——中国现代散文名家新论》，山西高校联合出版社1994年版，第290—291页。

创作经验的作家都知道:"真"是散文的生命线,不只是朱自清的散文,所有散文都需要如此;"直派"散文除了"长篇议论文",被认为是"辣派"散文代表的鲁迅不也是够"直"的吗?他不应属于"直派"散文家?因此,只用一些概念,而无散文创作实践作为支撑,尤其不能深得散文三昧,就易形成"套用"甚至"征用"的情况。

其次,傲慢、偏见、无知必然限制散文命名水平的提升。无论是作家还是学者,往往有一个最大的局限,就是对散文缺乏研究性,既不顾别人的成果,也缺乏对他人的尊重和善意,更失去必要的耐心和倾听能力,从而导致交流、对话、借鉴渠道的闭塞。以在北京大学举行的"中国散文论坛"为例,这本是一个很好也非常开放的平台,所请的也多是国内知名作家和学者。然而,从其对话来看,并不令人满意,因为其中充满傲慢、偏见甚至无知。如陈平原面对年长学者、散文研究专家、散文家林非时的发言,他说了这样的话:"我是最后一个'补台',既然安排我在林老师后面讲,我就要把林老师的话接过来继续说。首先,我看到林老师在强调'小散文',也就是'抒情式散文',我认为散文界只是学界的一个小部分。有关林老师提到的那个有关'大散文'和'小散文',我不同意!"[①]这样的看法直率有之,但强烈的火药味和自以为是不言而喻。在《问与答》中,林非则这样表达己见:"我同意陈老师(指陈平原,笔者加)的意见。""我补充一句,陈老师喜欢'大散文',和我不一样,我希望两种都得到发展。"因为在这之前,林非有这样的话:"也有的评论家要求'净化'散文,大概是不喜欢广义散文的艺术性不强,因而强调狭义的散文非常重要。我个人的看法是两者都不能舍弃,但是从提高艺术水准与审美愉悦的角度而言,更倾向抒情意味强烈的散文,也就是狭义的散文。"[②]与陈平原相比,林非一直彬彬有礼,尤其强调包容性和对话性。还有卞毓方,他说:"我是很反感把我的文章归入'大文化散文'里面的。我的文章的'大'

---

① 陈平原:《散文的四个问题》,载《中国散文论坛:散文名家之讲演、评析及作品》,北京大学出版社2003年版,第66页。

② 林非:《让作品活在读者心里》,载《中国散文论坛:散文名家之讲演、评析及作品》,北京大学出版社2003年版,第68页。

是渗透在'骨头'里面的，不是由文章的长短来决定的。"他又说："少年人是不怕'狂'的，少年人比的是'才气'；中年人比的是'学问'；而老年人比的是'人品'。"①其实，将"大文化散文"当作长短理解，只是肤浅之见；所谓"'大'是渗透在'骨头'里面"，是最根本的，也是一个不言自明的常识。卞毓方如此将自己的散文与"大文化散文"分开，说明他的见解并不高明，还流露出一种气盛和狂傲。当然，卞毓方关于"少年、中年和老年"的"才气、学问、人品"之论，表面上看是惊人语，细加思量则是站不住脚的，亦属怪论。因为王安石的《伤仲永》说的就是少年"使才"之弊，所谓的"江郎才尽"。比"学问"的中年人难道就不需要人品，而非要等到成为老年人？从中可见卞毓方的局限。另外，"新散文"成为二十世纪九十年代以来的一个热词，得到了最广泛的运用，不少人往往以创新自居。其实，早在1926年，周作人就反复使用"新散文"这个词。他说："我相信新散文的发达成功有两重的因缘，一是外援，一是内应。""重复地说，新散文里这即兴的分子是很重要的。""新散文里的基调虽然仍是儒道二家的，这却经过西洋现代思想的陶熔浸润，自有一种新的色味，与以前的显有不同。"②周作人所说的"新散文"与后来的"新散文"当然不可同日而语，如不追根溯源，并进行比较研究，就无法说清当下的"新散文"概念。

再次，散文的复杂性与研究难度制约了散文的命名。客观而言，散文确实难以命名，这是因为：一是散文文体相当复杂，无法归入诗歌、小说、戏剧的都被当成散文，这就带来散文的"杂"与"乱"；二是散文缺乏理论界定，也没有深厚的前期研究成果作为支撑，这就导致长期以来的散文研究还处于初创期，许多方面都难以定论；三是现代散文文体处于古今中外的复杂关系中，它不像诗歌、小说、戏剧更多地受到西方影响，模仿的痕迹也重，所以往往不容易命名。总之，迄今为止，散文研究还没穿透散

---

① 卞毓方：《"美"和"妙"：我的散文观》，载《中国散文论坛：散文名家之讲演、评析及作品》，北京大学出版社2003年版，第121—123页。

② 周作人：《〈中国新文学大系·散文一集〉导言》，载《周作人散文》第二集，中国广播电视出版社1992年版，第320—321页。

文这一文体的坚硬外壳,更不要说进入其内部。

## 四、散文命名应注意的问题

目前,散文命名虽不尽如人意,但有些方面仍值得肯定,更有不少地方需要进一步探讨和提升。只有立足长远和确立未来发展目标,散文命名才能走出误区,进入一个更加开放、自觉和美好的境地。

创新性是散文命名的关键与要点,也是未来的发展方向。就当前的散文命名来说,创新含量不高,多为人云亦云,随意性和重复性较强,辨识度与标识性明显不足。今后应在这些方面加大力度,真正找到独特的"这一个"有价值的名称。如韩小蕙曾高度重视散文创新,也希望以创新给散文命名。她提出"另类散文""异类散文"概念,并认为:"所谓'另类散文'的称谓,也许不妥,其实我的意思是'创新散文'——与时下散文不同的、一种全新的、或半新半旧的、或有一些创新因素的那些新式文章。"[①] 基于此,她非常推崇黄集伟散文的创新性。在此,另类散文和异类散文虽还有些模糊,概念范畴过于宽泛,但标识性明显提高。还有"复调散文"和"原散文"这两个概念值得关注,因为在众多散文命名中,这种称谓颇有新意、内涵、张力,是古典与现代的散文、文化观念之交织,当然也有简单易记、标识性强的特点。比如,鲁迅的《野草》就可用复调叙事进行研究,也可将之归入"复调散文"之列。又如,苇岸的散文《大地上的事情》具有内容和形式的双重纯粹,可称得上是"原散文"的典范,这为深入理解作家作品提供了一个很好的创新点。余光中强调"创造性的散文"的重要性,并坚决反对"花花公子的散文"和"浣衣妇的散文"。他说:"花花公子的散文,毛病是太浓、太花;浣衣妇的散文,毛病却在太淡、太素。"[②] 这样的散文命名虽仍有些模糊,但形象生动,不乏创新性。

---

[①] 韩小蕙:《太阳对着散文微笑:新散文十七年追踪》,文化艺术出版社2008年版,第86页。

[②] 余光中:《剪掉散文的辫子》,载《余光中散文选集》第1辑,时代文艺出版社1997年版,第327—332页。

增强学科意识和研究性，尤其要以历史、发展的眼光看待散文的命名问题。由于大多数散文命名太过随意，且是无学术史背景的作家凭感觉提出的，这就使其失去了范式和经典性，很难有稳定性和长远性发展。以"幽默"一词的翻译为例：当年汉译"humour"一词，曾有各种译法。王国维将它译为"欧穆亚"，李青崖译为"语妙"，陈望道译为"油滑"，易培基译作"仇骂"和"优骂"，唐桐侯译为"谐穆"，而最后留下的只有林语堂的"幽默"译法。[①]对于散文命名也应作如是观，尤其要有学术研究的严谨态度。比如，在今天的散文称谓中，人们可能都知道"小品文"，但知道"大品"的就不多，更不要说"新小品文"了。这就需要具备学术史背景和研究能力，否则就会被各种各样的"品"搞糊涂，也难有命名的创新。早在二十世纪三十年代，茅盾就提出：要"写出包括宇宙之大"、充满现实生活气息、能够"振发读者的精神"的"新小品文"，来跟"专论苍蝇之微的小品文"展开"比赛"。[②]这与鲁迅所说的"生存的小品文"和伯韩所称的"生活的小品文"一起构筑起了"小品文"命名的多样化格局。另如，对"新散文"的提法，大家往往众口一词，尤其是在非学者那里，很难有所突破，从而造成这一命名的尴尬和似是而非。实际上，如从二十世纪二十年代周作人使用"新散文"这一概念开始，越过千山万水来到二十一世纪，我们就会发现它已有新的发展，也获得了重大突破，这就是段建军提出的"新散文思维"。与许多所谓的"新散文"视野有限不同，"新散文思维"上接周作人的"新散文"，后经各种创新，于是进入一个更加广阔、系统、深厚的理念中。作者认为，新散文思维经历了社会反思、文化寻根、生存探索后，又有所谓的新锐散文、网络散文等。不过，所有这些散文"都突出了一个'新'字"。这包括思维新、切近生活、群众性三个方面。具体而言，新散文思维包括以下方面：由外向内探索人的心灵世界的思维方向；围绕一个核心多向展开、立体探索的思维态势；跨文体写作不受拘束的思维境界；知性联想与想象、情感与理性交融的多重思维

---

[①] 郝雁南：《"Humour"词义研究与翻译》，《外语艺术教育研究》2014年第2期。
[②] 茅盾：《关于小品文》，载《中国现代散文十六家综论》，华东师范大学出版社1989年版，第13页。

空间；个性、自由、率真的思维风格等。① 这样的研究态度与缜密思维，使其"新散文思维"有所细化和突破。陈剑晖提出"诗性散文"，并从精神诗性、生命诗性、诗性智慧、诗性想象、文化诗性、诗性品格、叙述诗性、诗性意象、诗性意境、诗性语言等多个维度进行探讨，是一种基于学理研究的高度的理论概括。

为散文命名时，既要重视感觉、感悟，更要有科学的理论与方法。"心"与"脑"是人类活动的两大元素。在散文命名中，我们要善用其法，避免走极端。过于注重感觉，忽略具体边界和科学定义，散文命名就会过于模糊，甚至落空。如有学者提出"意绪散文"这一概念，初看起来它颇具新意，但细想则缺乏科学性。他说："新的散文流派，有人称之为新散文、新潮散文、现代散文或朦胧散文、虚幻散文。对于上述多种命名，本人以为或失之于笼统，或失之于偏狭，倘冠之以嘉名，当以意绪散文为妥。"他又说："意绪散文，思维轨迹模糊、朦胧，是一种意绪的漾溢与皴染，有时甚至是一种泼墨或大写意，来去自如，显得十分潇洒。它的思维往往变幻莫测，呈横向发展，多联想，多跳跃，像晚风一样悠忽，像浮云一样散淡。其中许多文章，漫无明确的主题，信马由缰，如梦如幻，似真如幻，似真似假，显示了一种自在的心态，给人以一种扑朔迷离的感觉。与此同时，在虚与实之间，真与幻之中，造成了散文意蕴的多义性，形成一种含蓄、蕴藉、丰富、浩大、灵动的内涵，有的还给人以一种联绵抑扬的音乐旋律感。"② 这一概括说明其显然是了解学术史的，研究并了解散文，但最大的问题是，"意绪散文"的命名仍让人一头雾水，边界不够明确，没形成标识性概念。

为散文命名并非易事，它是一项要求极高的理论活动。今天，由于篇幅所限，还只是抛砖引玉，但通过提出问题，进行一些梳理和反思，应该会有一定的价值意义。至于更加深入的研究，也只有等待他日或由他人继续完成了。

---

① 段建军、李伟：《新散文思维》，商务印书馆2006年版，第58—99页。
② 奂学瑶：《散文的传统与现代化》，国际文化出版公司1999年版，第120—122页。

# 散文的审美特性与文学性

近现代,特别是二十世纪九十年代以来,散文作为一种文体,创作日见丰富多样,但研究却没有多少进展,一些基本概念问题与其他简单问题都没得到很好的解决,更不要说那些核心内容和复杂问题了。以审美特性和文学性为例,散文与其他文体相比有何特性,其文学性有何主要表现,怎样清理横亘于当前散文家和研究者面前的重重障碍,这些是需要做出探究和正面回答的重要问题。

## 一、散文的特质与内在美

什么是好散文,散文文体有何特性,怎样理解散文之美,每个人一定都有各自不同的见解。如孙绍振不同意现在流行的散文"真情实感"说,提出"审美、审丑、审智"①的散文观。刘军则认为,孙绍振"理论模型的宏伟与逻辑论证的粗放构成了鲜明的错位关系,其中关于'审丑'的演绎在逻辑自洽性方面存在明显不足"②。这是可以理解的,因为与其他任何事物一样,一般性讲怎么都可以,但要较真儿起来并非易事。就好像文学,包括小说、诗歌、戏剧等文体,很难给出一个确切的定义,作为更复杂的散文,更难一言以蔽之。不过,研究者总要不断探索推进,试图逐渐接近真理,因此,散文的审美特性就是绕不开的话题。在我看来,在与其他文体的比较中,梳理分析散文的特点,尤其是内在美可能更为重要。

---

① 孙绍振:《散文理论:审美、审丑和审智范畴的有序建构》,《学术研究》2015年第6期。

② 刘军:《"审美、审丑、审智"说的理论得失》,《南腔北调》2020年第6期。

散文重内在化真情实感的自我表达。一般来说，文学特别是现实主义文学都离不开真实性，都与自我表达有关，有的还是相当真诚感人的。如路遥就是心中有读者，他形容自己的写作是农民和耕牛在大地上耕作，是纯朴的劳动，是大地一样的全身心奉献。[1]李白写诗也是注入真诚的，所以在《赠汪伦》《月下独酌》《秋浦歌十七首》等作品中，有大胆真诚的自我投入。艾青在《大堰河——我的保姆》《我爱这土地》等作品中也是真情流露，一句"为什么我的眼里常含泪水？因为我对这土地爱得深沉"，让所有感悟喷薄而出。散文也要真实坦荡地表达情感，所以林非将它看成是散文的生命线[2]，季羡林则认为，不只是抒情散文，其他散文也要真诚，而且要有深情[3]。

不过，细加区分，散文的情感表达又有自己的特点：一是有"自己"在，特别是真实的"个我"与自我。诗人和小说家也表达"我"，但这个"我"不是作家全部，是以"我"为引子所延展的更广大范围。小说中的"我"不能与作家自己画等号，而是叙述者，即便是郁达夫的自叙传小说也是如此。诗人之"我"也是指代性甚至是借喻的，所以艾青在自称为有自叙传色彩的《大堰河——我的保姆》等诗中，保姆、"我"、土地也包含了更广泛丰富的内容。如让"我"这个"乳儿"只代表作家艾青本人，那就不可能将诗意扩展开去，形成共情共鸣。换言之，只有由"我"出发，唤醒天底下的"乳儿"对保姆、大堰河、大地的深情，才使得诗更有意义。这显然与散文的真实无欺、全身心投入的"我"是不同的。二是隐含曲折的表情达意。好散文在情感表达上不会像诗歌那样直抒胸臆，更不会喊出来，而是进行曲折的内在化表达，情越深往往越要表达得含蓄。鲁迅的《风筝》与朱自清的《背影》就是如此，前者写兄弟隔膜，后者写父子情深，而且写法上一步步推进，极得曲折内在之美。相反，如直接将真情喊出，

---

[1] 参见梁向阳：《路遥："像牛一样劳动，像土地一样奉献"》，《光明日报》2018年12月14日。

[2] 林非：《漫说散文》，载《林非论散文》，江西高校出版社2000年版，第98—100页。

[3] 季羡林：《漫说散文》，载《三真之境：季羡林散文精选》，海天出版社2001年版，第3页。

就不容易真正感人，如宗璞的《哭小弟》和张洁的《世界上最疼我的那个人去了》因抒情过于直露，就不如史铁生的《我与地坛》感人。三是作家与读者的心灵对语。在小说和诗歌中，作家往往是通过人物、意象与读者对话，即使有"我"，也是隔着一层帷幕与读者交流的；散文则是作家本人并且是"我"用真心与读者换心，于是使其产生知音之感。所以，林非认为，"散文是一种充分向读者交心的文体，因而会使读者感到无限的亲切，愿意反复地去咀嚼"[①]。可以说，与其他文体不同，散文后面真正站着的是一个人[②]，散文是真实坦荡地向读者委婉叙述心曲，并能引得读者共鸣的文学样式，任何高高在上的虚假写作，哪怕是喊得震天响，外在化的情感也达不到感人的目的。

平淡自然是散文难以达到的高度和境界。王国维在《人间词话》中说："散文易学而难工。"[③]苏东坡在《与二郎侄书》中说过："大凡为文……渐老渐熟，乃造平淡。"宗白华曾赞赏苏东坡的"绚烂之极归于平淡"和"无穷出清新"，因为"'清新'与'清真'也是同样的境界"。[④]林语堂也说："文人稍有高见者，都看不起堆砌辞藻，都渐趋平淡，以平淡为文学最高佳境。"[⑤]可见，散文的"绚烂之极归于平淡"的重要性。对散文初学者来说，热烈与绚烂也是好的，但真正的优秀散文往往都是趋于平和、平淡的。如欧阳修的《秋声赋》开始极尽渲染声音之能事，以至于出现"初淅沥以萧飒，忽奔腾而砰湃，如波涛夜惊，风雨骤至。其触于物也，枞枞铮铮，金铁皆鸣。又如赴敌之兵，衔枚疾走，不闻号令，但闻人马之行声"的描写。但文章随后说："予谓童子：'此何声也？汝出视之。'"结果，"童子曰：'星月皎洁，明河在天，四无人声，

---

[①] 林非：《我的散文观》，载《散文的昨天和今天》，广东人民出版社2016年版，第190页。

[②] 谢有顺：《散文的后面站着一个人》，《当代作家评论》2006年第3期。

[③] 王国维：《人间词话》，上海古籍出版社2004年版，第78页。

[④] 宗白华：《艺境》，北京大学出版社1999年版，第346页。

[⑤] 林语堂：《说本色之美》，载《林语堂散文经典全编》第一卷，九洲图书出版社1998年版，第280页。

声在树间。'"这一下子将紧张的声音消解了。文末的一句"童子莫对,垂头而睡,但闻四壁虫声唧唧,如助予之叹息",更让"秋声"归于平静。苏东坡的《石钟山记》也是如此,通过传说极力书写声音的强烈震慑,但亲历后突破以讹传讹,末句"余是以记之,盖叹郦元之简,而笑李渤之陋也"更将文章一下子冲淡了。梁启超的文章以气势文采取胜,《少年中国说》也是意气风发,有天地浩然之正气,但平和的暖意也是荡漾其间的,结尾一句"美哉,我少年中国,与天不老!壮哉,我中国少年,与国无疆!"节奏、语气、用词甚至符号,都使文章变得平和冲淡多了。鲁迅的《朝花夕拾》是平淡;《野草》有激烈,但也多有平淡,其中的《雪》《腊叶》《好的故事》《秋夜》等要平淡得多,《淡淡的血色》在激烈中有平淡,连《野草》的题词也以"去罢,野草,连着我的题辞"结语,可谓"激"中有"平","浓"中有"淡"。朱自清的《匆匆》《背影》也都以"舒缓""平淡"消解"匆匆""深情",所以才有"聪明的,你告诉我,我们的日子为什么一去不复返呢?""我读到此处,在晶莹的泪光中,又看见那肥胖的、青布棉袍黑布马褂的背影。唉!我不知何时再能与他相见!"平淡使散文具有了一种充满人生智慧的风采,去除了焦虑、功利、峻急、燥热,使之不至于出现变形和异化。

开放自由与兼容并包可让散文在广阔天地纵横驰骋。比较而言,诗歌的想象力丰富,几乎可达到任何领域;小说取材多样,似乎能兼容万有。不过,它们都没有散文来得博杂,也无散文那种不加择取的包容、兼容和韧性,所以林语堂谈到散文取材时,盛赞其包罗万象,"此种小品文,可以说理,可以抒情,可以描绘人物,可以评论时事,凡方寸中一种心境,一点佳意,一股牢骚,一把幽情,皆可听其由笔端流露出来","盖诚所谓'宇宙之大,苍蝇之微'无一不可入我范围矣"。[1] 一般人很难给散文下定义,认为除去诗歌、小说、戏剧,其他无法被包含的都可划入散文,这种看法虽不妥当,但一定程度上也说明了散文的度量和容量。据统计,中国古代散文(指文章)有百余种,可谓极为博杂,刘勰《文心雕龙》也

---

[1] 林语堂:《论小品文笔调》,载《林语堂散文经典全编》第一卷,九洲图书出版社1998年版,第231页。

留有不少种类，文体简化是近现代以来的事，是由文章变为散文的过程，散文不断被"纯化"了。这一剧变在现代来看是优点，如从散文文体看，则是流失和消亡。不过，即便如此，散文文体种类至今仍保留不少，如小品文、随笔、学者散文、军旅散文、政治散文、经济散文、艺术散文、校园散文、海岛散文、书话、演讲、书信、序跋、广告等，这是其他文体所不具备的。另外，散文还可以跨文体，除了与小说、诗歌、戏剧、电影相互交织，还可以与新科技进行交叉，像散文化小说、诗的散文、网络散文等都是如此。还有，散文之"散"主要指向"心灵"，是"心散"，而心又是广阔无垠、无远弗届的，我曾将之概括为"心灵的自由、闲适、达观与超然"①，就像庄子笔下的真人一样。这种"心散"与诗歌、小说、戏剧的"心聚"不同，这也是散文同时又被称为"边缘文体""老人文体""闲适文体""对话文体""絮语文体"的重要原因。"心散"既具有人生意义，也是生命智慧的显现。而正是这种"心散"方能超越功利，达到一种"无"的境界。不少小说家、诗人说他们写散文是无意的，但往往觉得效果极佳，远没有写诗和小说的难度与痛苦，所以百思不得其解。其实，这正说明散文文体的"心散"之于作家及其创作的重要性，因为越想写好就越加困难，无意为之反而有助于放下压力、功利、束缚，充分发挥潜能，甚至有创造性显现。当然，这也是一切艺术创作的内在秘密，只是在散文中表现得最为突出罢了。

均衡悠然的状态是散文的魅力所在。诗歌是张扬甚至炫张的，所以才会用夸张等手法发出"白发三千丈""朝如青丝暮成雪"的感叹。小说讲故事重技巧，特别是以情节奇特甚至神奇取胜，这在《麦琪的礼物》等作品中可领略一二。散文特别是叙事散文也有故事，甚至有诗性的介入，但往往更重视均衡与韵味，是一种生命的自然呈现，也是一种智慧的显现。换言之，诗主要表达的是生命中那些高扬的调子，戏剧表达的是低调甚至暗调，小说以曲折悲情为主，散文则是中和这些方面之后的一种均衡。林语堂曾将他的文章比喻成"走钢丝"，即一种在危险的震颤中达到的平衡

---

① 王兆胜：《"形不散—神不散—心散"——我的散文观及对当下散文的批评》，《南方文坛》2006年第4期。

之美,是刚刚好的那种感觉。他还用"甜,酸,苦,辣,咸淡"五味来形容为文之情态,而"咸淡"是一味,"咸淡为五味之正,言论要以浅显明白晓畅为主,可以读之不厌"。①比如杂文,它可以辛辣,但总不像小品文那样平和冲淡,因此越到晚年,林语堂越欣赏小品文的平和冲淡、悠然自远。读孙犁、梁实秋、王了一、季羡林、张中行、林非、张炜的散文,都有这种均衡感与韵律感,这与钱锺书、柏杨、余光中、李敖等人的散文的尖刻辛辣明显不同。好的散文是可以有"酸、甜、苦、辣"的,这是人生、生命的底色,但它必须达到"咸淡",有人生况味的回甘,在平衡中获得觉醒,就像陶渊明、苏东坡等人的散文那样。如果一直在激昂或悲观的调子上震动,而没有心灵的感悟、生命的觉醒、智慧的闪现,那表明还没有进入散文的最高境界。当然,只有平衡均衡而无神奇,散文也只能趋于平庸,甚至会成为模式化和固化写作。

散文是一种自然而然、不施脂粉、坦诚率性的文体,同时又是以散文家自己和自我进行自然呈现的文体,还是在所有繁杂喧闹和世俗人烟中获得宁静、平淡、和谐、超然的文体。散文由外到内,由繁化简,以少胜多,最后要从天地自然、生活人生、人性生命中走向内心,再与读者进行平等对话和交流。如果打个比方,那就是散文若水,它有激流、波浪、漩涡甚至飞瀑,也有日夜奔流的咆哮与呜咽,但最后总要归于大海,那些不能入海者则变成湖泊,成为宁定守一的智者。散文特别是好的散文应有这样的体性,达到这样的境界。

## 二、散文文体的迷失与归依

当前,有不少优秀的散文创作者,也有一些研究者一直在不断探索、进取、创新。但毋庸讳言,对于散文文体的理解认知整体上比较模糊,甚至有的还误入歧途,长此以往极不利于散文的发展。我以为,对以下关于散文文体的误解需给予关注、调整和纠偏。

---

① 林语堂:《文章五味》,载《林语堂散文经典全编》第一卷,九洲图书出版社1998年版,第214页。

为变而变成为散文的创新追求。与其他文体比，散文确实显得比较传统，也有些沉重感，长期形成的路径依赖更限制了其创新发展活力。问题在于如何创新，在求变过程中应注意哪些方面。一是散文变革以"常"为前提，没有只变而不守常的道理。因此，要想变革创新，必须有深厚的传统文化和散文功底，失于此必然根基不稳，还会成为一种沙上建塔的行为。以"新散文"为例，一些创新者往往简单否定传统，对杨朔等散文三大家甚至朱自清的散文都不以为然，认为不值一观。余秋雨的"大文化"散文也是如此，作者在自我认定时，存在舍我其谁、目空一切的态度。他说："说起来，研究中国古代文化的队伍已经不小，但是，这支队伍基本上由学者组成，他们都以学者的目光，做着学者的事。""我也是学者，但我打开了散文的目光。不错，散文不仅仅是文笔，首先应该是目光。"[1]学者与散文家当然有差异，但说学者的目光与散文家的目光有多么不同，以及将自己与他人拉开距离，那也未必尽然。比如，钱穆、林语堂的学者眼光和散文家眼光都甚是高明，林语堂的学者散文包括《苏东坡传》都是学者眼光与散文眼光的合一，是高屋建瓴的。还有郭沫若的《甲申三百年祭》也是不可忽略的。可以这样说，余秋雨的文化散文并非无源之水和无本之木，其"散文的眼光"也是如此，所以称"散文不仅仅是文笔，首先应该是目光"就是一句符合常识的话。二是散文创新并不容易，这也未必能成为优秀散文的唯一标准。创新之难不言而喻，连歌德都表示，自己一生的努力，真正的创新很少，他多是站在前人的肩头，做的是继承和接续工作。如这样看，余秋雨在《散文目光》中所表示的自己的"独创性"（他找季羡林、白先勇、余光中为其站台，赞美其巨大贡献）就有点儿缺乏"知人之明"和"自知之明"了。这与散文文体的虚其心、平淡自然的特性大相径庭，因为散文一旦陷入"扬己"的境地，很容易趋于表面化甚至肤浅。三是散文是"变"与"常"的统一，所以有万变不离其宗之说。以散文文体为例，先秦及很长一段时间，文章是跨文体的，是无所不包的。"五四"以来，纯散文、美文、艺术散文才渐渐分离出来，开始走向"散文"的净化之路。新时期特别是二十世纪九十年代以来，散文又开始进行跨文体探索，实际

---

[1] 余秋雨：《散文目光》，《美文》2021年第11期。

上又有回归传统的特点。因此,如果说余秋雨的《文化苦旅》比贾谊的《过秦论》、王勃的《滕王阁序》、苏洵的《六国论》高明,也是不切实际的。当然,余秋雨的"大文化"散文也有突破,这主要表现在现代意识和文体解放方面。就如有学者所说:"20世纪90年代有作家和杂志倡导'大散文',其实是回到散文的'本体',并且有限度地模糊'散文'与'文章'的界限。今天我们对'文化散文'或'文化大散文'中的一部分作品有否定性意见,我也曾经质疑和批过一段时间'文化大散文'创作中的问题,但是'文化散文'或'文化大散文'不仅在'文体'上解放了散文,而且敞开了面对历史、现实、社会和自然的空间。"[①]这样的评价是公允的,但也否定了"文化散文特别是'大文化'散文是无源之水的独自创造"这样的看法。

缺乏节制是当下散文的通病。现在,对于散文文体的理解比较混乱,其中一个具有覆盖性和颠覆性的倾向是散文的随意性,即认为散文最大的特点是自由,而其表现为想怎么写就怎么写,于是散文写作变成没有规矩的随意行为。选题、立意、结构、叙述、抒情、语言等都是如此。很多散文只注重叙述,而且是拖泥带水地讲故事,不要说删繁就简,就是最后要达到什么目的也不清楚;也有的散文以知识见长,不管是否有助于表达主旨,一律往里填充,于是成为没有思想内涵的知识展览和炫耀,不少"大文化"散文的模仿者都有此弊病;还有一些散文采用注水似的写法,絮絮叨叨无休止地写下去,其实没有多少有价值的内容,读这样的文章比吃注水肉还难受;更有一种放任自流的散文,是不受任何文体限制的跨文体,有人称之为"杂交式"的"非骡非马"式散文,这是一种"四不像",是散文的变种与异化。关于艾云的散文集《那曾见的鲜活眼眉与骨肉》,有人这样评价:"艾云的这些散文具有非常鲜明的越界性,她头脑里没有一个特定的'散文'的框框,散文必须这样,或必须那样。艾云的散文,好处即在其繁复,跨界,'非驴非马'。""《乱世中的离歌》这篇叙写陈西滢、凌淑华、朱利安(伍尔芙侄儿)情感纠葛的散文,有人评价说简直就可以改编为电影。这篇散文中艾云放开了细节虚构,你甚至可以在这篇

---

① 王尧:《跨界、跨文体与文学性重建》,《文艺争鸣》2021年第10期。

散文中读到凌叔华和陈西滢夫妻房帏之内情欲错位的隐秘涟漪。某些时刻你几乎恍惚了，这究竟是散文还是小说？虚构使散文拥有了更大的表达权力和进入历史的能力。散文作家可以不再受制于作家的个人经验和实地考察体悟的教条，想象的翅膀让作家得以借助历史人物重新进入历史、打量历史。"①在此，研究者充分肯定了艾云散文虚构与跨界的价值，并给予了合法性依据，从中可见，散文文体在作家与学者中是怎样得到了无节制的漫漶。更有甚者，不少散文没有基本的美感，也失去了对散文的尊重，任由笔走龙蛇，有人极尽表现肮脏不堪之能事，是缺乏节制的典型代表。有《简史》一文这样写道："农村的厕所其实就是公用的化粪池，人类、猪牛的粪便都混在一块儿，这么多粪便集中在一块儿，不结块，反而显得挺稀的，这归功于蛆虫。粪便经过发酵、稀释浇到菜园子里，即使不怎么长了的菜株也晃着脑袋蹿一蹿。沼气发出致命的气味，只有最强壮的苍蝇才可以待得住，它们图的是随时享受'美味'。踏木板彻底地朽掉了，黑漆漆的，如炭烤。"②这样的散文表面上看是现实的，强调的是细节真实，实则是一种失去底线、丧失文学性的无节制的恶劣书写。

文质粗陋弥漫于整个散文创作。孔子在《论语·雍也》中有言："文质彬彬，然后君子。"刘勰在《文心雕龙·情采》中也表示："夫水性虚而沦漪结，木体实而花萼振，文附质也。虎豹无文，则鞟同犬羊；犀兕有皮，而色资丹漆，质待文也。"这讲的也是文与质的关系。由于散文是表现作家本人的，其文化思想、审美趣味及境界智慧可以说都无尽藏，这就要求有质有文，质文相得，即文质彬彬。然而，当前散文则存在文质粗陋之弊，与散文文体相去甚远。如陶渊明的《归去来辞》中有这样的句子："归去来兮，田园将芜胡不归？既自以心为形役，奚惆怅而独悲？悟已往之不谏，知来者之可追。实迷途其未远，觉今是而昨非。舟遥遥以轻飏，风飘飘而吹衣。问征夫以前路，恨晨光之熹微。"这是一种田园风光，是一种充满生活气息且有人格力量的象征。而龚自珍的《病梅馆记》

---

① 陈培浩：《绚丽笔触背后的思想底色》，《羊城晚报》2020年7月5日。
② 参见陈剑晖：《论当代散文创作的现实性问题——兼及当下的一些散文现象》，《文艺评论》2010年第5期。

写的则是去病梅、求其真、得其自然生机活力的精神，充满文人情怀。然而，当下散文却多有文质粗陋者，不是有文无质地玩弄华丽辞藻，就是有质无文，让人不忍卒读，以及质文皆无的俗气、酸气、腐败之气充斥其间。至于缺乏风骨、气韵、节律、剪裁，甚至基本语言训练者，也大有人在，更谈不上天地情怀和浩然正气了。前面引述的《简史》就较好地说明了这一点，这样的作品不胜枚举。如有的散文无论文字多么华美，其内容是暴力的、反人性的、非科学的，同样不能给人以美感。真正优秀的散文须有大境界、大情怀，能将优秀传统与现代性相结合，再加之有创新性发展，对未来有美好希冀，并用优质的文字表达出来。总之，如今的散文写着写着就俗了，就走偏和下道了，甚至误入歧途，从而形成积重难返的局面。

　　失去文体与文化自信在散文中比较普遍。尽管当前参与散文写作的人很多，可用"泛大众化"概括，不要说一般爱好者、网络写手，就是散文家、小说家、诗人、戏剧家、学者也都云集其间，从而形成全民写散文的局面。一方面，这是一件好事，在一定程度上说明了散文创作的繁荣盛况；另一方面，真正将散文作为一种文体——一种值得尊重和热爱的文体者并不多见。究其原因：一是小说、诗歌等文体有一定门槛，不是谁都可以写的，散文则提笔可为，只要想写就可以。二是散文的读者众多，只要写出来就有人阅读，目前有不少微信群、散文网站线上传播散文，普通读者的参与热情很高。三是散文可以进行自我表达，普通人可通过散文这一文体将自己的所思、所想、所感展示出来，并与大家分享，既是抒怀又是共享，还能得到点赞，何乐而不为。不过，有一个重要问题应该注意，那就是不论是什么层面的散文创作，普遍存在对于散文文体的不在意、不尊重，尤其是缺乏敬畏，致使散文像河水一样泛滥，像野草一样疯长。即便在小说家和诗人那里，散文写作也容易变成纯粹的自我表达，文体意识不强，艺术化水平不高。在更多人看来，散文仿佛是劳累后的休息，是饭后余事，是重要生活和人生的点缀，甚至成为一种弥补自我缺失的无可奈何。研究者也是如此，诗歌、小说等文体的研究者众多，从而形成一种潜意识甚至共识：没有研究能力和水平者才去研究散文。即便是研究散文的学者，也多有这样的错觉：与小说、诗歌相比，散文只是一种次文体，甚至不成为文体，因为没法用小说、诗歌、戏剧进行规范的都可放到散文的筐子里。还有，散文创作与散文研究的文化选择也常常变得不自信，不是以西方为标准就是简单地遵从中国古代传统，而西方的散文文化并不发达，于是用现代性、当代性等概念简单套用，造成了散文的文化根本流失，文体意识难以确立。可以说，当前中国散文文体面临"爱恨"互现的复杂状况，但其内在性是一致的，那就是对散文文体和散文文化的不自信。现在有不少人倡导散文的"四不像"文体，这直接导致中小学作文也追求"四不像"，其实，当散文成为"四不像"，就已经没有散文文体了。有人指出："因为缺少人文精神，散文最容易成为一种'四不像'的文体，成为各种文学垃圾的袋子。""只有注入了人文精神的元素，注重人的精神世界的揭示，对于所写的内容不虚夸，不矫情，不炫耀，这样的散文才是最有品位和风骨的。"[①]这是强调散文文体的重要性，不能让"四不像"把散文的文体消泯掉了。

散文可以有各种写法，在观念、模式、方法、语言等方面都不能墨守成规，也可以有创新意识，但不能没有文体意识，也不能对文体失去敬意和建构的自觉性。如果只是一味地放纵散文文体，甚至让它变得"四不像"，那么就是一种难以挽回的迷失。现在是应该让散文文体回归了。

## 三、关于散文的文学性问题

"文学性"是一个不可忽略而又复杂的问题。说不可忽略，是因为它确实存在并且非常重要，当文学没有了文学性，文学当然也就无从谈起和失去了存在价值；说它复杂，是因为很难说清楚到底什么是文学性，就好像追问什么是文学一样。不过，仍有人不断从语言、文本结构、文化关系、文学本质等方面研讨和界说文学性[②]，虽有越说越复杂甚至糊涂的感觉，但仍有启发性。那么，怎样理解散文的文学性，是与散文审美特性有关的重要问题。

关于文辞之美。文学性可能最直接表现在文学语言上，好的语言会为

---

① 王必胜：《散文缺少风骨如同人得软骨病》，中国作家网2012年3月14日。
② 参见赖大仁：《"文学性"问题百年回眸：理论转向与观念嬗变》，《文艺研究》2021年第9期。

文学甚至文论增光添彩。刘勰的《文心雕龙》是如此，钟嵘的《诗品》也是如此。如《诗品》开篇说"气之动物，物之感人，故摇荡性情，形诸舞咏。欲以照烛三才，晖丽万有，灵祇待之以致飨，幽微藉之以昭告。动天地，感鬼神，莫近于诗"，一下子将文论的文学性带动起来了。一句"骨气奇高，辞采华茂"，很好地概括了曹植的诗歌美感特点。散文的语言美也能增加文学性，特别是诗化的语言会令散文的美感陡然增加。这也是为什么杨朔说他创作散文的秘诀就是拿散文当诗写[1]，许多作家、学者也强调"诗"对于散文的重要性。其实，"诗"对于散文的注入不能一概而论，需要进行深入研究。如不加分析地一味让诗的语言进入散文，在获得美感的同时，又容易损坏散文的文学性。因为过浓的诗性必然破坏散文的自然平淡，这在余光中的散文中表现得最为明显。余光中曾在《莲恋莲》中这样以诗抒情："莲是神的一千只臂，自池底的腴泥中升起，向我招手。一座莲池藏多少复瓣的谜？风自南来，掀多少页古典主义？莲在现代，莲在唐代，莲在江南，莲在大贝湖畔。莲在大贝湖等了我好几番夏天，还没有等老。"[2]用诗性的语言写散文，致使情感虚假、不自然，有失散文的本性和文学性。其实，余光中的《听听那冷雨》也有此弊。朱自清的《荷塘月色》《绿》等散文之所以不如《背影》，就在于语言中的诗意多了。有学者提出"诗性散文"，从"精神诗性""生命诗性""诗性智慧""诗性想象""文化诗性""诗性品格""叙述诗性""诗性意象""诗性意境""诗性语言"的角度谈散文的诗性[3]，这对提高散文的精神品质是有益的。但也要注意，散文的诗性与诗歌的诗性有区别，它必须以"平淡自然"为前提，否则就会流于诗性语言的夸张，远离散文的本性，也无法与诗歌区别开来。

叙事结构之辨。目前，散文最受人诟病者有二：一是随意散漫，缺乏基本的起承转合，甚至没有结构，散文家进入毫无节制的任意宣泄甚至梦呓状态。这是一种野蛮生长，一种失去任何规矩的无度写作状态。这既与

---

[1] 杨朔：《东风第一枝·小跋》，载《杨朔散文选集》，百花文艺出版社1993年版，第200页。

[2] 余光中：《桥跨黄金城》，人民日报出版社1996年版，第159—160页。

[3] 陈剑晖：《诗性散文》，广东教育出版社2009年版。

对散文之"文体"的理解有关,认为散文"大可以随便"①,也如流行的说法"散文形散、神也可以散"②,也与片面强调散文的创新有关,似乎一切散文都过时了,唯有创新才有前途希望。其实,无论散文怎样"散",不管如何强调创新,都离不开基本的规则,这包括世界人生、文学、散文之规则,否则就会失去基本的原则,落入随意妄为甚至胡乱创新的陷阱。这就如同书法创作,开始是要入帖的,只有到达一定程度才能创新。今天,不少胡乱创新的书法都是无视书法传统和基本规则所致。基于此,季羡林、贾平凹等人都强调细节对于散文的重要性,也有学者强调散文要瘦身,针对的就是不重叙事结构等散文基本规则的弊端。当前大学和中小学作文考试的不限体裁式写作,生产出的多是"四不像"文章,其实也是不重文体边界、随意胡乱跨越穿越的表征与结果。二是对散文文体的机械甚至固化理解,也导致散文的文学性失效甚至丧失。强调散文的边界、体性,并不等于不允许跨越文体,也不是说散文必须按照一定或固定的模式写作,甚至形成一种路径依赖,产生诸多类同化的散文。铁凝在一篇文章中认为"散文河里没规矩",但她又说:"在河里,男女间那个自己为自己定下的距离就是规矩,这规矩便成了那群'没规矩'的人们从精神到物质的享受依据。"因为散文与其他万事万物一样都离不开规矩,问题是守的什么规矩。如果是散文的基本规则,那还是需要的;若是模式化与惯性依赖,那就要有所突破。当然,铁凝对"散文太像散文了"提出批评,希望散文有陌生感和难度,尤其强调散文要打破固定观念,有爆发力、生命质感。她认为:"章法之于文学,如果可作形式感解释,那么形式感就标榜着一篇散文独具的韵致和异常的气质。"③这是颇有见地的,否则,不只是散文没有文学性和美感,连读者也会厌倦。

---

① 鲁迅:《鲁迅全集》第四卷,人民文学出版社2005年版,第25页。

② 刘烨园:《新艺术散文札记》,载《领地》,珠海出版社1995年版,第319页。需要说明的是,刘烨园没有直言散文可以"神散",他说的是"形散文神也飘忽无踪",其意近同。

③ 铁凝:《散文河里没规矩》,载《从梦想出发:铁凝散文随笔集》,湖南文艺出版社2007年版。

形象的塑造问题。如小说注重人物形象塑造一样，散文也离不开形象的塑造。不过，散文的形象除了人还有物，散文会对万事万物着力渲染描绘，一文可能只写一物。另外，散文写人不像小说那样主要集中于写他人，而是在写他人时离不开自我形象的塑造。你可以说，小说家塑造的人物有自己的影子，但不能说作品中的人物就是作家本人，但散文不同，散文不论写什么，它后面站的始终是作家本人，其学识、人品、眼界、思想、境界是没有办法遮蔽和隐藏的，这也就是"文如其人"的根本原因所在。基于此，如果用小说的笔法写散文，有助于散文扩容增量赋值，但最大的问题是容易模糊笔下的人物与作家自我形象的界限，影响散文的真实性、审美性和文学性。用小说塑造人物的笔法写散文，也容易使散文失去平等对话和心灵对语的特点，使作家的自我形象变得不确定。换言之，读小说主要是看小说家笔下的人物，而读散文则要欣赏人、事、物后面的散文家，哪怕散文中真有离奇的故事和神奇的人物，往往也给人不真实的感觉，因为这使散文失去了"平淡自然"的本性。这也是为什么真正优秀的散文即使塑造的形象神奇，最后也要归于平凡，是脚踏实地的。袁中郎笔下的四笨仆即是典型例子，《拙效传》中有言："然余家狡狯之仆，往往得过，独四拙颇能守法。其狡狯者，相继逐去，资身无策，多不过一二年，不免冻馁。而四拙以无过，坐而衣食，主者谅其无他，计口而受之粟，唯恐其失所也。噫，亦足以见拙者之效矣。"[1]从中既可看到四拙的"颇能守法"，又可看到袁中郎这个人的价值观和审美品质，外在形象和自我形象的塑造体现了散文的真善美。因此，通过形象塑造提升散文的文学性，最关键的落脚点是自我形象的塑造。

文化积淀与价值选择。散文是一种赤裸展现自己和自我的文体，它很难像小说、诗歌、戏剧那样有所遮蔽，尤其是不能遮丑，所以有无文化及文化选择的价值取向尤其重要。没有文化者，文本会露怯，也会显得单薄，甚至是"稀汤寡水"；有文化者又容易出现自我展示的刻意卖弄，让人生厌。当年，有人提倡作家学者化，其实就是为文学补文化这一课，至今这一课

---

[1]〔明〕袁宏道：《袁中郎随笔》，作家出版社1995年版，第222页。

题并没能完成，太多的散文没有文化，更不要说书卷气，所以不耐读，也没有思想意味。可是，一旦有了知识文化，又容易禁不住向人兜售，甚至对人的价值选择产生误导。李敖的散文往往掩饰不住博学与傲慢，余秋雨的文化散文有不断展示自我甚至自我吹捧的欲望，模仿余秋雨的"大文化"散文多停留在知识堆积上，从而造成文化上的表面化与人格的不健全，散文的文学性和可信度受到了影响。余光中曾在《剪掉散文的辫子》一文中批评中国学者的散文，"这些哲学家或伦理学家终日学究天人，却忘记了把雕虫末技的散文写通，对自己，对读者都很不便"，并提出"讲究弹性、密度和质料的一种新散文"，他"称之为现代散文"。他还说："真正丰富的心灵，在自然流露中，必定左右逢源，五步一楼，十步一阁，步步莲花，字字珠玉，绝无冷场。"① 其实，用现代性来"点燃"资料、知识、文化，才有可能进入思想、智慧和美感中，产生文学性。

以天地道心为根本。只靠文辞是不可能支撑起文学的审美大厦的，这显然离不开思想、智慧的钢筋铁骨，其中最重要的是天地道心。表面看来，文学性离"道心"较远，其实它比文辞等更内在、更长远、更有力，就好像根本之于花树的美丽一样。春天到来，我们看到的是花开灿然，其实支撑这种美的是枝头、树干、根脉，而后者往往很容易被忽略。没有天地道心作为内在依存，所有的文学只是玩意儿，就如同纸花假花一样。不过，散文的天地道心有所不同，它不像小说那样隐秘地衬托出来，也不像诗歌、戏剧那样靠气氛、场景、对白等烘托出来，而是直接简洁、坦诚、直率地表达出来，这也是与作家主体人格精神相一致的。所以，范仲淹在《岳阳楼记》中才发出"先天下之忧而忧，后天下之乐而乐"的呼唤；梁启超在《少年中国说》中直言"少年智则国智，少年富则国富，少年强则国强，少年独立则国独立，少年自由则国自由，少年进步则国进步，少年胜于欧洲则国胜于欧洲，少年雄于地球则国雄于地球"；季羡林在《一个知识分子的呼声》中表示"我生平优点不多，但自谓爱国不敢后人，即使把我烧成了灰，每一粒灰也是爱国的"。对于天地之道，不少作家在散文中也直

---

① 余光中：《桥跨黄金城》，人民日报出版社1996年版，第359—368页。

接表达了看法。如林语堂的《论曲线》从《曲城说》出发，提出："这一段，我想美学原理尽在其中。为人必刚柔相济，外圆内方。若一人全不竖起脊梁骨，委蛇曲顺，也太少大丈夫气了。刚柔相济，而后得艺术和谐。"①除这种论述性强的散文，一般的抒情散文往往也通过直抒胸臆的方式表达天地情怀，不会像小说等进行曲折反映。

  散文的文学性是在散文文体特性的基础上生成的，自然也带有其文体特点；散文的文学性与小说、诗歌等文体的文学性也有重叠交叉，但表述方式明显不同；散文的文学性因体裁差异会有区分，但都注重直言平淡表达和自我形象塑造。以散文诗、诗的散文、散文化小说为例，散文在其间起到的主要是淡化作用，偏向作家自己和自我，这在冰心的散文、汪曾祺的散文化的小说中表现得最为明显突出。总之，散文的文学性就像一个素面朝天的优雅女子，以其"不自美而美"的风韵感染着世道人心。

---

① 林语堂：《论曲线》，载《林语堂散文经典全编》第一卷，九洲图书出版社1998年版，第92页。

# 关于散文的"变"与"常"

在各种文学门类中,散文恐怕是最具边缘性、最不受重视、最缺乏研究的文体。大家几乎众口一词地认为,散文没有自己的成熟的理论,因循守旧和缺乏创新也使之乏善可陈。甚至有人全面否定散文的成就,曾一度提出"散文消亡"的论调。这些看法不是没有道理,但存在的问题也是非常明显的,其最突出之处就是概念化、机械化和片面化地理解散文,即总是以"变"的眼光来苛求散文,忽略了"常态"之于散文的重要性,更无视散文的本性。其实,散文固然需要不断地变化与创新,但如果没有"不变"作为基础,没有"常态"的内质作为风骨,任何的花样翻新之"变"都是靠不住的,甚至会成为一种猎奇、炫耀和喧嚣。散文与其他文体一样,都需要在"变数"中保持绵延不绝的"常态",只是比较而言,散文的"不变"因子和特征更为明显,它的稳定性更应加以注意罢了。

## 一、"变"与"不变"

"变"是人类文化的一个坚定信念和向度,因为古人早就在《周易》中说过:"穷则变,变则通,通则久。"[①] 进化论的文化观更是提出"物竞天择,适者生存"的理念,非常强调"变"的重要性。可以说,进化之路也是人类文明进步的标志,这从关于速度的神话中可以得到证明:由步行到以马代步是如此,从马车到汽车、飞机是如此,再到现在突飞猛进的电脑信息时代更是如此。像地下隧道之挖掘,人类文化确实如《大学》中

---

① 〔清〕孙星衍撰:《周易集解》(下),上海书店1988年版,第625页。

所言:"苟日新,日日新,又日新。"

但是,"不变"又是另一个不可忽略的重要方面,这在中国文化中表现得尤为突出。最典型的例子是董仲舒在《举贤良对策》中说过:"道之大原出于天,天不变,道亦不变。"孔子注重"守"周公之"礼",《论语》中也讲"述而不作,信而好古",讲"慎终,追远",讲"温故而知新,可以为师矣"。在《礼记·月令》中也有"毋变天之道,毋绝地之理,毋乱人之纪"的劝诫语。对此,钱穆在《晚学盲言》中也表示:"一阴一阳之变即是常,无穷绵延,则是道。有变而消失,有常而继存。继存即是善,故宇宙大自然皆一善。"①试想,如果没有不变之代代"相因""相守",数千年的中国文化之继承和发展显然是不可能的。

因此,我们既不能片面地讲"因循守旧",也不能一味地只讲"创新求变",而是要处理好"变"与"不变"的辩证关系,即在二者之间建起一座平衡和谐的桥梁。五四时期开始的中国近现代文化和文学就走入了这样的误区,即片面地理解"变"与"不变"的关系。陈独秀、钱玄同、鲁迅等激进派人士,他们竟提出"不读中国书""打倒儒道""废除汉字"和"换种换血"的观点;保守派如辜鸿铭等人,他们甚至将专制和三寸金莲奉为国粹,由此可见,他们在"变"与"不变"关系中的迷失!后来的"破四旧,立四新"也基本沿袭了"激进派"的理路,到了新时期,这一观念有增无减,于是"变"成为文学创作和批评的核心标准和价值判断,于是"先锋文学""新生代""新散文"等各种"求变"的样式应运而生!我们甚至不论作品的好坏优劣,只要是"新"的、"年轻"的,就是进步的和发展的,于是"新新"和"后后"等名目不绝如缕。我们失去了"常态"的杠杆,更失去了"变"与"常"的辩证关系坐标,于是,在文学、文化上的迷失、误读、错判也就在所难免了!

据《胡适日记》载,胡适在美国留学期间,韦莲司女士虽是教授之女,但衣饰穿着以破旧不变著称,变之者视之为反常,而她却以每日不停更换者为不正常,并说:"彼诚不自知其多变,而徒怪吾之不变耳。"对胡适盛赞中国知识界之善于接受新思想,韦莲司则不以为然,并指出:不轻易

---

① 钱穆:《晚学盲言》(上册),广西师范大学出版社2004年版,第80页。

接受新思想未必是短处,容易接受新思想也未必是长处。一人不轻言变革倒是信仰坚定之表示。对此,胡适深以为然,并由此赞叹韦氏有思想、有识力、有魅力。他说:"余所见女子多矣,其真能具思想,识力,魄力,热诚于一身者惟一人耳。"[①]"女士见地之高,诚非寻常女子所可望其项背。"[②]一个世纪以来,我们的文化和文学唯"变"是从,并简单甚至不加思考地视"不变"为落后保守、愚蠢无知及反动腐朽的代名词,实是一种误解和错误。就如同一块磁石,"变"的文化和文学招人耳目,而"不变"的文化和文学则受到冷落,以至于遭到嘲弄和唾弃。打一个不太恰切的比喻,"变"为行进之船,而"不变"则为载舟之水,我们往往更注意前者,却忽视、无视和抛弃了后者。

## 二、散文的"常态"

不论我们承认与否,五四时期开始的中国现代文化与文学都是一个分水岭,即由"传统"向"现代"转型,这包括思想、观念、方法、语言等方面。换言之,这是一次结构性变革,以西方的价值观取代中国的价值观为其主旨,由此我们也看到了全方位的文化和文学革命。从"变"的角度看,这无疑应该给予高度的评价和赞美,但从中国经验、中国立场和中国语境看,这未必不是一种遗憾。因为如果将诗歌、小说、戏剧的"西方性"去除,它们还能保留多少中国特色?比较而言,散文可能是众多文体中最具传统性也最有中国特色的。

与其他文体的"日新月异"不同,中国现当代散文显得少变、陈旧、落后,除了鲁迅的《野草》、梁遇春的《春醪集》等,更多的作品是以传统的面目出现的,选题、结构、情感、景致、哲思、趣味等都是如此!周作人的书话散文与明清小品有非常显著的内在联系,俞平伯的《燕知草》、梁实秋的《雅舍小品》和孙犁的《芸斋琐谈》与中国传统文人血脉相通。到了新时期,我们仍能从汪曾祺、张中行、季羡林、琦君、张晓风、贾平

---

[①] 曹伯言整理:《胡适日记全编》,安徽教育出版社2001年版,第128页。
[②] 曹伯言整理:《胡适日记全编》,安徽教育出版社2001年版,第19页。

凹、冯骥才、董桥、林清玄、张炜、铁凝、肖凤、迟子建、郑云云、苇岸、鲍尔吉·原野、彭程、马力、楚楚等人的散文中，看到中国传统文化和文学的流风遗韵。更为重要的是，诗歌、小说等文体很少遵循传统，而是以令人目眩的"变招"或"变脸"推陈出新，然而散文创作则多以传统角色示人，"不变"的姿态常跃然纸上。如用白描手法写亲情、爱情、友情，这是中国古代也是现当代散文的一个固定模式，这在小说和戏剧中是不可想象的，但它们却都可以成为感人肺腑的经典作品，成为"不变"之中的弥久常新！如林非的《离别》与朱自清的《背影》相比、阎纲的《我吻女儿的额头》与韩愈的《祭十二郎文》相比，在主题、手法上实没多少创新，但却同样情真意切、感人至深，是不可多得的佳作；又如朱自清的《给亡妇》、梁实秋的《槐园梦忆》与巴金的《怀念萧珊》，在主题和手法上也颇为类同，但它们都是抒写夫妻真情的经典。最典型的是朱自清和俞平伯同游、同题的散文创作，于是有了二人的《桨声灯影里的秦淮河》这样的美文双璧！按一般人的理解，以同一题目写同一内容，且在艺术手法和审美趣味上也极为相似，这是文学创作之大忌，更难以成为经典名篇，然而，在散文领域这却成为一个事实和一段文坛佳话。如果真要探讨原因，我认为文化和文学有其"常性"，这是不可忽略的，而散文又是其中最靠近"常态"的文体！这种散文的"常态"表现在有强烈内在的真情实感、有博大仁慈的天地情怀、有高尚纯粹的人生境界等。

如果从更深的层次看，"常态"更接近散文的本性。诗歌、小说和戏剧也可以有"不变"的因素，但它们毕竟以"变"见长；而散文则不然，它的本性和最高境界是自然、本色、平淡与自由，是如生活和作家一样的见人见性的文体。所以林语堂曾在《说本色之美》中说："文人稍有高见者，都看不起堆砌辞藻，都渐趋平淡，以平淡为文学最高佳境；平淡而有奇思妙想足以运用之，便成天地间至文。"在此意义上，散文是一种边缘文体、散步文体、老人文体、业余文体，是一种作家无法遮掩自己的"文如其人"文体。一个有趣的现象是，中国现代散文家可以不是小说家、诗人或戏剧家，但几乎每个小说家、诗人和戏剧家都写散文，而且他们的散文大多不是像小说等文体那样在"创作"的情势下写成，而是一种"余事"，所以比其他文体要平易自然得多！以往学界总是以此批评散文落伍、陈旧、散漫，殊不知站在创作心理学和"不变"的角度观之，这又何尝不是一种"所得"呢？至少从中国经验的角度来审视，现当代散文可能比诗歌、小说、戏剧等文体更多地保留了中国文化的血脉与精神！

二十世纪八九十年代以来，文坛对散文的"不变"非常不满，于是求"变"之声不绝如缕。如黄浩在《当代中国散文：从中兴走向末路——关于散文命运的思考》中提出散文走的是一条下坡路，是失魂落魄了。[1]又如祝勇、周晓枫、张锐锋等"新散文"倡导者对传统散文一概否定，公然表示要彻底"决裂"，周晓枫甚至说，"真正最优秀的写作者来自对过去作品和标准的背叛。可能过去吸收的东西给你的不是营养，而是成为你的负担，所以今天要做的恰恰是要回避过去的教育"[2]。他们的忧患意识和尝试是值得肯定的，但观念、观点、立足点和基本判断却是错误的，也是无知和莫名其妙的。当散文家眼中只有"变数"而没有"常态"时，得出这样的结论就不足为奇了。

## 三、散文的"变数"

我强调散文的"常态"并非否定散文需要变革，也不是对散文已有的变革视而不见，更不是死抱住传统不放，而是承认"变"不是唯一的，更不一定就是好的，它不能离开前提、坐标和限制而异想天开和单向度发展。这颇似车之双轮、机之双翼，也很像脚下的土地，接触面虽极有限却离不开厚土的支撑。还有一点，"变"不只是一种主观愿望，它需要自然而然的水到渠成和瓜熟蒂落，如果过于追求目的性、表演性和形式感，那一定是收效甚微甚至于南辕北辙的。

应该承认，与散文的"常态"相比，它的变革还是远远不够的，因为传统的势力非常强大，并且根深蒂固！因此，努力于散文变革者都是值得

---

[1] 黄浩：《当代中国散文：从中兴走向末路——关于散文命运的思考》，《文艺评论》1988年第1期。

[2] 黄兆辉：《"新散文"：标新立异，还是文体革命？》，《南方都市报》2007年6月6日。

肯定和赞赏的。如鲁迅将现代主义的手法用于散文创作，于是有了《野草》这样的经典之作，直到今天我们还很难逾越它；余光中要割掉"散文的辫子"，将中西文化及其表现手法进行融通，其尝试也是难能可贵的；肖云儒的"形散神不散"影响颇大，对于散文的"破体"贡献很大；刘烨园、斯好、海男、钟鸣、赵玫、马莉等人试图增大散文的容量、密度、磁力，对于新时期现代主义散文的发展也是功不可没的；以余秋雨、李存葆、林非、王充闾、李国文、周涛、素素、韩小蕙、梅洁、祝勇、唐敏等人为主的"大文化散文"改变了散文的时空，使其更自由放逸与纵横驰骋；史铁生、韩小功、南帆、周国平、筱敏、赵鑫珊、张清华等人的散文增加了思想的重量和哲学的意蕴，于是散文的风骨更加健朗；张锐锋、熊育群、周晓枫、蒋蓝、黑陶等人的散文比较敏感尖锐，代表着新感觉的风格，等等。这些变革汇成一股股潮流，改变着原有的散文"常态"，也增加了新的活力和动力。

  不过，如今散文之"变"也留下了明显的误区甚至陷阱，这就要看它与传统的关系如何，或者说与"常态"保持着怎样的关系了。对于那些不弃传统，站在传统肩膀上推陈出新的作家来说，他们的创作就是坚实有力的；而对于那些无视、放弃、蔑视传统，甚至有些焦躁不安和狂妄自大的作家来说，其创作是每况愈下，甚至逐渐呈异化之势，这是需要强调和指出的。我认为，当前创新散文存在的最大问题是散漫无度，是缺乏节制的放任自为，是所谓"个性"的狂轰滥炸，是"小我"和"自恋"的排放，是没有谦卑、敬畏和感恩之心，是缺乏平常心的躁动之情，是俗世的狭小心胸。因为"创新"的一个箭头是积极进取的，另一个潜在的方向就是失了宁静之心，如果处理不好二者的关系，极容易变形甚至变异。现在的所谓"新散文"就是陷落于此，是不理解散文本性和常态之妙的。

  归根结底，散文要讲创新，没有变化就没有发展。但是，这个创新绝非无源之水和无本之木，它是离不开"不变"这一根基的。更准确地说，散文的变数存在于它与"不变"所形成的张力结构中。如林语堂的散文之变显然没有失去老庄、孔孟等的精神气质；又如即使鲁迅写出了《野草》这样的创新之作，他也还有较为传统的《朝花夕拾》，并且就是在《野草》中，也还有"铁肩担道义"和"吾将上下而求索"的精神。如果只看到和追求散文的"变数",而忽略和否定它的"常态",尤其不顾二者的辩证性与互文性,只能使散文失去根本而走向狭隘浅薄,甚至会误入歧途和走火入魔。

常言道:"万变不离其宗。"事实上,对于每个个体来说,"变新"并非易事,它是在历史文化长河中由无数环节串联而成的,是在连绵不断的继承与传递中渐渐形成的,那种完全无视古人和前人成就的创新,既不可能,也不可靠,更是虚妄的。歌德曾有言:"人们老是在谈独创性,但是什么才是独创性!我们一生下来,世界就开始对我们发生影响,而这种影响一直要发生下去,直到我们过完这一生。除掉精力、气力和意志以外,还有什么可以叫作我们自己的呢,如果你能算一算我应归功于一切伟大的前辈和同辈的东西,此外剩下的东西也不多了。"[①] 因此,我们不可轻言创新,更不可对"不变"采取不以为然的态度,而在散文创作中尤其应当如此!也是在此意义上,我认为散文的发展最重要的不是一味地追求创新,而是建立在作家的内外双修,即对天地自然、世界人生、生命本相、文化思想、文学艺术等的深入理解上,是努力锻造出能发出大光的心灵,这样写出的散文才会富有新意,也才能是美好的。钱穆在《晚学盲言》中曾表示:"中国文化以人生为本位,而天时在中国人心中,乃成为惊心动魄之唯一大事。所以中国人独能知常又知变,知变又知常。常与变融为一体。"[②] 我想,理解了这一点,散文中的许多问题——传统与现代、中国与西方、都市与乡村、自然与人、常态与变数——恐怕就容易解决了。

---

[①] 〔德〕爱克曼辑录:《歌德谈话录》,朱光潜译,人民文学出版社1978年版,第88页。

[②] 钱穆:《晚学盲言》(上册),广西师范大学出版社2004年,第36页。

# 关于散文文体的辩证理解

当前散文创作的繁盛有目共睹,不仅散文家硕果累累,就是小说家、诗人、艺术家,甚至于工人、农民、军人等都纷纷写起散文,散文成了一个大的"演兵场",这里汇聚了千军万马,声势浩大,人们各显神通!与此相关的是,评论界的目光也被吸引而来,他们品头论足,争相发表自己的散文观。这是一件好事,说明散文真正成为当下的"热点",它正在积蓄力量腾飞。不过,在过于喧嚣的嘈杂之声和过于纷乱的人群中间,散文的许多问题也就暴露出来了,其中之一是非常简单随意地理解散文文体。对于散文文体,人们众说纷纭,但普遍存在一元化、庸俗化和机械化的思想局限,缺乏辩证的思维方法。只有辩证地理解散文文体,当下存在的诸多问题才能迎刃而解。

## 一、自由与限制

在散文理论界一直存在着"自由"与"限制"的矛盾,而且这两者势如水火,难以相融。一派人认为散文的核心是"散",于是提出打破一切条条框框,甚至发展到"我想怎么写就怎么写"的程度;另一派人提出"艺术散文"的概念,认为散文必须清理队伍,进行纯化,除了严格意义上的"美文",其他都算不上真正的散文。其实,这两者都看到了散文文体的某些特性,但却对它进行了简单化和片面性的理解。其结果是,前者造成了散文的散漫、虚脱、无骨、乏神;后者使散文越来越封闭狭隘,失去了大气、活力与广大的读者。

应该说,试图将散文从各种束缚中解放出来,给它以自由,这是不错的，因为散文的本质是"自由"。没有自由的散文无异于辕下之马驹，亦如刀板上之活鱼！问题是不能将散文的自由理解为随心所欲、为所欲为，那样就离散文精神越来越远了。比如，二十世纪八十年代，赵玫在《天津文学》1986年第5期上发表了《我的当代散文观》，其中有这样的设问："能不能把那一大堆杂乱无序的感觉堆砌起来？能不能在一篇散文中并不要表现哲理、意义、主题思想什么的？能不能不要意境不要情调只有一连串神秘的意象？能不能只是也来点调侃也来点自嘲？能不能只是一个情绪的氛围其余的什么也没有？能不能只是一个色彩的七巧板拼来拼去像搭积木？能不能把音乐雕塑图画舞蹈都拉了来像一个大杂烩？能不能只显示一种节奏快和慢的激扬和舒缓？能不能打破旧时语言的规范把不相干的词罗列在一起？能不能搞一点五六十字的长句子再搭配些一两个字的短句子……能不能变形夸张不失其真实却更能传神？能不能也有拉开抽屉的维那斯（今译为维纳斯）给美以新的定义？能不能也有蛮荒远古又透视出现代人的眼光？能不能也来一点喧嚣和骚动？能不能激烈一点疯狂一点暂时脱一脱小布尔乔亚的嗲气？"①这里，作者冲破束缚与罗网，追求自由的精神值得肯定，但其中无疑包含了更多的对自由的表面化理解！今天有不少人坚持认为"散文就是没有束缚的自由写作"，即与此一脉相承！

自由包括写什么，更重要的是怎样写。自由的散文有如山间的白云、溪间的流水，也似花丛中飞翔的蝴蝶和天宇间展翅翱翔的雄鹰，它有身心的大自由，不会受到政治、经济、思想、文化、道德等外在环境的左右，也不会受到自身的束缚。但是这个自由并不是有人所理解的"为所欲为""我行我素"，因为完全的自由是没有的，这就是限制。这里所说的限制主要指常识、公德和自然法则等方面。散文的常识包含"神凝"，因为不论长短都不能没有饱满的神韵；散文的公德是"真诚"，因此"虚假"是它的头号敌人；散文是写人的，但它的依据是"天地道心"，这也是为什么有的散文写得很大胆，但却永远难成天地至文！我认为，散文没有限

---

① 佘树森等：《中国当代散文报告文学发展史》，北京大学出版社1996年版，第242页。

制的自由则使其走向了自由的反面。有的文化大散文对自由缺乏深度的理解，不知道加以限制，结果就像一条被污染的混浊的河流，令人生厌作呕！其实，山云、溪水、蝴蝶和雄鹰的自由也是有限制的，它们或受地气的制约，或受苍茫大海的吸引，或为香与美所陶醉，就连庄子笔下的"真人仙子"也不得不吸山间的清风，啜草叶上的露珠！当然，对自由的限制绝非外在的干预，像"清理""纯洁"之类的提法是荒唐可笑的，它明显带有话语霸道的味道，而是不能违背天地自然之道、公德和常识等。

因此，我极不赞成"想怎么写就怎么写"的散文观，认为它是造成当前散文文体失范的主因。我更不赞成散文的"纯化说"，认为它是使得当前散文格局气量越来越小的主谋。许多"大文化散文"就是"垃圾"；"集锦式散文"每篇由几段组成，其中无必然联系，缺乏整体感和充沛的气韵，这一形式遍布传播，成为一种"流行病"。从这个意义上说，必须确立散文文体的"自由"与"限制"的辩证关系，不可以分割地进行简单化理解。还应该注意，对散文文体的"大"与"小"的辩证理解，即"大散文"必须见小，否则就是一层包袱；"小散文"必须见大，否则就是井底之蛙。所以，理想的散文文体是大海深山藏有"珠宝"，"一花一世界，一沙一天国"式的"袖里乾坤"。

## 二、真实与虚空

诗歌、小说和戏剧等文体是可以虚构的，或者说这就是它们的特性，而散文必须真实，于是在散文的"真实性"问题上人们一直争论不休。有人坚持认为文学必须真实，即真实的生活、真实的感情、真实的人物、真实的表现手法、真实的文字，总之，一切都是对现实生活的反映，否则就不是散文。也有人试图打破这一局面，既然不能保证现实生活都是真的，既然散文也是艺术，那么它就可以超越现实的局限进行艺术化处理，进而可以虚构创造。长期以来，这种分道扬镳的意见就如同两条难以重合的车轨，也似永难见面的日月，束缚着散文文体的建设。

不容讳言，散文的本质特征是"真实"，这是它有别于其他文体，而在今天这个充斥了更多虚假的时代受人青睐的重要原因。因为人类需要坚实的大地，这样才有稳定感和安全感，才能将自己的生命之舟系牢，而不至于成为浮萍。所以我一直坚持认为，散文必须立足于现实，扎根于大地和民间，反映最底层人的苦难与不幸，成为他们心灵的代言人，真善美永远是散文不败的花朵！当一个散文作家失了这些东西，他的散文就分文不值！我喜欢张炜的散文，就在于其根深扎大地，吸吮着土地和母亲的泉源，于是他的笔下才能散发出大地的芬芳。这是真散文与伪散文的一条分水岭。

不过，如果机械地、肤浅地理解散文的"真实"，那就必然会将散文的生命断送，因为"真实"并不是刻板，并不是墨守成规，它必须有"虚空"的参与。换言之，"真实"与"虚空"是辩证统一的一对概念，它们是相互独立而又相互依存的，是一而二和二而一的一个整体的两个方面。这就如同阴与阳、右手与左手。同理，两条车轨和日月既是分离的又是统一的，否则车辆就不能快速地奔跑，天地就不能孕育万物。我们也可以这样理解：木刻艺术和白描画的"实"有时是靠"虚"显现的。中国文人画的"无"就是"有"的一部分，此所谓"计白当黑"；一支笛子假若是实的，没有"虚空"，没有雕出洞孔，那它也不会发出美妙的乐音；还有梧桐，它之所以是制琴的良材，即因为它"真实"中的"虚空"；人也是如此，真实中有一颗虚空之心，才能像大海一样不满不盈，处于下位，百川归海，而成其大！因此，散文文体一者要"真实"，二者必得"虚空"，这包括内容和表现方式等方面。这里以张炜的《人生麦茬地》为例，这是一篇写大地和母亲的散文，其景、其情、其意、其韵、其味都是真实的。不过，作者不是以铁匠敲打铁器的写法，而是多用"虚空"的笔触。由个体母亲放大到天下所有的母亲，乃至于大地母亲，于是阳光照在麦茬之上，照在母亲的白发之上，照在母亲的目光之上，照在母亲苍老的手上。这像一幅光芒四射的油画，张炜用迷离虚空的笔致印象式地雕刻了心中真实的"母亲"。从而我听到了作者发颤的心弦上弹奏的无声的曲子——博大、仁慈、温柔、悲凉而辽远。只有"真实"而无"虚空"，要做到这一点，几乎是不可能的。

现在充斥着更多的假散文，题材假，人物假，感情假，表达方式和语言都假。有的虽然写真人真事，但因为没有心灵的感动，缺乏独特的见解，也难免有伪假之嫌。有的虚构散文，由于不合情入理，难以反映生活、人生和生命的本质真实，也必然落入粗制滥造的窠臼。因此，我主张真正的散文文体既要信守"真实"的原则，又要注入"虚空"的内容。当然，这个"虚空"不是"伪假"，也不是生活层面，更多的是哲学意义上的。

## 三、边缘与中心

不少人认为，散文应该摆脱政治、道德等方面的束缚，去表现那些生活化、人性化和文化化的内容，从而使散文成为它自己。由此，有人甚至将散文比成"文学的散步"，也有人称散文这一文体为"老人文体"。于是，这一散文思想更注重幽默、闲适、性灵的边缘化写作。另外一种看法与此正相反，认为现在的散文越来越脱离这个时代，而走向无聊与琐屑，太过腻人的花前月下，鸟儿虫儿，猫儿狗儿，简直就是自杀式散文！从这些作品中，不要说摸到时代的心跳，就是生命的气息也少有。于是，这一散文观更强调散文当随时代。其实，这是关于散文"边缘"与"中心"的矛盾。庸俗地理解这一对矛盾必然走向非此即彼，有你无他，但辩证地理解，这二者并不矛盾，它们完全可以兼容并顾，取得和谐统一。

应该承认，散文不会成为时代的主流话语，这是由其文体特性决定的。散文文体的"散""淡"和"闲"，使其必然成为一种"家常文体"，在西方称之为"Familiar style"。从这个方面说，有人将新闻报道、杂文批评、报告文学等归到散文内是没有道理的，有人将没有多少文学性的读书笔记、日记、总结报告当作散文也是不对的。如果说诗歌、小说、戏剧更像书法的"中锋行笔"，那么散文更像是"侧锋行笔"，从此意义上说，它是一种"边缘文体"或"业余文体"。因此，如果以"作家"的姿态写散文，或将散文当文章做，抑或把散文当政治、社论和新闻来写，那肯定是写不好散文的。也是在此意义上，许多人将朱增泉等人的散文说得如何了得，我却不以为然！一句话，散文离"中心"过近或与之融为一体，那必然失了其本性！因此，从这一方面讲，优秀的散文家是与时代拉开距离，而以边缘人的立场、身份、心态写作的人。他不盲从，不焦虑，少功利，不类同，而是心闲气静地感悟天地自然、人类社会的道心。

这并不是说，散文由此就要远离时代，钻进自己的阁楼闭门造车，或者像有人所做的那样无病呻吟、缠缠绵绵、卿卿我我。优秀的散文虽然不是直接反映时代，但却离不开时代的光影，离不开时代的脉搏的跳动。准确地说，真正伟大的散文是包含时代，又能超越时代的，它必须有强大的心灵的光芒去照耀生活的时代。从这个方面说，处于"边缘"状态的散文家，又永远呼吸着时代这个中心的新鲜空气，并站在人类命运的高度，以自然为法，以自我为中心。一言以蔽之，它是自己的中心。如庄子散文处于那个时代的边缘，但它又分明是以自我为中心，从而折射出强大的心灵之光，这光芒可以穿透一切遮蔽，到达人生、生命和人性的最深处。

只让散文做时代的传声筒，它很快就会被时代淘汰，而没有时代、民众和更广大的背景，散文就如同温室之花很快凋萎。我想，散文家应该摆对自己的位置：对于外在的时代环境，甘做边缘人，以自己的心静气闲、宁静致远和韬光养晦来感受时代的波动、民众的呼吸，体悟世界、人生和生命的花开花落；对于自己来说，永远是精神矍铄、目光如炬、光彩照人，如出鞘之剑英气逼人。这颇似来自茫茫宇宙的"天光"，对于我们生活的地球，它既身处天边又温暖通透，既超脱于外又密不可分。

另外，散文文体的辩证法还表现在绚烂与平淡等方面，也就是说，一面是变化无穷，如春天争奇斗艳的大地；另一面是平淡自然，如无色无味的水。而后者有时比前者更为重要！就如同老子所言："道之出口，淡乎其无味。"林语堂在《说本色之美》中也说："文人稍有高见者，都看不起堆砌辞藻，都渐趋平淡，以平淡为文学最高佳境；平淡而有奇思妙想足以运用之，便成天地间至文。"① 而作为以平淡取胜的散文更是如此！因此，散文中的神品、逸品不是那些华而不实的炫目之作，而是在平淡中寓存绚烂性灵、在朴实中包含奇思妙想、在谐和中充盈蓬勃气势的佳作。由于篇幅所限，在此就不详论了。

散文文体的最大魅力在于它的"非确定性"和"创造性"，一旦它以"模式"被确定下来，也就开始枯萎甚至走向死亡，不论是个人、流派，

---

① 林语堂：《说本色之美》，载《林语堂散文经典全编》第一卷，九洲图书出版社1998年，第280页。

还是时尚都是如此。然而，我们又不能忽略它的内在限制，只有这样才能保证其相对独立性。也可以这样说，散文既不是单一的"静态"，也不是单一的"动态"，而是二者的辩证统一体。这是我对散文文体的辩证理解。形象地说，散文文体颇似水，它没有自己的固定形状，所以几近于道；然而它又是随时而变，随地赋形的。比如，它天冷时冻结成冰，天暖时化解为水，天热时蒸发成汽，遇寒流聚为雨雪。又比如，在碗中水成碗形，在瓶中水成瓶形，在手中水成手形，在口中水成口之形，在江河中水成江河之形，在大海中水成大海之形。如果我们这样辩证地理解散文文体，就可以庶几近之，当前对于散文文体的许多错误认识也就可以得到纠正。

# 散文写作的难度与境界

当前,似乎全民都在写散文,这既是一件幸事,反映了散文受欢迎的程度及普及状况;同时,也应引起警觉和注意,因为过于大众化,极易让人失去规范和敬畏,使散文写作变得过于随意甚至泛滥。因此,我们既希望更多的人参与到散文写作中,又要认识到散文"易写而难工",看到散文写作的难度,以便提升散文写作的境界。散文写作有以下几个瓶颈,需要努力进行突破。

## 一、突破城乡二元对立

近现代以来,中国新文学着力书写城乡冲突,这既包括单个作家,也包括作家群体。较有代表性的是路遥,他在《人生》和《平凡的世界》中一直书写紧张甚至对立的城乡关系,仿佛这是一个永难和解的矛盾体。鲁迅笔下的乡村人物闰土,也是狭隘、封闭、保守、落后的典型,曾经多么鲜活的少年,一下子变成失去活力的麻木之人。另一方面,沈从文、废名则描绘了乡土风情之美好,一种不被污染的纯净大自然。

其实,这种观念与审美在当下一直没有得到改变,在散文创作中表现得尤其明显。最有代表性的是近些年对破败村庄的描写,仿佛让我们看到了鲁迅笔下的破败景象。那就是原本美好的乡土一下子流失了,就如同被雨水带走的高原土壤,村庄变得荒芜、败落,毫无生机活力。这在大量的新时期乡土散文中几近成为一种风尚。另一方面,不少散文对乡村则给予礼赞,并陶醉其中,对都市则是进行无情的批判与否定。最有代表性的是张炜和苇岸。他们在用乡土文明批判都市文明,获得某些对都市异化的超越性的同时，也将城乡关系对立起来，从而失去了关于城乡文化的辩证理解。如张炜所说：

> 说起来让人不信，我记得直长到二十多岁，只要有人大声喊叫一句，我心上还是要产生突然的、条件反射般的惶恐。直到现在，我在人多的地方待久了，还常常头疼欲裂。后来我慢慢克服，努力到现在。但是说到底内心里的东西是无法克服的。我得说，在反抗这种恐惧的同时，我越来越怀念出生地的一切。我大概也在这怀念中多多少少夸大了故地之美……那里的蘑菇和小兽都成了多么诱人的朋友，还有空旷的大海，一望无边的水，都成为我心中最好最完美的世界。①

> 不用说，我对于正在飞速发展的这个商业帝国是心怀恐惧的。说得更真实一点，是心怀仇视的。商业帝国的中心看来在西方，实际上在自私的人的内心——包括我们的内心。我之所以对前途不够乐观，是因为我们实在难以改变我们的内心。许多人，古往今来的许多人都尝试改变人的内心，结果难有效果。这说到底是人类悲观的最大根据。②

苇岸也有同样的看法，他说：

> 二十世纪这辆加速运行的列车已经行驶到二十一世纪的门槛了。数年前我就预感到我不是一个适宜进入二十一世纪的人，甚至生活在二十世纪也是一个错误。我不是在说一些虚妄的话，大家可以从我的作品中看到这点。我非常热爱农业文明，而对工业文明的存在和进程一直有一种源自内心的悲哀和抵触，但我没有

---

① 张炜：《我跋涉的莽野》，春风文艺出版社2001年版，第3—4页。
② 张炜：《我跋涉的莽野》，春风文艺出版社2001年版，第8页。

办法不被裹挟其中。①

在此,我们看到了沈从文、废名的深刻影响。

近现代以来,城乡关系确实存在某些对立,作家尤其是散文家亦可对此进行审视与批评。不过,忽略城乡的融合发展,尤其是对二者缺乏互补与辩证的理解,这是一个世纪以来包括散文在内的新文学之局限。这就必然影响作家的文化价值判断与选择,使其陷入非此即彼的二元对立之中,从而导致文学创作的简单化与价值偏向。在这方面,林语堂倡导的城乡互补、融通和谐值得借鉴,即让城市融入乡村风光,让乡村多些城市文化内涵。总之,只有超越城乡二元对立的视野和价值判断,散文创作才能变得更加开阔和健全。

## 二、走出传统与现代的困局

传统与现代的关系是晚清民国和"五四"以来中国文学的核心问题。经过百余年的努力,作家们成绩斐然,贡献颇丰。但值得注意的是,作为一种文化价值选择,在包括散文在内的文学创作中,至今它仍未得到根本解决,有不少地方甚至呈现出更为强烈的矛盾冲突及困惑。不走出传统与现代的困局,文学创作尤其是散文创作就很难获得真正的进境。

以周作人、林语堂二位作家为例,其现代性倡导与追求在新文学作家中无疑是颇有代表性的。然而,有时他们仍会陷入传统性的迷思中不能自拔。如周作人与林语堂都曾写过北京与上海这两座城市,而且两人几乎异口同声地高扬北京,贬损甚至咒骂上海。林语堂说:

> 上海是可怕的,非常可怕。上海的可怕,在它那东西方的下流的奇怪混合,在它那浮面的虚饰,在它那赤裸裸而无遮盖的金钱崇拜,在它那空虚,平凡,与低级趣味。上海是可怕的,在它

---

① 苇岸:《太阳升起以后》,中国工人出版社2000年版,第285页。

那不自然的女人，非人的劳力，乏生气的报纸，没资本的银行，以及无国家观念的人。上海是可怕的，可怕在它的伟大或卑弱，可怕在它的畸形，邪恶，与矫浮，可怕在它的欢乐与宴会，以及在它的眼泪，苦楚，与堕落，可怕在它那高耸在黄浦江畔的宏伟而不可动摇的石砌大厦，以及靠着垃圾桶里的残余以苟延生命的贫民棚屋。①

这一面显示了林语堂对于上海被异化的不满与仇恨，另一面也隐含了他们对于现代性的隔膜与忽略。因为周作人、林语堂笔下的北京与上海显然是传统与现代的代名词，即一个是古老的、守旧的，一个是全新的、开放的。问题的关键不在于周作人与林语堂两人都对上海大加鞭挞，而在于他们都看不到上海有一丝一毫的现代性，相反，却对传统的北京充满无限爱恋。如林语堂用"辉煌的北京"等语言富有深情地写老北京："北京，似乎是个永不衰老的城市。当此时刻，所有西方文明的记忆都似乎从脑海中消失了，只有古代的梦化作真实的北京，在眼前迤逦展现。"②"北京代表了中国的一切——泱泱大国的行政中心，能够追溯到大约四千五百年前的伟大文化的精髓。世界上最源远流长、完整无缺的历史传统的顶峰，是东方辉煌文明栩栩如生的象征。"③

还有鲁迅，在他的两本散文集《野草》和《朝花夕拾》中，其实是包含着现代与传统的关系的。换言之，《野草》是鲁迅表达"现代性"的一个文本，《朝花夕拾》是承载着传统审美意识的。问题的关键是，在这两个文本中，最能显示鲁迅心性和本来面目的，我认为不是《野草》，而是《朝花夕拾》，正是后者让鲁迅的心怀得以陶醉和安慰。因此，在鲁迅笔下的

---

① 林语堂：《上海颂》，载《林语堂名著全集》第15卷，东北师范大学出版社1994年版，第56—59页。

② 林语堂：《辉煌的北京》，载《林语堂名著全集》第25卷，东北师范大学出版社1994年版，第53页。

③ 林语堂：《辉煌的北京》，载《林语堂名著全集》第25卷，东北师范大学出版社1994年版，第255页。

现代与传统的关系中，最具深度与灵魂意义的不是现代，而是传统意蕴和情调。

当下散文一直没有处理好传统与现代的关系，不是简单地用现代性误读传统，就是抱定传统而忽略现代性，从而在传统与现代中迷失了自我。如在余秋雨、李国文的散文中，我们常看到简单地用现代性看取传统，于是有了《笔墨祭》和《司马迁之死》这样的文本。又如张承志的《清洁的精神》一文，主要站在传统的角度全力赞美荆轲精神，认为其冒险刺杀、讲究诚信是"洁"之表现，是值得大书特书的伟大品格。其中，现代性的意识较为薄弱。林非先生的《浩气长存》同样写荆轲，但他既看到了荆轲的大义凛然、勇毅果敢，又深刻指出了这背后隐含的暴力情结，即处理不好荆轲就会变成恐怖的渊薮。基于此，林非提出，在现代民主社会中，一般来说，是不再需要让荆轲去进行刺杀，以完成所谓的伟业的。林非还对美国都市文明进行过辩证理解，认为它在取得巨大成就的同时，也带来了原始人生活的某些局限与误区。这是因为过于密集的高楼大厦挡住了阳光，让人有进入原始洞穴之感。这样的认识犀利敏锐，又具有现代性的反思深度。

问题在于，既有传统眼光又不乏现代意识的散文，在当前可谓少之又少，而更多的是充斥着传统与现代的矛盾的散文，这是需要注意和思索的。百年之后的今天，散文仍不能走出现代散文的局限，甚至在原地踏步，这不能不令人担忧起来。

## 三、确立前瞻性的发展向度

如果说当前散文最大的问题是什么，我认为是作家过于沉溺历史，对现实、时代关注不够，更缺乏对于现实与时代的穿越能力，难用更长远的眼光进行更有预见性的智慧写作。从此意义上说，当前散文多是一种盲目写作，是一种缺乏创新维度、不能指引美好前途的写作。

近些年，历史文化散文盛行，并形成了散文创作的一个高潮。其中，余秋雨可谓功不可没。从散文的历史感、文化含量及散文的学者化角度讲，这一趋向无疑是有价值的。但少有人从更广阔的视野审视这场散文风潮的成因和负面效果。我认为,历史文化散文暴露的是作家对于现实的疏离,以及与时代的隔膜,尤其是在社会重大转型面前的无能为力。因为世界如此变化无常,社会如此丰富多彩,时代如此波澜壮阔,前途如此充满未知。然而,我们的散文家却躲进历史的皱褶中发掘历史的碎片,其中虽不乏某些时代社会的隐喻甚至讽喻,但其方向是逆时代的,对当下和未来缺乏真正的触摸与探求。

当然也有一些关注现实,与时代同呼吸的散文作品。但或由于过于贴近现实,不能具有超越性与未来性而显得机械刻板;或因为缺乏悟性与智慧,不能起到开悟和点醒的作用;或由于眼界和理论的限制,难以产生洞悉的能力。以贾平凹为例,他多年来一直用文学创作关注时代变化,也试图解释社会转型中强烈的矛盾冲突,尤其是农村在都市、传统在现代面前的演变,其努力与价值不可低估。不过,由于难以透过现象看到本质,也由于过于拘泥于传统和乡土,其包括散文在内的文学创作很难具有前瞻性与未来指向。如将之与马克思、巴尔扎克看透了资本家和资本主义的本质相比,这一点更为明显。贾平凹曾这样表达自己对乡村书写的困惑:"从理性上我在说服自己,走城镇化道路或许是中国的正确出路,但在感性上我却是那样的悲痛,难以接受。""当下的农村现实,它已经不是肯定和否定、保守和激进的问题,写什么都难,都不对,因此在我后来的写作中,我就在这两难之间写那种说不出也说不清的一种病。"①其中显然透露出作家对于未来乡村发展的困惑与忧患,也说明作家还无法穿越现象世界进入未来的明确方向之中。

应该承认,当前中国所面临的巨变是前所未有的,虽然它不是通过激烈的革命形式得以呈现。不要说敏感的诗人和小说家,更不要说与社会时代紧密相连的散文家,就是普通百姓也能从中感受到惊心动魄的震撼。然而,我们的散文家却沉溺于历史写作中不能自拔,少有或几乎没有能真正解释时代,为未来中国乃至世界指点迷津的。这不能不说是一个历史局限,也是作家未能尽责的一大缺憾。

---

① 贾平凹:《当下的汉语文学写作》,《美文》2017年第9期。

## 四、以天地境界克服人本主义局限

"五四"以来的中国新文学突显周作人的"人的文学"的观念，于是，"文学是人学"深入人心，也推动了包括散文在内的文学创作的自由与解放。但其最大的不足是过于强调"人"，尤其是无限夸大人的欲望，从而导致天地情怀之淡化乃至丧失。没有天地境界作为支撑，"人的文学"就会越来越偏狭，甚至出现异化的结果。

失去天地自然，尤其是天地大道，散文创作就会带来如下问题：一是忽略"人"之外的事与物，许多散文除了写"人"，很难写好事与物，这就导致中国传统"格物致知"之丧失。二是欲望与暴力写作盛行，对天地失了敬畏。过于信赖人的无所不能，以及人为天地之精华和主宰，散文创作就会失去节制与平衡，变成一个自我主义者，甚至成为自大狂。这样的散文在当前俯拾即是。三是以人之道消解或否定天地之道。当一个作家心中只有"人"，甚至只有他自己时，他就很难摆脱"人"的局限及其形成的路径依赖，更难进入天地情怀与博大境界中，于是散文就难免在"个我"、碎片化、小情调、小格局中徘徊，很难进入浩然正气、顶天立地的大丈夫境界。

余光中的《借钱的境界》《我的三个假想敌》《我是余光中的秘书》等散文就存在过于"个我"及贵族化倾向，如果将之与王鼎钧、琦君的具有"大我""大爱"的散文相比，这一点尤显突出。还有时兴的"小女人散文"和"种花养草养生散文"，以及更多关于阿猫阿狗的散文，都是缺乏天地情怀与天地境界的典型例子。

散文创作应走出私人、"个我"和小我的小天地，进入天地自然和天地大道之中。只有这样，散文才会获得高尚的境界，也会给人带来智慧的启示。

其实，表面看来，散文文体极为丰富，写法也可以多种多样，而散文的魅力正在于自由自在地写作，在于爱怎么写就怎么写。然而，散文本身并非没有边界，更不是随便怎么样都可以写好的。在此，除了需要生活阅历、真情实感外，还需要"绚烂之极归于平淡"的表达技巧。当然，更需要有文化价值立场的正确性,需要一种穿越历史、现在与未来的眼光。在此,冯骥才说得好:"文化眼光不是一般眼光,它必须具有文化意识和文化素养。"①"有些事物的历史文化价值,必须站在未来才能看到。文化,不仅是站在现在看未来,更重要的是站在明天看现在。""那么,文化眼光不只是表现为一种文化素养,一种文化意识,更是一种文化远见和历史远见。"②就如同汽车司机可在平道上开车,但让飞机在短暂的地面滑动后腾空而起,展翅高飞,却是相当困难的。因此,切不可看轻散文写作,认为谁都可以试试,谁都能够写好。一般的涂鸦很简单,但要写出佳作,尤其是"天地至文",却并非易事。

---

① 冯骥才:《文化眼光》,载《中国当代才子书·冯骥才卷》,长江文艺出版社1997年版,第229—230页。

② 冯骥才:《文化眼光》,载《中国当代才子书·冯骥才卷》,长江文艺出版社1997年版,第233页。

# 散文文体：中国传统文化基因密码的载体

当下，在众多文体中，散文可能是最不受重视的，这在创作和研究两个方面都有表现。一个作家可能不是诗人、小说家、戏剧家，但很少有不会写散文或没写过散文的，于是散文文体被看轻，因为人人均可成为散文家。一个研究者若稍有实力，就不会去研究散文，所以至今研究散文的学者并不多见，有影响者更少。这在学界几乎达成了共识：散文既无理论，受外国影响又小，而且繁杂无规矩，研究它没有多少意义。基于此，散文这一文体在近现代以来遭遇了空前的冷落，其研究价值也令人生疑。其实，散文文体远非人们认为或想象的那样简单，其价值应重新得以思考和确认，尤其是它所承载的中国传统文化基因与密码更为重要。

## 一、中西文化博弈与中国文化断流

作为世界四大文明古国之一的中国，长期以来处于自给自足的状态，有的朝代甚至达到了世界的巅峰。然而，近现代以来，它却遭遇了前所未有之变局及危机，这不仅表现在外国列强的坚船利炮的攻击和文化的冲击，更表现在中国文化内部的纷争与决裂。最典型的是胡适倡导的"文学革命"，陈独秀的打破一切偶像论，以及鲁迅、钱玄同等人的改变汉字与换血换种理论。应该承认，这些对于突破中国传统文化的"板结"，建构现代新文化，无疑具有重要的革命意义。

不过，我们也应看到，在这种现代性诉求中却忽略了一个重要问题，即逐渐背离了中国文化的立场、血脉及本根，一种西化甚至是崇洋媚外的倾向甚嚣尘上。我们较少思考，中国传统文化中的哪些内容成为我们发展的羁绊,哪些则不是;中国明清尤其是晚清的政治腐败原因何在,是不是与中国文化直接相关;中国富强与人类幸福的期许何在,是否必须进行彻底的反传统。如不思考这些问题,就很难理解中国现代文化建设何以面临如此令人焦虑的中国传统文化的根本性危机。

我们先不说诚信危机、金钱倒逼正义、缺乏敬畏的人心不古;也不说有的"人民公仆"所达到的惊人的贪腐程度;更不说在中国传统文化中,教师、医生、法官、警察这些神圣职业的被异化,我们只说现代性文化所导致的中国传统文化的毁灭性危机。具体而言,主要有以下表现:

第一,传统文化与文物遭受到前所未有的破坏。如果问联系今人与古人的通道是什么,那么回答是文化和文物最为重要。今天,表面看来,人人都在搞收藏,殊不知在金钱利益的诱导下,在人们不断的交易中,文化与文物变得越来越少、受损的可能性越来越大,因为真正的文化与文物不是"货物",而是需要"收藏"的。有人说,当下中国农村平均每天以300个的速度在消亡[①],而北京、上海、天津等大城市,又有多少传统文化与文物得以保存?

第二,葬仪制度的变化所导致的文化断层。现在,学术研究最重要的突破方式之一是地下考古。如果有一项地下考古新发现,长期困扰人们的学术难题可能就会得以解决。然而,现在的火葬将改变这一状态,数年甚至数个世纪以后的学人就会遇到断层问题,他们已无法借助地下考古来进行研究了,因为火葬制度改变了中国传统的葬仪文化。于是,中国传统文化的血脉真的彻底断裂了。

第三,计划生育制度影响了书香门第的传承。祖先崇拜、家庭及多子多孙的观念,使得一个家庭的优秀传统总能延传下去,哪怕中有隔代也没关系。这也是为什么中国古代会出现文化世家,像王羲之、苏东坡、米芾、袁中郎,以及近代的俞平伯等都是如此。但现在独生子女家庭成为常态,而又有多少子女会承继父业?单以藏书而论,有多少藏书家面临后继无人的命运?

---

① 冯骥才:《古村落消亡速度惊人　一代人当自责》,《文化现场》2012年第54期。

中国近现代以来，以科学、民主、自由等为主体的现代理念对于封建专制文化的批判意义，我们当然要给予充分肯定和高度评价，但是它所包含的盲目性、一刀切、西化倾向必须得到重视和纠偏。因为博大精深的中国文化决不能简单地用西方尤其是美国的这把"小刀"来进行剪裁，这就需要以更广阔的视野、更深刻的思想和更高的智慧进行审视。

## 二、西化背景下中国散文的悲剧命运

如果要问"五四"以来中国文化及文学的最大变化是什么，人们会异口同声地说：在西方文化与文学的冲击下，中国现代性的建立。也是在此意义上，进化论、创新、学习西方等成为我们的关键词。关于此，作家和学者走的基本是这样的路径：符合西方标准、向西方学习，就是创新；而有了创新，就是好，就给予充分肯定。

也许在小说、诗歌、戏剧等文体上可以如是说，因为西方在这些方面有不少优势。但这里存在的问题是，如果就此绝对地说，《红楼梦》不如西方小说，《牡丹亭》不如西方戏剧，陶渊明、李白、白居易、李商隐、李清照的诗不如西方的诗，恐怕也难以令人信服。最关键的是，我们向西方学习，到底学的是什么，能不能学到其精华，又在多大程度上进行了再造和创新，这是值得思考的。如果我们向西方学的只是皮毛，而作家和学者却将之视为创新，那就大错特错，甚至是荒唐可笑的。其实，不少所谓的当代新潮小说创作及其研究就建立在这样的理念与基点上。当然，如果以这样的认识来简单地要求中国散文，那将更是不可思议，甚至是南辕北辙的。这就容易导致对中国散文的理解出现偏向和错误。表现如下：

第一，在中国古代，散文不叫"散文"，而是泛指"文章"，它是一个更大、更具包容性的概念。只有到了近现代，"散文"作为一个学科才得以确立，中国传统的"文章"才变成我们通常所说的"散文"。而自周作人提出"美文"这一概念后，散文的内涵和外延进一步缩小和纯化，于是散文变成一个更为纯粹的"洁本"。很显然，在西方散文概念与中国文章内涵之间存在着一个巨大的偏角，如果不顾及中国传统特性，就会出现断裂与矛盾。

第二，无论怎么说，向西方看齐，以西方标准来衡定中国传统散文，并建构具有现代性的近现代中国散文，这是新文学运动以来比较一致的倾向。五四时期的周作人、郁达夫讲究散文的"个性"，二十世纪六十年代的杨朔注重"将散文当诗来写"①，新时期的余秋雨散文则注入西方文化的价值观，都是如此。这带来了近现代及当代散文的突围与发展，但也使其离中国传统越来越远，有时甚至是风马牛不相及。最典型的例子是，余秋雨的《笔墨祭》用西方的现代性来阐释中国的毛笔文化，其中的文化断裂非常突出。

第三，二十世纪八十年代曾兴起这样的文化和文学思潮，即全面、急迫而又不加选择地引进西方的理论与方法，于是，一场"方法论革命"席卷中国。有趣的是，在小说、诗歌等文体"日新、日日新"的时候，散文界也出现了极为强烈的求变呼声。因为散文仿佛是一只巨大的破船，它不仅没有新变，仿佛是心安理得地在拖其他文体的后腿，并影响了整体新时期初期的文学格局。那时，最为响亮的口号是，散文走的是一条下坡路，它确实落魄了。②仿佛散文一夜间成为一个深陷泥淖的落伍者，再不奋力拔起，就会转瞬即逝，走向终结。这恐怕是有史以来关于中国散文最为悲观的"毁灭论"。而与之相映照的是，新时期以来关于散文创新的声音不绝如缕，它甚至成为一些先锋作家追求的目标和反传统的快刀与利箭，这也是所谓"新散文"不断受人追捧和发出最后的声音的理论前提。

但无论如何，自从中国古代文章被西方现代散文分割之后，它就被捆在了西方现代性的马车上，并加速度向前奔跑，从而形成了其悲剧性质。一方面，创新的引诱使现代散文离传统越来越远，其异化随处可见；另一方面，被现代性和创新意识甩下的散文，几乎成为保守、落后、无用的代名词，它也被先锋派散文家和散文研究者弃如敝屣。可以说，只用西方现代性尤其是创新理论看待中国散文，必然导致其悲剧性的命运。

---

① 杨朔：《〈东风第一枝〉小跋》，载《杨朔文集》（上册），山东文艺出版社1995年版，第650页。

② 黄浩：《当代中国散文：从中兴走向末路——关于散文命运的思考》，《文艺评论》1988年第1期。

### 三、中国近现代以来散文价值重估

应该说，从西方现代性尤其是创新性角度来建构和研究中国文化与文学并没有错，这是借他山之石以攻玉，也是从世界文化大局着眼所做出的有价值的努力和探索。不过，如果将此视为唯一甚至绝对的标准，那就不可取了。如果将西方的糟粕和技术当成精华来吸取，尤其是不能站在人类命运和发展的高度，与中国传统文化割裂开来，甚至不顾各种文学体裁的特性，简单地进行搬用和类比，那就值得注意和研讨了。事实上，在目前的中国文学创作和研究中，很多人没有跳出这样的樊篱。

近现代中国散文的价值当然可从这一角度来审视，以获得其现代性意义。如研究鲁迅的《野草》和《朝花夕拾》，更多的人站在现代性角度看到了其反封建意义，以及其中所包含的突破中国传统文化的审美趣味，但却看不到其中所隐含的中国传统文化精神与韵味，更看不到现代与传统的交战与搏斗。否则就无法理解，《野草》中竟有《雪》《好的故事》《腊叶》这样优雅的作品，也难以理解在《朝花夕拾》中也还有《二十四孝图》和《五猖会》这样尖锐的作品。因此，我认为，除了从现代性批判的角度看鲁迅的这两部散文集外，还要从传统与现代的交集与变奏的角度给予解释，尤其不能忽略从传统文化的流风遗韵的角度来进行审视。而最后一点，往往在那些所谓的现代和后现代小说与诗歌中不易看到。也是从这个意义上说，许多近现代和当代新潮小说的创作与研究需要被重新评价。这是因为，它们所受的西方影响多是一种因袭甚至模仿，还不能算是创新之举，如果从中抽掉西方影响，它们恐怕所剩无几，至少没有多少中国传统文化的底蕴，更不要说基因和密码了。因此，一部中国近现代和当代文学史将来恐怕要重写，以往被认为有现代性的文本，价值会大打折扣，而被视为保守、落后甚至愚昧的传统文化因素，则会获得新的价值认定。因此，一直不为人重视的散文文体将会获得新的价值，其中最重要的可能是传统文化因素的保留，以及它与现代文化的张力关系。

朱自清的《背影》可谓中国现代散文的代表作之一。但我认为，其最大的价值恐怕不是鲁迅的《野草》所表达的现代性诉求（尽管其中也有人生的苍凉意味），而是流动于中国人血脉中的父子情深，尤其是"可怜天下父母心"这一母题，以及表达方式的平淡、自然和细腻。在朱自清和俞平伯的同名作《桨声灯影里的秦淮河》中，虽然充满现代人的悲剧意味，但它们最有魅力的地方恐怕是人与自然、人与人之间的知音之感。据说，1959年俞平伯前往江苏视察，一行人到达朱自清的故乡扬州时，他心事沉重。后来，俞平伯离开大家，一人去南京。对此，大家都感到莫名其妙。直到后来看到俞平伯的《重游鸡鸣寺感旧赋》，方知他想起了好友朱自清，因此故地重游。[①] 这是中国传统士子的知音之感和高古妙音。如用西方现代性和创新性解读这两个作品，就会进入误读时空，因为二者在主题、审美趣味甚至是题目上都难以区分，没有所谓的创新。因此，不能用现代性和创新性去简单解释中国近现代以来的散文。

如果站在向传统转换的角度，以中国传统文化流失与保存交织的眼光，通过"朝花夕拾"忆旧的方式，我们就会看到中国近现代以来的散文有着独特的价值。因为在义无反顾的反传统文学体裁中，我们已难看到传统文化的面影，甚至也看不到传统与现代转换的迟疑与停留，而更多的是对西方文化的拿来和崇尚之情，这是令人遗憾的。

中国传统文化确实需要进行现代性转换，尤其是要突破封建专制主义的禁锢，进入现代民主制度中。但是，我们也要注意以下几点：第一，所谓的"现代性"不是西方的现代性，而是人类理想的现代性，因此，我们要承认，"现代性"不是西方的专利，在中国古代文化中也不乏现代性，至少有现代性的因子。第二，中国传统文化中有许多优秀成分，尤其是有五千多年的文明基因与密码，我们不能毫不顾惜地将之随意丢掉。第三，文化与文学除了创新，更需要继承，因为继承既是创新的基础、动力和源泉，又是一个民族得以存在和延续的"常态"。孔子所说的"述而不作"就包含了这层意思。第四，向西方学习固然重要和必要，但不能离开中国本土，因为西方再好的东西到了中国，都需要接受新的检验，也需要以中国作为轴心进行转换。这正所谓"变是为了开新"，而"不变则是为了通

---

① 孙荣华：《俞平伯与朱自清》，《博览群书》2007年第12期。

久"。因此，在探讨散文中"变"的因素时，不能忽略其"不变"的方面，尤其是包含中国传统文化基因与密码的内容。这是只从散文的现代性和创新性上难以看到的重要方面。

总之，在二十世纪八十年代中期，被视为跟不上时代步伐、缺少创新性的"散文文体"，从另一层面看，正显示出了其承载中华民族基因和密码的巨大功能，也是我们五千多年文明得以承继和绵延的魅力所在。然而长期以来，不受重视的散文的耀眼光芒却被我们偏激和狭隘的理论遮蔽了。

# 文化自信与中国现当代散文价值评估

中国现当代散文的价值一向为人们所忽略。在诗歌、小说、戏剧和散文四大文体中，散文被排在了后面，是作为文学的一个余数存在的，不少人认为没法归类的都可以装进散文的"筐子"。路遥将散文作为一种技巧性的文体，认为写散文只是写小说之前的文字准备与训练。① 余光中将散文视为"雕虫小技"，认为不足以观。② 就是散文创作者和研究者往往也对散文很不自信，觉得散文的文体独立性不强，写散文是一种休闲和无奈之举，是在小说创作高度紧张之后的一种舒缓放松。事实上，这都可以归因于缺乏文化自信，尤其是没有散文的文化自信，从而作为文体的散文失去了意义。只有改变这一状态，才能重审散文的价值，看到散文不可否认的独特存在意义。

## 一、中国文化自信与散文价值评估

在中国古代，散文是有文化自信的，所以中国有"诗文大国"的美称，诗文传统亦如长江、黄河一样源远流长。小说的出现则是很晚的事，到明清之际才开始兴盛，且作为末流小技是很难登上大雅之堂的。近现代以来，西方的坚船利炮打开了我们的国门，西方文化在中国逐渐获得了制导性，西方小说的地位开始上升，散文的地位快速下降。可以说，散文的边缘化与中国文化在近现代的走低与不自信直接相关。不过，与此相关的

---

① 厚夫：《路遥传》，人民文学出版社2021年版，第97页。
② 余光中：《剪掉散文的辫子》，载《桥跨黄金城》，人民日报出版社1996年版，第363页。

还有诗歌，中国古典诗歌为白话新诗所取代，从而带来了声势浩大的诗界革命。其实，中国文化的不自信值得反思，散文的文化自信与价值也需要重新评估。

一是中国传统文化优劣并存，但文化自信是不能丧失的。以往中国是不缺乏文化自信的，汉唐雄风是何等气魄，但到了近现代，这种自信逐渐丧失。先是认为器物不如人，后来觉得制度不如人，再后来则是思想文化不如人，①以至于出现吴稚晖、鲁迅、钱玄同等人更为偏激的观点——中国文字不如人，所以，要废除汉字；中国人不行，所以，要换血换种。钱玄同直言："二千年来用汉字写的书籍，无论哪一部，打开一看，不到半页，必有发昏做梦的话。此等书籍，若使知识正确、头脑清醒的人看了，自然不至堕其玄中；若令初学之童子读之，必致终身蒙其大害而不可救药。"②鲁迅也说过类似的话，并表示："汉字也是中国劳苦大众身上的一个结核，病菌都潜伏在里面，倘不首先除去它，结果只有自己死。"③鲁迅甚至宣称："汉字不灭，中国必亡。"④这些言论当然均有其独特的历史语境，也不能简单进行理解，但对中国文化的不自信态度是明显的。这种文化的不自信，必然导致对中国古代文学，也包括对散文的不自信。

二是对中国现当代散文的不自信，导致简单否定其价值。除了鲁迅（鲁迅曾表示："到五四运动的时候，才又来了一个展开，散文小品的成功，几乎在小说戏曲和诗歌之上。"⑤）、郁达夫、季羡林（季羡林则认为，"五四"以来的新文学，散文成就远高于诗歌和小说）⑥等人外，中国散

---

① 梁启超：《饮冰室合集》，中华书局2011年版，第43—44页。
② 钱玄同：《中国今后之文字问题》，《新青年》1918年4月第4卷第4号。
③ 鲁迅：《关于新文字——答问》，载《鲁迅全集》第六卷，人民文学出版社2005年版，第165页。
④ 潘大明：《鲁迅最后一次接受采访说了些什么？》，《文汇读书周报》2019年7月29日。
⑤ 鲁迅：《小品文的危机》，载《南腔北调集》，人民文学出版社1973年版，第136页。
⑥ 季羡林：《漫谈散文》，载《三真之境：季羡林散文精选》，海天出版社2001年版，第1—2页。

文在不少人眼里一直有落伍者之嫌。比较典型的是余光中，1963年他写了一篇文章，题目是《剪掉散文的辫子》，其中对散文家与散文的现状极为不满，甚至用各种恶言加以贬低。他说："许多诗人用左手写出来的散文，比散文家用右手写出来的更漂亮。一位诗人对于文字的敏感，当然远胜于散文家。""我们生活于一个散文的世界，而且往往是二三流的散文。我们用二三流的散文谈天，用四五流的散文演说，复用七八流的散文训话。""在一切文体之中，最可厌的莫过于所谓'散文诗'了。"为此，余光中还用"花花公子的散文""稀稀松松汤汤水水的散文"的称呼来恶心散文。① 到二十世纪八九十年代，由于受到西方新理论和新方法的影响，文学追新求变成为一种风潮，看着朦胧诗、先锋小说发生日新月异的变化，特别是在向西方学习各种花样翻新的技巧时，许多人坐不住了，开始反思并质疑散文，还开始自我质疑，于是发出了"散文从中兴走向末路"之类的绝望呐喊。有作者对此表示："散文，在江河日下之中。""散文走的是一条下坡路，它确实落魄了。""'散文'作为一个文学概念已经失去了存在的必要性和价值。""不管散文做出怎样的努力，它最终是不会获得成功的。""散文——一直被误作文学的散文就已经完成了它的历史文化使命，它应当寿终正寝了。""当代文学不再需要散文了，这是一个很简单明了的事实。"② 这是至今我所看到的，关于散文消亡论最悲观绝望的文章，透出散文研究者的心态和面影。

三是从中国文化自信和散文自信的角度理解，散文的价值就会得以凸显。当中国"五四"新文学全力批判否定中国传统文化时，也有一些所谓的保守顽固派一直全力以赴地进行维护，希望守住中国文化的根脉，这在林琴南、辜鸿铭、林语堂等人身上表现得最为明显。以往，人们总是站在"新"的角度否定这些人的"旧"，但站在传统文化及中国人的精神角度看，那些激进派的激进言论又有些荒唐可笑。以林语堂为例，早年在五四时期

---

① 余光中：《剪掉散文的辫子》，载《桥跨黄金城》，人民日报出版社1996年版，第359—369页。

② 黄浩：《当代中国散文：从中兴走向末路——关于散文命运的思考》，《文艺评论》1988年第1期。

他也是激烈的反传统派,他甚至在《给玄同先生的信》中,提出"今日谈国事所最令人作呕者,即无人肯承认今日中国人是根本败类的民族","惟有爽爽快快讲欧化之一法而已"。① 不过,随着去国外生活,经年日久接触欧美文化,林语堂的观点逐渐发生变化,并且是根本性的变化,他一改对欧美文化的崇拜,也去掉了所谓的"哈佛气",对中国传统文化充满敬意。据林语堂次女林太乙说,她们一家人刚到美国,穿旗袍的母亲及其"中国人"的形象就招来了美国人的围观。在孩子的惴惴不安中,林语堂对妻女说:"我们在外国,不要忘记自己是中国人。外国人的文化与我们的不同,你可以学他们的长处,但绝对不要因为他们笑你与他们不同,而觉得自卑,因为我们的文明比他们悠久而优美。无论如何,看见外国人不要怕,有话直说,这样他们才会尊敬你。"② 确实如此,对比中国五千多年的文明,美国文化还只是个孩子,甚至连孩子都算不上,一句"我们的文明比他们悠久而优美"包蕴了多少文化自信。这也是为什么,林语堂写了《秋的况味》《生活的艺术》《苏东坡传》《辉煌的北京》《年华渐老——生命的旋律》等作品,极力渲染中国古老文化的精神气质,那种成熟、镇定、从容、优雅深具诗意情怀,可以克服、穿透、消融所有的生活、人生、生命的坚冰,进入一种化境。林语堂有这样的诗心,他写道:

> 无论国家和个人的生命,都会达到一个早秋精神弥漫的时期,翠绿夹着黄褐,悲哀夹着欢乐,希望夹着追忆。到了生命的某一个时期,春日的纯真已成回忆,夏日的繁茂余音袅袅,我们瞻望生命,问题已不在于如何成长,而在于如何真诚度日;不在于拼命奋斗,而在于享受仅余的宝贵光阴;不在于如何花费精力,而在于如何贮藏,等待眼前的冬天。自觉已到达某一境地,安下心来,找到自己追求的目标。也自觉有了某一种成就,比起往日的

---

① 林语堂:《林语堂名著全篇·剪拂集·大荒集》,东北师范大学出版社1994年版,第10—11页。

② 林太乙:《突然觉得自己是中国人》,载《林家次女》,西苑出版社1997年版,第80—82页。

灿烂显得微不足道，却值得珍惜，宛如一座失去夏日光彩的秋林，能保持经久的风貌。①

　　这种散文笔法是一种中国文化精神的写照，是一种真正懂得了世界人生的真谛，以生命的智慧开悟后的升华体验，这在西方悲剧意识形成的心灵撕裂状态下是很难理解的。其实，鲁迅的《朝花夕拾》、梁实秋的《雅舍小品》，以及孙犁、季羡林、张中行等人的散文都有这样的精神气质。如季羡林写过多篇论老年的文章，其间充满中国文化的智慧。他说："平心而论，人老了，不能说是什么好事，老态龙钟，惹人厌恶；但也不能说是什么坏事。人一老，经验丰富，识多见广。""我们应该有一个正确的生死观，正确的少年观与老年观。我觉得，还是中国古代的道家最聪明，他们说：万物方生方死。一下子就把生与死，少年与老年联系在一起了。"②这样的认识是充满中国文化自信的，散文也就富有了文化底蕴和生命智慧。

　　还有，从继承与创新的关系看，在文学的四大文体中，散文更多保留了中国传统文化的基因和密码。③因为诗歌、小说、戏剧在向西方学习的过程中，以反传统的激烈态度为前提；而散文这个相对传统的文体则更多保留了传统文化的基因和密码。因为创新是很难的，而邯郸学步很容易导致鸡飞蛋打，也是在此意义上，中国文化讲究"述而不作"，歌德本人也坦承，自己的原创是很少的，所取得的成就基本上是站在前人的肩头达成的。因此，只用西方的创新性来衡量散文是一个误区，也很容易夸大创新的作用，忽略中国文化的继承性问题。散文在继承性上应与中国传统文化联系起来，以此确立自己的文化自信。从中国现当代散文与中国传统散文中，特别是小品、随笔、抒情性散文等，可以找到其内在关联性。如关于

---

① 林语堂：《八十自叙》，宝文堂书店1990年版，第69页。
② 季羡林：《再论老年》，载《季羡林全集》第8卷，外语教学与研究出版社2010年版，第476页。
③ 参见王兆胜：《散文文体：中国传统文化基因与密码的载体》，《学术研究》2015年6期。

亲情的散文，古今有共通的母题，很难讲所谓的创新性，但从韩愈的《祭十二郎文》到郁达夫的《一个人在途中》，从欧阳修的《泷冈阡表》到季羡林的《赋得永久的悔》，从贾谊的《吊屈原赋》到张清华的《转世桃花》，都可见出情感的真挚动人与感人肺腑。

总之，以西方文化评价中国现当代散文，很容易走上片面追求个性与创新的误区，甚至会简单否定对中国传统的继承性。只有在中国文化的源与流中，中国现当代散文才能找到归宿与底蕴，才能在中国现当代散文中看到一个民族的历史根脉与力量延伸。基于此，许多与中国传统文化、文学断流的所谓先锋诗歌与小说，其价值才是值得怀疑的。目前，许多先锋文学作家重又调整创作向传统回归与致敬就很能说明问题。①

## 二、西方文化激活中国的散文传统

从中国文化传统的延伸理解现当代散文，看到其价值意义，有助于避免西方文化的简单介入，以及对其造成误解。不过，毕竟时代不同了，中国现当代散文不可能成为传统的复制品，更不是没有新意的沿袭，这就需要进行创造性转化和创新性发展。其实，这也是一种文化自信，是向西方文化开放、借鉴、吸收的过程，也是自我革命的一种创造。

个性化、人性化、生活化的散文在中国现当代得以弘扬壮大。众所周知，中国传统文化讲究中庸之道，和谐为其主要基调。西方启蒙文化重在人的解放、个性解放，强调自由、民主、科学理念，这对中国现当代散文有着深刻影响。也是在这个意义上，郁达夫认为："五四运动的最大的成功，第一要算'个人'的发现……以这一种觉醒的思想为中心，更以打破了械梏之后的文字为体用，现代的散文，就滋长起来了。""现代的散文之最大特征，是每一个作家的每一篇散文里所表现的个性，比从前的任何散文都来得强。"② 所以，有个性的中国现当代散文特色鲜明，从鲁迅的《野

---

① 高远：《向文学传统靠拢的先锋写作者》，《文化艺术报》2020年1月18日。
② 郁达夫：《〈中国新文学大系·散文二集〉导言》，《郁达夫文集》第六卷，花城出版社、生活·读书·新知三联书店香港分店1982年版，第261页。

草》、周作人的《人的文学》到巴金的《随想录》,再到钟鸣、刘烨园、苇岸、冯秋子、刘亮程、王开岭、蒋蓝、彭程、祝勇、周晓枫、杨献平、杜丽、黑孩、黑陶等人的"新散文",都很有代表性。人性化与生活化的散文更多,像刘亚洲的《王仁先》、耿立的《赵登禹将军》,都是从人性的深度和生活的现场感进行西方化个性启蒙的。林语堂的散文更是如此,它写得放逸潇洒,追求"道理参透是幽默,性灵解脱有文章",在个性化、人性化、生活化上达到了美妙的调和,仿佛进入了超然的境界。在《论性灵》一文中,林语堂这样写道:"古来文学有圣贤而无我,故死;性灵文学有我而无圣贤,故生。惟在真正性灵派文人,固不肯以议论之偏颇怪妄惊人。苟胸中确见如此,虽孔孟与我雷同,亦不故为趋避;苟胸中不以为然,千金不可易之,圣贤不可改之。盖宇宙之生灭甚奇,人情之变幻甚奇,文句之出没甚奇,诚用取之,自成奇文,无所用于怪妄吊诡也。实则奇文一点不奇,特世上顺口接屁者太多,稍稍不肯人云亦云自抒己见者,乃不免被庸人惊诧而已。"[①]在此,不论是自我个性的张扬,还是意境的营造,抑或是情绪的变幻,以及遣词造句的灵活多变,都透出西方现代性特色,犹如鲁迅笔下的狂人、郭沫若塑造的女神,给人以强烈的心灵震撼。

浪漫主义的青春热情、奋发有为、开拓进取成为中国现当代散文的新基调。毕竟在封建专制主义思想的禁锢下,中国传统文化思想有封闭保守甚至腐朽的气息,这是"五四"新文化与新文学以摧枯拉朽、势不可挡的进化论进行突破的关键。其中,梁启超的《少年中国说》、李大钊的《青春》、胡适的《文学改良刍议》都如春日新花一样绽放,这是对故步自封的老旧文化的一次涤荡和洗礼。梁启超以其火热的激情、强大的逻辑和理想主义风范,写道:"故今日之责任,不在他人,而全在我少年。少年智则国智,少年富则国富,少年强则国强,少年独立则国独立,少年自由则国自由,少年进步则国进步,少年胜于欧洲则国胜于欧洲,少年雄于地球则国雄于地球。""红日初升,其道大光;河出伏流,一泻汪洋;潜龙腾

---

[①] 林语堂:《论性灵》,载《林语堂散文经典全编》第一卷,九洲图书出版社1998年版,第533页。

渊,鳞爪飞扬;乳虎啸谷,百兽震惶;鹰隼试翼,风尘翕张;奇花初胎,矞矞皇皇;干将发硎,有作其芒;天戴其苍,地履其黄;纵有千古,横有八荒,前途似海,来日方长。""美哉,我少年中国,与天不老!壮哉,我中国少年,与国无疆!"①李大钊的《青春》更是在温润中充满阳刚向上的积极进取精神,作品写道:"宇宙无尽,即青春无尽,即自我无尽。此之精神,即生死肉骨、回天再造之精神也。此之气魄,即慷慨悲壮、拔山盖世之气魄也。惟真知爱青春者,乃能识宇宙有无尽之青春。惟真能识宇宙有无尽之青春者,乃能具此种精神与气魄。惟真有此种精神与气魄者,乃能永享宇宙无尽之青春。"②"达于青春之大道。青年循蹈乎此,本其理性,加以努力,进前而勿顾后,背黑暗而向光明。为世界进文明,为人类造幸福,以青春之我,创建青春之家庭,青春之国家,青春之民族,青春之人类,青春之地球,青春之宇宙,资以乐其无涯之生。"③这种天地情怀是可以包纳宇宙的,青春气息确如朝阳般光芒四射。其实,新中国成立后,杨朔、刘白羽、秦牧三大家的散文,魏巍的特写《谁是最可爱的人》等,也都有一种朝气蓬勃的奋发向上的伟力。还有《新青年》《新潮》及新文学、新小说、新诗、新散文等,都是以"新"命名的,大大增强了新鲜的活力与气息。

革命文化、先进文化、红色文化为中国现当代散文增加了亮色。在中国现代化进程中,马克思主义中国化起到了巨大作用,这也是中国现当代散文的重要组成部分,甚至是核心内容。以往,我们比较重视个性启蒙散文,相对忽略了先进的革命性红色散文,或者说在新中国成立后比较重视,改革开放后又有所调整,甚至一度出现这样的状况,对革命现实主义散文评价不高,并以个人启蒙叙事进行取代或遮蔽。事实上,充分反映革命文化、先进文化、红色文化的中国现当代散文不在少数,也具有重大的理论价值和现实意义。从李大钊的《庶民的胜利》《布尔什维主义的胜利》开始,革命文化、先进文化、红色文化的旗帜就已经高高飘扬,成为二十世

---

① 梁启超:《饮冰室文集》,载《饮冰室合集》第1卷,中华书局2011年版,第12页。
② 李大钊:《青春》,载《李大钊全集》第二卷,河北教育出版社1999年版,第384页。
③ 李大钊:《青春》,载《李大钊全集》第二卷,河北教育出版社1999年版,第393页。

纪全世界人类普遍心理变动的显兆、人人心中共同觉悟的精神和新精神的胜利。新中国成立后，特别是改革开放后，为社会主义革命和现代化建设唱赞歌更成为时代的声音，这在巴金的《我们伟大的祖国》《向着祖国的心》、朱良才的《朱德的扁担》、袁鹰的《井冈翠竹》、路遥的《不丧失普通劳动者的感觉》《关注建筑中的新生活大厦》《作家的劳动》《生活的大树万古长青》、梁衡的《大无大有周恩来》等系列伟人散文中，都有深刻的体现。但这种散文的文化自信现在还没有被发扬光大，在有的个性化的文学史、散文史作品中受到严峻挑战和质疑。

西方文化特别是马克思主义思想对中国现当代散文意义重大。有的作品虽然存在表面化、概念化、口号化的局限，但整体而言，其作用是不可低估的，在中国散文现代化过程中起到中流砥柱的作用，也有灵魂重塑之功。

## 三、中国现当代散文的文化自觉意识

整体而言，中国现当代散文在文化选择上还缺乏理性自觉意识，也存在着这样或那样的矛盾困惑，甚至出现了盲点误区。不确立新的文化自信，保持清醒的文化理性自觉，今后的散文创作和研究很难有更加广阔的前景与无限潜质。因此，站在中国式现代化角度理解文化自信，散文研究就会有所突破，得到创新发展。

关于散文的文化化问题。有人说，"文化化是一项长期的、稳定的行为，是一点点渗透进消费者印记中的，愈是持续化的传递，才愈能够显出品牌的文化魅力"①。散文是需要文化作为强有力支撑的，散文的文化化更强调以文化的方式进行化解，从而使散文具有文化品质、高度、境界。比如，有的散文虽然关注了现实问题，但文化含量不够；有的学者散文沉溺于资料的堆积，没有文化含量，只停留在文化表面；还有的政治散文没有将政治转换成文化，也就容易显得贫乏空洞，甚至陷入政治说教。

---

① 刘伟华、林江华：《茶产业文化化视域下的新时期茶馆经营》，《农业考古》2016年第2期。

还有文化选择问题,没有通透的文化理性与智慧显现,许多散文就会处于文化的板结状态,被自己设定的心结缠绕。如中国现当代散文受到梭罗的《瓦尔登湖》的巨大影响,这对反思与反驳工业文明给人类带来的弊端是有益的,但最大的问题是没有看到这个文本的不健康因素,没有认识到其背离时代的问题。试想,一个作家从过着俭朴生活到素食主义、远离时代社会发展潮流,怎能听到时代的心跳,理解现代化过程中存在的问题局限,进而富有前瞻性地敏锐地提出解决之策?还有不少散文在城乡、中西文化选择上一直处于困惑状,作品不能穿越时代、历史、国家、人类前途命运中的障壁,有的简单否定现代,有的沉溺于乡土文明不能自拔,导致了滞后于时代和远离社会的巨大变革。在新时代,国家、世界、人类处于百年未有之大变局中,散文如若不能以文化成,有前瞻性眼光,必然失去引领性和文化意义。还有,散文需要改变世俗化倾向,有崇高境界与天地情怀,这是散文文化化的更高要求。以刘亚洲的《王仁先》与耿立的《赵登禹将军》为例,它们虽然是个性启蒙的重要文本,也在人性深度的描写上有所突破,但用世俗解构崇高、以个体消弭集体、以放任无视军纪,所有这些都是无法让散文"文化化"的主要原因。①散文仿佛是一堆干柴,需要用文化点燃,特别是显现出文化化的光焰,这样才会富有深度和长久的艺术魅力。

  关于散文的人化、物性和天地情怀问题。"五四"以来的中国新文学特别强调"人的文学","应该排斥的,便是非人的文学"。②于是,一个大写的解放的"人"被凸显出来,这与古代相对忽略"人"相比是一种突破和超越。但是,在过于强调"人",特别是放大人的欲望之后,人的异化问题就出现了。与此同时,以人作为万物之灵长、天地之精华,带来的则是万物皆在脚下,甚至目中无物,也没有天地自然和天地大道。这也是生态文学尤其是生态散文应该全面反思的方面。作为中国现当代散文,它必须是人与物、天地与人心辩证地进行融通,然后再造和发展的问

---

① 王兆胜:《国体散文与观念变革》,《文艺争鸣》2021年第7期。
② 周作人:《艺术与生活》,载《周作人自编文集》,河北教育出版社2002年版,第8页。

题。从这个意义上说，一方面是在"人的文学"底下，"物"严重地被忽略，即使写到物也多是拟人化的，是带着人的思考及偏见的，这样的描写大大遮蔽了物，也不可能达到物性与天地大道的层次。因此，与中国古代"格物致知"的文化传统不同，中国现当代散文是一种"物"被严重降级和忽略的存在，其中更多的是有个性的人，甚至是一些焦虑不安、张牙舞爪、变态的人。另一方面，即使在"人的文学"观念下，也仍有散文关注天地万物，并从中发掘天地道心，早年间鲁迅的《朝花夕拾》是这样，郁达夫的《故都的秋》也是这样，近些年物性描写在散文中越来越多，也有从中探讨天地之道的作品。不过，值得注意的是，真正能透入万物体性，以物为师，倾听来自天地的心声，特别是有天地情怀、宇宙意识的还是比较少的。李大钊的《青春》中多次提到"宇宙"，说明他的时空观是博大的，人道主义精神也在天宇中穿行。林语堂曾表示："两脚踏东西文化，一心评宇宙文章。"[①] 其中也是有天地观照和宇宙意识的，特别是用"一心"进行评说，充分发挥了人的主观能动性，又不失天地宇宙的规约，充满放逸与自律的张力效果。其实，在人、物、天地、道心之间寻找张力与平衡，是散文应该达到的境界与高度，也是一种更为难得的文化自觉。

关于散文的跨文体文化自觉问题。法国布丰说过："风格即人。""风格是应该刻画思想的。""一个优美的风格之所以优美，完全由于它所呈献出来的那些无量数的真理。它所包含的全部精神美，它所赖以组成的全部情节，都是真理。对于人类智慧来说，这些真理比起那些可以构成题材内容的真理，是同样有用，而且也许是更为宝贵。"[②] 在此，将风格与人的思想、精神、真理相联系，是切中要害的。同理，散文文体某种程度上也是内容，是有文化的内容。没有文化自觉作为前提的散文文体既不可能成立，更无法进行跨越。换言之，散文文体永远都不可能是孤立的、绝缘的、技术性的，而是一个多棱体被阳光照亮折射出来的五彩缤纷。一方面，散文有"内跨"的问题，随笔、小品文、杂文、诗的散文等相互交融，至今

---

① 林语堂：《八十自叙》，宝文堂书店 1990 年版，第 112 页。

② 布封：《论风格》，载《西方文艺理论名著选编》上卷，北京大学出版社 1985 年版，第 221—223 页。

仍存在着混杂甚至模糊的状况。这是必然的，也是可以理解的，因为这个世界本来就是互相联系的。不过，如何在这种联系中规范其边界，这是需要努力探讨的，否则就会导致文体失范甚至破体。最典型的是，不少人将小品文与散文画等号，也有人将随笔与小品混用，从而导致散文的概念不清、文体混乱。另一方面，散文还有"外跨"的问题，散文诗是散文与诗的跨界，散文化的小说是散文与小说的融合。还有人将散文与电影、新闻、经济、政治、军事、文化等进行会通，产生所谓的经济散文、政治散文、军旅散文、文化散文。这也是为什么汪曾祺、史铁生的散文常被当成小说发表，它们本身就是散文化的小说，或者是小说化的散文。要弄清楚这些问题，需要散文的文体知识，也需要文化判断力，还需要审美鉴别力，更需要哲学修养。如我们提出散文是一种平淡、自然、均衡、优雅、自律的文体，其关键在于自我形象的塑造，这本身就需要人生哲学和人生智慧，不只是文体本身的问题。还有，不少人反对散文的真实性，强调散文的虚构及虚假，这本身也是一个文化人格问题，与对世界人生和人性生命的理解有关。当前，散文文体特别是跨文体写作有放任自流之势，这必然导致碎片化，消解散文文体的尊严和神圣，也流放了散文的真情实感，使之走向后现代主义的虚无。

中国式现代化离不开文化自信，文化自信说到底是要有稳定、健康、积极、高尚的价值观和人生观作为底座。一个没有信仰、道德律、美感、光泽的人是没有办法谈论文化的，更不要说强调文化自信了。有了文化自信，才有可能支撑起散文的绿色写作，写出光彩照人的美文，就像李大钊的《青春》那样。同理，高品质和境界的散文也会提升文化自信，使民族精神的花朵灿烂绽放，就像写出《岳阳楼记》的范仲淹有着"先天下之忧而忧，后天下之乐而乐"的天地情怀一样。在新时代，中国现当代散文研究也应在这样的前提下，继续开拓创新，发展超越，达到一个全新的高度与境界。

# 中国当代散文研究观念的调整与创新

当代散文研究已取得较大进展,也形成了一些重要的观点、观念和模式。不过,至今它还不能令人满意,也存在一些难以逾越的困境和瓶颈。在二十一世纪的第二个十年,我们应主要从观念入手思考问题,以改变当前散文研究的状况。

## 一、从狭窄视域走向全景式开放格局

与小说、诗歌研究的开阔视野相比,中国当代散文研究涉猎的作家作品极为有限,基本聚焦在经典散文家的经典作品,这不仅表现在文学史的书写中,也表现在许多个人的散文研究中。这就形成了高度的重复性、类同化、模式化倾向,也使得散文研究进入固化、僵化、形式化的误区。这与极其丰富多彩的散文创作很不相称,也形成了难以理解的偏执。像在百花园中撷取几朵耀眼的鲜花,以此代表整个散文的创作面貌,这既不合适也有失公允。今后的散文研究既要重视经典散文家的经典作品,更要反映散文创作的全貌。

一是经典散文家除了经典散文,还有大量非经典散文,这需要进行全面深入的探讨。目前,我们一直比较重视经典散文家的经典散文研究,从五四时期朱自清的《背影》,到当代散文三大家杨朔、刘白羽、秦牧的代表作,再到新时期王剑冰的《周庄》、鲍尔吉·原野的《针》、苇岸的《大地上的事情》等,都是如此。至于经典散文家的其他散文,特别是更多非经典散文,则较少进入研究者的视野,更不要说得到高度重视和研究。如朱自清的散文创作非常丰富,一些外国游记也很有代表性,但更多的散文被《背影》等名篇遮蔽，并未得到很好的研讨。新中国成立后的三十年中的当代散文也是如此，一些散文名家的大量散文往往被研究者以名篇代替，作为"分母"和"绿叶"的大量散文不仅失去了价值，有时连"陪衬"和"烘托"作用也没有了。同理，新时期经典散文家更多的散文作品也被忽略和遮蔽了，这不仅影响了对当代散文原貌的正确理解，也影响了科学判断和全面概括其成败得失。如张晓风的散文创作成果丰厚，但研究者多关注《道行树》《玉想》《米泉》等名篇，她的更多作品没得到足够的重视。冯秋子写了很多散文，多为研究者注意的是她的《我跳舞，因为我悲伤》，其实，她还有很多散文（如《蒙古人》）也值得给予高度重视。在此，可以设想：一个经典散文家的经典散文可能只有几篇甚至一两篇，更多的散文不具代表性，但这并不说明后者不重要，更不能撇开后者奢谈经典，更何况所谓经典又不是固定不变的，有时还会有所变化。因此，当代散文研究如果只注重和重复经典散文家的那几篇有限的经典散文，这是令人遗憾的，也是不可思议的。突破经典散文家的经典散文的书写局限，融入更多的散文作品，研究者就会获得新的体悟、理解和创新。

二是普通散文家也有经典散文，这是研究者需要加以注意的。当年杨义先生写的《中国现代小说史》有个突出特点，那就是打破"经典小说家"的叙述框架，将更多不太有名甚至鲜为人知的小说家作为研究对象，并给予应有的重视。这就一下子打破了原有小说史的研究格局，不仅让研究更加丰富多彩，还改变了小说史的"贵族化"价值取向。具体到当代散文研究，经典散文家毕竟有限，更多的是一般甚至是并不突出的散文家，而有些非经典散文家的创作又很有特色，有的也能写出经典散文，这就需要研究者给予更多的研讨。以近几年引人注意的穆蕾蕾为例，她现在虽不能称为经典散文家，但其散文以温暖、慧心与境界见长，不少散文（如《清扫归来忆初心》）都很具有经典性。事实上，在更多名不见经传的普通散文作者那里，我们也常读到佳作，甚至感叹，许多经典散文家的散文越写越差，而一些普通散文家却能写出上乘的散文。因此，我认为一个真正优秀的散文研究者，最令人佩服的不是只盯住经典散文家的经典散文不放，而是能从一般作者中看到散文佳作，这比重复经典散文家的经典散文重要得多。

三是加强对两栖或多栖作家的散文的研究,这是今后散文研究的新的关注点。严格意义上说,纯粹的散文家很少,两栖或多栖者多,如现代作家鲁迅、冰心、林语堂、丰子恺、孙伏熙、巴金、臧克家、孙犁等就很有代表性。作为小说家的巴金不仅在现代写了不少散文,在当代特别是新时期还有《随想录》问世。小说家孙犁和臧克家在新时期也以经典散文家著称。还有汪曾祺、冯骥才、张承志、贾平凹、张炜、铁凝、史铁生、韩少功、阿来、迟子建等都以小说和散文并称,以往的研究往往更重其小说,其散文之名为小说遮掩,这是需要改变的。一方面,我们要看到作家在小说、散文上的各自成就和贡献;另一方面,更要研讨在双栖甚至多栖之下作家的结构关系和内在图景,以及散文之于作家的特殊性和更重要的价值意义。比如,在不少研究者看来,史铁生、贾平凹、张炜、迟子建的文学成就主要在小说。但站在双栖的视点看,就会得出"二者同样重要"和"缺一不可"的结论。但一定要做出选择判断,其散文成就并不低于小说,因为不论是其小说还是散文,散文的因子与魅力都不可忽略,这也是为什么其小说有着"散文化"的特点。关于这一点,目前的汪曾祺研究就具有辩证性,即充分肯定散文之于他的重要价值,以及在两栖和多栖作家中汪曾祺的文学创作所具有的独特价值和魅力。还有学者散文、军旅散文、艺术家散文、编辑家散文,研究者多就其散文研究散文,忽略了其身份差异及在不同身份下散文创作的特性,这就难将其散文与一般的散文相区别。如能突破这一局限,就会对散文有新的理解和认知。比如,学者散文除了知识性,学识、史识、卓见、智慧往往更突出;艺术家散文往往更为灵动自由,容易贴近天地自然,在天地情怀和生命体悟上高人一筹;学者散文的特点在费孝通、季羡林、张中行、黄裳、余秋雨、林非、谢冕、王充闾、周国平、赵鑫珊、孙郁等人的散文中都有所体现。如果说散文是一面小镜子,那么两栖或者多栖作家还有另外的镜子,他们或以小说、诗歌、戏剧为镜,或以学者、艺术、军人、编辑为镜,或以天地自然为镜,照亮世界人生,当然也照亮散文。有了这样的理念和维度,散文研究就会进入新境地,获得巨大的潜力动能。

四是以区域、地域、疆域甚至国别为统合的散文研究方式,这将获得更大的时空和突破。目前,中国当代散文研究还基本停留在互不相干的个体性研究上，缺乏一种更具统合意义的归属，这就给人支离破碎的感觉。第一，尽管各省、市、地、县，乃至全国也有不同的散文组织，但统合性并不强，特别是缺乏内在的关联性研究。有人指出，四川的当代散文家甚多，仅"活跃于二十世纪八九十年代四川当代散文创作园苑的作家，不仅有李致、流沙河、阿来、裘山山、伍松乔、钟鸣、陈明云等这样的中坚力量，也有陈之光、王尔碑、意西泽仁、林文询、陈焕仁、程宝林、聂作平等一群以小说或诗歌创作为主又兼营散文的老中青作家，更有像廉正祥、戴善奎、张放、徐康、林文询、金平、洁尘、郁小平、卢子贵、赵英、朱丹枫、李加建、晓荷、邓高如、邓洪平、高虹、张怀理、汪建中、岱峻等这些成熟的中青年散文作家"①。这是一个长长的名单，只可惜对其中的大多数散文家还缺乏深入研究，更谈不上以地域文化为切入点进行系统思考。另如，新中国成立后，山东散文创作是一个厚重的研究课题，除了本土散文家，还有身居北京等地的名家，对于这样一个群体，至今还没有展开很好的研讨。还有，新中国成立后，从山东师范大学文学院毕业后从事散文创作者有二十多人，这包括金翠华、戴永夏、郭保林、王景科、刘烨园、蒋新、丁建元、李登建、张清华、王兆胜、南方、李一鸣、张国钟、王川、孟中文、黛安（刘金凤）、张金凤等②。然而对于这一现象，至今尚无一篇全面研究文章，这反映了散文的关联性研究明显不足。第二，海峡两岸暨香港、澳门的散文研究基本处于各自为营的局面，很难较好地整合、融通、创新。在国内，海外散文很难进入研究者的视野，即使有也是对有代表性的作家的作品的重复性罗列；在海外，研究中国散文的散文专家更是寥若晨星，且政治偏见和文学歧义比较明显。今后，应在海峡两岸暨香港、澳门之间形成一种合力，整合散文资源与板块，形成有机融合的机制和态势，这对散文研究至为关键。以余光中的《剪掉散文的辫子》为例，它对改革开放以来特别是刘烨园等人的散文观影响较大，如能在此形成贯通性和连缀式

---

① 冯源、孔明玉：《在流变中的进击和跃升——对改革开放 40 年来四川散文创作的观察》，内部资料。

② 此现象和名单由丁建元、李登建等人发现和提供，在此特别声明。

研究，就可获得新颖的看法，这无疑会开启散文研究的一扇天窗。第三，海外华人散文是一个更大的天地，它分布于世界各地，与中国散文有着血肉关联。如果说新中国成立前主要有林语堂这样的海外华人散文家，他以双语写作散文，成为中华文化与世界进行交流的使者，那么改革开放后，这样的散文家更多。如中国台湾的散文家王鼎钧后移居外国，至今对于他的研究还十分薄弱，这与他巨大的散文成就极不相称。海外华人散文研究及海峡两岸暨香港、澳门的散文研究，就可以将王鼎钧这样的散文家整合起来，使研究具有极大的张力效果，也有了可不断挖掘的潜能。

如将中国当代散文研究比成一幅地图，目前基本处于这一状况：引人注目的往往是一个个像大城市一样的点，而江河般的线较难被看到，众多中小型城市及数量更多的乡村则被遮蔽，至于更大的向世界敞开的面更没凸显出来。这是需要改变的，需要从观念上进行突破。

## 二、从被动盲目变成主体性的理性自觉

毋庸讳言，散文作为一种文体，如今已失去了往日的辉煌。这主要表现在研究者和研究机构的日渐式微，研究成果不多且有分量者更少，研究者缺乏主体性和创造性，这势必导致整体研究的乏力。从某种程度上说，这一状况的形成既与惯性有关，也与研究者的被动盲目脱不了干系，更离不开长期以来对散文文体的误解和误读。要改变这一状况，必须在观念和做法上有所突破和创新。

首先，确立散文的文化自信和文体自信，这是散文研究能行稳致远的关键所在。当下，不要说小说和诗歌研究者，就是散文研究者也往往表现出对散文文体的不自信。在不少研究者看来，散文文体十分斑杂，是无法归类的，许多作品都是写的小感觉、小情调、小趣味，没有趣味性，因此，他们宁可研究那些成就不大的诗人和小说家，也不愿进行散文研究；也有不少散文研究者确有避开拥挤的诗歌和小说研究的想法，到散文研究领域辛苦耕耘，但骨子里对散文并不喜欢，更不自信。其实，散文文体自有其独特魅力和价值，是诗歌和小说难以代替的，这主要表现在：第一，中国古代以诗文大国著称，千百年来一贯如此，不要说先秦散文、唐宋八大家，

就是明清小品及现当代散文都是一笔不可多得的宝贵财富。一本《古文观止》影响了多少国人的精神与心灵？与较晚才受到重视的小说相比，散文的价值不可小觑。因此，不重视散文实际上也就是忽略和割断了传统血脉，更谈不上守住民族文化之魂。第二，不要说中国古代，即使是现当代散文的价值也不可低估。在数量极为可观的中国现当代散文中，不少作品虽然比较一般，但必须承认，很多作品有较高的境界和品位，是与生活、人生、人性、生命息息相关的，是能震撼人心的。这与许多先锋小说和异化的"梨花诗"形成鲜明对照。比如，周涛的《阳光容器》和《二十四片铧犁》充满诗意的温暖，也有美好的感受与深刻的感动；杜怀超笔下的植物被赋予灯盏的形象，成为照亮广大人生的光；朱以撒对宣纸、毛笔、水墨的描写则带着生命与智慧的灵光，在心灵的柔软处慢慢浸润，让幸福感不断升华。鲁迅曾充分肯定，"五四"小品文的价值并不在诗歌和小说之下。季羡林则表示，与诗歌和小说的简单向西方学习，还没找到自己的文体和灵魂，成就也不是太高相比，散文则是"五四"以来中国现当代文学最为成熟也是成就最高的文体。[①]这样的认识大大改变了既有认识和观念，从根本上提升了散文文体的地位和价值。散文以真善美爱为根基，以丰富多彩、灵活多变、自由自然、情真意切为特长，并通过心灵的对语和絮语打通了作者与读者之间的关系，自有其不可代替的价值意义。第三，散文的实用性一直为人诟病，其实这也是散文与小说和诗歌的明显区别。小说与诗歌也是有用的，但主要是"无用之用"，是熏、染、刺的功用；散文则以书信、演说、日记、报告、总结、笔记、辞呈，还有记人、记事、抒情、议论等形式发挥作用，可以说，我们的生活和人生几乎一刻也离不开散文，其话语表达和人生智慧更是深入国人的灵魂。散文仿佛是空气和水，它一直哺育和滋养着我们，但却不被重视和尊敬，风骨、性灵、趣味等散文概念不是一直渗透于中华民族的基因之中吗？所以确立了这样的散文自信和文体自信，我们就会获得新的研究价值观念和信念，再也不会被小说和诗歌这样的文体研究边缘化了。

---

① 季羡林：《漫谈散文》，载《三真之境：季羡林散文精选》，海天出版社2001年版，第1—2页。

其次，以反思性和批判性进行深度探寻，这是散文研究获得突破性进展的关键。不得不说，时下的散文研究多跟在研究对象后面亦步亦趋，缺乏自己的主体性和反思性，更缺乏批评意识和批判精神，致使研究变成无关痛痒甚至可有可无的解释和注释。研究一个散文家的散文，人们就不断地跟在作家作品后面说好话，有的将研究对象捧上天，于是其散文研究很难令人信服和进行深度的思考。比如，对张中行、余光中、史铁生、李存葆、李国文、苇岸等人的散文缺乏反思和批评，对生态散文、民工散文、乡土散文、小女人散文等更缺乏辨析，对梭罗的《瓦尔登湖》给中国文化尤其是散文造成的负面影响亦少有人注意。其实，无论是对乡村文明的过于留恋，对都市文明的恐惧，对动物的过于溺爱或者残忍，对历史的虚无主义态度，对时代、社会与政治的无视，对未来的悲观主义，还是对自我欲望的放任，都是当前散文的短板和弊端，需要给予批评和警示。以不少意在创新的所谓"新散文"为例，由于作家失去了对散文文体和世界人生的敬畏，从而作品的境界与品位不高，叙述容易猎奇求新，语言追求尖锐刺耳，极容易走向创新的反面。还有的历史文化散文硬伤百出，随意褒贬，汪洋恣肆，缺乏基本的历史文化背景和价值选择标准，致使不少创作多有危害。然而，对此少有真正有价值的反思和批判性研究，这也是历史文化散文泛滥成灾而不自知的原因之一。反思意识和批判意识需有历史感，更需要现代意识，还要有胆识风骨，当然也不可忽略高尚的审美趣味，这是今后散文研究的高台阶，也是必经之路。

再次，建立独特的理论资源和话语体系是散文研究的难点，也是目标所在。平心而论，不少人已经意识到散文研究是个"富矿"，也有雄心进行研究和探索，但苦于找不到门径，没有合适的理论和方法，特别是无散文研究的理论与方法作为支撑，于是收效甚微。在这样的背景下，不少研究者借助小说、诗歌、戏剧的理论方法，特别是西方的文学理论话语，切入散文研究。应该说，某种程度上这也有助于推进散文研究走向开阔和深入，用叙事学、陌生化理论都可为散文研究打开天地，得出有益的结论。不过，这种向西方尤其是从其他文体中借鉴甚至征用理论和方法的做法，最大的盲点和困局是对不上号，有时甚至出现张冠李戴、滑稽可笑的情况。比如，用陌生化理论研究小说可以，但对于散文这种作家与读者促膝谈心的文体来说，就会显得有隔阂。又如，用叙事学研究小说，能通过叙述人、叙述视点、叙述方法显示小说的变化与张力，然而，将它用在自然、平淡、真诚的散文文体上，再好的叙述往往也不如真诚的抒怀。因此，借鉴西方特别是其他文体的理论和方法时，一定要考虑散文这个特殊的研究对象，看在哪些方面有用，哪些没用，哪些地方可以改进，哪些可以转换。我认为，建构属于散文文体的理论话语，对今后散文研究更为重要。要做到这一点，既需要向中国古代及西方学习，也需要以跨文体的姿态进行借鉴，更需要结合散文文体的自身特点进行理论话语建构，这是一个极有难度的挑战，也是有价值的创造性活动。比如，我曾提出这样的看法：散文之"散"，不像以往人们所说的"形散""神散"，而是"心散"，是心灵的自由、浪漫、散淡、自然、超然，然而，在"形"和"神"上都不能"散"，都是需要凝聚的。①这样的探索或许不能完全令人满意，但创建散文理论话语的努力和自觉是非常明显的。当然，散文理论话语建构还有很大的空间，需要今后付出更多的努力。

值得注意的是，散文研究与其他文体的研究一样，要避免理论与方法至上的误区，更要避免在不读作品的情况下进行理论阐述，这在今天的散文研究中大有人在。如果说对诗歌和小说等文体的研究在理论操练上还有一定的可信度，那么不读散文作品的理论探讨一定是空中楼阁。因此，理想的散文研究要在细读和精读作品的同时，用化解和富有智慧的理论话语进行研讨，而这又恰恰离不开研究者的主体性、能动性、创造性。

## 三、从平面思维进入立体的多元化思维

整体而言，中国当代散文研究多停留在点、线、面上，致使思维方式有简单化、固化、异化之嫌，很难向广度、深度、厚度推进。这也是长期以来它一直滞后于丰富鲜活的散文创作，难与诗歌、小说研究比肩的重要

---

① 参见王兆胜：《"形不散—神不散—心散"——我的散文观及对当下散文的批评》，《南方文坛》2006年第4期。

原因。应在思维方式上打破困局,由平面思维进入立体思维,以多元的理念研讨日益变化的散文复调性质。

以立体思维拓展物理时空的边界,力求展现散文的多声部特色。古人云:"往古来今谓之宙,四方上下谓之宇。"这是极言物理时空的博大与浩瀚。如站在平面研究散文,人们极易局限于点、线、面,被一座山、一堵墙、一棵树、一朵花、一粒沙遮住视线。这也是为什么不少研究者对散文缺乏历史感、时代感、未来意识,缺乏天地情怀和宇宙意识,更多的是现在意识、现实观照和当下性。以史铁生的《我与地坛》为例,更多研究者往往从现实性、历史感、个人叙事等方面肯定其超越性价值,但却忽略了其间所包含的天地之宽、时间悠久的"宇宙"意识,也缺乏对"来"(未来前瞻性)之迷茫的反思与批评。换言之,史铁生的《我与地坛》的经典意义在于,有着立体时空的宇宙意识,这与许多平面散文有所不同。不过,由于"未来性"维度不明,也限制了史铁生散文的这一价值。另外,由于"人的文学"观念的深刻影响,包括散文在内的整个新文学创作和研究有些平面化,过于强调"人",就容易忽略天地宇宙和包含其间的万事万物。就散文来说,以现代性和"人的文学"观进行审视,就会忽视甚至无视非现代性、非人的万事万物的价值意义,许多飞禽走兽、草木虫鱼、沙土水石就不会被理解,也就变得可有可无。这也是为什么不少写风物的散文一直被贬为花前月下的卿卿我我,写人特别是写现代性的散文大受追捧,以至于很多散文对物的描写被拟人化,鲁迅笔下的两棵枣树甚至被简单地意识形态化。其实,与"人"相比,"物"既有与"人"相通的一面,又有其独特本性,这是需要站在天地宇宙而不只是以"人的文学"观所能理解和阐释的。这也是为什么,对于贾平凹散文中的石头,研究者须站在天地宇宙的角度,理解和体会其间所包含的对人性进行反思和批判的内在价值。他曾在散文中表示:"到底我不能囫囫囵囵道出个山来,只觉得它是个谜,几分说得出,几分意会了则不可说,几分压根儿就说不出。天地自然之中,一定是有无穷的神秘。……我坐在一堆乱石之中,聚神凝想,夜露就潮起来了,山风森森,竟几次不知了这山中的石头就是我呢,还是我就是这山中的一块石头？"① 很显然，作者是用宁静、淡然、素朴、神秘、超然的山中之石反思包括"我"在内的世俗人的浮躁、焦虑、功利和虚妄。一般而言，习惯于平面思维的人很难进入和理解立体空间，而诸多隐晦的复杂问题在立体思维的烛照下就会变得一目了然。因此，今后的散文研究应进入立体思维，充分发挥透视镜、多棱镜、显微镜甚至哈哈镜的功能，以便更好地显示散文的多面性和无数奇观。

以人之"一心"感悟和参透天地宇宙情怀，以获得散文的深度景观。刘勰有《文心雕龙》，王了一有《龙虫并雕斋琐语》，林语堂有"两脚踏东西文化，一心评宇宙文章"，讲的都是"心灵"对于天地宇宙情怀的观照。有时，理性与智力是有力的，但对于神秘的天地宇宙和世界人生来说，它又常常无能为力，倒是心灵具有神奇功效，几乎是无远弗届。与西方的知性散文相比，中国散文多情趣和智慧，这就需要跳出逻辑思维，获得心灵的感悟能力，这样许多当代散文才能得到合理解释，并获得新的意义。还有，梦境在散文中非常常见，像弗洛伊德那样诉诸理性，而不以心解，就很容易出现错误，甚至闹出笑话，这也是他以"梦"解释文学作品时容易陷入困境的原因。"以心释梦"则有会通之感，也常有奇思异想，颇多心会。以斯妤的《旅行袋里的故事》为例，它叙述的是带有意识流的胡思乱想，作家说自己有家族遗传的特性，喜欢异想天开。于是，她早晨起来，打扫完地面卫生，坐在床边让思绪逸飞，于是想到了旅行，想到床底下一直跟自己旅游的提包，而后就是提包里蹦蹦跳跳、呼之欲出的一个个故事，作家做了一番神游。对于这样的作品，研究者若用理性、逻辑、概念分析，一定无从下手，然而，当用"一心"、以梦境特别是白日梦来理解和阐释作品时，就会获得更多意义，并形成极具增殖效果的复调叙事。因为这样的研究会打破现实时空，进入多维时空甚至超时空，灵感、诗性、智慧与创新就会纷至沓来，产生意想不到的效果。还有刘烨园的散文《自己的夜晚》，这是一篇现代主义性质较强的作品。如用传统观念和概念进行分析，一定是不得要领甚至南辕北辙的，然而，用"一心"进行参悟就会感

---

① 贾平凹：《自在独行》，长江文艺出版社2016年版，第160页。

受到作者情绪、意象、气息、生命的流动与升腾，一如白云在天空涌动。作者写道："地气，像夜色一般的潮湿。这时，它和绿色植被的生命气息混融在一起了，凉凉地弥漫开来。周围的山野暗得清晰。坐久了，墓地里的人分辨出了哪是青草的清鲜，哪是柳树的苦味儿。这是一个十分遥远的夏夜。"① 如果结合余光中的散文《听听那冷雨》同读，《自己的夜晚》就更容易进入"一心"的通达与豁然。

在不同时空体会世界宇宙的生命奇幻，有助于抵达散文的隐蔽和神秘之所。应该说，以"人的文学"观研究散文，往往很难听懂"人"之外的声音，甚至被人的喧嚣和杂音阻隔，这也是为什么中国传统文化强调"大言希音"、闭目塞听，重视"天人合一""万物齐一""以无声胜有声""羚羊挂角，无迹可寻""飞白书"等。由于长期以来中国当代散文研究局限于"人的文学"，天地、自然、宇宙更复杂多样的声音被屏蔽了，这就极大地降低了当代散文的品质。比如，有散文写到天地万物："我在屋内听到李花在说梦话——它说它开花，不是为了结果，而是对黑夜的承诺，对夜雨的守候，对一棵树的年华的记录；它说它的盛开，是异乡人的一个梦，是黑夜里的一缕香；它还说它的寂寞的开放，是为一个常年坐在树下的抽叶子烟的老人，和一个在春天的田野上割草的孩子，以及一个蹲在池塘边垂泪的洗衣裳的女人，和一只年年都在春夜里飞来盗取它的花香的小飞虫。"② 这样的语言只有超越"人的文学"的时空，进入天地情怀，才能得到正解。还有的散文写到，人与鲸鱼、鲸鱼与鲸鱼之间有着不同的分贝，所以才会出现神秘鲸鱼神出鬼没却没被人发现的奇观。另外，我们平时看到的星光，很可能与我们现在不在同一时空，而是宇宙中很久之前甚至千万年前的存在与燃烧，当我们现在看到时，它在宇宙的另一时空，其实早已灭亡不在。③ 这样的散文就需要多维时空和超时空观念的引导，这样才能读懂天地自然和宇宙世界的密语。

---

① 刘烨园：《途中的根》，漓江出版社1992年版，第217页。
② 吴佳骏：《此岸或彼岸》，《天涯》2019年第5期。
③ 鱼禾：《界限》，《人民文学》2018年第5期。

天地宇宙博大精深，甚至充满神秘感。我们人类的发展日新月异，特别是有高科技的助力，人类对内外世界的认识一定会不断深化。不过，也应该清醒地认识到，天地宇宙浩瀚无垠、复杂神秘，人类的理性与智慧毕竟有限，未知的世界远大于已知。这就要求我们在永不懈怠的探求中始终保持敬畏之心，更要以心灵与天地宇宙通会，感悟其间的神奇美妙。散文研究也应如此，由平面思维进入立体思维，然后获得形而上的超越性，真正得以开悟并获得智慧。

散文的边界与体性

# 第二辑

# 七十年中国散文的文体变革

新中国成立七十年,各行各业都发生了翻天覆地的变化。文学也不例外,它见证了中华人民共和国的成长与壮大,并成为时代的心声。作为文学的一个门类,散文比诗歌、小说、戏剧的变动要迟缓些,变数也少得多;不过,它也发出了自己的光与热,并对国家社会的发展做出了巨大贡献。其中,文体变革就很有代表性,这是值得好好总结与思考的重要问题。

一般人总是简单地将散文文体理解成"形式",其实,它的内涵十分丰富,外延也非常广泛,包括作家、作品、内容、形式、文风等多个方面。陈剑晖曾在《散文的现代性与文体的变革》一文中从四个方面对散文文体进行了理论概括:一是文类文体,它与小说、诗歌、戏剧相对应;二是语体文体,主要表现在语言现象和话语方式上;三是主体文体,是创作主体所表现出的思想浮雕和风格特征;四是时代文体,即"一时代有一时代"之文学风尚。因此,散文文体的变革就成为一种整体性的特色变化。

## 一、在开放中探索创新

如用一个词概括七十年来中国社会的发展,那就是"开放"。从中华人民共和国成立,到改革开放后变得富强并走向世界,都离不开对外开放。作为文学的一个门类,散文就是在这样的开放中探索创新的。如果没有文体的变革创新,七十年中国散文可能还是过去的样子。因此,在开放中探索创新是七十年中国散文文体变革的最大的亮点。

与以往相比,新中国成立初期的中国散文以歌唱为主,这就带来其文体的宏大叙事,以及积极进取、昂扬向上的浪漫情调。此时,散文中的

"小我"让位于"大我",悲观为乐观和达观代替,与时代紧密相连,尤其是为祖国歌唱成为主调,作家也进入一种真情抒发、心灵激荡的境地。尤其值得强调的是,此时期的散文人民性强,广受读者热爱。较有代表性的是魏巍的《谁是最可爱的人》,这是一部为时代、祖国、人民和英雄歌唱的经典作品,其文体宏大、壮阔、激越、浪漫、优美,直到今天仍不失经典散文的魅力。还有巴金,他先后写出了《空前的春天》《变化万千的今天》《我们伟大的祖国》《最大的幸福》《人间最美好的感情》《欢迎最可爱的人》《向着祖国的心》等。曾克写了《因为我们是幸福的》《写在国庆节来临的时候》《革命战士永远无畏》,这些为时代歌唱的散文都发出激情与亮色,为祖国和人民增了光添了彩。与此相关的是散文三大家,他们是杨朔、刘白羽、秦牧。尽管三人的散文风格不同,内涵有别,审美趣味有异,但从文体上说,都是热情洋溢的歌唱体,属于为时代、祖国、土地、人民、正义、美好而歌的美学风尚。如从文体角度为新中国成立初期的散文命名,可称之为"国体散文",这是一种为国家与人民真诚歌唱的散文样式。值得注意的是,二十世纪九十年代以来,学界对杨朔的散文模式多有微词,批判和否定已成主流,这是有失公道的,也是站不住脚的。因为尽管杨朔等人的散文有这样和那样的不足,但至今还没哪一种散文能代替它,特别是在为时代、祖国和人民而歌这一点上。

改革开放后,中国散文进入发展期。作家尤其是一些有经验的作家带着"文革"的伤痛,带着对祖国未来发展的焦虑与期盼,写出了反思性、批判性和前瞻性较强的散文。较有代表性的作家有冰心、巴金、臧克家、孙犁、陈白尘、季羡林等。与新中国成立初期的散文一样,这些作品也属于宏大叙事,与时代、国家、人民同呼吸,但落脚点则从歌唱转向反省,包括自我批判和自我忏悔。最有代表性的作家是巴金,他从1978年到1986年完成了《随想录》,这是以真诚、反思和批判为文体风格的散文经典,开启了改革开放与散文文体创新的时代风潮。如果为此时的散文命名,那就是"真情散文",是由自我内心开启,面向读者、历史、时代和未来的散文文体样式。冰心写出了《我请求》和《无士则如何》,前者为中小学教师待遇低和教育危机发声,后者强调在现代化建设中知识分子的重要性。臧克家写出了《博士之家》,林非写出了《招考博士生小记》,

二人均为"金钱至上"观念下博士的生活处境担忧和呐喊，希望全社会都重视知识、教育和文化。可以说，改革开放之初的散文承接了新中国成立初期散文的国家、民族、人民性主题，从思想深度和知识文化角度进行了开拓，提升了散文文体的境界与品位。

　　进入二十世纪八十年代后期，尤其是九十年代以来，中国散文有向内转的趋势，即更注重散文的形式变革。由于不满于传统散文的叙述、抒情，特别是同质化表达，不少散文开始运用现代主义和后现代主义的手法进行创作，以增加散文写法的不同，也承载着对于世界的别样理解。较突出的散文家有曹明华、刘烨园、钟鸣、杜丽、黑孩、马莉、冯秋子、赵玫、南妮、胡晓梦、斯妤、艾云、张立勤、周晓枫、海男、庞培、于坚、张锐锋、汗漫、蒋蓝、祝勇、黑陶等，他们往往注重散文的形式感，尤其是语言的力量和魅力，希望来一次散文文体革命。作品往往以一种陌生感重新观察、评定、选择这个世界和人生，于是也创造出了思想内容和审美风格不同的文体。如刘烨园表示："如同我们在所谓现代派的异域文学中本末倒置，领会的不是阅读时心与心朦胧相撞的感觉，而是那种几乎所有的服装厂都能成批生产的流行衣裤似的'技巧'一样。""散文的复兴、发展，在于人的解放，心灵的真实，在于青年，在于'散文'的批判。走出困境就是走出束缚，走出角落，走出模仿，走出自欺，走出非个性，走出对先人对散文的误解和俗浅，承认心灵就是心灵，坚信散文不是你或旁人认为的社会已经'承认'并由于种种原因印成铅字的'散文'；你完全可以创造散文。"①这种带有散文革命宣言意味的观点，虽有些冒火和偏激，但舍我其谁的文体创新意识非常强烈和自觉。钟鸣在散文文体尤其是随笔的创新上贡献很大，他的四卷本、200万字的散文随笔《旁观者》打破一切成规，完全以自由之思想和自由之心灵开拓自由之文，充分展现了其思想者和文体家的魅力。在钟鸣的随笔中，小说、诗歌、文论、传记、注释、翻译、新闻、摄影、手稿浑融一体，在人与物、历史与现实、内容与形式、中国与外国、

---

① 刘烨园：《走出困境：散文到底是什么？——编辑手记》，《文艺报》1988年第23期。

知与不知之间相互碰撞,从而实现一种更加富有主体性的创造性活动。当然,在意境、形象、语言、趣味上,此时期的散文也向感性、陌生化、张力效果等方面突破,亦产生了与众不同的审美感受。与此同时,余秋雨的"大文化散文"颇有革命意义,因为它与现代主义和后现代主义散文大相径庭,但文体更加解放。这主要表现在:改变了过去将散文当文学来写的理念,也打破了散文多为短制的传统,来了一次融知识、文化、理性、情感、趣味于一炉的论文式散文探索。于是,我们看到,余秋雨的散文以纵横驰骋、汪洋恣肆、江河万里、气贯长虹的方式,来表达他的世界观、人生观、文学观、散文观。最重要的是,余秋雨所带来的"散文热",将以往处于边缘的散文变为文坛中心,并带动了众多模仿者。虽然余秋雨的散文有这样和那样的缺点,但其文体革命的价值不可否认。

二十一世纪以来,散文家对散文文体的探索创新的兴趣有所减退,这似乎代表了散文的逐渐落寞。但我认为,散文并未停止探索创新的脚步,只是更加内在化了,即在某种"回归"中显示了新的探索创新。这主要表现在对于现实、时代、国家、人民的重新关注,对于形式创新的深化,对于传统的重新发现,对于世界人生的辩证理解,对于大文化尤其是大文化历史散文的纠正与调整,等等。换言之,二十一世纪以来的中国散文已进入更加理性、自觉的多元化追求中,这在散文文体上都有所表现。南帆的散文文体传统性强,基本上是理性叙述和思想剖析,随笔特色突出。不过,由于他更关注时代命题,尤其是数字化、智能发展等问题,其散文文体就多了现代性和对人类命运的忧思,也充满了睿智之光,像《神秘的机器》《读数时代》《现代人》《媒体时代的作家》《科学让我恐惧什么》等都是如此。王开岭、毕淑敏的散文充满道德信仰与精神力量,初看起来也是传统的理路,但由于更关注人类的健全发展和人性的光辉,可算是一种正大光明的散文体式,如《精神明亮的人》和《造心》都很有代表性。还有,冯骥才对于环保生态与传统文化的关注,就使其散文有家国意识和天地情怀;梁鸿、杨献平等人的非虚构民工散文与时代相呼应,现实性和批判性比较强;厉彦林的散文立足于乡土,将国家和人民作为关键词来书写,给人以阔大正气和积极进取的正能量;蒋蓝的随笔在钟鸣的基础上又有了新探索,形式感和语言的爆发力更加突出;林非、王充闾、朱鸿、祝勇的"大文化散文"写得更为平正从容，是对余秋雨散文的继承与发展；熊育群突破了现代主义和后现代主义散文的生涩与偏执，在与现实主义的结合上做出了成功尝试。

总之，七十年中国散文在文体上的探索创新并不是一帆风顺的，但却有一个螺旋式的上升发展过程。一是散文文体探索创新意识逐渐增强，到新时期散文的文体丰富性已然形成。二是思想文体与形式文体的探索创新并行不悖，新中国成立和改革开放前后主要立足于思想文体，在经过了二十世纪九十年代前后的形式探索后，二十一世纪以来又归于思想和形式文体的结合。三是散文文体探索经过了一个正、反、合的发展过程，新中国成立和改革开放前的散文文体为"正"，二十世纪九十年代前后为"反"，二十一世纪以来则为"合"，在经过了长久的"探索性"后，走向如今的多元共存的"创新性"。当前，已较少有人简单、机械甚至形式主义地理解散文文体了，而是进入了一个更加丰富、包容、融通、创造的境界，这是未来中国散文文体发展的关键。

## 二、在继承中推陈出新

长期以来，我们对于创新的理解有很大的偏差。这主要表现在：其一，将创新作为唯一甚至绝对的价值尺度，即创新就是好的，不创新就不好；其二，所谓"创新"，就是新、新、新，这是一种让"新"勇往直前的状态，有时甚至产生强烈的创新焦虑症；其三，为创新而创新，有时陷入拔苗助长的"创新"之中。其实，创新是有前提的，也是水到渠成的结果，更是建立于守正、从容、自信的基础上的。这就是习近平总书记所说的"善于继承才能善于创新"，"在继承中发展，在发展中继承"。[①] 然而，对于散文，长期以来我们陷入一种过于重视"创新"、忽略"继承"的迷阵，尤其是形成了单一的"创新"观察和研究视角。这就导致在评价七十年中国散文时出现较大偏差甚至失误，关于散文文体的变革也是如此。其实，

---

[①] 习近平：《从延续民族文化血脉中开拓前进　推进各种文明交流交融互学互鉴》，《党建》2014年第10期。

很多散文的文体创新就包含在传统的散文文体之中。

一是由物性所引发的诗性，从而对传统散文进行了现代意义上的烛照。众所周知，"物"是中国传统中的一个核心概念，"感时花溅泪，恨别鸟惊心"是这样，"格物致知"也是这样。似乎中国人早就形成了对于天地万物的关注与感念之情。七十年尤其是二十一世纪以来的中国散文越来越重视对"物"的描写，尤其是将作家主体的诗性情怀灌注其间，从而形成一种与天地万物融通的现代观念。如苇岸的《大地上的事情》表面上看很传统，它是用散点透视来写一草一木，特别是农事和二十四节气，但素朴甚至素食主义的追求则是梭罗式的，是现代精神的表征。鲍尔吉·原野笔下的细枝末节都是物，但却能被诗意点燃，于是散发出生命和智慧之光。朱以撒的散文仿佛是毛笔在宣纸上进行的浪漫的舞蹈，那被写成苇花般的毛笔蘸上墨汁，然后在绵软的宣纸上书写，于是形成生命的感知、对语、融化及升华，这是现代精神在中国传统文化中闪的光。彭程的《心的方向，无穷无尽》是一个关于行走大地的文本，但因诗意盎然，有对于世界人生的豁达，有现代生命的举重若轻，所以给人以精神的飞扬之感与灵魂的升华。楚楚的散文表面上看也很传统，但却如一个现代舞者在洞箫的声色中起舞。杜怀超在《苍耳消失或重现》中以大地上各式各样的草为题，但其中却贯穿着博物学的知识谱系，也有人类情怀和天地之气的闪动，所以写得极有深度。作品写道："一株植物就是人类的一盏灯，一盏充满神秘与未知的灯，我们都在这些光亮里存活。"从物性到诗性，再到人性，我们似乎看到了这些传统散文中的现代蕴含，也看到了"旧"中的新、"传统"中的现代、"继承"中的创新。

二是看到历史碎片的闪光，并用现代意识进行融合与激活。应该承认，许多历史文化散文不论在内容上还是形式上都缺乏创新性，这是由其观念的陈旧决定的。有的表面看来是创新的，但实际上却是保守甚至落后的。以余秋雨、李国文、张承志的历史散文为例，它们常常让我们感到观念的陈旧。余秋雨以现代意识否认中国传统毛笔文化和知识分子的价值时如此，李国文以借古鉴今的态度恶搞司马迁时是这样，张承志将古代荆轲说成是清洁精神的代表时也是这样。其实，这样的审视是现在性而不是现代性，是对现代性的机械理解。同样是写荆轲，林非在肯定他的信、义、侠的同时，又指出其存在的危险，那就是它可能会成为一种恐怖主义。他说："当然是绝对地不必大家都去扮演刺客的角色……民主的秩序必将替代个人的独裁，刺客是专制魔王的惩罚者，却也是民主秩序的破坏者，因此一般来说也就不再需要刺客们去建立正义的功勋了。"①在《美国游记》中，林非还因高楼大厦遮挡了阳光，批评现代都市文化某种程度上重复了原始洞穴生活的样态。另外，林非的散文中常有"祝愿"之语，有关于国家富强、现代意识的美好的修辞，有一直贯穿始终的"反思性""批判性"和"自省意识"。从中可见，在表面看起来传统的文体中，包含了现代叙事策略，这与巴金的散文有某些相通性。穆涛的历史文化散文极具穿透力，它能在历史、现实、未来之间找到通道，并打捞出民族文化的精、气、神，这是一种融通与激活后的创新性散文文体。

三是在天地自然中发现大道，那种人类应珍视的健康健全人性。以冰心、孙犁、张中行、贾平凹、张炜、迟子建等人的散文为例，一般人都觉得它们是一些过于传统的散文，与现代主义和后现代主义，尤其是那些光怪陆离的求新散文不可同日而语，甚至有人从中看到了"杨朔模式"的影响。其实，这是一种表面化理解，没有深刻体味其间的创新变化及现代气质。像迟子建的环保生态意识，张炜以现代农业文明反拨工业文明的异化，都是如此。张中行有《顺生论》一书，其中就有关于"天心"和"天道"的篇目。韩春旭写过《生命之道》，强调"平衡就是生命，生命的全部奥秘就在于怎样经常地移动和平衡"。贾平凹能从山上的石头中看到它们的静默，以及"我就是石头""石头也慢慢变成我"。范曾曾在《老子心解》和《庄子心解》中表示："钝于言说者敏于心灵。""那些唠叨的、多话的、声嘶力竭的、唾沫星子直喷的人大体思绪混乱。""单纯中的丰富、沉默中的深思使聋哑人比较容易接近道之所在。"这些"道"是将现代与传统进行融通和再造后的结果，属于在传统中的探索创新。

还有一种传统中的散文文体创新应该注意，那就是抒情散文。许多论者包括散文的文体创新者最看不起、批评最多的往往是抒情散文，他们认

---

① 林非：《浩气长存》，载《世事微言》，中国世界语出版社1999年版，第197页。

为这是导致散文滥情、矫揉造作的最坏的文体。其实，人们很少能看到当代抒情散文在继承中国古代、现代后的创新性。以"母爱"散文为例，当代的散文显然比现代的增加了反思精神、批判意识，尤其是自我反省的力量。有的还注入了现代甚至后现代的表现手法，以及人生、人性的内容。如彭学明的《娘》就是一个自我忏悔的文本，也提出了一个关于"如何学会去爱"的社会人生人性问题——为什么越亲近的人越不容易相爱，反而容易产生矛盾、冲突，甚至隔膜和仇恨？其实，在这些表面上比较传统的主题下面，包含着散文家不断创新的可能与努力，只是在文体表现形式上被遮蔽了而已。

概言之，除了要充分重视创新性强的散文文体，还要肯定那些传统中有创新性的散文文体，也不要否定主要是继承但少有创新的散文文体，因为后两者是七十年散文的主体，毕竟创新难，创新少，创新不易被接受。另外，也不是越重创新的散文文体成就越高，更多时候在探索中的创新反而很难成为经典，倒是在继承传统中进行创新者易成为佳作。如史铁生的《我与地坛》是一个传统性很强但又有创新性的文本，其经典性和影响力也就在情理之中了。

### 三、在反思中返本开新

七十年中国散文的文体变革成果累累，它与诗歌、小说、戏剧一起构成了文体变革的动人景观。不过，这种文体变革也有值得反思之处，也存在某些不足和迷失，这是今后需要研讨和纠偏的。因此，为使今后中国散文文体获得更大、更好、更快的发展，在"返本开新"中创造就显得非常必要，也是一个不容回避的重要问题。

所谓"返本开新"，就是改变长期以来存在的"唯西方是从"的价值理念与追求，确定中国文化的本位意识。西方应是作为一个客体被我们学习借鉴，而不是作为主体被我们崇拜和遵从。不要说西方存在各式各样的问题，有的还是根本的和致命的，更何况即使西方再好，也不能解决中国问题，尤其不能成为中国发展的灵丹妙药。因此，散文的文体变革必须确立正确站位，立足中国本根的文化，然后在向外学习的同时，进行融通、激活、转换、创造。

  首先，要在继承中国传统散文文体的基础上，学习和借鉴西方散文文体。众所周知，在中国古代散文是以"文章"出现的，它丰富多彩，并与历史、哲学融为一体。据统计，中国古代散文文体多达160余种。然而，近现代以来，由于向西方学习，中国古代散文文体数量急速下降，许多文体失而不存，有的即使保留下来也趋于无用状态，这在周作人提出"美文"的概念后尤其如此。到二十世纪八九十年代，受西方现代主义和后现代主义的冲击，散文文体更加趋向窄化，除了随笔这一文体外，别的文体似乎都不显目。好在进入二十一世纪后，散文文体开始有所回归，逐渐呈现多元化趋势。不过，即使如此，它远没有现代更不要说古代散文文体的丰富庞大。另外，在新时期散文研究中，一直有一种"净化散文"的声音，这对于散文文体的丰富生态是有害的，也不利于散文文体的健康发展。未来中国散文文体建设，应从中国古代散文文体多样化中汲取营养，再向外国学习其思想性、文体的独立意识，从中寻找出一条散文文体的现代性创新之路。"美文"和"净化"是着眼于散文文体的文学性、纯洁性和独立性的，这是受到了西方学科分类的影响，但如无中国的文、史、哲合一及散文多样化的传统，散文文体一定会越走越窄，最后失去生机活力。因之，理想的散文文体应是"广义散文"与"狭义散文"的互动、对话和辩证发展。

  其次，坚守中国古代散文整体统一的"载道"传统，避免散文的价值迷失和碎片化状态。近现代以来，散文在批判和否定中国古代散文"载道"传统上用力最多，这对为散文松绑和散文解放、获得文体的纯粹是有益的；但也导致散文与时代、社会脱节，缺乏更强烈的文化担当，变得过于技术化、碎片化、虚无化。许多以"新散文"自居的写作都有这样的缺点，像以随笔探索为主要追求的钟鸣也有这方面的不足。真正的经典散文应有张载所说的"为天地立心，为生民立命，为往圣继绝学，为万世开太平"的情怀，同时，又有文体的自觉意识，在此基础上再进行大胆创新。鲁迅的《野草》和《朝花夕拾》就很有代表性：一方面，有"载道"的立人思想；另一方面，继承了中国古代散文文体的统一、完整、精致，并进行了新的创造。以此观之，当代散文的文体建设还有很长的路要走，尤其要注意克服形式至上和后现代主义碎片化与虚无主义的消极影响。

再次，对散文文体变革给予辩证理解，处理好正、反、合的关系问题。以往，我们总是以"变"要求散文文体，而对"守"与"常"不予理解和支持。其实，变与不变的关系是辩证的，各有其价值。就如钱穆所言："一阴一阳之变即是常，无穷绵延，则是道。有变有消失，有常而继存。继存即是善，故宇宙大自然皆一善。"① 从此意义上说，散文文体之"变"是一个方向，不变之"常"是另一个量，对二者不能进行简单理解，尤其要看到其各自价值，以及互相转换的可能性。因此，在"变"的观念下，批评文学中的散文文体过于保守，但在"常"的价值理念中，这种保守又何尝不是天地之大"道"呢？因为"一阴一阳"无论如何变化，都在按"常理"运行。所以，对于散文文体的理解应具有辩证思想："变"是为了更好的发展，但它却容易消失，难以继存；"守"是为了继承，它容易留存，但往往会失去发展活力。正确的散文文体发展需要在正、反、合的关系中进行：以"守正"开其端，也作为永恒的矢量；"变革"是反其道而行之，这是一个助推力和增殖问题；最后是"合"，慢慢修正"变量"的失误，令其归于"正"，避免其信马由缰、失去规矩。

总之，七十年中国散文的文体变革值得给予充分肯定与高度赞扬。但也要看到今后还有很多工作要做，这主要表现为：其一，变革的力量还远远不够，应进一步加大创新性维度；其二，变革离不开对中国传统文化的继承，若失去中国之"本"，追逐外国之"末"，一切变革都很难成功；其三，经过一段时间的变革后，就需要进行反思和修正，以避免"反"而不"返"（归）；其四，创新既需要真正进行创造，又不能成为无本之木和无源之水；其五，在强调创新的价值时，一定不能无视甚至否定支撑它的那些继承的根基底座。从此意义上说，七十年中国散文的文体变革就绝非一个简单问题，更不会一蹴而就，而是一项任重道远的系统工作。

---

① 钱穆：《晚学盲言》（上册），广西师范大学出版社2004年版，第80页。

# 新世纪二十年中国散文创作走向

"新世纪文学"转眼已过二十载,它已走过二十一世纪五分之一的时光。这个概念自被提出以来,得到了热烈讨论和广泛使用,文学创作与研究由此进入了一个不同的场域和历史时期。对此,虽有不少研究成果,也有从两个十年的角度进行思考的,但"二十年"的整体感不强,① 从二十年的发展进程整体研究散文的更少。"新世纪二十年中国散文"至今也成为过去式,与以往相比,它到底发生了哪些变化,有何需要调整和改变的,这些是值得深思的重要问题。

## 一、从散文家创作到全民写作

长期以来,散文主要是由散文家进行创作的,虽然也有其他主体参与其中,但散文家创作散文仍是主要的。二十一世纪以来,这一状况发生了根本性变化,创作主体空前繁荣壮大起来,经过二十年的发展变化,全民写作成为散文创作的新动向。当然,从创作主体看,二十一世纪的小说、诗歌等文体也有大众化写作倾向,但其远不能与散文相提并论,散文文体在二十一世纪成为最具大众化并为全民关注和参与的文学形式。

小说家、诗人、戏剧家纷纷开始大量写散文。严格意义上说,纯粹的散文家是很少的,几乎每个作家都能写散文,因此很难将散文家与其他文体作家决然分开。像鲁迅、冰心、茅盾、巴金、林语堂、孙犁、汪曾祺、

---

① 参见白烨:《势头迅猛 形态漫泛 变化深刻:新世纪文学十年扫描》,《紫光阁》2011年第3期。

王蒙、李存葆、冯骥才、史铁生、贾平凹、韩小功、张炜、铁凝、迟子建等几乎都是小说和散文的两栖作家；郭沫若、臧克家、艾青、余光中、牛汉、公刘、席慕蓉、舒婷、翟永明等又是诗与散文并肩；老舍、巴金、魏明伦等在创作戏剧的同时也写了不少散文。不过，也应该承认，在二十一世纪之前，更多的小说家、诗人、戏剧家并没写太多散文，即使写也是将散文当"余事"，是在小说、诗歌、戏剧创作后的"闲笔"，有的甚至不将散文当创作，这也就带来其散文文体的忆旧性质和边缘化叙事的特点。我们今天将二十世纪八九十年代巴金的《随想录》和余秋雨的《文化苦旅》当作标志性散文文本，其实，二者都带有"随意"和"余事"的特点，是小说家和学者的"副产品"，以散文的标准进行衡量还有明显不足。如林非直言《随想录》在"诚挚与真实"中有"天真的神情"，"在追求思想的深刻性方面有着明显的不足"。[①] 然而，二十一世纪以来，很多小说家、诗人、戏剧家将散文创作开始视为"主体"和"正事"，且其创作量暴增，质量上乘，并产生了强烈的冲击波和震撼效果。如李存葆在二十世纪八十年代以小说《高山下的花环》引起轰动，九十年代中期开始转向散文创作，到二十一世纪则实现了散文创作的井喷。阿来早年写诗，后转写小说，并以小说《尘埃落定》《空山》《格萨尔王传》《云中记》著称。然而，进入二十一世纪，他创作了大量散文，代表性作品有：《阿来文集诗文卷》《就这样日益丰盈》《大地的阶梯》《语自在》《当我们谈论文学时，我们在谈些什么》，以及2018年由陕西师范大学出版总社推出的五卷本《阿来散文集》，这包括《成都物候记》《一滴水经过丽江》《大地的阶梯》《人是出发点，也是目的地》《让岩石告诉我们》。由此可见阿来散文创作之一斑。值得注意的是，2018年河南文艺出版社推出"小说家的散文丛书"（十册），作者由著名小说家韩少功、梁晓声、残雪、刘醒龙、邱华栋、张炜、张宇、二月河、刘心武、叶兆言的庞大阵容组成；2020年花山出版社推出"诗人散文丛书"，包括商震的《一瞥两汉》、霍俊明的《诗人的生活》、大解的《住在星空的人》、王家新的《1941年夏天的火星》、

---

[①] 林非：《对当前散文创作趋势的思考》，载《散文的昨天和今天》，广东人民出版社2016年版，第96页。

雷平阳的《宋朝的病》、翟永明的《水之诗开放在灵魂中》、张执浩的《一只蚂蚁出门了》等七部作品。这两个例子充分说明，散文创作经由小说家、诗人等的广泛参与而得到极大增容。著名小说家、诗人、戏剧家都是如此，大量的普通作家转向散文写作的盛况更是可以想见。

学者散文成为散文创作的重镇。应该说，中国现代以来出现不少学者散文家，像胡适、钱穆、钱锺书、王了一等颇有代表性。新时期以来，特别是二十世纪九十年代"作家学者化"和"学者作家化"口号的提出，使得一些学者开始投身散文创作，最有代表性的是余秋雨，其《文化苦旅》《山居笔记》在散文界乃至文学界产生了强烈震动。不过，也应该承认，二十一世纪之前的学者散文家并不多，如唐弢、季羡林、费孝通、冯友兰、舒芜、金克木等，也未产生整体力量和职业优势。进入二十一世纪后，这一状况才得以真正改变，此时的学者散文家除了继续发光发热的老一代，主要包括林非、潘旭澜、谢冕、孙绍振、赵鑫珊、楼肇明、雷达、余秋雨、周国平、陈平原、赵园、丁帆、杨剑龙、王必胜、南帆、孙郁、李敬泽、王尧、王干、张清华、李一鸣、徐可、何向阳、王兆胜、王冰、李林荣、张国龙等。以赵鑫珊为例，他在二十世纪八十年代以《科学·艺术·哲学断想》和《贝多芬之魂》享有盛名，进入二十一世纪后，其创作更是一发而不可收，他几乎以每年一本甚至多本的速度写作，至今已有数十本，散文随笔集主要有《人类文明的功过》《人类文明之旅》《我感我叹我思》《不安》《我是北大留级生》《艺术之魂》《穿长衫　读古书》《孤独和寂寞》《精神之魂：赵鑫珊随笔》《上海白俄拉丽莎》《哲学是最大的安慰》《哲学是舵　艺术是帆》《道心之中有衣食》《语言·世界·存在》，等等。从赵鑫珊的学者散文中可见二十一世纪二十年学者散文的兴旺发达。

编辑家的散文创作热情也是空前高涨。在二十一世纪前，许多散文家都有编辑经历或编辑身份，像陈独秀、徐志摩、孙伏园、张中行、黄裳、董桥等都是；二十一世纪后，更多编辑加入散文创作的行列，并形成了亮丽的风景，取得了巨大成就。在此，可列出一个长长的名单，他们是阎刚、周明、石英、谢大光、郭保林、赵丽宏、徐南铁、韩小蕙、王剑冰、刘元举、穆涛、郭文斌、冯艺、丁建元、素素、马莉、张燕玲、冯秋子、彭程、刘琼、祝勇、周晓枫、汪惠仁、杨海蒂、舒晋瑜、张鸿、辛茜、杨新雨、赵韵方、红孩、聂尔等。编辑家往往视野开阔，现实感强，比较敏锐，这就带来其散文的新鲜感、变动性和冲击力。

艺术家散文在二十一世纪也不可忽略。就艺术家散文来说，它也是有传统的，像丰子恺、叶灵凤、孙伏熙、陈从周、郁风等都写过不少散文；二十一世纪以来，吴冠中、黄苗子、黄永玉、范曾、韩美林、洪丕谟、朱以撒、巴荒等写过大量散文，他们的散文都以大胆率真、色彩斑斓、生命活灵活现著称。

最值得强调的是大众散文写作，特别是新媒体散文成为二十一世纪最亮眼的一道光。有人这样概括道："网络文学20年，从最早的榕树下到天涯社区'散文天下'等的文学论坛时代，到博客，再到微博、微信APP（手机应用软件）时代，网络技术不断更迭，散文的版图不断扩张。今天的豆瓣阅读、腾讯大家、网易人间、'ONE一个'、简书以及微信公众号积聚着新散文创作的潜能。以豆瓣阅读为例，活跃的散文作者就有沈书枝、宋乐天、风行水上、黎戈、张天翼、邓安庆、苏美等，他们的网络写作已经不是偶尔为之，从日常网络写作到线下纸媒图书出版逐渐形成一整套新的文学生产和传播方式。"①以往，我们主要将视野放在精英散文创作，对大众散文特别是新媒体散文不够重视，甚至不以为意。事实上，正是这一新生事物改变了近二十年的散文生态，也成为全民写作的有力推手。以黄集伟为例，他虽是二十世纪五十年代生人，却较早涉猎网络散文写作，并且一直保持着长久不衰的创作活力。早在1999年，黄集伟就写出了《请读我唇》，成为注重民间语词和大众文化的新媒体散文作家。二十一世纪以来，他先后写出更多的网络散文，从而形成语言和文化的风暴，对传统纸媒散文造成冲击，这也是一种了不起的突破，这些作品包括《媚俗通行证》《非常猎艳》《冒犯之美》《习惯性八卦》《小规模荡气回肠》等。有学者将"小散文""小女人散文"等理解成新媒体散文，于是在以往的传统观念中不被重视的散文都被赋予了新解。他说："有人将新媒体散文称之为'小散文'，而几年前还将黄爱东西等人的文章命名为'小女人散

---

① 朱婧：《网络新媒体滋长起来的新散文》，《人民日报》（海外版）2019年9月19日。

文'，如果不计较其中的价值判断，我认为称之为'小'是大体准确的。"①这样，许多不被看好甚至不被承认的"小散文"，甚至"小女人散文"都被纳入了新媒体散文。近些年，新媒体散文获得了更大的发展，不论是作者队伍之众、作者情况之丰富多样，还是作品之多、书写内容与形式之变，都是前所未有的。由于作者不再需要通过"精英文化"选择，也不必得到正式刊物的编辑的同意，更不用经过长长的出版周期等待，只要合法和愿意，他们就可将写好的作品发到微博、微信、博客上，并获得大量读者粉丝。这不论在时空感、灵活的表达式、语言的简凝方面，还是在内容的通俗化方面，抑或是在受众之广方面，都是前所未有的，对传统纸媒散文也是一次历史性的重大突破。

虽不能将二十一世纪的前后绝缘分开，二者之间仍有某些继承性和延续性，但散文家写散文的格局已被打破，跨文体特别是全民写作已成声势。在此，最突出的表现为：第一，散文作者队伍空前壮大，数量也获得巨大增殖；第二，大历史文化散文落潮，日常生活化的散文明显增多，文化散文也变得更重内在性发掘和表达；第三，散文由面向历史转向着眼于现实，特别是让"散文热"归于自然常态；第四，散文的思想文化容量有所增强，表现方式更加多变，短平快的消费散文明显增多。这就为二十一世纪的散文打开了天地，拓展了空间，带来了丰富多彩的可能性，也预示着未来的美好前景。当然，也要看到这一转向存在的隐忧，最突出的是散文文体的碎片化、异化问题，当失去必要的散文标准和敬畏之心时，写作就容易形成随意甚至任性放肆的倾向。就如有人所言："新媒体对于散文写作是诱惑也是陷阱，是机会也是危险。写作者如果善于利用，新媒体就是好用的工具；不会利用，它就是自伤的凶器。作为写作者置身其中，需要保持一种平衡，保持内心的稳定，既不能淹没了自己的声调，又不能为了哗众取宠而荒腔走板。"② 这是对大众文化特别是全民散文写作的警示与提醒。当散文写作被小说、诗歌等文体或大众文化、消费文化及公共话语遮蔽时，

---

① 王义军：《新媒体散文的时代》，载《2001最佳新媒体散文》，湖北教育出版社2002年版，第1页。

② 《20位作家云畅谈新媒体与散文写作》，《文艺报》2020年6月1日。

原来的散文家创作也就丧失了,因此今后极需要在"散文家"与"大众"之间建立良性的辩证关系。

## 二、从现实焦虑到文化融通

二十世纪八九十年代,对于中国而言,既是百废待兴、开放进取和思想解放的大好时机,也是问题多多、急于改变和忧心忡忡的焦虑时期。这在散文中表现得尤其突出。进入二十一世纪后,尽管以往的情况仍然存在,但散文在文化立场和态度上开始走向平和融通,尤其是近年来散文的文化自信愈加明显地表现了出来。

首先,从"峻急不平"走向"从容平和"。改革开放初期,巴金的《随想录》很有代表性,它主要表现为强烈的反思性和批判性;季羡林的《牛棚杂忆》等大量散文也是如此,其不平之心与焦虑之气非常突出。与此同时,一些不满于当时社会不公的散文很有力量,冰心就针对知识分子待遇不公的问题写出《无士则如何》,臧克家的《博士之家》为博士所处的较差的生活环境呐喊,林非的《招考博士生小记》也为报考博士的学子的前途深怀忧虑。张承志在1993年写的《清洁的精神》中大胆批判现实,他说:"由于今天泛滥的不义、庸俗和无耻,我终于迟迟地靠近了一个结论:所谓古代,就是洁与耻尚没有沦灭的时代。"他又说:"关于汉字里的'洁',人们早已司空见惯、不假思索、不以为然,甚至清洁可耻肮脏光荣的准则正在风靡时髦。洁,今天,好像只有在公共场所,比如在垃圾站或厕所等地方,才能看得见这个字了。"① 然而,到了二十一世纪,这种情绪开始改变,一种平和自然、从容淡定、泰然自若的文化情怀逐渐形成。如周国平在二十一世纪先后出版的《安静》《内在的从容》《把心安顿好》《愿生命从容》,郭文斌创作的《寻找安详》,季羡林创作的《一生自在》,都围绕这样的"宁定"的核心词展开,从而显示了内心的从容淡定、和谐快乐。郭文斌曾表示:"在我看来,天灾是因为自然失去了安详,人祸是因为人心失去了安详。为此,2006年,我提出了'安详生活'

---

① 张承志:《清洁的精神》,《作文与考试》2019年第36期。

的理念,并尝试着进行了一些实践。""让我惊喜的是,在'安详'的影响下,不少问题学生得以改变,不少问题家庭得以改变,不少心灵疾患得以痊愈。从此,每逢我们搞一些公益活动,那些从中受益的同志都会闻讯前来做义工。""安详主义之所以能够应对社会危机,是出于对人,特别是现代人最大痛苦的体认。"[1]贾平凹的《愿人生从容》是一本宁定之作,五章题目分别是《愿一生从容安宁》《静心面对这个世界》《岁月绵长,时光难再》《人生的自在之旅》《当下就是永恒》,不看内容只看题目,即可看出此时的贾平凹一改二十世纪九十年代的焦虑,变得智慧安详了。林非有一本书名叫《春的祝愿》,在林非的新世纪散文中充盈着"美好的祝福"这一叙述模式,也是"因为心中有大爱,因为眼中有美好的希冀,因为对于世间的人与事有更多的同情之理解,所以林非散文总有希望的大光照耀"。[2]在自信、自觉、自愿、自爱、自尊、自得、自由、自在中,二十一世纪散文进入了一个新时期,一个充满同情、理解和智慧的天地。

其次,从追慕西方转向中西文化融会。众所周知,受"五四"以来的现代思想文化影响,二十世纪八九十年代是一个全面向西方学习、大胆拿来的时期,也形成了理论和方法的"唯西方是从"倾向。有学者指出,在"方法论热"高潮过去以后,还常常听到方法论变革是"全盘西化","新名词、新术语狂轰滥炸"等指责。[3]不少人从现代主义甚至后现代主义的角度倡导散文变革,贬低、反对甚至否定传统的散文路数,提出散文应向西方学习,走出过于熟悉的惯性创作路径,探索陌生化甚至晦涩的审美方式。有人强调散文的"浓度、深度、密度"[4],有人赞同散文的"四不像""非驴非马""骡子文体"[5],余秋雨甚至用现代性的眼光,简单否定中国毛笔文化,认为它是"过于迷恋承袭,过于消磨时间,过于注重

---

[1] 郭文斌:《安详是一条离家最近的路》,《中外文摘》2010年第17期。

[2] 参见王兆胜:《娓娓道来知心语:论林非散文的叙述模式》,《江汉论坛》2012年第2期。

[3] 朱立元:《我记忆中的1985年"方法论热"》,《文艺争鸣》2018年第12期。

[4] 刘烨园:《新艺术散文札记》,《鸭绿江》1993年第7期。

[5] 李孝华:《新散文的审美特征和成因》,《散文》1989年第2期。

形式,过于讲究细节,毛笔文化的这些特征,正恰是中国传统文人群体人格的映照,在总体上,它应该淡隐了"[1]。然则,进入二十一世纪,散文开始在中西文化上获得新的理解和支撑,也有了辩证理解和融通的可能,给人豁然开朗和一平如镜的清明,也有了静水流深的感觉。以朱以撒的散文为例,在《进入》一文中,他用"钉子"作隐喻,反思现代性的弊端。认为将钉子随意钉在墙上、树上、木板上,都令人有些不忍。作者还将都市的高楼大厦视为一种特殊钉子,是进入地球这一母亲的钉子。另外,对于毛笔文化,朱以撒有着与余秋雨不同的理解,他说:"真正的书写是一个庄重的仪式——焚香、沐浴、更衣,待心平气和,方缓缓落笔。因为慢,就很有一些情调了,大胆地任时间流逝,毫尖在纸上移动,不知夜半将至。当代社会追求速度,可是书法依旧缓慢。站在文房四宝面前,心就平静下来,这都是一些慢时代的自然之物啊。石头刻成的砚台,松烟油烟烧制成的墨块,竹子做的笔杆,禽兽毛羽做成的笔毫,它们是如此朴实地融在一起,而用来研墨的水,澄澈清洁,与墨相交时,华滋乌亮。至于宣纸,是用檀树皮等植物做成的,同样洁白柔软且有韧性。在这些材料面前,自然气息升浮,遥想古人在如此有情调的书案前,内心是如此快适,挥毫骋怀,快何如之。"[2]这是对于毛笔文化的自信,有助于弥补现代化发展过程中出现的偏向。张炜、韩小蕙、穆涛、彭程的散文都有将现代与传统相融合的特点,从而在自信从容中进行价值判断与智慧选择。张炜的《读〈诗经〉》既是对往昔充满敬意的回望,也是用现代性思想进行的烛照与识别,其中充满温暖、敏锐、反思与批评。韩小蕙的《协和大院》用一种现代的思维条分缕析,同时又用常识、平常心和美感编织那些境界高尚的人与事,给人以积极进取与美好盈然的温润之感。穆涛的《先前的风气》主要是谈中国古代文化的,像"信史的沟与壑"《汉书》告诫我们的""中国文化的气质"等,在耐心打开历史文化的皱褶过程中,现代意识常让作品有点石成金之妙。彭程的《急管繁弦》在看似紧张的音调中包含着内在的文化从容,以及对于生活、人生、生命的理解。像《父母老去》有一种

---

[1] 余秋雨:《文化苦旅》,东方出版中心1992年版,第246页。
[2] 朱以撒:《腕下消息》,《海燕》2008年第9期。

生命如落花流水的随意而安;《快乐墓地》并不将生死做严格区分,这是生命意识和文化情怀的自然开放。概言之,二十一世纪散文已走出二十世纪八九十年代一元化的文化困局,而是在两脚踏中西文化中获得一份自信与超然,并确立了自己的主体性和创造性,情思和行文也自然和自由多了。

最后,对创新性有了更加宽泛、包容、辩证的理解。二十一世纪以前,创新一直是个关键词,有创新则活,无创新则死,于是文学创作和研究进入一个单一的发展向度。散文也被这股创新思潮裹挟,作家一直在试图努力突破和创新,研究者也以创新作为作家作品得失高下的关键。与小说、诗歌等文体的创新性比,散文相对保守,因此被视为跟不上时代的落后文体。于是批评、谴责、否定散文的呼声一浪高过一浪,有人甚至提出这样的观点:散文走的是一条下坡路,是失魂落魄的。[1] 也是在此意义上,散文一直不为作家和学者重视,创作和研究处于边缘化状态。也是在这一创新观念底下,许多传统散文样式特别是抒情散文遭受冷遇和贬值,认为其过于老套和跟不上时代变革,传统散文的短小精致也被视为小格局,难以容纳丰富变化的新形势,于是,跨文体散文和大历史文化散文受到热捧。但是,二十一世纪后,人们开始反思大文化散文的得失,有人直言"不读'文化大散文'的理由"[2]。也有人不将"创新性"作为衡量散文的绝对标准,希望在继承上创新发展,继承与创新相得益彰。[3] 其实,对"变"与"常"不能做机械理解,而应赋予其更丰富的历史哲学文化内涵,就如有学者所言:"一阴一阳之变即是常,无穷绵延,则是道。有变有消失,有常而继存。继存即是善,故宇宙大自然皆一善。"[4] 散文的创新性也是如此,只讲"新变",那就难免"消失"而不存;它的"变"应包含于"常"中,这样方能"无穷绵延"。以新世纪二十年的情感散文为例,这样的作品甚多,按"创新性"标准对之一定不以为然,因为在不少人看来,亲情、友情、师生情、

---

[1] 黄浩:《当代中国散文:从中兴走向末路——关于散文命运的思考》,《文艺评论》1988年第1期。

[2] 谢有顺:《不读"文化大散文"的理由》,《散文百家》2003年第1期。

[3] 王兆胜:《中国散文理论话语的自主性问题》,《美文》2017年第15期。

[4] 钱穆:《晚学盲言》(上册),广西师范大学出版社2004年版,第80页。

乡土情从未间断，又有几多感情可诉，它们能超出韩愈的《祭十二郎文》、沈复的《浮生六记》、朱自清的《背影》、巴金的《怀念萧珊》、张洁的《世界上最疼我的那个人去了》吗？然而，二十一世纪却出现了不少抒情散文名作，它们成为不可忽略的存在，如阎纲的《我吻女儿的前额》、林非的《浩气长存》、周国平的《妞妞——一个父亲的札记》、彭学明的《娘》、孙晓玲的《摇曳秋风遗念长》、朱鸿的《母亲的意象》、蒋新的《一双三十年没握过的手》、李登建的《血脉之河的上游》等。王月鹏的《怀念烨园老师》写的是文友加师生情，有撼动心魂之力，作品叙述了刘烨园的临终遗言，充满诗意、感恩与祝福。信中写道："我累了。灵魂告诉我，我将在一处听得见水声的山道拐弯处，靠在一根倒塌的百年枯树根部，躺下，休憩——仅此而已，与死亡无关，与所谓的仪式们无关。""我感谢你们让我相遇、相识、相认，感谢你们没有嫌弃，让我这个弱点满身的同伴拖拉在队伍的最后，感受着你们思想和艺术的清寂和纯粹，负疚地相随相伴了这么久。""我感谢巴乌托夫斯基，年轻时在他的著作里我读到这样的细节，在古老、荒凉的海滩，在月光与海水的光影里，立着一块斑驳的石碑，上面刻着：纪念那些未能从海上归来的人们。这个句子凝聚着多么复杂的深远思绪，蕴含着命运与时间、苍凉与终极、风暴与搏斗、悲壮与微笑等等鲜活的场景，信使死了，信息长存。有些句子是能够复活一切的，有些句子要有尽有。"信末，有这样的话："我还是喜欢以原始的书信来交流，因为字迹里有神态有温度有情怀，有真实的心跳，真好。朋友们，祝你们在自己的命运里完成自己。刘烨园 2019.6.8。"王月鹏的悼文叙述平淡，对刘烨园的怀念却深入骨髓，刘烨园的留言词简意丰、博大深沉、自然淡定，但如钱塘江潮水般冲破我们的情感堤坝。这是"创新性"标准难以包含的，却是会在心中长久生长和留存的好散文。

从心灵、情感、思想、文化的意义上说，散文不是分裂的，更非绝缘的，而是在深刻的矛盾冲突中找到一个支点，一种化合的源泉与伟力，这是一种在弥合、融通后的再造和重生。在此，新世纪散文突破了以往的坚硬板块，进入了一个具有超越性、得以提升和醇化的境界，于是，它就有了拨云见日般的美好感受。

## 三、从"人的文学"到天地境界

1918年,周作人提出"人的文学"①,自此,它就成为人的个性张扬、人的大胆解放的代名词。这对以往的中国古代文学忽略人是一次根本突破,也为人道主义和人性思考确立了基调。不过,这一观念最大的问题是过于强调"人",将人从天地自然中分离出来,从而导致了新的弊端。其实,在天地宇宙中,人固然处于生物链顶端,对别的物种具有某种决定权。但也要看到人的局限,人只是天地中的一分子,应学会与万物和谐共处。二十一世纪之前,中国散文就有对于"人的文学"的反思,之后这一趋势逐渐加强,并形成不可忽视的文化态势。

关注万物的散文越来越多,这成为二十一世纪以来的一大趋势。由于中国新文学以"人的文学"为旨归,作家作品注重塑造典型人物,天地万物越来越退居次位,在一些作家笔下变得越来越不重要。不过,比较而言,散文对于"物"的关注要多一些,鲁迅的《野草》和《朝花夕拾》是如此,郁达夫的《故都的秋》和关于闽地的游记是如此,许地山、何其芳、叶灵凤、陈从周、朱自清、钟敬文等人的小品也是如此。在二十世纪八九十年代,臧克家、孙犁、汪曾祺、张晓风、贾平凹、张炜、周涛、钟鸣、苇岸、楚楚、鲍尔吉·原野等也都写过大量关于"物"的散文。然而,真正在万物描写上倾注心力还是在进入二十一世纪以后,许多散文家全力写"物",并具有博物学、生物学、动物学、民俗学、地域学的特色。以蒋蓝为例,他在二十一世纪先后出版了散文随笔集《正在消失的词语》《感动香烟》《玄学兽》《鞋的风化史》《动物论语》《豹典》《极端植物笔记》等。这些描写角度新颖,思维敏锐,多有见地。还有一些写"物"的散文集,它们分别是阿来的《成都物候记》、杜怀超的《一个人的农具》《苍耳:消失或重现》、彭家河的《瓦下听风》、祖克慰的《动物映象》《鸟声中的乡愁》、王族的《悬崖乐园》《狼界》《兽部落》,鲍尔吉·原野的《草木山河》《水碗倒映整个天空》《流水似的走马》、周晓枫的《鸟群》《巨

---

① 周作人:《人的文学》,《新青年》1918年12月第5卷第6号。

鲸歌唱》、潘向黎的《茶可道》、刘梅花的《阳光梅花》、张炜的《读〈诗经〉》、傅菲的《故物永生》等。当然，二十一世纪写"物"的单篇散文就更多了，可谓数不胜数。天地万物是如此丰富多彩，它们像长了翅膀飞到作家身边，成为被着力描写的对象，这与二十一世纪之前的散文更重人物描写形成鲜明对照。

天地万物已由"宾语"变成"主语"，这为新世纪散文带来观念的转身。众所周知，以往散文写"物"往往是不及物的，即使写"物"，也主要是以人的视角或用拟人化手法。新世纪散文写"物"开始悄然变化，即有时让"物"获得主体性、灵性、神圣。换言之，在新世纪不少散文家笔下的"物"与"人"形成一种辩证关系，是在互映之下的对语。这就改变了中国古代散文中"人"的缺失，也超越了中国现当代散文长期以来过于强调"人"，但对"物"茫然无知的状态。其一，理解物性，与物会通，人以一个"听者"而不是"言说者"的身份倾听万物的心声。所以，熊育群在《连尔居》中表示："我觉得自己是一根草，一颗石子，散发着一种荒凉之气。"他在《神秘而日常的事物》中又写道："有一群麻雀像几片树叶飘过路面；一个老妪，走在马路边的粉墙根下，迈动的步子就像忘记了是自己在走路，我听得到脚步踩痛砂粒的声音。"杜怀超在《苍耳：消失或重现》中说："苍耳，难道是大地上的一只渺小而又巨大的耳朵？渺小是她的形状，巨大是其听觉里海纳百川的情怀。贴近大地的深处，谛听天下黎民百姓的疾苦？越卑贱的植物越是能够保持清醒与静谧，宁静致远。"郭震海在《草木人生》中说，"树是有灵性的，它和人类共同生存在同一片蓝天下"，"大树之间肯定也会对话"。贾平凹曾感叹：自己到山上闲逛，次数多了，看得多了，总觉得那些静默的石头变成了"我"，"我"则变成其中的一块"石头"。其二，以物为师，从中悟"道"。庄伟杰从《一棵移植的树》中体会到："一棵生命树，从一个空间移居到另一个空间。树影像它的名字，令我充满绿色的幻想。""一棵移植的树，以沉静的姿态立于岸上，自然、从容，满怀渴望，近乎决绝。或清晰或朦胧，俨若一道风景。不愿萧瑟，不仅守望，只为自由地生长和呼吸。"吴佳骏这样描写李花："我在屋内听到李花在说梦话——它说它开花，不是为了结果，而是对黑夜的承诺，对夜雨的守候，对一棵树的年华的记录；它说它的盛开，是异乡人的一个梦,是黑夜里的一缕香;它还说它的寂寞的开放,是为一个常年坐在树下的抽叶子烟的老人,和一个在春天的田野上割草的孩子,以及一个蹲在池塘边垂泪的洗衣裳的女人,和一只年年都在春夜里飞来盗取它的花香的小飞虫。"[1]不是人对李花说话,而是人听李花说话,听李花说梦话,这就克服了人的局限和误区,打开了一个更大的时空天地。其三,以敬畏之心与天地自然万物保持"齐一"。有作者写道:"我们到了大自然里,行动要轻柔,心要常怀敬意,以免惊吓了这些小小的精灵……"[2]这样的心绪对于克服人的欲望的无限膨胀和以自我为中心,是非常必要也是颇有意义的。

这有助于理解"天之道"和获得新的人生智慧。作为一种智慧,一是"人之道",即凡事按人的法则、人生的原则行事,于是获得生命的感知和理解;二是"天之道",即超出人的视域而进入天地情怀,从而获得一种所谓的"天启"。如对孔子与老子加以比较就会发现:前者遵循的主要是"人之道",后者则信奉"天之道"。所以,一本《道德经》才能突破人的理解、进入别样的天地,"天之道,损有余而补不足;人之道则不然,损不足以奉有余"这句话才能获得哲学的力量。在二十世纪八九十年代的散文中,也不乏关于"天之道"的思考和理解,像贾平凹的《丑石》即是代表。不过,进入二十一世纪,通过"格物致知"探讨"天之道"的散文明显多起来,这为我们提供了一个更为博大的世界宇宙,也进行了形而上的哲思。如对于聋哑人,范曾说过:"钝于言说者敏于心灵。""那些唠叨的、多话的、声嘶力竭的、唾沫星子直喷的人大体思绪混乱。""单纯中的丰富、沉默中的深思,使聋哑人比较容易接近道之所在。"[3]这是以老庄的"天之道"批评和反思"人之道"。另外,王月鹏曾认为:"栈桥是一个态度。我从它的欲言又止的表情里,看到了一种坚定。置身波涛之中,它并不期望抵达彼岸,也无意于征服什么,它只是固守属于自己的一份命运。""栈桥甚至拒绝作为桥的所谓使命,在遍地架桥的现实世界,它是另一种桥——

---

[1] 吴佳骏:《此岸或彼岸》,《天涯》2019年第5期。
[2] 熊亮:《万物如果开口说话》,《散文》2019年第5期。
[3] 范曾:《寂静的世界》,《北京文学》2007年第8期。

不以抵达彼岸为目的。在道路断裂的地方，它承担人类与风浪之间的沟通，接续一些更为重要的东西。"[1]鱼禾通过仰望星空，体验其无穷无尽，特别是时间与生命在同在中的间隔与错位，所以她说："我正在看着的是它们曾经的模样，是人类没有出现以前的模样，就是说我和它们并不在同一种时间之中。或许此刻它们已经消亡了，我看到的不过是它们消亡以前投射的光芒。那么，我和它们也不在同一空间里。从始至终，我们一直处在这样的隔绝里，在这庞大不可思议的诡异中，在一种绝对的被动里。"[2]这是关于时间与存在的形而上思考，对于打破人的固化思维有启示作用。由此可见，新世纪散文有"天之道"作为价值支撑，所以能有较高的站位，获得真知灼见，超越"人"的成规和局限性。

当然，新世纪二十年中国散文还有这样和那样的问题，需要今后继续探索发展。这主要表现在：第一，散文的经典化意识不强，许多作品过于随意和散漫，碎片化倾向积重难返，这需要从观念和细节上实现突破；第二，散文的文体意识薄弱，在强调跨学科和跨文体写作的同时，对于散文的概念、内涵、形式还要做出科学理解，这不仅包括一般大众作者，就是著名作家和散文研究者也不例外；第三，散文的探索创新性不够，在强调继承时，万不可陷入平庸，也不能满足于自说自话和自我重复，这需要借鉴改革开放之初的开创性，进行有思想、文化、智慧的深度探索，避免模式化和类型化写作；第四，散文滞后于时代发展，特别是未能获得散文的文化自信，更没有与国家的战略发展相结合，这必然导致散文失去读者和长久的生命力。某种程度上说，散文是最具社会化的文体，它应以其敏感为这个复杂多变的时代把脉，以改变当下滞后于时代的状态。

---

[1] 王月鹏：《另一种桥》，《中国文学年鉴》2015年第1期。
[2] 鱼禾：《界限》，《人民文学》2018年第5期。

# 大众文化与二十一世纪中国散文创作

二十世纪九十年代中后期以来,大众文化渐成气候,尤其是进入二十一世纪,它以势不可挡和摧枯拉朽的力量对文学产生了巨大的冲击,其后果可谓令人震撼和惊诧!而作为比较传统、变数较少和较难的文体,散文当然不可能游离于文学之外,它不自觉地被大众文化裹挟着,从而在内容和形式上都表现出显著的裂变。不过,也应该看到,散文的体性毕竟与小说、诗歌、戏剧等文体有别,也由于历史和现实因素,导致散文在面对大众文化冲击时,表现出冷静、从容、包容和融通。概言之,散文以其"常态和变数"来应对一切,这当然也包括"大众文化"的冲击。

## 一、散文体性与大众文化传媒

散文文体的主要特点应表现在一个"散"字,但这个"散"并不应像有些学者所言的"形散","神"也可以飘忽不定,而应该在"心"的散淡自然上。另外,不应该只从散文之变上来探讨其价值,还应该从不变的"常态"角度来理解散文的价值和意义,这样,就不会只在"变数"这一个维度上来看"大众文化"与"散文"的关系了。还应该看到,大众文化既给散文带来了生机活力,也使其走向了困境与迷途,这是值得研究和反思的。

如今的大众传媒以无所不在的方式覆盖和左右着人们的生活,也影响着文学。作为文学的一个门类,散文当然也不例外。近些年散文所受大众传媒之影响恐怕远远超过人们的想象。因此,从大众媒介的角度来研究散文的演变是个颇有意义的课题。所以,应建立媒体与散文之间的双向互动关系，从而使散文文体既开放又不失去自己的本性。

应该承认，长期以来，如同待字闺中的少女，散文一直停留在比较狭隘的空间里。只有有限的散文家在经营这块自留地；还有一些诗人、小说家在繁忙之余，以闲来之笔写些散文，聊慰身心。在诗歌和小说占据文坛中心的年月，散文至多也只能敲敲边鼓而已！近些年，散文由丑小鸭变成白天鹅，成为文坛的主角，这里的原因固然很多，但大众传媒的作用显然是不可低估的。

大众传媒对散文的推力，首先表现在散文刊物的增多，文学期刊"散文栏目"的增设，报纸"散文副刊"的设立；其次表现在出版社出版散文集和散文选本的增多；再次表现在广播电视散文的隆重推出和新媒体散文的兴起。一时间，散文表现出铺天盖地和席卷天下之势。这一情势最突出的征候是：原来的散文家创作力更加旺盛，不少诗人和小说家转而撰写散文，更多的学者和官员步入散文园地，表面看来几乎没有人不在散文的场地一试身手！散文研究也随之升温、加热和活跃起来。可以说，大众传媒以直接或间接的方式影响了散文的传播，也引起了散文文体外在和内在的变化。

第一，与社会、人生和民众合拍，贴近和反映现实，发出时代的最强音，这是大众传媒对二十一世纪中国散文文体的一个重要影响。"非典"时期的散文是这样，民工潮中的散文是这样，官员散文是这样，网络手机散文也是这样，当然有关地震内容的散文也表现突出。从某种程度上说，大众传媒所关心和追问的问题在散文创作中都可以找到投影，散文与社会时代也与大众媒介实现了同步。这就决定了散文文体的开放性、中心化和诗性品质，散文不再是居于牛角的苍白无力的时代弃儿。

第二，丰富的知识和文化含量是大众传媒带给二十一世纪中国散文的另一个突出标志，这必然增加了散文的密度和厚度，也改变了散文的长度。由于大众媒体以信息的传播和增殖为己任，被传媒裹挟的散文也就不可能不受到它的影响！

第三，大众媒体使二十一世纪中国散文更加短小精悍和具有虚拟化的特点。如果说大众传媒给散文输入了更多的知识与信息，于是散文不断地被拉长，那么它还有另一面，即将散文变短和走向虚拟化，这主要由其传媒性质决定的。如报纸副刊往往篇幅有限,而手机短信更不能由你任意编辑,这就要求散文短小精致;又如广播和电视散文由于有画面和声音辅助,加强了视角、听觉等效果,散文更容易打动读者;再如,网络散文作者不需要承担责任,所以没有负担和压力,倒是可以更加自由地进行自我表达,于是散文的真实性、道德观、价值观和规范化都受到了挑战和突破,其虚拟化也就应运而生。如有一篇新媒体散文《猜想伟哥》,其中有这样的话:"我和许多无聊男人相仿,对和性相关的话题有兴趣。""通常我有兴趣的是对性做点猜想。"[①] 于是,作者大谈特谈"伟哥"与"伟姐"。如果不是网络,恐怕很难产生这样大胆的作品。

当然,大众传媒对二十一世纪中国散文又产生了不少负面影响,这往往是被大家忽略的。许多散文家在通过大众传媒获益之时,在给散文"解套"的同时,较少做出理性的思考,尤其是往往无视散文文体的特质,只是一味跟在传媒后面盲目地奔跑,这就导致了散文文体缺乏节制,缺乏强大的主体精神。

让散文突破"稀汤寡水"和过于狭小的格局,给这一文体以充分的自由,当然无可厚非,但如果不加限制,一味地让散文在知识和信息之下疯长,势必造成散文文体的臃肿和肥胖症,从而失去钙质和风骨。如不少散文尤其是一些所谓的"大文化散文",在没有人文精神也没有理性支撑的情况下,一味地进行资料考索和引证,于是散文成为一个知识仓库。由于许多作家并非这些知识的专家,其中的正确与否姑且不论,将散文文体当成一个可以无限伸延的"肚子",就很成问题。

公共话语写作也是大众传媒给散文文体造成的伤害。众所周知,散文最重要的是个性,郁达夫说散文即是个性:"现代的散文之最大特征,是每一个作家的每一篇散文里所表现的个性,比从前的任何散文都来得强。"[②] 由于大众传媒的影响,二十一世纪的散文在选题、立意、叙述、

---

[①] 陈村:《猜想伟哥》,载《精致的耳朵:新媒体散文》,湖北教育出版社2001年,第5—7页。

[②] 郁达夫:《〈中国新文学大系·散文二集〉导言》,载《郁达夫文集》第六卷,花城出版社、生活·读书·新知三联书店香港分店1982年版,第261页。

话语和语言等方面都存在惊人的雷同化倾向。当下的散文深深打上了大众传媒的印痕,甚至大家阅读的书都差不多,看的杂志、电视剧和浏览的网页都一样。出一个木子美和芙蓉姐姐,连老人们都津津乐道,不一而足!如果在当下散文中进行一种比较研究,我们会发现类同化、模仿化、重复化写作是散文文体的一种"流行病"!作家们都往热闹处跑,人家读什么自己就读什么,人家写什么自己也写什么,人家怎样写自己也怎样写。以集锦式的散文结构为例,这种散文文体一出现,则立即有风靡之势。这种新闻体式的文体最大的优点是"散漫",但缺点也在于此,即使散文失了气脉,没了核心,难以凝练。在多数情况下,大众媒体是没有节制的,也是从众的,而被大众媒体覆盖的散文也是如此:它们往往过于黏着于现实和时代,过于跟从大众传媒和读者的审美趣味,过于为一己功利所囿,不能从散文文体的本性着眼,更不能从世俗烟云中抽身而出,这就难免引起散文文体的无度和盲从。缺乏制约和个性是当下散文文体的"流行病"。

## 二、散文"失真"与技术至上

如果站在艺术发展的角度看,中国散文一直处于不断的艺术变革之中,只是因时、因地、因人有所不同而已!早在二十世纪八十年代,与诗歌和小说的速变相比,散文因变革缓慢而遭到猛攻和彻底批判,如黄浩在《文艺评论》1988年第1期上发表了《当代中国散文:从中兴走向末路——关于散文命运的思考》,沈天鸿在《百家》1988年第6期上发表了《中国新时期散文沉疴初探》,其整个思路都是对新时期散文表示担忧和不满。与此同时或之后,赵玫、刘烨园、萧乾、丁椰等人提出了散文变革的必要性、急迫性和理路,如刘烨园于1988年7月23日在《文艺报》上撰文《走出困境:散文到底是什么?——编辑手记》,萧乾在1989年第5期的《人民文学》上发表《散文也应有所突破》,余德旺在《殷都学刊》1990年第1期上发表了《当代散文的观念亟需革新——也谈当代散文的困顿及其出路》,到1993年刘烨园更提出"新艺术散文"的概念,并从艺术创新的角度对散文的观念、结构、语言等做了较为系统的阐述。值得注意的是,刘烨园说:"新艺术散文是相对于自古以来的艺术散文也是相对于'大散文'而言的。"① 进入二十一世纪后的十年里，散文也在变，只是与二十世纪有所不同罢了！在此，我借刘烨园的"新艺术散文"之名，以大众文化的视角进行观照，来探讨新世纪十年中国此类散文的嬗变及其发展。

（一）新世纪中国散文中最具探索性的是刘烨园、马莉、张立勤、冯秋子、周晓枫、熊育群、黑陶、格致、张锐锋、蒋蓝、张于、蒋登科、叶多多、宋晓杰、杨永康等人的散文，他们的散文确实打破了传统散文的格局，被赋予了一种新的质素，这就是现代主义（包括后现代主义）的质素。在选题上更加随意，有的还将触角探入性意识或潜意识深处；在结构上更加随意和绵密，有自由放逸之致；在表现手法上更加多元，于是绘画、建筑、电影、神话、寓言、诗、小说等一齐涌入散文；在审美趣味上更加陌生化，片段、晦涩、跳跃、张力和放任成为其美学品格。对比二十世纪九十年代，此类散文具有明显的超越性，这主要表现在：

第一，更为明朗和开阔了。可能是受到二十世纪末情绪的影响，二十世纪九十年代的现代主义（包括后现代主义）散文相对显得阴冷、沉闷和封闭，像刘烨园的《濛濛的年轻》和《永远的舞》这样的佳作也是如此！而二十一世纪的类似的作品则明显增加了暖色和亮度，视野也变得开阔多了。如刘烨园写于2003年的《夜之语》，虽与以前的"夜"之描写有内在的联系，但其色调明显明亮了，作品在结尾处这样说："就像走进可疑的世界，世界就一钱不值一样。因为你也是世界，梦也是世界。在夜的麾下，它们荧荧发光。""自己的光。大路的光。骑手的光。"② 而他写于2005年的《天赋独立》更是有高亢的音调，仿佛有金质的声响传出。张立勤在二十世纪曾写过《痛苦的飘落》《黑色交响》，里面有着痛苦与黑暗的长长的影子，个人的苦难将她压抑得透不过气来。2002年，她的《在季节的边缘》开始变得开阔和明朗起来，而写于2008年的《沙发沙发，大巴大巴》则是自我放逐与自由的写照，文中的一句"走吧，大路朝天"仿佛是作者突破自我的宣言。

第二，更为自然和健康了。应该承认，由于受到西方现代主义（包括

---

① 刘烨园：《新艺术散文札记》，载《领地》，珠海出版社1995年，第317页。
② 刘烨园：《夜之语》，《山东文学》2003年第2期。

后现代主义)思想尤其是其不良因素的影响,二十世纪九十年代的中国散文存在生硬的模仿、病态的自恋、低下的趣味等问题,而在二十一世纪这一情况有了明显的改变,像张于、杨永康等人的散文都是如此!在《走着走着花就开了》一文中,杨永康这样写道:"是的,四月。到处都是野菜的四月,到处都是丁香的四月。我们在花下等啊等,一会儿就是一大群。我们在风里叽叽喳喳像饥饿的麻雀一样散开。我们找呀找,都希望找到一棵大点再大点的野菜,找着找着,就剩下风了,四月的风。麦田开始泛青。找着找着,就剩下我一个了。别剩下我,我喊呀喊,无济于事。我想他们走了。他们走了,还有风呢。风走了,还有花呢。花走了,还有香。香走了,还有四月呢。四月走了,那才是真正的一个啊……多年来我一直守着这个最残酷的月份,就像用一张脸去面对另一张脸。"① 在此,每个句子都是清明的,但组合起来就含了现代主义的神韵与光影,然而,这是一种悲而不伤、痛而不苦的超然与梦幻,其内里是有诗意的栖居的。

第三,更为美妙神圣了。一般的现代主义(包括后现代主义)散文往往主要表现现实的丑恶甚至肮脏,很少有优雅之美和神圣感,这在二十世纪九十年代也不例外。但在二十一世纪,这一情况有所改变,美妙和神圣成为许多作家的追求,像周晓枫的《你的身体是个仙境》和格致的《转身》都被赋予了美感和圣洁,而熊育群在这方面表现得更为突出。如周晓枫这样写道:"多美的大雪天,让我觉得整个世界都被摇晃,上帝为我施放了一场洁白的爱情礼花。我就在礼花的中心,被抬升到天堂的高度。"② 熊育群则这样写道:"罗丹的石头是这样惊心动魄,石头上燃烧的生命,让人看得见灵魂。一场轰轰烈烈的爱在逝世一百年后,仍然让人目睹,如在现场,让鲜血在血管中奔涌,让身子颤抖。那一场相爱,竟把生命变成了一条激情跌宕、汹涌澎湃的大河,冲决岁月的河床,在悠远的历史中留下灾难般的遗迹——这一切都在石头中。罗丹把自己的爱表达到了极致!让

---

① 杨永康:《走着走着花就开了》,《美文》2005年第8期。

② 周晓枫:《你的身体是个仙境》,载《2003年中国散文精选》,长江文艺出版社2004年版,第446页。

人类那颗爱着的心超越了人世的沉浮变幻与生死。"① 这种表述不仅仅是诗,更是一种对于生命悲喜交集的大彻大悟,是一种沉睡后醒觉的灿烂。

当然,也应该指出,许多注重感觉、有着现代主义(包括后现代主义)气质的散文整体上还存在明显的局限,这主要表现在:作者过于相信感觉,沉溺于文字游戏,使才而自恋,放任而自流,狭隘而狂妄,这必然影响其散文的广度、深度、厚度和境界,这也是为什么这类散文初看往往感到颇有新意,但看多了就给人以千篇一律、华而不实之感。还有,碎片化、表面化、技术化的写作必然是浮光掠影、走马观花,难有真正的精品,也难以经得起推敲琢磨。因之,我认为,作为一种实验和探索,向西方学习现代主义(包括后现代主义)是可以的,但真正要出精品,还必须走出狭隘,容纳传统,丰富和完善内心,并用中国心灵和智慧进行创造。

(二)新媒体散文的兴旺成为二十一世纪中国不可忽略的一股潮流。所谓新媒体散文,主要是指二十世纪下半叶以来,以新兴的电子媒介为载体发表的散文,这包括电视散文、网络散文等形式,从而与一般意义上的纸本散文区别开来。不过,中国新媒体散文在二十世纪末还只是初露头角,它的发展还是二十一世纪尤其是近些年的事。以网络散文为例,在"天涯社区""红袖添香""中国散文网"等网站,散文作品和新人层出不穷,其数量可谓令人惊叹。在这中间,较有代表性的作者有痞子蔡、李寻欢、王小山、杨献平、胡一刀、王义军、周闻道、马叙、玄武、安妮宝贝、黄咏梅、王猫猫等。需要指出的是,新媒体散文作家远远不止于此,除了众多的不以真名示人者外,一些名家也参与了新媒体的散文创作,这是需要说明的。其实,新媒体散文是一个非常复杂的概念,它甚至将许多"大文化散文"作家和现代主义(包括后现代主义)风格的作家网罗其中。那么,新媒体散文给二十一世纪带来了哪些新鲜的经验及特征呢?我认为,这主要表现在以下三个方面。

第一是短小精悍、方便快捷。由于新媒体的更新速度快、写手的写作往往是经验式和感受式的,读者也是以浏览为主,新媒体散文一般以短平

---

① 熊育群:《激情溅活的石头》,载《罗马的时光游戏》,中国青年出版社2004年版,第13页。

快和"轻骑兵"为特色，这就避免了"大文化散文"的漫无边际甚至拖泥带水，这与新媒体以承载和传播信息为主要平台是相适应的，也合乎现代社会高效与快节奏的特点。

第二是自由飘逸、尖锐有力。网络是一个自由的虚拟空间，甚至自己的名字也可以虚构，所以是相当自由的。就如有学者所言："就网络文学而言，网络文学的乌托邦幻想常常是这样展开的——人人写作、自由平等、非权威化、精神体操、非职业化、非特权化知识分子创作。"[①]因为自由，所以可以畅所欲言，甚至随心所欲。以黄集伟为例，他的一篇文章的题目是《借一张嘴，说美丽脏话》，其中由五十个小段落组成，作者可谓嬉笑怒骂皆成文章，那一张"三寸不烂之舌"直将社会的众生相鞭挞得体无完肤、淋漓尽致。像这样无所顾忌的自由言说，恐怕不易在传统纸本散文中现身，可能只有在新媒介散文中才能出现。

第三是感觉神妙、灵光闪现。新媒体散文往往是在感觉中穿行，有时妙不可言，一如夜月缓缓穿越薄云。这种感觉有时并不是靠视、听、触、嗅等知觉系统能够达到的，而是得助于第六感官的神来之笔。还有灵性和灵感，长期以来，散文写作往往都要正襟危坐，甚至是深思熟虑后的结果，其长处在于可以写出经典作品；但其不足是灵感容易逃逸，文章没了灵性，所以有做作之感。因此，真正的天地至文往往都离不开灵感。新媒体散文的灵光常常让人拍案叫绝！黄集伟的散文就有这方面的特点，其感觉和灵性就如同山间的云气一样丰沛、弥漫而又神秘！

然则，我也要指出新媒体散文的致命伤，那就是太快、太躁、太尖、太薄、太糙，多失于表面化，文化与艺术的含量不够，难以给人心灵的震动，审美趣味往往也不是太高，这些在黄集伟等优秀作家身上也同样存在。如果说在开创之初，新媒体散文还可以速进甚至躁进，但真正要使其成为一个时代的代表和象征，作家还必须慢下来，惜字如金，厚积薄发，否则，文字和思想慢慢就写"滑"了。另外，优秀的作品固然离不开才气、灵感，但使才自负、目空一切、放任自流，而不注重内敛珍藏、谦逊向下、天容

---

[①] 欧阳友权等：《网络文学论纲》，人民文学出版社2003年版，第199页。

地载,那必然会江郎才尽。因此,我认为将来新媒体散文的希望在于:既善用现代科技之长,又能在宁静中反观其短;既能紧跟时代风潮,又能顶天立地而悟道;一面要及时把握现象世界,另一面又要强化对文化、生命、人性的深度理解。就如刘勰所言:"夫水性虚而沦漪结,木体实而花萼振:文附质也。虎豹无文,则鞟同犬羊,犀兕有皮,而色资丹漆:质待文也。""是以衣锦褧衣,恶文太章;贲象穷白,贵乎反本。"①看来,问题的关键是,要处理好"文"与"质""实"的辩证关系。

(三)智性书写成为新世纪中国散文一道独特的风景。所谓"智性书写",主要是指那些透出睿智、充满变奏、饱含幽默、乐于思考、富有穿透力的散文。应该说,二十世纪九十年代就不乏这样的智性写作,像王朔、王小波、孙绍振等很有代表性;进入二十一世纪,这一现象有所发展,从而形成了以南帆、韩少功、韩小蕙、孙绍振、黄永玉、陈祖芬、鲍尔吉·原野、穆涛、方英文、李静、刘亮程等为代表的创作队伍,并呈现出了自己的特色。具体而言,下面几点最为突出。

第一是透过现象看到本质,尤其能站在新的高度,从历史、现实、社会、人生的复杂时空中抓出带有规律性的内容,从而反映作者的机敏与睿智。以南帆为例,《七尺之躯的空间》《相聚会议室》《准星上的生活》《无限玄机》《纸上的江湖》《读数时代》等都是充满理、智、趣的作品,表面上看它们是反映现实的,但其实都是探讨人生哲理和形而上意义的。如面对军事扩张和科学在武器上的应用,南帆在文中表示:"我的真正渴望是搜索到另一种性质的消息:放下屠刀,铸剑为犁,人类必须尽可能使用音乐、绘画、文学或者体育竞赛对话。"②李静的散文以睿智见长,她说:"充分发育过的'个人'的自我超越,和从未深刻认知过'个人'的集体主义,词句的表面多相似!南辕北辙的相似。"这样的认识是深入骨子里的。对于幽默,她提出"梦醒之后幽默亡"的看法,并表示:"人

---

① 刘勰:《文心雕龙·情采》,载《文心雕龙》(下册),范文澜注,人民文学出版社1998年版,第537—538页。

② 南帆:《准星上的生活》,载《2003年中国散文精选》,长江文艺出版社2004年版,第228页。

得一半梦,一半醒;一半希望,一半幻灭;一半温情,一半冷峻;一半酸楚,一半欢快;一半怪诞,一半真实……才会有幽默。"①穆涛最擅读"史",且能从"字缝"——也可说是从"沟"与"壑"里,读出历史的沧桑,读出历史和人生的智慧。如对于中国传统的"道德",作者能发现它被渐渐"瘦身"了,即由原来的天地大道一变而为专指"人的修养"。又如历史的学名为何叫"春秋"?为何孔子"厄而作《春秋》",而不是《冬夏》?这个似乎不成问题的问题却被穆涛提出,并从政治地理、地域文化、天地自然、心理动因、时令节气诸方面进行阐释,虽不能说完全周延和令人信服,但还是颇有道理的。②黄永玉虽不是专业作家,但他的散文却卓尔不群,常在刀削豆腐中另具只眼,如他明确表示:"'隔行如隔山'是句狗屁话!隔行的人才真正有要紧的、有益的话说。""作家有如乐器中的钢琴,在文化上他有更全面的表现和功能,近百年来的文化阵营,带头的都是文人。""一个作家归根结底是要出东西,出结实、有品位的东西,文章横空出世,不从流俗,敢于路见不平拔刀相助,闲事管得舒坦,是非清明,倒是顾不上辈分和资格了。"③这些话语出自然,我手写吾口,口语出心中,但痛快简洁,结实有力,令人赞叹不已!这才是一语中的之智,没有丰富的阅历、公正的心怀和纯朴的德性,那是不可能的。

第二是用包容的心态,以"幽默"出之,大有超凡脱俗、凌空高蹈之致。比较而言,二十世纪九十年代王朔、王小波等人的幽默是有些苦涩的,甚至有些刻薄;而到了二十一世纪,幽默一变而为旷达深远,仿佛"楚天千里清秋"一样一望无涯。南帆的散文表面上看是理性的,甚至是冷静的,但里面总藏着"幽默",并且它常常又是温润的。在《七尺之躯的空间》开篇,他即说:"我听到一个有钱人抱怨,钱多得无处可用。他委屈地说,活着只是睡一张床,死了不过占一个墓穴,拥有那么多的钱干什么?"④《相聚会议室》更是幽默诙谐,作者从"开会迷""开会的人""行政

---

① 李静:《李静散文》,《黄河文学》2009年第10期。
② 穆涛:《信史的沟与壑》,《上海文学》2009年第11期。
③ 黄永玉:《黄裳浅识》,载《2006中国散文年选》,花城出版社2006年版,第398页。
④ 南帆:《七尺之躯的空间》,《十月》2001年第5期。

技术""会议的形式""发言""表决""会后"七个角度展开,大有林语堂的《论政治病》的流风遗韵。南帆这样写道:"会议的主角走下主席台之后干了些什么,这也是许多人乐于刺探的内容。某一个胖墩墩的官员在接风的宴席上竟然也是用'感情深,一口闷'这种辞句劝酒,这种与民同乐的风格赢得了不少好感。许多人甚至因此接受了他流着鼻涕唏唏嘘嘘地吃辣椒的形象。宴会之后,他又在卡拉 OK 厅里唱了一曲《心太软》。虽然有些走调,但是,一脸正经的上级居然敢哼这种不无暧昧的调子,四下骤起的掌声的确包含了听众的某种惊喜。"① 这是一种包含了"同情"的讽喻,是正宗的幽默,它比冷峻的讽刺更深入有力。韩小蕙的散文是正儿八经的,但细细品味却能感到其中的"幽默",那是在作者和读者之间有"会心之顷"的。如《这个年龄的女儿有点怪》这个题目就有些"逗",而《做个平民有多难——我的财富观》一文则处处包含了幽默的质素,令人忍俊不禁。如其中第一个分题是"去人民大会堂的最佳方式",于是作者写道:"我家的地理位置有点特殊:它是坐落在北京的心脏地带——东单银街的一个欧罗巴式大院落,距长安街有一站地,距天安门广场三站地,我自己形容为'一箭之遥'。""要完成这'一箭之遥'的行进,共有四种方式可选择:(1)步行,需 40 分钟。(2)骑自行车,需 15 分钟。(3)乘公交车,包括步行到车站、等车、塞车等因素,大约需 30~40 分钟。(4)打的,如果不塞车的话,一去 15~20 分钟;但回来可就困难了,因为第一打不到车,长安街上不允许出租车空驶,更不允许随便停车。第二,东单路口不允许左转弯,必须前行到两公里以外的建国门绕二环路口回来,中间需耐心等待东单、北京站两个大红绿灯,这么一去一来,时间就没谱了,一小时开外也是题中之义。"② 作者叙述的内容可以说是个大幽默,而其不慌不忙、有板有眼、以"数学"进行推理的叙述方式更显得"幽默"的温润。随后,作者在第四分题中竟然列出了"我的财富观:五条金原则",那就是:"1.富贵不能淫,贫贱不能移。2.君子爱财,取之有道。

---

① 南帆:《相聚会议室》,《人民文学》2004 年第 6 期。
② 韩小蕙:《做个平民有多难——我的财富观》,载《2005 年中国散文精选》,长江文艺出版社 2006 年版,第 222—223 页。

3.能挣会花，视金钱如粪土。4.成由勤俭败由奢。5.平民立场，简单生活，奉献人类。"作者还加了一个"文后赘语"，并说："不好意思，我此文写得有点个人化了。"① 幽默一个接一个，反衬了对当今社会拜金和虚荣的不以为然和批评。还有鲍尔吉·原野式的幽默，他常能在"退一步"和"身处下位"中发出幽默的一笑。如在《河流里没有一滴多余的水》中，作者叙述了这样一个故事：有个打工姑娘刚给父亲寄了钱，而作者正要取钱，营业员就将姑娘的钱转给了作者，姑娘一听可不干了，因为她觉得，如果这样她的钱就寄不到亲人那儿了。对此，无论是营业员还是作者，怎么向姑娘解释都无济于事。巧合的是，当时营业员手上再无别的钱给作者。有趣的是，作者做出了一个特殊举动，他写道："我说：这钱我不取了，我明天来。姑娘，你把钱交给营业员。营业员，你务必把姑娘这300元钱汇到指定地方，行不？"② 这是一个幽默而又有些令人心酸的故事，由此可见作者的包容心与爱心。

第三是变幻多样、摇曳生姿的叙事技巧，尽显此类散文的变化。某种程度上说，许多新艺术散文创新玩的是技巧，就像武术的花招和围棋的定式一样。而真正的武林和棋坛高手则是大化无形，表现出来的是无技巧。因此，我往往更注重散文内在叙事的变化与革新，注意陌生化写作。穆涛的散文不多，但其思想、理路、思维方式及表达往往是令人难以捉摸的，充满某些神秘感及强大的张力效果。如在《摇头丸和忠字舞》这篇短文中，作者先从生活琐事谈起，像负责任与不负责任、庸常与重要、创新与守旧、躁动与平衡等，直到最后一段才入题，共叙述方式令人难以捉摸，让我想到林语堂的《孤崖一枝花》。而在极其有限的文字中，作者又从"摇头舞"想到"摇头丸"，再想到"忠字舞"，以强调"独立思考"的重要性，于是他感叹："天空中每天闪烁的，都是我们的无知在发光。"③ 按一般人的思维，"无知"是愚昧，但从生命本相上看，人永不可能到达"知"，

---

① 韩小蕙：《做个平民有多难——我的财富观》，载《2005年中国散文精选》，长江文艺出版社2006年版，第232页。

② 鲍尔吉·原野：《河流里没有一滴多余的水》，《幸福》2019年第22期。

③ 穆涛：《摇头丸和忠字舞》，《随笔》2004年第6期。

所以"无知"才是一种真正的"知",才是一种真实的现实和富有魅力之所在,所以理解和承认"无知"方是智慧的。所以老子有言:"知者不博,博者不知。"英国作家罗伯特·林德曾写过一篇文章《无知的乐趣》,文章是这样结尾的:"我们忘记了苏格拉底之所以以智慧闻名于世,并不是因为他无所不知,而是因为他在七十岁的时候认识到他还什么都不知道。"①穆涛还有这样的表述:"政治里的好和劣是复杂的,心态,心地,心术更复杂,正是这些,愁煞史官,但也彰显史官的眼力和人格魅力。"他还说:"尤其是中国的历史'课本'……很难读,城府深,色调沉,像一个人板着脸孔,古板、刻板,缺情少趣且苦辣,像冬天里喝烧酒,要'温'一下口感才稍好些。"②这是一种"神龙见首不见尾"的写法。鲍尔吉·原野、黄永玉、冯秋子的散文都有这样的特点,你不知道他的路数,常常有意外甚至神来之笔,这是许多公共话语写作者难以望其项背的。另外,韩小蕙在新时期的一系列散文中都在变换写法,试图进行不断的创新,她善于将新闻报道、隐喻、寓言等融入散文,希望能改变传统散文的叙述风貌。如《这个年龄的女儿有点怪》作者以十个分题进行报道:"其一曰:反季节的感觉""其二曰:顾脚不顾脸""其三曰:反叛的行为方式""其四曰:颠覆常规的思维""其五曰:专跟你唱对台戏""其六曰:不知天有多高地有多厚""其七曰:疯狂追星""其八曰:毛绒玩具情结""其九曰:穷人的富人气度""其十曰:群体怪异行为"。这是一种"新闻体散文"的结构方式,其优点是简洁明快、直截了当、双向沟通,比较容易引起读者的共鸣;不足之处是容易失去曲折委婉之美,降低作品的文学性。

由于散文作家有一颗不安分的心,所以他们都在进行积极的探索,努力追求散文艺术的变革与创新,这是非常有意义的,也是新时期中国散文能够不断保持活力的关键之所在!但是,也应该注意,创新需要有前提、基础、原则和底线,即它必须有强大的包容心,必须朝健康美好的方向前

---

① 〔英〕罗伯特·林德:《无知的乐趣》,载《世界散文随笔精品文库:英国卷》,中国社会科学出版社1993年版,第256页。
② 穆涛:《信史的沟与壑》,《上海文学》2009年第11期。

进，必须建立在作家人格、境界和品位的锻造与提升上，舍此，任何所谓的创新都难以实现，也是没有多少意义的。还应注意的是，创新者应避免观念上的误区，即"进化论"的简单模式；创新者也应注意处理好"新"与"旧"的关系，因为孔子就曾说过"温故而知新"的话，也就是说，"新"并不等于简单地否定"旧"，更不能舍"旧"而进行独"创"。当然，创新更不是为"创新"而创新，而应是瓜熟而蒂落、水到渠成。

# 学者散文的使命与价值重建

在散文这个大家族中,"学者散文"为其一,并且是非常重要的一支。然而,长期以来对它的研究还很不够,这不仅表现在成果数量不多,也表现在对一些基本问题缺乏清晰的认知,还表现在研究视域和观念有局限。其一,比较宽泛地理解"学者散文"。有人认为:"学者散文大致可作二解,一是学者所作的散文,二是学者型的散文。"① 由于"学者型的散文"过多,范围过大,界限难明,致使"学者散文"变得模糊起来。其二,窄化了"学者散文"。有人提出:"所谓学者散文,主要指百年来各门学科中专业学者创作的,具有现代思维特征、价值取向、理性精神、知识理想、心理内容等质素的,各种类型与文体风格的散文作品。"② 这可能是"学者散文"的理想化状态,如以此为依据,真正能称得上"学者散文"的就很少。其三,宽泛与窄化共存。如有人将"学者散文"与"知识分子书写"等量齐观。其实,给"知识分子"以宽泛理解,就会泛化"学者散文";但从精英知识分子的角度审视,很多学者写的散文又称不上"学者散文",这又是一种窄化。我更愿将"学者散文"简单理解为"学者所写的散文"③,并结合精英知识分子的现代意识和人文情怀,通过学者的"使命担当"来

---

① 吴俊:《斯人尚在 文统未绝——关于九十年代的学者散文》,《当代作家评论》1998年第2期。

② 喻大翔:《用生命拥抱文化——中华20世纪学者散文的文化精神》,人民文学出版社2002年版,第17页。

③ 将"学者散文"理解为"学者所写的散文",也有复杂性。这既包括像余秋雨这样的纯粹学者,也包括鲁迅、林语堂这样的"学者"与"作家"身份兼而有之的,还包括郭沫若这样的集作家、学者、社会活动家于一身的。

理解和认识,希望突破当前学者散文局限,进行更有意义的价值重建。

## 一、学者散文的时代感与使命感

在中国传统散文中,时代感和使命感并不匮乏,它们像骨架一样成为不可或缺的重要支撑。最著名的是范仲淹的"先天下之忧而忧,后天下之乐而乐"、张载的"为天地立心,为生民立命,为往圣继绝学,为万世开太平"、顾炎武的"天下兴亡,匹夫有责",这些都成为一种文化血脉在中国士子的心中流淌。近现代以来,不少作家都有"家国情怀",以强烈的使命感为时代发声,抒写"一时代有一时代"之散文。最有代表性的是新中国成立后的一些散文,它们为时代、祖国和人民而歌,成为强烈的宏大叙事。像魏巍的《谁是最可爱的人》、杨朔的《荔枝蜜》、刘白羽的《长江三日》、秦牧的《土地》等都很有代表性。

然而,二十世纪八十年代中后期和九十年代以来,散文离时代渐行渐远,对政治甚至采取疏离和厌倦的态度,这从人们对杨朔的整体否定可得证明。比如,以书写政治散文著称的梁衡认为:杨朔散文是"为空头政治服务",是"'左'的说教模式",是让读者"受骗上当"的,是"良心上受了愚弄和感情遭了强奸"的。[①]这一评价如来自远离时代和政治的散文家,尚可理解;但出自被称为"政治散文家"的梁衡,则有些不可思议。这充分说明,新时期散文与时代、政治的隔膜与距离。我认为,新时期散文与时代、政治的疏远主要表现在四个方面。一是滞后于时代,以农业文明的眼光和思维看待社会发展。这主要表现在那些热爱乡土文明的散文家身上,像贾平凹、张炜、苇岸等人的散文表现得比较突出。如苇岸曾说:"二十世纪这辆加速运行的列车已行驶到二十一世纪的门槛了。数年前我就预感到我不是一个适宜进入二十一世纪的人,甚至生活在二十世纪也是一个错误。我不是在说一些虚妄的话,大家可以从我的作品中看到这点。我非常热爱农业文明,而对工业文明的存在和进程一直有一种源

---

① 梁衡:《论"杨朔模式"对散文创作的消极影响》,《批评家》1987年第2期。

自内心的悲哀和抵触,但我没有办法不被裹挟其中。"①苇岸写出了不少散文佳作,但滞后的价值观使其自弃于时代,从而影响了作品的发展向度。二是以后现代的眼光简单否定社会发展,在碎片化的书写中使作品失去包容的建构能力。如刘亮程在《城市过客》和《城市牛哞》中这样写都市:"本以为在乡下走了多年的坑洼路,走城里的平坦马路应该不成问题。可是车流如梭的十字街头我总觉得难以过去。前后左右的汽车和喇叭声使我仿佛置身兽群。""深厚无比的牛哞在他们的肠胃里翻个滚,变作一个嗝或一个屁被排掉——工业城市对所有珍贵事物的处理方式无不类似于此。"②站在反思城市文明和工业化弊端的角度来看,刘亮程的散文是有价值的;但其最大问题是农业文明和后现代语境的影响,所带来的"失语"于时代和社会发展。三是世俗化地散文书写带来对于时代、政治的无知与戏化。有不少优秀散文家,受到世俗文化冲击,渐渐疏远时代和政治,同时也被社会和读者疏远。如曾写出优秀散文《阳光容器》《巩乃斯的马》的周涛,后来沉迷于阿猫阿狗式的写作,反映了他与时代社会发展的隔膜。在《包包趣闻录》中,他这样写自己心爱的小狗"包包":"啊啊呜呜兮呜呜啊啊,包包可爱兮把人爱煞;一只黄犬兮黄犬一只,游戏草坪兮不赏桃花。""哼哼唧唧兮唧唧哼哼,包包年少兮少年英雄;乳虎啸谷兮试翼鹰隼,威加四方兮力能拔鼎。""伊儿呀呀兮呀儿伊伊,包包心中兮月朗星稀;是敌是友兮分不清晰,只要认你兮一认到底。"周涛还写道:"因何名包包?嘴脸黑包公。狗狗为其母,诞生我家中。初生拳拳小,而今汪汪凶。……额上眉浓浓,双目光炯炯。皮毛黄马褂,正色官九品。七分最像狗,三分颇类人。我爱小包包,风流天下闻。"这是典型的被鲁迅批判的"哼哼唧唧派",其政治观、社会观、人类观、动物观,尤其是以"包包"这只狗比喻"嘴脸黑包公",以及对社会和人的绝望与不信任,都说明作家已远离、背离了时代与政治,成为一个自外于社会的异化者。四是多陶醉于日常生活的书写,其散文的时代性、社会变动性和政治性并不强。于是,

---

① 苇岸:《太阳升起以后》,中国工人出版社2000年版,第285页。
② 刘亮程:《一个人的村庄》,新疆人民出版社1998年版,第176页。

不少散文成为与时代变革、政治发展无多大关系的抒发甚至呓语。此类散文对于自我表达和社会抚慰是有益的，但不会激起时代波澜，也难以成为推动社会发生变革的真正动力。

在这样对时代、社会、政治有意无意疏离的散文语境里，学者散文也难辞其咎。我们看到更多的学者散文属于"书斋式"文体，过于偏重知识，像书话体散文即是如此。如果从生活和人生的沉淀来看，这样的学者散文是一种滋养；但以时代和社会乃至政治的天平衡量，这些散文的价值就会大打折扣。另外，还有两类学者散文与时代、社会、政治拉开了距离，甚至变得格格不入。其一，是以余秋雨为代表的历史文化散文，它虽能借古鉴今，但也是背对"时代"，将主要兴致投向了历史。当那么多学者散文都沉溺于历史，而少对或不为时代、社会、政治发声，这样的追求也应引起注意和警惕。其二，是"新学人散文"对于时代、政治的冷漠态度。所谓"新学人散文"，有研究者指称是赵园、陈平原、王富仁等人的散文，并提出其与时代、社会、政治拉开了距离。这位研究者据赵园在《独语》后记中的话认为："曾经是富有激情和才情的学者赵园，如果是以这种心态开始她的散文创作，则不免有些令人心冷的感觉。但这也恰切地表现出当代学者的社会态度和人生态度。""因此，我们所看到的'新学人'们的'闲谈'更像是一种自我安慰的絮语，也是一种面对现实的无奈的叙述。"① 当学者散文对时代、社会和政治失了兴趣，往往会以"冷"处理的方式进行创作，在获得人生体悟的同时，也走向更内化的自我。可以说，二十世纪九十年代前后的学者散文多处于时代、社会、政治的"缺席"和"失语"状态，这就带来明显的内倾性甚至封闭状态，当然其时代感和使命感就受到限制。可喜的是，还有一些学者散文不辱使命，为时代、社会和政治发声，这在某种程度上弥补了散文尤其是学者散文的局限。

第一，以世界眼光关注现实，思考人类的命运，这是改革开放以来学者散文最引人注目也是最有价值的方面。如改革开放之初，费孝通写的"域

---

① 周海波：《最后的浪漫：九十年代的"新学人散文"》，《当代作家评论》1998年第3期。

外随笔"可谓视野开阔,现实感和时代性强,文化站位和境界高远,是难得的学者散文。在《访美掠影》中,费孝通对美国的"家务机械化""能源危机""电子系统""斗智的世界""博闻强记的电脑""黑人问题""信心危机"等都有关注和思考。他这样写道:"现在整个地球上的人都正在被吸进一个息息相关、彼此牵连的大网之中,形成了一个大社会。""人的脑子记不住这么多在不断高速活动和变化着的因素,更来不及照顾到它们之间的牵扯和影响,结果就会控制不了,管理不好,事故频繁,效率低落,甚至搞不下去。自从电子计算机的发明和推广,人脑的限制才被突破。可变因素尽管多,变化尽管快,相互牵扯和影响尽管复杂,一到这电脑里都可以极迅速地处理得井井有条。这样就大大地提高人对复杂活动的控制和管理了。"[1] 这是1979年写的文章,四十年后的今天来看,仍觉费孝通有着与众不同的时代感、社会使命感,以及难得的远见卓识。赵鑫珊的散文关注人类文明的功过,对于地球生态、自杀问题、技术进步、人类命运等都有探讨,具有前瞻性、人类情怀和宇宙意识。作者指出:"'毒雾'是一个很含糊的概念。其实,它就是指现代工业将一些有害的物质(比如硫的化合物)排放到环境中而造成的严重污染。毒雾是黑色力量的一个组成部分。""在发展经济和保护环境之间,人类面临着选择。选择使人困惑,痛苦。""有一个事实还要在这里指出来:仅占世界人口三分之一的发达国家竟排出80%的有害气体,而发展中国家人均能源却少得可怜。"[2] 在新时期学者散文中,赵鑫珊是个重要存在,他对时代变革和社会发展的热情关注与探索却未得到足够重视,他以科技为导引所做的艺术、哲学思考也是颇有价值的。还有周国平的《电脑:现代文明的陷阱?》《现代技术的危险何在?》《我反对克隆人》《医学的人文品格》都是贴近时代的写作。南帆的散文也是很有时代感和社会责任担当的,是一种智性的知识分子书写,较有代表性的作品是《神秘的机器》《网络的风流》《读数时代》《学院里的知识分子》《电子政治家》《现代人》《说化妆》《论躯体》《媒体时代的作家》《钱》《时尚与文学的趣味》《数字的背后》等。

---

[1] 费孝通:《费孝通域外随笔》,群言出版社2017年版,第305—306页。
[2] 赵鑫珊:《赵鑫珊文集》(第2册),学林出版社1998年版,第214—218页。

从这些题目可见南帆散文的"新"与"时尚"、"时代"与"现代"、"使命"与"担当"。可以说，从费孝通到赵鑫珊再到南帆，我们既可见其强烈的"时代之问"，也可体会其各自的重点、特点和要点，这些是学者散文当随时代的典型代表。

第二，关注中国社会问题，尤其是与改革开放相伴而生的社会重要重大问题，这是改革开放以来学者散文最具现实性的部分。其中，教育问题、腐败问题、都市异化问题、文化问题、文坛众生相等最为突出。如林非的散文有一个巨大的现实的时代棱镜，从中折射出对于国家民族和人类命运的关切之情，像《招考博士生小记》《车声隆隆》《养狗的朋友》《愧为学者》等都是如此。林非对改革开放之初一些不良社会风气、知识贬值问题发出这样的忧思："为什么在今天的中国，倒腾和贩卖的收入会如此惊人，而从事知识劳动的报酬却这样微薄？至于权力的受惠，自然就更不用去说了。像这样的话，谁还愿意辛辛苦苦地去读书呢？对于社会财富的这种分配方式，难道不会使伦理观念的杠杆，发生严重的倾斜吗？"①孙绍振以幽默散文见长，因此对各种人间世相给予了幽默式描摹，像通货膨胀、诚信与虚假、胡侃与恶搞、洋人洋相、政治笑话等，都是他的涉猎范围。作为早年的北大毕业生的孙绍振，还写了一篇《北大中文系，让我把你摇醒》，对北大中文系的学术逆淘汰给予了严厉批评。李辉的《忧虑周庄》《拆墙》《且听上海喇叭声》《做人的学问》等，也都关注时代转型过程中人文精神流失等问题。还有丁帆的《缺"骨"少"血"的中国文学批评》，也是现实性很强的尖锐文章。

有人甚至这样肯定学者散文的价值："相比而言，说九十年代的文学，在面对和回答今日的问题上，似乎变得有些迟钝和软弱，倒是有些学科学者的发言，表现出更多的信心。"②由此可见，学者散文在整个散文中的分量，以及它在担当时代使命和社会责任上的价值意义。

---

① 林非：《世事微言》，中国世界语出版社1999年版，第18页。

② 洪子诚编选：《〈当代学者散文精品：冷漠的证词〉总序》，社会科学文献出版社2000年版，第4页。

## 二、学者散文的生命品质与精神高度

学者散文应成为散文中的"大丈夫",除了对时代、社会、政治有责任担当,还要有精神追求和生命伟力。某种程度上说,前者是前提,后者是内在动能;前者主要形于外,后者更为内在;前者是风骨,后者为神韵。只有当学者散文具有了精气神,才能更好地担当责任使命,让内在的温润光辉显现出来。优秀的学者散文既代表这样的精神高度和生命韧性,也包含着国家民族与人类发展的未来走向。

近代思想文化革命先驱梁启超有《少年中国说》《新民说》,作为百年中国学者散文之端绪,二者可谓开风气之先。在《少年中国说》中,梁启超表示:"故今日之责任,不在他人,而全在我少年。少年智则国智,少年富则国富,少年强则国强,少年独立则国独立,少年自由则国自由,少年进步则国进步,少年胜于欧洲则国胜于欧洲,少年雄于地球则国雄于地球。""红日初升,其道大光;河出伏流,一泻汪洋;潜龙腾渊,鳞爪飞扬;乳虎啸谷,百兽震惶;鹰隼试翼,风尘翕张;奇花初胎,矞矞皇皇;干将发硎,有作其芒;天戴其苍,地履其黄;纵有千古,横有八荒;前途似海,来日方长。""美哉,我少年中国,与天不老!壮哉,我中国少年,与国无疆!"[①] 此文写于一百二十多年前,即戊戌变法失败后的1900年,但作者站在二十世纪元年,以喷薄欲出的朝阳般的神采震天动地,直到今天仍能感其生命热力。《新民说》倡导一个国家民族的创新复兴,可谓学者散文之大作。黄遵宪赞之曰:"惊心动魄,一字千金。人人笔下所无,却为人人意中所有,虽铁石人亦应感动。从古至今,文字之力之大,无过于此者矣。"[②] 还有李大钊的《青春》和《新青年》杂志都充满英气。如李大钊1916年在《新青年》上发表的散文《青春》,开篇是一种慢板式序曲,读之如沐春风。作者写道:"春日载阳,东风解冻。远从瀛岛,反

---

① 梁启超:《少年中国说》,载《饮冰室合集》第1卷,中华书局1996年版,第12页。
② 〔清〕黄遵宪撰:《黄遵宪集》(下册),吴振清、徐勇、王家祥编校整理,天津人民出版社2003年版,第490页。

顾祖邦。肃杀郁塞之象，一变而为清和明媚之象矣；冰雪冱寒之天，一幻而为百卉昭苏之天矣。"① 文末作者激情荡漾，于是写出下面句子："青年循蹈乎此，本其理性，加以努力，进前而勿顾后，背黑暗而向光明，为世界进文明，为人类造幸福，以青春之我，创建青春之家庭，青春之国家，青春之民族，青春之人类，青春之地球，青春之宇宙，资以乐其无涯之生。乘风破浪，迢迢乎远矣，复何无计留春望尘莫及之忧哉？"② 这种精神风貌和生命气质是学者散文最好的形态，也是经典之作的标志。

在之后很长的时间里，较难找到堪与梁启超、李大钊的学者散文相媲美的力作。后来学者所缺乏的不仅是才、学、胆、识，还有风骨和气韵，更有境界、品位、情怀，一种在天地间纵横驰骋、敢于担当的大丈夫气概。不过，从根本上说，学者散文的精神血脉和生命气韵并未中断，而是外在和内在地继承着，有的方面还有所推进创新和发扬光大。这在新时期学者散文中有突出表现。

首先，世界视野、宇宙意识、人类情怀是改革开放以来学者散文的重要特征。由于学者心怀天下，俯仰于天地间，关心国家民族和人类命运，所以二十世纪初以梁启超、李大钊为代表的学人才能振臂高呼，写出感天动地的散文。改革开放尤其是二十一世纪的到来，学者也以少有的雄心壮志以散文形式抒怀，从而打开了学者散文的天地，开启了学者散文的枢纽，提升了学者散文的境界。比较有代表性的是赵鑫珊，他的散文中的关键词是天地自然、人类命运、地球宇宙、宗教情怀、计算机技术、科学观念、人文精神等。最重要的是，赵鑫珊没有站在反科学和非理性的角度来否定现实与未来，而是希望通过科技拯救地球生态与人类文明，这是一种健全美好的博大情怀。他称我们居住的广阔无垠的地球为"袖珍地球"，是一个亟待"拯救人类唯一能够栖息的这个小小的脆弱行星"，我们应以"绿色卫士"的身份进行拯救。在"希望曙光"中，赵鑫珊发出这样的宣言："生

---

① 高瑞泉编选：《向着新的理想社会——李大钊文选》，上海远东出版社1995年版，第51页。

② 高瑞泉编选：《向着新的理想社会——李大钊文选》，上海远东出版社1995年版，第61页。

态环境科学已经不仅仅是理论，不仅仅是学说，而必须成为地球上每个普通居民的意识，成为紧急、持久的行动，成为人人从我做起的行动哲学。这才是希望曙光。""希望曙光也在中国地平线上破晓。中、小学生的作文常出现与环境保护有关的主题。有的学生还表决心，要去消除农药污染，挽救海滩上软体动物的生命。"①虽不能将赵鑫珊的散文与梁启超、李大钊的相提并论，但其价值显然不可低估，尤其是在天地情怀、科技力量、人文精神、希望曙光上，既有承续又有创获。

其次，文化意识、现代性、前瞻性是改革开放以来学者散文的显著特征。与作家相比，学者的最大优势除丰富的知识、系统的学科训练、深刻的历史意识外，最值得称道的是对文化、思想、精神的理性认知和深刻理解。有人称："学者的散文令人回味之处，还往往体现在对人对事的体察、分析有着不同一般的角度和在精神层面的深入。"②这也是为什么余秋雨的散文文化意识特别强烈，并以《文化苦旅》作为学者散文的出发点和代表作，许多文化分析透彻深入。费孝通在《文化的生与死》一书中，主要关注的也是文化、精神问题，像"民族生存与发展""文化自觉""美好社会""二十一世纪的人""二十一世纪和平""新世纪　新问题　新挑战"，以及"'美美与共'和人类文明"，这些都具有前瞻性和文化向度，关涉国家民族的战略发展与人类的命运走向。林非在《散文的昨天和今天》《东方散文家的使命》中，有着强烈的现代文化理性自觉意识，也有着超前性的人类发展向度，他这样写道："散文这种记载着整个人类心灵活动的文体，确实应该充分发挥审美的潜力、智慧的引力和思想的冲力，使得广大读者能够津津有味，甚至是如醉如痴地阅读着从这个领域里诞生的许多佳篇，从而推动他们向着精神生活的顶巅升华。这样从文化学的角度来说，散文对于建设自己民族和国家新颖的现代文化，无疑会具有相当重大的意义。"③在所有的散文写作中，林非贯穿始终的一直是现代性的维度和文化眼光，也是以心灵之光和精神高度衡量国家民族与人类的未来，充分反

---

① 赵鑫珊：《赵鑫珊文集》（第2册），学林出版社2000年版，第249—258页。
② 邢小群：《学者的散文——读〈文化苦旅〉》，《解放日报》1992年9月17日。
③ 林非：《散文的昨天和今天》，广东人民出版社2016年版，第120页。

映了一个学者的境界、品质与见识。正因为如此，林非的散文写作才有预见性，在价值观念与前行方向上才不会迷路。早在二十世纪八十年代末，林非就这样认为："不管情况会发生多大的变化，不管中国与西方的关系是趋于缓和或紧张，我们都应该很科学地估价这些国家，以便在自己建设社会主义民主的过程中，充分吸取他们的经验与教训，当然我们必须走自己的路，这是一条远远高出于资本主义文明的辉煌之路。我正是从这样的信念出发，描述了自己在美国与日本的各种见闻，描述了自己在那儿和旧雨新知的诚挚交往。"① 三十年过去了，这段话直到今天还没有过时，而其中的"科学地估价""走自己的路""远远高出于资本主义文明的辉煌之路"这几个判断，确实有高屋建瓴的先见之明。

再次，重视知识分子、精英意识、启蒙思想是改革开放以来学者散文的内在特征。优秀的学者散文要融入社会人生，表现时代风云变幻，包括那些世俗生活，但是更需要有精英意识和启蒙意识，以纯粹知识分子的价值理想和人生观提升整个社会的思想品质与精神境界。就像有学者所说："知识分子阶层是社会的'文明核'。知识分子在社会意识上的使命便是传播文明，知识分子特有地位是社会文明所必需的。知识分子有义务在自我启蒙的前提下对社会大众进行'启蒙'，有义务对陷于野蛮的泥淖中的社会大众进行'拯救'。"② 季羡林在《一个老知识分子的心声》中，高扬中国知识分子的品质。他说："中国知识分子最关心时事，最关心政治，最爱国。""'天下兴亡，匹夫有责'，不管这句话的原形是什么样子，反正它痛快淋漓地表达了中国知识分子的心声。在别的国家是没有这种情况的。""我生平优点不多，但自谓爱国不敢后人，即使把我烧成了灰，每一粒灰也还是爱国的。"③ 这是学者散文对知识分子精英意识的最高赞赏。王尧的散文集中思考知识分子问题，有强烈的问题意识和时代与思想之问，所以提出"纸上的知识分子"和"知识分子都到哪去了"。作者明

---

① 林非：《西游记和东游记》，重庆出版社1991年版，第177页。
② 王彬彬：《独白与驳诘》，百花文艺出版社1999年版，第382页。
③ 季羡林：《一个老知识分子的心声》，载《三真之境：季羡林散文精选》，海天出版社2001年版，第341—344页。

确指出:"中国社会转型期产生的震荡远比西方现代社会转型时剧烈和复杂,知识分子的分化、分歧和各自的内心冲突是在这一'中国问题'中产生的——而这些问题和冲突,应当是促进散文这一文体发展的力量,是散文写作的思想、精神和情感的本源,但恰恰在这些方面,散文写作可能未得要领。倘若回避和掩饰写作与现实构成的紧张关系以及写作者置身其中的内心冲突,散文或许真的离散文远去了。"① 王尧以深入透彻的眼光看到了新时期以来知识分子的整体软化、退化甚至异化,他们由原来的关注时代、社会、政治的精英阶层,一变而为"纸上"的有名无实的"知识分子",其散文写作也就变得有名无实和虚弱无力了。

最后,理性思考、批判意识、辩证思维是改革开放以来学者散文的鲜明特征。我们不能说作家散文没有理性思考、批判意识和辩证思维,而是说在这方面往往不如学者散文表现突出,它更擅长形象思维、直觉能力、情感悟性。这也是为什么二十世纪九十年代有人提出"作家学者化"口号,并产生了广泛认同和强烈共鸣。学者散文往往更重概念、推理,尤其是较为严密的思想逻辑,所以易形成深刻的思想,也容易令人信服。另外,学者散文普遍愿意站出来直陈自己的观点,有的还充满大段议论,这既使作品的理性增强,也会抬高作家的观点,引领读者进入哲思层面。这在林非、余秋雨、周国平、南帆的散文中最为常见。批判性与反思性是学者散文的另一特点,这是由学者的历史感、使命感、研究性和创新思维决定的,就像谈及知识分子时,王彬彬和王尧的反思批判所带来的新见一样。一般而言,学者不会人云亦云,即使推陈和返本也意在出新和开新,没有反思和批判几乎是很难做到的。批判意识会让学者散文达到思想和精神相当锋利的程度,有助于增强作品的光芒。还有辩证思维,这是学者散文优于作家散文的关键所在。凭一己感受和性灵之光的作家,其散文容易出现偏向,甚至走向极端,这有利于突显形象,加深印象,但最大的不足是往往有失公允、公正,甚至会走向事物真理的反面。最典型的是写动植物的散文,不少作家失去"人"的主体性,走向人性异化之路;学者散文就能辩证地看待人与物的关系。还有关于历史的观念,许多作家的散文写作极易失衡,

---

① 王尧:《〈纸上的知识分子〉自序》,北京大学出版社2013年版,第2页。

考虑一点则不及其余,像张承志就将荆轲精神拔高到无以复加,并且加以神化。林非也写荆轲,但比张承志理性和辩证得多,在赞赏荆轲美好精神的同时,又不忘记指明其背后包含的危险,即弄不好就会变成一种恐怖主义行为。因此,作者强调:荆轲精神离不开封建专制主义的历史语境,在民主社会是不需要荆轲行为的。另如南帆的散文《钱》就充满辩证性,作者取中用弘、立论中允、抑扬得当、说理透辟,读之令人信服。学者散文富于现代理性、反思精神、批判意识,还有形而上的哲思能力,所以往往更见其广度、高度、深度,有着不可忽略的价值意义。

虽然从经典的意义上说,改革开放以来的学者散文没有达到梁启超、李大钊的散文的精神高度和生命品质,但这也是一个时间问题,需要天时、地利、人和等多种因素的凑泊,因为从学识、学养、才华的方面来说,梁启超和李大钊均为百年不遇之才。不过,改革开放以来的学者散文自有其精神高度和生命品质,特别是一直得到先贤的烛照,也得遇新时期中外翻天覆地之变化。若假以时日,学者散文的兴盛一定会到来。

## 三、学者散文的自我觉醒与价值重塑

学者散文的身份决定了其启蒙性,对国家、民族、社会、时代的责任担当,以及以精神的引领性成为发展前进的风向标。但启蒙者自身的启蒙和成长,其自我高度与价值趋赴也不可忽略,这对于启蒙更为重要,也是学者散文需要关注和探讨的。目前,对于学者散文的研究往往忽略于此,这就必然遮蔽甚至影响了学者散文的发展,并形成某些难以避免的误区和盲目。学者散文在自我启蒙和价值重塑上,有不少经验和教训值得总结与借鉴。

第一,自我审视和反思的意向与能力直接决定学者散文的质地。启蒙者往往以自身优势进行启蒙,但整体而言更重启他人之蒙,忽略自我启蒙,这就带来启蒙的外向性特点,内省性尤其是自我忏悔意识不足。如当年陈独秀全力提倡民主、平等、自由,对专制主义进行猛烈的批判,但他对自己的专断却缺乏反思,表示决不容许他人置疑自己的观点。鲁迅一面是一个现代启蒙斗士,另一面又坦承对敌对者一个都不饶恕,在现实生活中也缺乏包容心，致使朋友也多是从"相得相与"最后走向"相离相分"。余光中在诗文上都着力倡导现代意识，希望确立公民意识、环保生态意识、全球化趋向；[①]但世俗化、不平等意识、缺乏自省能力，在他自己却又相当突出。在《书斋·书灾》一文中，余光中反复称为他工作的小时工为"下女"；在《我是余光中的秘书》中，余光中痛感秘书工作的辛劳和低级，并以自己不得不做自己的"秘书"为耻；在《我的四个假想敌》《牛蛙记》《借钱的境界》等作品中，余光中缺乏平等、仁慈、善良，也没有环保意识，更多表现出与启蒙精神相悖的倾向。在《如何谋杀名作家？》一文中，余光中认为编辑、老板、读者、批评家都不怀好意，都试图对他这位"名作家"进行"谋杀"。他这样理解批评家："可是谋杀团中最危险的分子，仍是那些职业凶手。他们的学名叫作'批评家'，那当然是很神气的一种头衔。批评家和作家之间的宿仇，可以追溯到公元以前，其间荣辱互见，可是一直到现在，谁也没有把对方杀死。事实上，没有批评家，作家一样可以活下去，而且活得快乐些；批评家虽然扬言要置作家于死地，但是一旦作家灭了种，批评家的假想敌不再存在，就会面临失业的困境。所以作家一方面是他名义上的敌人，另一方面又是他实际上的恩人，难怪他恨得更深。"[②]这样的认识让人感到不可思议，不只是反映了余光中不了解文学批评的职责与特点，文学创作与文学批评的平等意识和对话关系，文学批评对于文学创作不可或缺的纠偏作用；更重要的是，反映了余光中缺乏内在自省意识，一种自我批评精神的丧失。以这样的境界和品位如何能达到启他人之蒙的目的？余秋雨的文化启蒙意识非常明确，但在不少地方暴露出了自己的弱点，一种缺乏自省意识和谦卑情怀的自大情结。我以为，余秋雨之所以遭受那么多人的质疑和批判，并不是因为他有多么不好，甚至有不可原谅之处，而主要是因为余秋雨不谦虚，尤其是自我膨胀得失去了自省意识，没有"知不足"的"谦卑"与"敬畏"。为了应对盗版猖獗和雨点般的批评，余秋雨还发布了余秋雨教授敬告全国读者书。其中，

---

① 吴乐央、汪启平：《论余光中诗文的现代文化意识》，《唐山学院学报》2005年第18卷第2期。

② 余光中：《余光中集》第九卷，百花文艺出版社2004年版，第289页。

除了声讨盗版图书，再就是为自己辩解，全面否定各式批评。余秋雨这样说批评者："他们的小聪明是专门找一些冷僻的史料'差错'来纠缠，因为谁都能够判断，今天没有哪位读者会花费大量时间去查证究竟是否真有'差错'，于是这样的'差错'每天都可以编造一大堆，一切都反着说，能转移人们的视线就成。"余秋雨还说："你说我拒绝人们的批评，这好像很没有风度，但我要坦诚地宣布：当然不能接受，因为如果接受了，我就再也搞不成任何像样的学术，写不成任何能读的文章，那如何对得起广大读者！"[①]这样的反批评确实显示了余秋雨的局限，除了缺乏气量、度量、雅量外，还有反思能力和自我批评精神的薄弱。

读季羡林、林非、赵鑫珊、周国平的散文时，我们会感到与余秋雨不一样的谦逊、自律、自我剖析。林非写过《愧为学者》，说自己"读了一辈子的书，写了一辈子的文章，还想这样读下去和写下去，可是当不少朋友称呼我为学者的时候，真感到惭愧不已"。他还说"散漫、慵懒、不喜爱辩论，这样使我无法成为一个很好的学者"[②]。这里，当然有自谦，也有对自我的剖白与内省。林非还在不少散文中表示，自己无法像秋瑾这样的英雄人物那样勇敢无畏，对死亡也有恐惧，从中可见其真诚与自然。赵鑫珊的散文一直充满敬畏，他说，"对宇宙万物心怀敬畏感情的现代人才是好人，才是能持续发展的人"，"当今文明人的基本心态则是不敬天爱人，是大肆掠夺榨取和摧残，而不顾及子孙"，"我敬畏、敬惜的东西太多。水、纸、秋天的落叶、冬日的雪……我都敬惜"。[③]在《我既渺小又似乎伟大》一文中，赵鑫珊坦陈："我经常感到自己很渺小，很渺小。真的，这是我的心里话。""只有在我构思、写作'文化哲学'的时候，我才会有一种'纵吾之目而天地不满于吾观，倾吾之耳而天地不出于吾听，冥吾之心而天地不逃于吾思'的伟大感觉。"因此，赵鑫珊写道："如果我印名片，我愿写上这几句：'赵鑫珊，三块土地的自耕农：哲学的土地，散文诗的土地，

---

[①] 余秋雨：《余秋雨教授敬告全国读者》，载《余秋雨现象批判》，湖南人民出版社1999年版，第215—217页。

[②] 林非：《离别》，文化艺术出版社1997年版，第298页。

[③] 赵鑫珊：《人类文明的功过》，作家出版社2000年版，第66—68页。

情爱的土地。""有耕作,就有收获。"①赵鑫珊至今已写过近百本著作,却有着如此的谦敬与平淡,又不失理想和美好的精神,从中可见其散文与人格的质地。周国平在《有所敬畏》一文中说:"一个人可以不信神,但不可以不相信神圣。""相信神圣的人有所敬畏","相反,对于那些毫无敬畏之心的人来说,是不存在人格上的自我反省的","不相信神圣的人,必被世上一切神圣的事物所抛弃"。②不过,在当下的学者散文中,这样的"自知之明"和清晰认知并不多见,需要今后进一步提升和开拓创新。

第二,内在修为与内心图景的优劣深刻影响学者散文的色泽。散文不同于其他文体,它来不得半点虚假,也不能靠饰物遮掩,它就是作家本人。所以,散文虽然无形,有相当的自由度和散漫性,但真诚至上,自然天成,平淡若水,它后面跟着作家本人,尤其是那颗未受污染的内心。学者散文也是如此,不论学问多大,城府多深,手法多多,都能映照出内在的修为和内心图景。读很多学者散文,都会感到作者并非善良之辈,也不能感受其真诚与友爱,还时时被其虚伪和心机所震撼,这是透视散文的一个重要支点。还是以余光中的散文为例,在那篇《我的四个假想敌》中,他写道:"冥冥之中,有四个'少男'正偷偷袭来,虽然蹑手蹑足,屏声止息……心存不轨,只等时机一到,便会站到亮处,装出伪善的笑容,叫我'岳父'。"余光中又说:"只怪当初没有把四个女儿及时冷藏,使时间不能拐骗,社会也无由污染。现在她们都已大了,回不了头。""我那四个假想敌,那四个鬼鬼祟祟的地下工作者,也都已羽毛丰满,什么力量也阻止不了他们了。先下手为强,这件事,该趁四个假想敌还在襁褓的时候,就予以解决的。"③在此虽有幽默和戏谑成分,但不论是题目、用意、胸襟,还是心态和潜意识,都表明余光中的境界品位不高,心中不善。特别是在作家强烈的优越感下,包含着敌对情绪、冷酷之意、虐杀之想,令人有不寒而栗之感。本来,女儿为父亲之最爱,她的被爱、出嫁虽使父亲不舍,但伟大

---

① 赵鑫珊:《赵鑫珊文集》(第3册),学林出版社1998年版,第352—354页。
② 周国平:《各自的朝圣路——周国平散文二集》,东方出版社1999年版,第37—38页。
③ 余光中:《余光中散文选集》第3辑,时代文艺出版社1997年版,第340页。

的父爱应充满美好的暖意和祝福,并开出浪漫灿烂的花朵。因此,我认为余光中的《我的四个假想敌》是一个坏作品,至少不是佳作。

　　好在有不少学者散文注重内在修为,有发自内心的善意,从而给读者带来美的享受。这些散文注重由外向内,强调心性的安定从容,带着喜容的祝愿,当然也就有了天成般的智慧及心灵之光。季羡林被乐黛云称作已达到有"真情""真思""真美"①的三真境界,韩小蕙则说季羡林"是个话特别少的人,很实在,不追求浮华,不炫耀,也特别有原则,坚持自己。从人格上来说,我觉得他是个圣人,处处为别人着想,跟人相处也特别善良。季先生很朴素,爱穿藏青色中山装和黑布鞋"②。这也就不难理解季羡林将母爱归于"人间第一爱"了,在《喜雨》中,因北京喜降甘霖,"我的幻想,从燕园飞到故乡,又从故乡飞越了千山万水,飞到了非洲"。还有《二月兰》,它被季羡林写得平淡自然,但又活灵活现,这也得助于作者的"三真"境界和"圣人"人格。作品写道:"二月兰是一种常见的野花。花朵不大,紫白相间。花形和颜色都没有什么特异之处。如果只有一两棵,在百花丛中,决不会引起任何人的注意。但是它却以多胜,每到春天,和风一吹拂,便绽开了小花;最初只有一朵,两朵,几朵。但是一转眼,在一夜间,就能变成百朵,千朵,万朵……"③这段话完全是素描,但纯然一片,也包含了花品、人品、天道,这是没有内在功力和高尚人格的人所不能达到的境界。赵鑫珊写过《我好像有四只眼睛》和《我心灵的空间》。所谓"四只眼",除了忆旧的精神之眼、展望未来之眼、观察现实之眼外,再就是仰望星空之眼。所以,他说:"第三只眼睛是用来注视星空、思索宇宙结构的。我尤其爱在严寒的冬天,透过空空如也的树枝桠,怀着一种敬畏的心情,久久窥视星星闪烁的夜空。在这一瞥之中,我会感到有一种天地间的大美弥漫。"在《我心灵的空间》中,作者直言,"我喜欢自己的心灵空间。因为它对我意味着安全、幽静、深邃","我尝到了拥有自己心灵空间的甜头。它是那么自由、舒展。那广大、幽远、奇险的境界,

---

　　① 季羡林:《〈三真之境:季羡林散文精选〉前言》,海天出版社2001年版,第1页。
　　② 韩小蕙:《季羡林人格上是圣人　处处为人着想》,《重庆晚报》2010年4月1日。
　　③ 季羡林:《三真之境:季羡林散文精选》,海天出版社2001年版,第21页。

使我着了迷,看到了世界人生的意义"。①在赵鑫珊的散文中,世界是立体的、广阔的、深幽的,也是天然的、丰富的、变幻的、美妙的,而这所有的一切都内化于心,变成一种天地之道和人生智慧。在周国平的散文中,多有宁静与从容,也有内敛与通达,还有某些难以言喻的想象和意味,这在《平淡的境界》《平静的心》《困惑与坦然》《丰富的安静》《安静的位置》《平凡生命的绝唱》《纯真的心性》《纯粹的写作》中可见端倪。读这样的作品,有一种获得抚慰与催眠的感觉,这是由内心发出的穿越经验达到智慧的结晶。应该说,追求内心生活和纯粹境界的学者散文并不容易,也往往不为人重视,但却非常重要和珍贵,这是为世俗社会照明前行道路的灯火,就像潘旭澜教授的那本散文集《小小的篝火》中所包含的精神向度一样。只是在当代学者散文中,能够达到精神和心灵高度的并不多见。

第三,"个我"与"大我"的不同价值选择明确标示出学者散文的高度。如果问"五四"以来的中国学者散文最大的功绩是什么,那么,个性张扬、人性解放、性爱自由为其首。这股解放潮流像洪水猛兽一样一下子冲破封建专制主义思想的罗网,从而带来中国新文化文学的巨大发展。不过,随之而来的是,集体、家庭、婚姻、道德、权威都受到不同程度的质疑甚至批判。比如,周作人对"人的文学"中"人"的理解,就更倾向于"人"的个体,而不是集体的"人";鲁迅在《文化偏至论》中就将"任个性而排众数"置于最高位;林语堂明确表示,他为文要"以自我为中心,以闲适为格调";还有钱锺书等人的"个人主义"更加突出。新时期以来,强调"个我"而相对忽略"大我"的学者散文有增无减,随着新媒体等的发展,规则与公德、集体与宏大叙事、禁忌与权威,甚至意识形态和政治都受到强烈冲击甚至嘲弄,于是不少学者散文失去了均衡、节制和"大我"的情怀。如李敖在《幸亏有我》中这样自吹自擂,说他自己是"'天文地理,无一不通;三教九流,无所不晓'的一代奇才","天下幸亏有我",于是感到"自己太重要了"。在《李敖画像》中,他又说自己是"以目空一

---

① 赵鑫珊:《赵鑫珊文集》(第3册),学林出版社1998年版,第503—505、565页。

切之人，做手不停挥之事，朝夕不保，死生以之，这样的怪杰，天下还有吗？"①他甚至更狂妄地宣称："五十年和五百年内，中国人写白话文的前三名是李敖、李敖、李敖，嘴巴上骂我吹牛的人，心里都为我供了牌位。"②李敖读书多，学问深厚，自不必说，但如此"自大"和"狂妄"，显然是矮化和玷污了学者散文。余秋雨的学者散文也是多识有趣的，但其中的"个我"也是过于张扬，缺乏"大我"，尤其缺乏天地情怀。有学者批评余秋雨有"炸炒"之嫌，"即在文中不断自恋自赏、自我吹嘘"，"在自炒中连自己的老婆也炒在其中"，③显然不是没有道理的。有学者将二十世纪九十年代学者散文的总体特征概括为，"以个人为本位的文化'怀旧'"和"'以文化自我为中心'的审美理想"④，这是有道理的。不过，与对这些学者散文的激赏有些不同，我又看到了其背后所包含的过于"个人化"的独语，它们缺乏"大我"的视野，尤其是缺乏超越"个我"的关于集体、国家、民族、政治、人类、天地自然和宇宙等的宏大叙事。这也是为什么读余秋雨的散文时，总有某种"狭囚"之感：在文化苦旅中，其实一直没有跳出"个我"得失、名誉的小天地。

潘旭澜的散文最有代表性的是《太平杂说》，那是以现代意识对太平天国尤其是妇女命运的思考，极具穿透力和创新性。另外，潘先生还写了《咀嚼世味》等散文集。在《小小的篝火》这篇短文中，有这样的话："'谁言寸草心，报得三春晖'！我的母亲不是三春的阳光，也不曾想过要我报答。她只是寒夜荒漠的一堆小小篝火，燃烧完了剩下的灰烬。可是，它的火星将我的血液点燃起来。我便也成为后面旅人的篝火，无论这篝火多么渺小，多么容易烧尽。然而，我倒是渴望，篝火不再长久地作为艰苦旅人

---

① 李敖：《笑傲五十年》，中国友谊出版公司1999年版，第13页。

② 李敖：《笑傲五十年》，中国友谊出版公司1999年版，第8页。

③ 从维熙：《"炸炒"新析》，载《余秋雨现象再批判》，湖南人民出版社2000年版，第76页。

④ 范培松：《论二十世纪九十年代学者散文的体式革命》，《江苏社会科学》2004年第1期。

的需要，只为节假日野营，增添一点古老的情趣与欢乐。"① 在此没有豪言壮语，也无自我吹嘘和自我玩味，而是由"小小篝火"入手，在"谦卑"与"内省"的"小我"之中，彰显出一个作家博大的胸怀和境界，以及内敛于心的伟大品质。朱以撒的散文《进入》是写钉子的，从小时候光着脚被荆棘扎入，到后来钉子代替榫卯被钉进墙壁、家具、树木，再到将树木、高楼想象成进入大地的钉子；于是，在切身感受中，发出对被钉入之物的悲悯和珍视，从而思考环保、生态、仁慈等重大问题。作者在文末写道："不由得想到立足的大地，有多少坚硬之刺进入它的深处，永远拔不出来，夜阑更深时，能否听到它无奈的呻吟。"②作者没有斤斤于"个我"得失，而是由此出发，进入一个更为博大的世界，即超越了人本主义价值观，对天地万物尤其是无机物也怀有深深的同情和理解。这大大提升了学者散文的"大我"境界，也预示着未来的发展方向。

真正优秀的学者散文应有巨大张力，这包括在现实与梦想、理性与感性、现代与传统、知识与思想、小我与大我、微观与宏大、自信与谦逊、批判与自省、历史与未来之间。这是与学者使命和价值重塑直接相关的重大课题。虽然要达到这样的高度和境界并非易事，更多的学者散文还不够理想，但有些学者散文确实与众不同，给人带来不少启示。优秀的学者散文不仅提升了学者散文的水平和标识度，也为整个散文做出了不可磨灭的贡献。

---

① 潘旭澜：《咀嚼世味》，百花洲文艺出版社1995年版，第197页。
② 朱以撒：《进入》，《文苑》2017年第22期。

# 关于中国现当代作家的"散文批评"

"散文批评"可分为两类：一是由学者完成，即所谓的"学院派散文批评"；二是由作家完成，可称之为"作家的散文批评"。对于前者，学界多有关注，也出现不少有价值的研究成果；但对后者则缺乏足够的重视，研究成果也很少见。在此拟将中国现当代作家的"散文批评"作为研究对象，探讨其成就、价值、意义，以及存在的问题。

## 一、作家的"散文批评"不容忽视

与学院派散文批评比较起来，作家的"散文批评"多为只言片语，不成体系，有时也言不由衷，随意而为。这就带来研究者的忽略，甚至不以为意。因此，较少有人从这一角度来探讨"散文批评"，也难以将之上升到理性和学术层面，并进行有价值的梳理、判断、概括和总结。其实，宏观系统地考察，中国近现代以来，作家的"散文批评"如一条河流，一直在不停地流淌，这是不可忽略的宝贵的散文、文学和文化资源。

作家随意就会谈到散文，有时还在只言片语中表达自己有价值的散文观。不论是诗人、小说家还是戏剧家，他们往往都会写散文，即使不写也都懂得一些散文，会谈及散文，这与纯粹的散文家谈诗、小说和戏剧相比，占比要多得多。可以说，如果用学术的筛子，从作家的文学论中一定能筛选出无以计数的关于散文的言论，从而成为一个广阔无边的"散文批评"研究文本。问题的关键是，在这些具有随意性的散文言论中，有时又包含了关于散文的真知灼见，就像在人迹罕至的森林中发现名贵的花木。比如，鲁迅曾在《三闲集·怎么写》一文中，对"散文"有这样的看法："散文的体裁，其实是大可以随便的，有破绽也不妨。做作的写信和日记，恐怕也还不免有破绽，而一有破绽，便破灭到不可收拾了。与其防破绽，不如忘破绽。"① 此文主要不是谈散文的，谈散文的内容不多，但仅此一句就颇有价值：它成为散文文体解放的代表性观点，也成为散文批评的经典性表述，后来不断被引用、赞扬、遵从。"五四散文的'自叙传'色彩，成为其后散文不变的内容与作家自我审美的一个传统，而且成为散文延续至今的一个价值的标识，是作家实施自我审美对象化的价值定位。"② 其实，在作家的文本中，关于散文特别是精彩的散文之论很多，只要用心，哪怕是草蛇灰线也有价值，有的还有不凡的意义。

作家对散文的专论较多，同样、相近、较近的"谈散文"的题目俯拾皆是，几乎在每位作家特别是散文作家中都不难找到。只要对散文有感觉，不论是散文作家、小说家、诗人、戏剧家，都有关于"散文"的阐述。也就是说，到底应该如何理解"散文"，不同的作家几乎都有不同的理解和认知，从而形成一个容量极大的谈论"散文"的文本。如果对此展开研讨，就是颇有意思和意义的角度，也会生发出许多观点和观念。如冰心就专门写过《漫谈散文》《漫谈关于儿童散文创作》《我与散文》等，孙犁则集中写过《关于散文》《关于散文创作的答问》《散文的感发与含蓄》《散文的虚与实》《读一篇散文》《再谈贾平凹的散文》等。贾平凹专谈散文的就更多了，除了大量的散文作家作品论，他还写了《散文就是散文》《关于散文的日记》《对当前散文的看法》等。总之，只要你有足够的兴趣和耐心，都可以从每个作家那里找到关于"散文"的专论和看法，而且每篇文章虽然不长，但往往都有心得和见解，令人眼前一亮。如贾平凹为《周同宾散文集》所作的序，虽然只是个千字文，但却时有关于散文的闪光看法，他说："现在对于散文写法的见解颇多，但相当的一些仍是不说人也知道的空话、旧话。散文还是多让自由为好，愿意怎么写就怎么写吧，各人有各人的情况，且现在散文还荒芜，本是各显其能的时候，何必要制造一些框式呢？""有人讲散文是一种小说的准备，常听到有作指导的对那些学生说：先不要写小说，写散文练练笔吧。似乎散文是初级的玩

---

① 鲁迅：《鲁迅全集》，人民文学出版社1991年版，第24—25页。
② 吴周文：《五四散文传统的当代传承》，《扬子江评论》2019年第3期。

意儿。此指导不但误了良家子弟，亦更大地侮辱了散文。我倒主张写散文的不妨去写写小说，写写诗和文论一类的文字。"①由对一个散文家的点评，上升到对整个散文现状特别是散文观念和文体的理解认识，所言既击中要害，也是精彩之论。

年度评述和现象观察是作家的"散文批评"的另一方式。由于每年都编散文选本，不少作家紧随散文创作，也出于对自身及其整个散文创作动态的观察和把握，出现了作家一直跟踪散文进行批评的现象。较有代表性的有谢大光、韩小蕙、王剑冰、穆涛、徐南铁、彭程、冯秋子、祝勇等。这些作家通过"散文现象观察"阐述自己的散文观，并成为散文批评的主体力量。除了各种散文年选的序言外，作家还出版与此相关的著作，从而以集腋成裘的形式形成另一种"散文批评"，较有代表性的有韩小蕙的《太阳对着散文微笑——新散文十七年追踪》、王剑冰的《散文时代》、穆涛的《散文观察》，不看内容而只看题目，即可见"散文批评"的理念，这与一些学者的"散文批评"明显不同。其中，最为突出的特点是丰富、鲜活、有针对性、尖锐、有见解、贴近生活和地气，给人一种强大的张力效果。如穆涛的《散文观察》里面有"稿边笔记"，是作为编辑、主编编辑散文刊物的体会，后面就是"无所不谈"了，对散文的生态、在场、软肋、经验、文风、文字、抒情、冷暖等都有涉及和阐述，这是关于作家的"散文批评"的电光石火般的闪烁。应该说，与学者对"散文"的观察②有很大的不同，作家带着直接的写作经验直抵文本，充分运用自我的敏锐和审美态度，从而展示自己的批评个性和艺术体验，给人以单刀赴会、力敌群雄、酣畅淋漓的强烈感受。

整体、宏观把握散文的风貌和走向，这在作家的"散文批评"中也形成了突出态势。不要以为作家在知识体系、学理性、历史观、史识等方面

---

① 贾平凹：《做个自在人——贾平凹序跋书话集》，内蒙古教育出版社1998年版，第76—77页。

② 以王兆胜和陈剑晖为代表的学者型散文的批评家，2019年在《美文》杂志上发表了"散文观察"专栏文章，参与讨论的还有不少学者，他们是丁晓原、李震、何平、杨庆存、罗振亚、贺仲明、刘克敌、陈亚丽、周海波、汪卫东、吴周文、汪文顶、南帆、李林荣、李宗刚等，可将此与作家的"散文批评"比较来看，以显示作家的"散文批评"特色和价值。

与学者比,处于劣势和弱势,于是就只能发表一下散文的感想、写一些千字文式的散文论,即使进行现象观察也多是感性的;其实,作家也同样能写出关于"散文"的宏大叙事,一种高屋建瓴、纵横捭阖、开风气之先的大论。周作人的《美文》、郁达夫的《〈中国新文学大系·散文二集〉导言》、林语堂的《论文》、余光中的《剪掉散文的辫子》、巴金的《〈随想录〉序言》、贾平凹的《〈美文〉发刊辞》、刘烨园的《新艺术散文札记》等都是这方面的代表作。这些"散文批评"篇幅较大,学理性、学术性、前沿性、创新性强,所以表现出了与众不同也具有引领性的"散文批评"风格,也将"散文批评"提升到一个前所未有的高度和境界。这些文本具有经典性,也是不同时代发出的关于"散文批评"的最强音,而整体上又表现出一种关于散文思想变革、文体创新及更具前瞻性的努力和追求。这与学院派的"散文批评"形成并峙、对比、对照,显示了独特的价值魅力和难以代替的作用。

总之,决不能因作家不是学者,作家整体而言的"散文批评"零碎,其散文观往往被创作特别是学者的观念遮蔽,就忽略甚至无视其存在。我们应好好研究作家的"散文批评",并探讨和发现其精神结构、文体特点、价值意义,特别是站在学院派的角度观察其得失成败,这是一项颇有意义的工作。

## 二、作家的"散文批评"价值独特

虽不能将作家与学者的"散文批评"绝缘分开,因为二者之间还有作家兼学者、学者兼作家的两栖式情况,但是毕竟以作家为主体身份有其独特性,这也就导致其与以学者为主要身份的"散文批评"还是有明显差异的。作家的"散文批评"因为"作家"的特性,也导致了其对"散文"的理解的独特。

首先是时代感、前沿性、前瞻性方面,作家的"散文批评"总给人以先锋的敏感性,这往往是学者的"散文批评"难以比拟的。纵观二十世纪散文批评史,作家以其特殊的敏感性站在重要的历史关头为"散文"发声,希望散文能回应时代,发出自己的声音,某种程度上说,这是一种启蒙主义的倾向追求。早在五四时期，周作人面临散文多报章体、随感体、随笔体的状况，提出"美文"概念，希望散文从包罗万象中分离出来，获得一种纯粹性。郁达夫的《〈中国新文学大系·散文二集〉导言》是散文批评的重要文献，具有里程碑作用，直到今天还少有文献能达到这样的境界，其间对于"个性"的强调是"五四"新文学的整体上的概括总结，时代的特色异常鲜明。巴金的《〈随想录〉序言》正处于改革开放之初，百废待举，于是讲真话、实事求是成为散文随笔的主导性倾向，可以说，这篇序文开辟了一个时代。贾平凹的《〈美文〉发刊辞》也是时代的鼓与呼，是不满足于当时散文现状而进行的理性自觉追求，作者写道："我们倡导美的文章。为什么办的是散文月刊而不说散文说的是文章？我们有我们的想法。我们确实是不满意目前的散文状态，那种流行的，几乎渗透到许多人的显意识和潜意识中的对于散文的概念，范围是越来越狭小了，含义是越来越苍白了，这如同对于月亮的形容，有银盘的，有玉灯的，有橘子的一瓣，有夜之眼，有冷的美人，有朦胧的一团，最后形容到谁也不知道月亮为何物了。我们现在是什么形容也不要，月亮就是月亮。于是，还原到散文的原本面目，散文是大而化之的，散文是大可随便的，散文就是一切的文章。""我们的杂志挤进来，企图在于一种鼓与呼的声音：鼓呼大散文的概念，鼓呼扫除浮艳之风，鼓呼弃除陈言旧套，鼓呼散文的现实感、史诗感、真情感，鼓呼真正的散文大家，鼓呼真正属于我们身处的这个时代的散文。"① 刘烨园的《新散文艺术札记》则提出"新艺术散文是相对于自古以来的艺术散文也是相对于'大散文'而言的"，这显然是要创出一种更具艺术气质、又能与时代相融的散文。所以作者说："新艺术散文虽然还没有或由于时代的要求尚不可能形成弥漫的趋势。""它不再仅仅是现实的阐述和'轻骑兵'，已经大量地进入了想象、虚构和组合；它不再'完整'、明晰，变得更主观更自我更灵魂更内在也更朦胧更支离破碎；它更重意象和内蕴更多元更立体更质变更有挣脱感，不再水墨画油画小号长笛二胡柳琴萨克斯管，不再可以一一归类为游记哲理抒情描写叙事小品长赋

---

① 贾平凹：《做个自在人——贾平凹序跋书话集》，内蒙古教育出版社1998年版，第279—281页。

笔记，甚至难以说清它到底该叫什么。因为它还在萌芽、生长，属于朝阳而非夕阳落山的艺术。"① 这显然是现代主义散文在新时期的开风气之先所发出的灵魂的呐喊，希望打破长期以来散文过于单薄、稀释、平庸的局限，其与余光中在二十世纪六十年代的前后响应构成双音齐奏。韩小蕙、王剑冰等人一直敏锐跟踪散文发展新动向，韩小蕙写了《散文又面临转折关头》《散文大变革时代到来了？》，王剑冰写了《散文时代的进入拓展》《时代散文的本质观念》《散文的时代特征》《新时代散文的三次革命》《散文时代的文化散文写作》《时代散文的生活情怀》《散文时代的先锋写作》《散文时代的主流方向》，还有《散文时代的女性作家》《散文时代的新生代作家》，等等。可以说，作家的"散文批评"如同四季一样能敏锐把握时代变化，且与散文、文学、文化的创新紧密相连，息息相通。

其次，有较强的问题意识，探索性、创新性、革命性更加突出，从而将"散文批评"带入一个更加自由奔放的场域。比较而言，学院式的"散文批评"偏于学理性，所以往往滞后于作家的"散文批评"，同时跟在现象后面阐释的特点比较明显，缺乏作家的"散文批评"的突破意识和创造激情，也少有其褒贬臧否、我行我素、嬉笑怒骂皆成文章的风采。如林语堂的《论文》若在学院派笔下，一定是概念、理论、逻辑的产物，给人做文法讲义也未可知。然而，在林语堂笔下则成了大胆放逸、激情奔放的创造性活动，其间的情思、奇妙、节律、言辞及心绪都如天地变幻般展开，令人叹为观止。林语堂这样说："文章何由而来，因人要说话也。然世上究有几许文章，那里有这许多话？是问也，即未知文学之命脉寄托于性灵。人称三才，与天地并列；天地造物，仪态万方。岂独人之性灵思感反千篇一律而不能变化乎？读生物学者知花瓣花萼之变化无穷，清新都丽，愈演愈奇，岂独人之性灵，处于万象之间，云霞呈幻，花鸟争妍，人情事理，变态万千，独无一句自我心中发出之话可说乎？风雨之夕，月明之夜，岂能无所感触，有感触便有话有文章。惜世人为塾师所误，文法所缚，不敢冲口而出，畅所欲言而已。拿起笔来，满脸道学。忸怩作丑态，是以不能文也。吾心所感所憎所嗔所喜所奇所叹何日何处无之。盖因世人失性灵之

---

① 刘烨园：《领地》，珠海出版社1995年版，第318页。

旨，凡有写作，皆不从心，遂致天下文章虽多，由衷之言甚少，此文学界之所以空疏也。试取今日洋洋洒洒之社论，究有几句话，非说不可，究有几个文人，有话要向我说，便知此中之空乏。人称三才之一，而枯干至此，不及花鸟，岂非大奇？"①在《个人笔调》一文中，林语堂写道："实则作清新可喜之句，亦须有胆量。白话固已推翻文言之烂调。而白话文人，我看仍极不自由，每每欲以文饰其隔，以致有'心弦的颤动''快乐的幸福'等新滥调出现。毛病不在意中着想，只在文中着想，长此下去，必又回到干枯状态。今代文人之最大任务，在如何将现代语锻炼起来，使表现力增加，而欲如此，非自个人笔调中求之不可。"②如此论文，反映的是作家的"散文批评"的文体意识和思维创新能力较强，属于放任自流、无所顾忌、切中时弊那一类。还有余光中的《剪掉散文的辫子》，这是一个更为大胆狂放的"散文批评"文本。作者这样评说："我们生活于一个散文的世界，而且往往是二三流的散文。我们用二三流的散文谈天，用四五流的散文演说，复用七八流的散文训话。"③显然，余光中对二十世纪六十年代中国台湾的散文表示出极大的不满。穆涛在《高度和深度》中，着意强调以下方面，"人是活精神的，散文要活起来也须出精神"，"没有力量的散文，剩下的只是概念罢了"，"散文要做'自己'，要有自己的看法"，"正襟危坐和一筹莫展不是散文，至少不是好的散文，散文家行行好吧，让散文多生动一些"，"《美文》生来就重视散文的新视野、新写法和新作者"，"散文写作的方法要出新。但这新，不能只是翻新"，"文而不化不叫有文化"，等等，这些都是真知灼见，如老树开花，非一般学人的"散文批评"所能言。王剑冰的《正视才能发展——散文创作中存在的问题》也不避散文之短，为散文创作把脉，如"直面社会与现实的作品相对减小""大散文的泛滥""真正的精短美文的缺失""重复性写作的弊端""散

---

① 林语堂：《论文》，载《林语堂名著全集》第14卷，东北师范大学出版社1994年版，第153页。

② 林语堂：《个人笔调》，载《林语堂名著全集》第18卷，东北师范大学出版社1994年版，第372页。

③ 余光中：《剪掉散文的辫子》，载《桥跨黄金城》，人民日报出版社1996年版，第359页。

文创作中的理论色彩偏浓""散文创作中的小说化倾向""官员写作的不良后果",都可谓切中时弊,如尖刀一样锋利有力。韩小蕙在《90年代散文的八个问题》中,"关于创造精神"谈得甚好,并表示:"可以设想,如果没有革新和创造,散文仍然迈着老夫子的方步,花前月下,古道西风,充当茶余饭后的闲文;或者蓝天白云,红旗猎猎,成为紧跟形势,图解政治的传声筒,都不可能得到今天这种大繁荣、大发展的局面。"① 由此可见,作家的"散文批评"显然要直接有力得多,也谈微言中、一语中的,不像许多学者的"散文批评"围着主题绕圈子,甚至不温不火、言不由衷。

再次,作家有实践经验,也有较好的文学与美感训练,所以写出来的"散文批评"既脚踏实地、有针对性,又风格多样、美妙动人、摇曳生姿。时下学院派的"散文批评"往往缺乏文学性,难给人以美感享受,有的甚至被各种概念、理论缠绕,导致知识、思想、理论的膨胀和爆炸,真的不忍卒读,以至于令人生厌。作家的"散文批评"整体而言没有此弊,颇为可观有力。第一,不少作家的"散文批评"很有针对性,能点到散文创作的穴位,令人信服和惊喜。如对时下散文局限的批评,作家普遍认为,不论是篇幅上的枝蔓修长,还是过于随意的碎片化,抑或是虚情假意、故弄玄虚,都是值得注意的,所以要走崇"实"忌"虚"、重视锤炼、写精短的散文的路子,这几成共识。在这方面,孙犁、臧克家颇有代表性。如孙犁表示:"我们常说,文章要感人肺腑,出自肺腑之言,才能感动别人的肺腑。言不由衷,读者自然会认为你是欺骗,读者和作者一样,都具备人的良知良能,不会是阿斗。你有几分真诚,读者就感受到几分真诚,丝毫作不得假。""有些散文,其不足之处,可以归纳为:一、对所记事物,缺乏真实深刻感受,有时反故弄玄虚。二、情感迎合风尚,夸张虚伪。三、所用辞藻,外表华丽,实多相互抄袭,已成陈词滥调。四、因以上种种,造成当前散文篇幅都很长,欲求古代之一千字上下的散文,几不可得。"②

---

① 韩小蕙:《太阳对着散文微笑——新散文十七年追踪》,文化艺术出版社2008年版,第76页。

② 孙犁:《关于散文创作的答问》,载《孙犁散文》,中国广播电视出版社1996年版,第92—94页。

臧克家认为：散文"要有章法，注意集中表现，讲求结构，使散文'不散'。这个'不散'，就是不松松垮垮，要精美。不论写景色，写人物，写随笔，写书信，写事件……都应长短适度，不蔓不枝"[①]。其实，贾平凹、穆涛等人强调散文的结构，特别是散文要注重细节，甚至认为散文的细节比小说等文体的还要重要。穆涛在《短文是难得的》一文中说："短文是难得的。话少的人金贵，一个人进了人群言语金贵，是敬人，也得人敬。"在《实与新》一文中又表示："现在的新散文作家中有一种'务虚'的倾向，写农村，是记忆中的，或理性中的乡村；写城市，则写咖啡馆，茶座，或街道上有一个孤独的人，等等。这是一种诗意，但也是一种回避，是美好的不着边际。"[②]所以强调散文的"实"与"新"。第二，作家的"散文批评"普遍充满感性、悟性、美好，是一些可以欣赏且获得愉悦的审美评论。周作人曾说："只要表现自己而批评，并没有别的意思，那便也无妨碍，而且写得好时也可以成为一篇美文，别有一种价值。"[③]林语堂的"散文批评"文采斐然，可拿来当美文读；余光中的则充满诙谐的诗意，在动人的节奏和智慧的分析中，表现出自己的才华；贾平凹的如一块块晶莹的玉佩，在温润中尽显散文作家作品的魅力，像对孙犁、张爱玲等人的散文创作点评就极其精彩，那是一种美的享受。值得注意的是，擅用比喻是作家的"散文批评"的共性特点，从中可见其美感质地。比如，在《剪掉散文的辫子》中，余光中将那些不满意的散文称为学者散文、花花公子的散文、浣衣妇的散文等，并解释说："花花公子的散文，毛病是太浓、太花；浣衣妇的散文，毛病却在太淡、太素。后者的人数当然比前者少。这一类作者像有'洁癖'的老太婆。她们把自己的衣服洗了又洗，结果污秽当然向肥皂投降，可是衣服上的花纹，刺绣，连带着别针等等，也一股脑儿统统洗掉了。""这种稀稀松松汤汤水水的散文，读了半天，既无奇

---

① 臧克家：《我对散文的一些看法和作法》，载《臧克家散文》第二集，中国广播电视出版社1993年版，第395页。

② 穆涛：《实与新》，载《散文观察》，西安出版社2009年版，第215—219页。

③ 周作人：《文艺批评杂话》，载《周作人散文》第二集，中国广播电视出版社1992年版，第211页。

句，又无新意，完全不能满足我们的美感，只能算是有声的呼吸罢了。"①贾平凹的"散文批评"更是多用到比喻，并且常常精妙绝伦，读之是一种美的享受，所以，他的散文论几乎每篇都可以精读。如他在《读张爱玲》一文中写道："女人的散文观现在是极其得多，细细密密的碎步如戏台上的旦角。""张的散文短可以不足几百字，长则万言，你难以揣度她的那些怪念头从哪儿来的，连续性的感觉不停地闪，组成了石片在水面一连串地漂过去，溅一连串的水花。""张是一个俗女人的心性和口气，嘟嘟嘟地唠叨不已，又风趣，又刻薄，要离开又招听，是会说是非的女狐子。"②几句生动形象的比喻一下子就将描写对象写活了。

作家的"散文批评"靠的主要是自己的创作实践、人生智慧及古今中外已有的散文传统，所以没有学院派的众多概念、逻辑推演、理论阐述，而是关注现实、有真情实感、创新性强，特别是充满文学性和审美趣味。某种程度上说，这也是一种创作，一种基于散文问题、散文作家作品进行的再创作活动，所以也就有了更多来自内心的思考，也有了具有个性化的独特见解和艺术表达。这是学者的"散文批评"所缺乏的，也是难以做到的。

### 三、作家的"散文批评"也有短板

世上没有完美无缺的事物。事实上，对同一事物的评价，如果角度变了，其结果也会有所不同。作家的"散文批评"也是如此：它有学院派没有的长处，从而弥补了学者的"散文批评"过于理性、沉闷甚至乏味的不足。但是，作家毕竟不是做研究的，它的"散文批评"也就不可能没有漏洞，存在这样和那样的局限。

随意性过强，不够全面、系统、科学，这是作家的"散文批评"的第

---

① 余光中：《剪掉散文的辫子》，载《桥跨黄金城》，人民日报出版社1996年版，第366—368页。

② 贾平凹：《读张爱玲》，载《做个自在人——贾平凹序跋书话集》，内蒙古教育出版社1998年版，第319页。

一个局限。作家谈散文,基本上不是站在研究角度进行的,即使像郁达夫、余光中的长篇大论也是为了完成任务,表达自己的感受,所以《中国新文学大系·散文二集序言》和《剪掉散文的辫子》也是完成后没了下文。还有,韩小蕙、王剑冰、穆涛等人主要是基于编辑散文年选或刊物来评论散文,鲁迅、周作人、冰心、林语堂、孙犁、臧克家、贾平凹等作家多是点评式地谈论散文。这就不仅导致了整体上作家的"散文评论"缺乏整体感、系统性和科学研究,就是具体作家的"散文评论"也没有必然的联系,缺乏内在统一性和逻辑性,有的题目本身和具体内容也有重复,这就必然带来随意性、感想化和碎片化的特点。以余光中的《剪掉散文的辫子》一文为例,他说"现在,让我们来分析分析目前中国散文的诸态及其得失。我们不妨指出,目前中国的散文,可以分成下列的四型",哪"四型"呢?作者认为是学者散文、花花公子的散文、浣衣妇的散文、现代散文①,其实,这种划分是不科学的,有过于随意的特点,因为"四型"的划分并非依据相同的标准,有重叠混乱之感。难道学者散文与现代散文可以分开吗?学者散文中也无可避免地有花花公子的散文和浣衣妇的散文吧?同理,现代散文中也同样可能包括学者散文,如果从合理性、科学性来看,余光中的"四型"划分是经不起推敲的。另如,冰心在1959年写的《关于散文》中有这样的开头:"散文是我所最喜爱的文学形式。"但是,在她写于1985年的《我与散文》中,也有类似的开头:"散文是我写作时最常用也最爱用的文学形式。"与前文的句子几乎完全一样。这样的高度重复重合虽然相去二十多年,但也同样表明:冰心对散文的谈论是非常随便的,也没有科学的缜密思维。因此,某种程度上说,作家的"散文批评"是经不住严格的科学标尺衡量的。

缺乏学科研究背景和学理性基础,这是作家的"散文批评"的第二大局限。众所周知,学术研究不是凭空而来,也不是靠感觉、灵气和想象即可达成,而是要有坚实的前期研究成果做支撑,更要站在前人的肩头进行创新性发展。没有这一点,作家的"散文批评"就会事倍功半,甚至南辕

---

① 余光中:《剪掉散文的辫子》,载《桥跨黄金城》,人民日报出版社1996年版,第362—368页。

北辙。一方面,由于不少作家是有学术背景的,如鲁迅写出了《中国小说史略》,周作人有《中国新文学的源流》,林语堂是著名的语言学家并对中国文化颇有研究,余光中写过评论,也在大学教过书。然而,也应该看到,他们主要是作家,所走的路线主要是作家式的"散文批评",这就决定了其缺乏学科研究背景的孤立性特点。比如,林语堂除了语言学研究,还是《红楼梦》研究专家;但对于散文研究的成果却不多,这就难免带来其"散文评论"的外在化状态。同理,在研究贾平凹的"散文评论"时,我们发现了它与周作人、余光中的关联性,然而,由于不是学者,贾平凹未能建立起前后的因果联系,也未从继承与创新的角度来谈前后关联。比如,贾平凹在谈《美文》杂志的创刊词时,虽然对"美文"有"大散文"的定义;但是,却只字未提周作人的"美文",也未在二者之间架起桥梁,这样也就失去了历史性的关系,自身的特色与价值也就很难讲清楚。这与学术研究的继承与创新关系就大为不同。在此,可与学者的"散文评论"进行比较,贾平凹的局限性就一目了然。有学者曾认为,周作人对"美文"这一概念的提出是有贡献的,因为"把'美文'转化为记述类论文即叙事抒情散文的文体概念,在中国始于周作人",因为原来的"美文"还"都泛指文学门类或文学属性",还不是所特指的散文文体概念。不过,作者并没有局限于此,认为"美文"概念的提出不是始于周作人,而是始于日本的太田善男的《文学概论》,并表示"这对周作人的散文分类、归属和'美文'命名,应该是有直接影响的"。[1] 两相比较,就可看出作家与学者的"散文批评"在学科的意义上的明显差异。还有,贾平凹曾有一篇文章的题目是《散文就是散文》,但余光中在《剪掉散文的辫子》曾说过同样的话:"散文就是散文,谁都知道散文是什么,没有谁为它的定义烦心。"[2] 在《〈美文〉发刊词》中,贾平凹也直接用鲁迅的话——"散文大可随便"。有趣的是,贾平凹并没有注释出来,如果是学者研究那就有违学术规范;然而,对于作家就没有这样的考虑。这种情况在余光中的"散文评论"中也同样存在,

---

[1] 汪文顶:《周作人"美文"概念考释》,《美文》2019年第21期。
[2] 余光中:《剪掉散文的辫子》,载《余光中散文选集》第1辑,时代文艺出版社1997年版,第327页。

如在《剪掉散文的辫子》中,余光中这样写浣衣妇的散文:"浣衣妇的散文,毛病却在太淡、太素","这些浣衣妇对于散文的要求,是消极的,不是积极的。她们但求无过,不求有功","她们的散文洗得干干净净的,毫无毛病,也毫无引人入胜的地方"。① 然而,在林语堂于1934年写的《论谈话》中却有这样一段话:"当我们听到一番真正的谈话或读到一篇美妙的小品文时,我们却如看见一个衣饰淡抹素服的村女,在江岸洗衣,头发微乱,一纽不扣,但反觉得可亲可爱。这就是西洋女子亵衣(negligee)所注重的那种亲切的吸引力和'讲究的随便'(studied negligence)。"② 如果两者对读,就会发现余光中与林语堂的接近、类同,甚至灵活化用,二者都用"浣衣女"形容散文,都注重其"淡"与"素",只是一个用"太淡、太素",一个用"淡抹素服"。而且,余光中将林语堂的欣赏浣衣女变为批评否定。从严格的学术规范看,这样的关联和化用是明显的,余光中应进行注释,但作家不会像学者那样做,说不准林语堂也不一定是原创。但不管怎么说,作家的"散文评论"仍有明显的局限:缺乏学科研究的前提及学术的规范性。有时将作家和学者的"散文评论"进行比较,就会发现严密的逻辑、精约的表达、科学的规范、历史的眼光、惊人的耐心、求真的态度、创新的意识,都是作家应该向学者学习的地方。

作家的"散文批评"可能还有这样和那样的不足,但却不能因此忽略甚至无视其存在价值。这就需要从学者的"散文批评"视角对之进行审视,也需要在作家与学者的双重视角尤其是二者的关系中进行理解,还需要从文学、文化、思想与智慧的视野对之给予评估。一句话,要以更加广泛、细致、具体、深入的态度梳理和审视这一重要的宝贵资源,以补正长期以来较为单一的学院派"散文评论",并以更高的标准和要求进一步完善、发展和提升其境界和品质。这对整个散文批评、散文研究、文学研究和文化研究都不无价值。

---

① 余光中:《剪掉散文的辫子》,载《余光中散文选集》第1辑,时代文艺出版社1997年版,第366页。

② 林语堂:《论谈话》,载《林语堂名著全集》第十八卷,东北师范大学出版社1994年,第3—4页。

# "国体散文"与观念变革

散文作为一种文体,可从各方面进行研讨。就中国现当代散文研究而言,站在西方现代性角度、以启蒙姿态看待其优劣长短,长期以来是一个基本或者说主要思路。这固然有助于散文的个性、思想、审美把握,也有助于突破既往的研究模式,但其最大的问题是将散文引入狭小天地,从而失去更广大的读者,甚至容易与时代、社会、国家、民族发展的进程脱节。在此从"国体散文"的角度入手,思考散文写作和研究的观念变革问题。

## 一、个性启蒙与散文价值得失

中国文学的现代转型以"五四"前后为轴心,坚执科学、民主、自由、平等理念,这对于突破传统无疑具有重要作用。也是在此意义上,中国传统文学汇入了世界现代化的潮流,现代新文学因此获得了生机活力。作为新文学的一个门类,散文也开启了现代性追求,其评价标准也与传统大为不同。

较有代表性的是郁达夫,他公然承认散文的"个性",认为这是现代散文的标志,也是与传统的分水岭,因此,几乎每个散文作家的每一篇作品都充满"个性"。① 在这样的观念底下,所有的规则束缚都被"个性"这匹野马冲破,于是自由、自我、解放、放逸变得信马由缰。因此时势、散文及社会和人情欲望就变得"大可以随便",并形成这样的偏见:简单

---

① 郁达夫:《郁达夫文集》第六卷,花城出版社、生活·读书·新知三联书店香港分店1982年版,第261页。

以道德律令进行规约，只能是软弱无力，甚至是螳臂当车。基于此，许多创新性的放逸散文呼之欲出，像鲁迅的《野草》、梁遇春的"流浪汉散文"、林语堂的幽默小品等都是如此。最突出的是周作人，他倡导"个人主义的人间本位主义"，将"个人"和"小我"突显出来，以此来批判和否定封建专制思想，这对于追求个性自主、妇女解放、科学、民主、自由、平等都有推波助澜的作用。还有后来巴金的《随想录》，这是一个以真诚、自由、平等为底色的思想解放文本，不论是在巴金的散文创作，还是在整个中国现当代散文史和文学史上都具有重要意义。某种程度上说，《随想录》是巴金连接"五四"之个性解放思想与民主自由精神的一个纽带，是打破长期以来封闭的窗户和进入改革开放的一道强光。

不过，也应该承认，"五四"开启的个性解放和爱情自由也有局限，概言之，就是过于强调个性、自我、自由，以及由欲望带来的情感、思想泛滥。其中，比较典型的有：人性的温暖与道德的规约常被无视和消解，个人欲望与自我膨胀有时到了无以复加的程度，小我、个体、自由都遮蔽甚至异化了大我、集体、自律，等等。以鲁迅和郁达夫、徐志摩等人为例，他们的爱情追求中既有大胆的自由精神，又有摩登、自我、自私的一面，这从朱安等人的角度看就容易理解。郭沫若的情感泛滥在突破封建网罗的同时，也有狂动、狂妄、无知的质素，有时令人感到难以理解和不可思议。在《天狗》这首诗中，郭沫若这样写道："我飞奔，我狂叫，我燃烧。我如烈火一样地燃烧！我如大海一样地狂叫！我如电气一样地飞跑！我飞跑，我飞跑，我飞跑，我剥我的皮，我食我的肉，我吸我的血，我啮我的心肝，我在我神经上飞跑，我在我脊髓上飞跑，我在我脑筋上飞跑。"在这样的浪漫抒情中，其实也包含了某些焦虑、狂躁、放肆、病态，特别是在自食血肉心肝的比喻中，还包含某些虐待和自虐情结。周作人的个人主义、人的文学也饱含巨大隐忧，这就是过于强调个我，忽略甚至反感集体、国家、民族大义，从而导致的极端个人主义和自私自利的倾向。这也是周作人由五四文学和文化启蒙者最后变成一个附逆者的内在轨迹。就如有人所言：周作人所需要的，倒是消极，是个人主义。知堂先生虽然以为"明智的人"可以不必关心所谓时代，然而事实上，时代是决不会轻易地放过他们的。① 由此可见，个性启蒙本身没错，关键是如何掌握这个"度"，即自由是有限度的，自我是要受约束的，爱情不能变得自私自利，个体不能离开和无视集体，欲望不能放任自流，活力不能成为病态的狂妄无知。

改革开放是"五四"个性启蒙的复兴与发展时期，其在解放思想和个性、人性的大胆张扬中，将西方式现代化推向了一个新高度。最突出的表征是个体得到更大的尊重，人道主义和人性尊严得到大力张扬，在历史、文学、经济、思想、文化各领域都开展了新方法论的引进和大讨论。就文学而言，系统论、控制论、信息论等研究方法被大量征用，当然，后现代主义等理论方法也成为文学研究的新潮。与此相关的是，散文这一文体因较少受到西方现代主义和后现代主义理论方法的影响而备受攻击、批判甚至否定，认为它跟不上社会发展，有失于时代的责任使命担当，属于暮年黄昏一类，必须奋起直追，进行个性创新，否则，就是死路一条。也是在此前提下，所谓的"新散文"及杂交式的"骡子散文"横空出世，引领了一代风骚。在这样的个性启蒙底下，传统特别是杨朔、刘白羽、秦牧式的散文受到批判和否定，认为那是没有自我与个性的虚假存在。应该说，站在西方现代性的个性启蒙角度看，这样的散文观、文学观和文化观不无道理，问题是这样的立足点很值得怀疑，其结论也就需要重新考虑，因为没有集体的个体、缺乏国家民族站位的小我、不顾中国国情而简单追随西方的理念方法，势必导致价值选择的偏向，成为一种简单的盲从与模仿。

因此，对于散文的价值体认，既要看到西方式个性启蒙的合理性意义，也要看到它与中国式现代化追求存在的距离及悖反，只有这样才能避免被带着节奏前行，特别是陷入盲目崇拜的现代化迷阵中。

## 二、"中国式现代化"与"国体散文"

"中国式现代化"最早是由邓小平提出的，他说："中国式的现代化，

---

① 唐弢：《泛论个人主义》，载《是非之间》，河南大学出版社2004年版，第130页。

必须从中国的特点出发。"①这就将中国式现代化与西方式现代化区别开来,它强调的是"中国的特点",亦即"中国特色"。问题的关键是,如何理解"中国的特点"或"中国特色"。在此,我认为,既要坚持"五四"以来向西方现代化学习的个性启蒙传统,又要打破这一传统的封闭性、固化特点,尤其是盲从现象,获得中国立场、中国文化自信与中国式现代化的特色。具体到散文上,就要强调中国式现代化的特点和特色,我将之概括为"国体散文"②。所谓"国体散文",主要指与中华人民共和国的建立、发展紧密相关的散文样式,是强调集体、国家、民族、社会主义、中国特色社会主义、革命、改革开放、新时代、新发展阶段等关键词的散文叙事。这既与西方式个性启蒙有关,又是对它的超越式发展。

与中华人民共和国的建立相关的散文曾得到过充分肯定与赞扬,但遗憾的是,没有形成整体观,零散和被遮蔽的情况非常明显。一个令人不可思议的现象是,至今还没有一本中华人民共和国散文史,这从侧面反映了"国体散文"的不受重视。究其原因大致有三:一是散文长期以来不受重视,散文史写作也处于滞后状态,而中华人民共和国散文史的缺席也就在情理之中。二是"五四"以来的文学和文化观念主要建立在西方个性启蒙的基础上,中华人民共和国更强调民族、国家和集体,这就自然限制了从国体角度来书写散文史。三是文学与政治的关系曾一度被扭曲,认为文学离政治越近就代表它越没有文学性,甚至将之视为一种异化,所以杨朔等人的"国体散文"受到质疑、批判和否定。王瑶从新民主主义革命的角度撰写中国现代文学史,后来受到包括他自己在内的一些学者的反思与批评,认为文学离政治太近。有学者在承认王瑶从政治角度写新文学史的合理性的同时,又认为:"以现在来看,政治化的文学史似乎已经过时,甚至可能认为过于强调政治的角度,于文学史研究根本就是有弊无利的。""从学术史的角度看,在王瑶的《中国新文学史稿》之前,即现代

---

① 邓小平:《坚持四项基本原则(一九七九年三月三十日)》,载《邓小平文选》第二卷,人民出版社1994年版,第163页。

② 王兆胜:《新中国70年散文创作:在继承传统中开拓创新》,《文艺报》2019年8月2日。

文学学科的酝酿时期，多数作家学者对新文学的总结评论，虽然不够系统，但都还比较个人化，学术化。……而进入1950年代，随着现代文学学科的建立，最突出的变化，是研究者职业化了，学术生产'体制化'了，文学思维受教学需求和政治的制约也多了，个人的研究程度不同都会接受意识形态主流声音的询唤，研究中的'我'就自觉不自觉地被'我们'所代替。"①在此，对于文学来说，作为个性的"我"变得比作为集体的"我们"更为重要。后来，在重写文学史的过程中，以致出现这样的趋向：过于强调"审美"和"个性"，对政治表示反感，并出现所谓的"价值中立"②和"一个人的文学史"③。因此，散文不重视"国体散文"，对其评价不高，这样的观念和思路也就容易理解了。以毛泽东《在延安文艺座谈会上的讲话》背景下产生的散文为例，至今的散文史、文学史往往在指出其特殊语境下的价值的同时，多以缺乏个性、时代失语、空洞化、缺乏艺术感染力进行评价，并予以否认。对于杨朔等散文三大家的批判与否定，在二十世纪九十年代之后更是一浪高过一浪，其评价标准主要是西方的个性启蒙思想。还有，在各种文学史、散文史叙述中，个性启蒙与艺术创新成为主要的核心标准，而国家叙事则不受重视，基本处于缺席状态，即使不得不提，往往也是评价不高。

我们当然不否定西方个性启蒙散文的价值，但也不赞成忽略甚至否定"国体散文"的意义，而是更强调从国体角度看到散文的独特性及其魅力。与个性启蒙散文不同，"国体散文"往往更重国家、民族、集体、英雄、奉献、浪漫主义激情，有宏阔视野、政治意识、人民情怀，当然也更接地气和感天动地，这是小情调、小个我、小叙事、小品位难以比拟的。魏巍的《谁是最可爱的人》当然是经典散文，其"国体散文"特征鲜明；对于巴金的散文，我们一向重视其前期写"梦"的作品，对新中国成立后的散文更强调《随想录》开一代风气之先的作用，强调其真诚自由的个性

---

① 温儒敏：《王瑶的〈中国新文学史稿〉与现代文学学科的建立》，《文学评论》2003年第1期。
② 颜水生：《论当代"历史化"思潮及其反思》，《南方文坛》2011年第2期。
③ 程永新：《一个人的文学史》，上海文艺出版社2018年版。

启蒙特点；但对其"国体散文"的研究不够，也未给予足够的重视和肯定。其实，新中国成立初期，巴金就写了《空前的春天》《变化万千的今天》《我们伟大的祖国》《最大的幸福》《向着祖国的心》等"国体散文"，这些作品一改巴金的个人化叙事，以一种积极进取、昂扬向上、快乐自信、勇于奉献的宏大叙事，向祖国和人民发出清亮的哨音。在此，我无意否定巴金前期散文特别是后期的《随想录》的价值，而是强调其"国体散文"同样值得给予高度赞扬，这是巴金也是新中国最嘹亮的歌唱。还有曾克于二十世纪五六十年代写的《因为我们是幸福的》《写在国庆节来临的时候》等，这些"国体散文"即使今天读来仍让人热血沸腾，非所谓的个性启蒙散文所能代替。

在新时期散文中，刘亚洲的《王仁先》影响很大，被作为经典作品。它是从个性、人性、人道主义角度书写战争中的爱情，也成为突破和解构"战争与爱情"的神圣关系的代表作。散文写出身于干部家庭的连长王仁先，在对越自卫反击战中，被中国边境一个少数民族妇女热恋。开始，王仁先严守军纪，不与妇女接近。但经不住女方主动追求，特别是借为孩子喂奶之机，少妇竟当着王仁先的面敞开胸怀，于是，王仁先再也把持不住，随后与少妇发生了性关系。于是，作品这样写道："灶里的火熊熊燃烧。他俩也在燃烧。第二天，情况突变，进攻时间推迟。心事有第一次，就有一百次。堤已决口，汹涌澎湃。于是，在老山脚下，在村边，在树林中，甚至在阿岩家的牛圈里，一个古老的爱情故事被赋予了新的内容。"王仁先明知道军纪大于天，少妇的丈夫整天追着打妻子，残酷的战争就在眼前，但这对恋人还是不顾一切地恋爱。为此，王仁先被处分和降职，也被派到了前线最危险的地方，最后英勇战死。少妇则不顾丈夫殴打，一直在村口等上前线的王仁先归来。后来，王仁先被埋葬，少妇竟将自家耕牛卖了，买了王仁先最喜欢抽的高档烟，一颗颗插在恋人的坟头。最后，战士们为王仁先争得战功，于是一场突破军纪及战争的"爱情"被置于高位。这是个性启蒙叙事的代表作品。

耿立的散文《赵登禹将军的刀与菊》写的是类似的故事：在对日作战前，赵登禹将军正在给列队的将士训话，突然一对母女跑来告状，母亲说刚才有军人玷污了她那只有十七岁的女儿。于是，赵将军让违纪者自己站出来，整个队伍毫无反应。此时，母女提醒说，那个战士的脖子被少女抓伤了。在赵将军的带领下，全部将士都解开了衣领。此时，违纪战士跪地求饶，原来这人竟是赵登禹的警卫员。正当赵将军让人将警卫拉出去砍了时，没想到十七岁的小战士竟说出这样的话："晚上，就要接敌了，不知是死是活，我还没有见过女人的妈妈（曹州方言：乳房）。"

作品接着写到，母亲拉了一下女孩，准备为警卫员求情，谁知女孩一层一层地解开了衣服……

警卫员最后战死。当将军派人为大娘送去200块银圆时，发现大娘及其女儿已在门板上自尽了。

很显然，这是与刘亚洲的《王仁先》近似的故事：个体性与世俗叙事将战争与军纪的神圣消解了，获得的是一种人性、人道的启蒙与呼唤。站在西方个性启蒙的角度看，它们无疑是有价值的，也极有冲击力和震撼力。不过，站在集体、群体、国家、人民的角度，或者"国体散文"的角度看，这两部作品又有明显不足，这是一种世俗情怀，甚至是低级趣味。这在与高尚者的比较中更加明显：如革命烈士林觉民于1911年写给妻子的绝命书《与妻书》中有这样的句子："吾充吾爱汝之心，助天下人爱其所爱，所以敢先汝而死，不顾汝也。汝体吾此心，于啼泣之余，亦以天下人为念，当亦乐牺牲吾身与汝身之福利，为天下人谋永福也。汝其勿悲！"其间的为天下人的大爱情怀，非"个我"所能容纳。朱增泉的散文《一位烈士和他的妻子》写的是在老山前线一位叫朱厚良的军人壮烈牺牲，他的妻子忍痛写下这样的句子："我们选择了祖国，为了和平的太阳不落。"这样的描写不是唱高调，是一种情感升华，体现了"国体散文"的神圣感。这让人想起北京密云县的一位普通母亲邓玉芬，她先后把丈夫和五个儿子送上抗日前线，他们全部战死沙场。从这一角度理解"国体散文"，就会获得超越《王仁先》与《赵登禹将军的刀与菊》这样的个性化散文书写，进入更加超拔神圣的境界。

其实，改革开放以来，无论是创作还是研究都不太重视"国体散文"，这与对个性启蒙散文的偏爱形成鲜明对照。具体说来，改革开放以来的个性启蒙散文的书写和研究主要有以下倾向：一是面向历史和背对时代的散文特别多，以余秋雨为代表的大历史文化散文最为突出，而关于时代特点、现实问题与未来指向，在这些散文中则变得模糊，甚至几乎消融了。二是以一己的小叙述、小情感、小感悟为胜场，至于国家、民族、社会、政治等重要、重大问题往往退居幕后，甚至缺席不在场，这也是"小女人散文"、"小男人散文"、受后现代主义影响的所谓"新散文"不断受人诟病的原因。三是沉入对一草一木的"物"的书写，而更为轰轰烈烈的改革开放与国家战略发展根本进不了视野，从而导致散文写作与研究出现盲点。从对"人的文学"的反拨的角度看，重视物的描写和研究固然重要，但如眼中无国家社会发展，没有"国体散文"观念，其写作也是一种偏向和失职。四是即使关注现实和时代，更多散文也是以西方现代化特别是个性启蒙视野进行取舍，所得结论也是消极的，以批判性和否定性为主，对改革开放以来的国家社会发展很难有辩证的理解和评价。以关于农民工、乡村社会、城市建设的散文书写和研究为例，更多作品主要站在质疑、批判、否定的角度表示强烈不满，较少实事求是地看待改革开放以来中国所取得的巨大成就。以乡村治理为例，更多散文创作和研究极力强化和渲染农村的破败景象，少有人从正面关注和肯定那些成功的范例，这与许多地方的探索创新发展是不相符的。合乎情理和正确的理念路径选择应该是：既看到个性启蒙背景下散文书写与研究的特点，更要看到"国体散文"创作与研究的长处。然而，后者往往被前者遮蔽甚至淹没了。改革开放以来中国创造的伟大奇迹，在散文创作与研究中并未得到很好的反映，更没有形成"国体散文"的理性自觉与深度开拓。

与国家社会发展相关，中国共产党领导全国人民所进行的史无前例的伟大创举，在散文创作与研究中也没得到深化发展。事实上，百年来对于中国共产党的散文书写也有不少范例，但受制于西方个性启蒙观念，进行系统性梳理、研究和价值定位还很不够。从李大钊的《青春》到方志敏的《清贫》，再到曹靖华的《小米的回忆》，以及袁鹰的《井冈翠竹》，还有梁衡的《大无大有周恩来》等，这一系列伟人散文也可作为"国体散文"的延伸，这是需要重视和研究的一个重要领域。

纵观中国社会发展，百年来之所以能取得举世瞩目的伟大成就，离不开西方现代化个性启蒙观念的影响，但更离不开中国共产党的领导，特别是新中国成立以来中国人民的自力更生和艰苦奋斗，这是中国式现代化的直接具体体现。我们的散文创作特别是研究更应从这一理念出发，强调、梳理、研究"国体散文"的状貌、规律、特点和价值意义，否则，就会出现偏颇，甚至迷失方向。"国体散文"既包括中国共产党成立以来的散文，也包括中华人民共和国建立以来的散文，还包括中国式现代化发展以来的散文，这是一个具有交叉性、重叠性、特殊性的复杂样态，值得给予足够重视和重新研讨。

## 三、关于"国体散文"的几个问题

"国体散文"创作整体而言并不令人满意，对于"国体散文"的研究也很不够，基本没形成理性的自觉意识，这与我国的快速发展特别是改革开放以来的发展实际极不相称。今后，应加强"国体散文"创作和研究，更要处理好一些重要关系，解决诸多棘手问题，以便为"中国散文"，乃至文学发展提供一些建设性意见。

首先，西方式现代化与中国式现代化并不矛盾，应在辩证理解中整体推进"国体散文"的发展。一般说来，西方式现代化与中国式现代化是两个不同概念，它们各有其特点优势，也就产生了不同的散文观及其创作和研究。但严格说来，二者又不是绝缘无关的，它们相辅相成又互相作用。比如说，中国式现代化充分借鉴和吸收了西方式现代化的优秀成果，只是更重视中国的国情特色，赋予了更多的集体、群体、国家、民族意识。因此，没有西方式的现代个性与人性解放及其民主、平等、自由精神，中国式现代化也是难以成立的；反过来，西方式现代化也离不开中国式现代化的调整修正，否则，就会走向个人主义、自私自利、欲望泛滥、虚无主义的泥淖不能自拔。因此，我们不反对从西方式现代化角度推进中国散文发展，只是反对简单地以此为绝对标准对散文进行全覆盖，尤其不赞同对"国体散文"的忽略、无视甚至排斥。从此意义上说，"国体散文"创作与研究还有很大的发展空间和潜力。

其次，充分发挥"国体散文"的现实性、集体性、前瞻性功能，为中华民族伟大复兴开辟新路。尽管不能否认个性启蒙散文的价值，对其创新性、个人性、陌生化也要给予足够重视，看到其在建构现代民主国家上的意义，但是，"国体散文"的宏大叙事、国家民族情怀、集体主义精神、浪漫主义英雄气概，特别是人民本位等社会主义核心价值观，也有着独特的意蕴和美学魅力。以周作人的散文为例，不少研究者对其关于山川草木、鸟兽虫鱼的所谓"抄书体"大加赞赏，也将其早期的个性启蒙散文奉为经典范例，这从西方现代性角度看不无道理；然而，站在"国体散文"角度看，周作人的散文就显得局促狭窄、有小资情调、品位不高，不要说与方志敏的《论清贫》比，就是与梁启超的《少年中国说》也难相提并论。梁启超在《少年中国说》中有这样的话："故今日之责任，不在他人，而全在我少年。少年智则国智，少年富则国富，少年强则国强，少年独立则国独立，少年自由则国自由，少年进步则国进步，少年胜于欧洲则国胜于欧洲，少年雄于地球则国雄于地球。""红日初升，其道大光；河出伏流，一泻汪洋；潜龙腾渊，鳞爪飞扬；乳虎啸谷，百兽震惶；鹰隼试翼，风尘翕张；奇花初胎，矞矞皇皇；干将发硎，有作其芒；天戴其苍，地履其黄；纵有千古，横有八荒；前途似海，来日方长。""美哉，我少年中国，与天不老！壮哉，我中国少年，与国无疆！"①别的方面不说，只从这段话可见：这是一篇充满现实忧患、群体意识、美好希冀的气吞山河之作，它虽写于二十世纪初，但在光芒四射的"国体散文"的映照下，周作人的散文就显得灰土无光、黯然失色。这是境界、品质、气格、趣味的差别。

再次，"国体散文"是个富矿，今后应开展创造性发掘、梳理和研究工作，以补齐目前存在的短板。以往，从西方现代化角度强调个性书写，中国现当代散文是缺乏国体意识的，因此难以看到"国体散文""党史散文"的发展脉络，对其文本的发掘、搜集、整理、阐释也很不够，这势必导致许多"国体散文"被忽略甚至淹没。其实，这方面的作品不少，有的还具有重要意义，审美价值也比较高，完全可展开有针对性的研讨。如黄药眠写过《祖国山川颂》一文，对祖国山川给予无限的赞美，可谓诗意浓郁、情真意切、感人肺腑，是关于祖国的宏大叙事与真诚歌咏，这是"小我"书写不能代替的。作品这样写道："我不仅爱祖国的山河大地，就是一草

---

① 梁启超：《饮冰室文集》，载《饮冰室合集》第 1 卷，中华书局 1989 年版，第 12 页。

一木,一花一石,一砖一瓦,我也感到亲切,值得我留恋和爱抚。""祖国的山河对我们总是有情的。我们对它们每唱一首歌,它们都总是做出同样响亮而又热情的回响。""祖国的语言多么神奇!它的每一个词每一个字,都同我的生活血肉相连,同我的心尖一起跳跃。"①这与那些咏叹国外的空气比祖国的新鲜的内容有着根本不同的情怀。又如陈先义和柳萌主编的"老兵大家文丛",收录了刘白羽、林非、李国文、邓友梅、柳萌等人的散文随笔,其间有不少"国体散文",充满着为国家建功立业所做的努力奋斗与精神风采。②季羡林的散文整体洋溢着家国情怀,他在《沧桑阅尽话爱国》中表示:自己生平优点不多,但爱国却不敢后人。即使被烧成灰,他的每一粒灰也是爱国的。樊锦诗的"国体散文"《厮守,一眼千年》写的是她与丈夫自二十世纪六七十年代开始,一直守护着敦煌,在寂寞与平凡中显现出快乐与伟大。毕淑敏的散文《抱着你,我走过安西》通过母亲抱着孩子时的"我"随军,一路从山东到新疆再到北京等地,历尽艰辛与中华人民共和国一同成长,读后令人特别感动。还有人在散文中这样赞美中国:"夜,明月朗朗,如水似银的月华漾着人们的理想,轻轻地叩响着生命的旋律。星空旋转。日月旋转。历史也在向前。在知识经济的时代里,经历过百年屈辱百年奋战的中国又蓬勃奋飞了。她将博采众长,坚持创新,勇于创新,迎接未来科学技术的挑战。我置身在当今的地球上,'坐地日行八万里,巡天遥看一千河',我看到一种民族灵魂的创新精神,在浩浩天宇里气势磅礴地书写上'中国'。"③此文主要是写中国古代的辉煌成就的,但对当代中国的发展也充满希望与信心,其中的浓郁诗意与万丈光芒有震撼人心的艺术力量。路遥的小说《平凡的世界》反映了祖国建设和改革开放的发展变化,他在散文中也同样坚持人民性立场,不少作品都可看成"国体散文",像《不丧失普通劳动者的感觉》《关注建筑中的新生活大厦》《作家的劳动》《生活的大树万古长青》等都很有代表性。他说:"对于一个严肃地从事艺术劳动的人来说,创作自由和社会责任感

---

① 黄药眠:《祖国山川颂》,《散文》1980年2月号。
② 参见林非:《火似的激情》,解放军出版社2005年版。
③ 章永顺:《夜读中国》,《人民日报》1998年10月1日。

同时都是重要的。""作家永远不能丧失普通劳动者的感觉。如果对于最广大的劳动人民采取冷淡的态度,那么,我们的作品只能变成无根草。""我们正处于前所未有的变革时代,作为当代作家,反映自己所处年月的生活,这是我们当然的使命,否则,我们就有负于今天,也有愧于后人。""远离我们喧嚣的大时代的生活,提倡作家、艺术家都跑到'原始森林'中去'寻根',恐怕也值得研究。我认为,可以有一些朋友去'寻根',但我们面临的更大任务是要关注我们正在建筑中的新生活的大厦。"[1]这样的"国体散文"以往很少受到研究者的关注,它们往往被火热的小说《人生》《平凡的世界》遮蔽,也被他的散文名篇《早晨从中午开始》遮蔽。

最后,处理好"国体散文"与传统散文及文化的关系,打破个性、创新、求变的固定模式。如果说个性启蒙散文主要强调的是与传统的区别甚至断裂,那么"国体散文"则重视与传统的关联性和承继性,这主要包括家国情怀、载道精神、民间本位、道德风尚等。与个性启蒙散文重视个体、创新不同,"国体散文"往往更重视责任担当和传承继承,特别是散文的实用的传统,这就带来重视"变"中之"常",重视那种具有恒久性的观念、情感、认识,像爱国、亲情、信义、互爱、自尊等。只是新中国新时代赋予了"国体散文"以现代的精神品质和风貌。以梁衡的红色经典散文为例,不论是《一个大党和一只小船》,还是《大无大有周恩来》,抑或是《一座小院和一条小路》,都是写中国共产党和党的领袖的,其间当然浓墨重彩地书写中国化马克思主义者的高风亮节,但是,最感人的仍是其清正廉洁、忘我工作、忠心耿耿、甘于奉献、大无大有的优秀品质,这是对中国传统优秀文化的继承和发扬。因此,不能简单地用个性启蒙要求"国体散文",而应站在中国文化自信与中国特色社会主义的角度来看待和理解,以显示其广阔、博大、绵延、经久的价值意义。这也不是"变"和"创新"所能概括的。就如钱穆所言:"一阴一阳之变即是常,无穷绵延,则是道。有变而消失,有常而继存。继存即是善,故宇宙大自然皆一善。"[2]也是在此意义上,与个性启蒙追求不断创新求变不同,"国体散文"更多包含

---

[1] 路遥:《早晨从中午开始》,北京十月文艺出版社2022年版。
[2] 钱穆:《晚学盲言》(上册),广西师范大学出版社2004年版,第80页。

传统文化的基因密码，是一种以共性和继承性为主的文体。

百年来的中国散文与中国特色社会主义发展道路一样，离不开作为主体的"国体"的规约，而西方个性启蒙的影响虽然重要，但并非起了决定性作用。这就要求我们改变观念，更多从"国体散文"角度进行审视，以突破长期以来"唯西方个性启蒙是从"的散文创作和研究局限。换言之，在坚持以个性启蒙探讨中国现当代散文的同时，我们更应从"国体散文"角度思考问题，审视中国式现代化在散文中的行程、特点、规律、价值和意义，以促进中国优秀传统文化、革命文化、红色文化、社会主义先进文化的融通发展。

# 改革开放以来中国散文的"母爱"叙事

长期以来，不论是文学创作还是文学研究都有一个短板，那就是往往更关注那些遥远甚至玄渺之事，忽略甚至无视与我们最近且息息相关的部分。"母亲"这个生命之源就是如此，天底下没什么比她更亲近、更重要、更内在、更意味深长；然而，我们的作家和学者对她的研究却很不够。作家肖复兴说，多年来，他写过很多普通人,但后来才发现,自己却从没想到、也应该写写自己的母亲。①有人研究过小说中的母亲，但散文家笔下的"母亲"却被忽略。中国现代散文中的"母亲"受到一些学者的关注，但改革开放以来四十年中国散文的母爱叙事却不受重视，这是一个需要不断被开拓和发现的重要命题。

## 一、博大的母爱无所不在

有学者发现：中国古代讲礼教、重人伦、尊孝道，但颂扬母亲和母爱的文学作品并不多见，能成为经典的更少。只有到了五四时期，母亲和母爱才随着人的发现而被"发现"。然而，中国现代散文对母爱主题的表现并不充分，更未能展示其无限深厚的文化内涵。②这样的认识是有道理的，它既反映了五四文学的发现，也反映了五四散文及中国现代散文的局限。这在改革开放后四十年中国散文的创作中有拓展，也有不少新意。

---

① 肖复兴：《母亲》，载《梦幻中的蓝色》，文汇出版社2001年版，第329页。
② 王富仁：《〈芭蕉花〉序》，载《芭蕉花——忆母亲》，中国对外翻译出版公司2000年版，第3页。

早在 1923 年，冰心就在《寄小读者》中高度赞扬母爱，既发现了母爱的本体性，又发现了母爱的普遍性，还发现了母爱的神圣感。所以她才能发出这样的感兴："这时宇宙已经没有了，只母亲和我，最后我也没有了，只有母亲；因为我本是她的一部分！""她的爱不但包围我，而且普遍地包围着一切爱我的人；而且因着爱我，她也爱了天下的儿女，她更爱了天下的母亲。""只有普天下的母亲的爱，或隐或显，或出或没，不论你用斗量，用尺量，或是用心灵的度量衡来推测；我的母亲对于我，你的母亲对于你，她的和他的母亲对于她和他；她们的爱是一般地长阔高深，分毫都不差减。……当我发觉了这神圣的秘密的时候，我竟欢喜感动得伏案痛哭！"①可以说，冰心在发现母亲和母爱时，也发现了一个具有哲学意义的形而上命题，那就是"爱的哲学"。这个"爱的哲学"一下子将母亲和母爱升华了，为包括散文在内的中国现代文学打开了一个天窗，从而实现了现实与天宇的思接千载。不过，也应该看到，由于冰心笔下的母爱过于哲学化，有抽象化甚至玄学化倾向，给人不接地气的飘浮感，难以产生撼动人心的力量。林语堂曾在《我的生活》中这样写母亲："我有一个温柔谦让天下无双的母亲，她给我的是无限无量恒河沙数的母爱，永不骂我，只有爱我。这源泉滚滚昼夜不息的爱，无影无踪，而包罗万有。说她影响我什么，指不出来，说她没影响我，又瞻之在前，忽焉在后。大概就是像春风化雨。我是在这春风化雨母爱的庇护下长成的。我长成，我成人，她衰老，她见背，留下我在世。说没有什么，是没有什么，但是我之所以为我，是她培养出来的。你想天下无限量的爱，是没有的，只有母爱是无限量的。这无限量的爱，一人只有一个，怎么能够遗忘？"②林语堂笔下的母爱虽没有冰心的哲学抽象，但也是具有普遍性和神圣感的，尤其是诗意的提纯将母爱变成美好的梦境，可以超度每个儿女的坎坷人生。不过，也正因此，这样的母爱有点儿不食人间烟火的空洞，令人只能借助于想象。

改革开放以来的中国散文在母亲和母爱的书写上，数量大幅增多，很

---

① 冰心：《三寄小读者》，少年儿童出版社 1981 年版，第 36—38 页。

② 林语堂：《我的生活》，载《林语堂自传》，刘慧英编，江苏文艺出版社 1995 年版，第 272 页。

多作家都会写到母亲。在母爱描写中，虽然也有一些神圣感，但更多了些现实感、生活化、世俗性，尤其是从天上来到人间，从想象进入现实，由理想归于平淡，有笑也有泪，一种贴近大地所发出的歌吟、呼喊、尖叫、悲思。总之，时代的、家庭的、个人的、心灵的震颤，都能从这些散文中找到投影。

  回忆过去的岁月，以激起时代的浪花、社会的变动、人世的沧桑，以及生命的短暂，这成为改革开放以来中国关于母爱的散文的鲜明特点。从维熙在《母亲的鼾歌》中写自己的母亲在困苦时从不打鼾，一旦安顺下来就会有香甜的鼾歌，新中国成立时是这样，改革开放后也是如此。所以，作品写道："只有母亲的鼾声，对我是安眠剂。尽管她的鼾声，和别人的没有任何差别，但我听起来却别有韵味；她的鼾声既是儿歌，也是一首迎接黎明的晨曲。她似乎在用饱经沧桑的鼾歌，赞美着这个来之不易的太平盛世。"①本文写于1984年从维熙五十一岁生日之时，那时国家正进入改革开放的发动期，全国上下思想解放、文艺复兴、人心思变，所以作者笔下的母爱也就充满时代感和动人的力量。毕淑敏的《抱着你，我走过安西》写母亲随军，从寻找、团聚、相伴、分离等方面描写，在山东、新疆、北京等地的艰苦跋涉中，展示了母亲的坚强不屈、忠诚无悔、脉脉含情，也展示了中华人民共和国在艰辛成长中的坚定步履。肖凤的《小久寻母记》写"我"生下来从没见过生母，五十多岁了，才知道母亲在台湾，于是，通过千辛万苦找到母亲，并约定在香港与她见面。由李小树口述、王恒绩整理的《疯娘》是一篇感人之作。它写疯娘受尽磨难与屈辱，甚至被婆婆、丈夫、儿子剥夺了做母亲的基本权利，生下儿子后连给他喂奶甚至抱一抱他的权利都没有。然而，她却像普天之下的母亲一样爱孩子，千方百计为他做事，最后为讨儿子欢心竟然到悬崖摘野桃而丧命。所以，作者说："我明白这就是母爱，即使神志不清，母爱也是清醒的。""也真是奇迹，凡是为儿子做事，娘一点儿也不疯。除了母爱，我无法解释这种现象在医学上应该怎么破译。"作品还写道，2000年前后，"奶奶不幸去世，家里

---

  ① 从维熙：《母亲的鼾声》，载《芭蕉花——忆母亲》，邓九平、于海鹰编，中国对外翻译出版公司2000年版，第327页。

的日子更难了。民政部将我家列为特困家庭,每月补助四十元钱,我所在的高中也适当减免了我的学杂费,我这才得以继续读下去"。① 可以说,改革开放以来写母亲的中国散文实际上是一面镜子,它在回忆历史时,也映照了我们的时代,尤其是折射出人生和人性的深刻。

母爱更多凝聚于家庭,体现在个人尤其是子女的深切感受中。在此,既有宗璞的《花朝节的纪念》、王安忆的《风筝》、吴青的《我的妈妈冰心》中的高级知识分子之家,也有林非的《记忆的小河》中的由富裕转向困顿的家庭,更多的则是莫言的《母亲》、韩静霆的《爱之岸》、和谷的《游子吟》、丁亚平的《悠悠长旅妈妈伴我走》、郭文斌的《布底鞋》、厉彦林的《仰望弯腰驼背的娘》中的贫困之家。在这些作品中,都有着母子深情,也有一种来自挚爱的血脉关联,还有着更加珍贵的精神传承。韩静霆这样写母子情深的复杂意蕴,以及难以言说的爱的水乳交融:"母爱就是这样,她是人间最无私的,最自私的;最崇高的,最偏狭的;最真挚最热烈最柔情最慈祥最长久的。母亲无私地把生命的一半奉献给了儿子,自私地渴望用情爱的红绳把儿子系在身边;母亲崇高地含辛茹苦教养儿女,偏狭到夸大儿女的微小的长处,甚至护短。她的爱一直会延展到她离开人世,一直化成儿女骨中的钙、血中的盐、汗中的碱。"② 丁亚平通过母亲的病、早逝,以及对他的关爱,写道:"我常常在想,无论走到哪里,无论何时何地遭遇怎样的曲折坎坷,无论经过怎样的歧途岔道,领受怎样的痛苦与欢乐的反复锤打,我都该时时刻刻记着,我的路是妈妈为我设定的,我一生的意义是妈妈创造并给予我的,悠悠长旅,有妈妈引导我,有妈妈的爱心伴我,我要一直往前走。"③ 虽然母亲早逝,作者那时年龄尚小,但母亲的爱却是永恒的,具有风向标的作用,这是只有儿子才能充分体会的。

---

① 张国龙主编:《真情:感动中国的36篇至情散文》,天津社会科学出版社2005年版,第91—92页。

② 兆一、葛正夫编:《我爸我妈:献给父母的美文精萃》,中国文联出版公司1998年版,第434页。

③ 林非主编:《中国现当代散文三百篇》第3卷,中国社会科学出版社2003年版,第1102页。

与以往相比，改革开放以来写母亲和母爱的散文与时代贴得更紧，更带着社会体温，也更重细节表达，所以透出生活气息、生命本真和人性光芒，当然也更感人。不过，如何将个体、小我融入群体、大我之中，从而显出天地之宽和博大的仁慈，这恐怕是改革开放以来中国散文最值得称道的地方。我们发现，此时期，不论是多么个人化的母爱叙事，往往都不沉溺于个人的感官，而是赋予更博大的视野和更高尚的境界。这是一般意义上的散文难以做到的。如蒋新的《娘心高处》写的是别人的娘，但这个"娘"却对侄子、外人都怀有同情和关爱，甚至对偷盗者都能做到以德报怨。莫言在获得诺贝尔文学奖时发表感言，其中主要讲述了母亲博大的爱。一次是对当年打过母亲一巴掌的那个高大的男人，后来"我"见了他，想着施加报复。结果母亲却拦住"我"，并且说："儿子，那个打我的人，与这个老人，并不是一个人。"另一次，一个乞讨的老人来"我"家讨饭，"我"端起半碗红薯干打发他，却遭到对方愤恨的质问："我是一个老人，你们吃饺子，却让我吃红薯干，你们的心是怎么长的？""我"气急败坏地说："我们一年也吃不了几次饺子，一人一小碗，连半饱都吃不了！给你红薯干就不错了，你要就要，不要就滚！"结果，母亲训斥了"我"，将她自己那半碗饺子倒进了老人碗里。在此，莫言一下子将母亲的"大爱"写活了。改革开放以来，还有不少散文写的是继母，这在世俗生活中往往充满残酷甚至虐待，然而在汪曾祺的《我的母亲》、张正隆的《后妈》、肖复兴的《母亲》等作品中，却写出了继母的"大爱"，这在人世间是难能可贵的。张正隆说："生母去世时，我10岁，大妹6岁，小妹4岁，小弟1岁多。"然而，继母却并不嫌弃他们，第一次见面就用"一只手将我拉过，另一只手把小弟揽在怀里，又伸出去搂住两个妹妹，泪水断线珠子样滴落在我的脸上，滴落在妹妹的脸上，滴落在小弟糖汁和泪水模糊的脸上"。以至于"直到今天，我还能感到那手的温暖，感觉到那泪水是甜的"。[①]另如肖复兴笔下的后妈，"宁肯自己穿芦花做的棉衣，也决不会

---

　　① 兆一、葛正夫编：《我爸我妈：献给父母的美文精萃》，中国文联出版公司1998年版，第453—456页。

让我的弟弟穿"①,当后妈的女儿远去内蒙古自治区,她竟让女儿将唯一的像样的棉大衣留给弟弟——两个并非亲生的儿子。后妈的无私奉献也真正感动了"我",以至于"我从来不讲她是后娘,也绝不允许别人讲"②。彭学明的《娘》也是有大爱的:娘将非自己所生的儿子视如己出、疼爱有加;对陌生人施以仁爱,因为她最见不得穷人、可怜人,所以才能做到给乞讨者钱、领他们回家洗澡吃饭;对于曾打骂、欺负甚至污辱自己的生产队长,他登门求助时,她很快就心软并原谅了他,还不计前嫌地求儿子帮他。作品中有一个强烈反差:在娘的一生中,她很少得到他人帮助和关爱("我"的舅舅和舅母例外);但她却可怜每个有难处的人,包括那些曾将自己逼上绝路的人。

改革开放以来中国散文中的母亲、母爱描写可谓民胞物与,具有人性的深度和天地情怀,像阳光洒落大地和人间。不仅母爱扎根于儿女心田,成为其前进和奋斗的原动力,母亲更是将爱给予亲戚、朋友,尤其是非亲生的儿女、陌生人,甚至惠及动植物和一沙、一土、一石,从而将更广大深厚的爱传达出去。这对中国现代散文的母爱书写,既有继承更有超越,这种超越基于对现实生活的反映,有真情实感,可以触摸,从而拨动了时代、社会、家庭和个人的心弦。

## 二、社会问题反思与爱的教育

并不是所有的母爱都在歌颂之列,也不是所有子女都是孝子孝女,而这一切又离不开社会和家庭环境的影响。对于母爱,自五四时期的神圣感和宗教化,到改革开放时期的现实性与人性化,是一个重要突破;而给予其进一步的世俗化理解,甚至看到其异化方面,则是另一种深化,从中可见母爱并非纯而又纯,甚至于不食人间烟火,与现实人生处于完全的绝缘状态的。

首先,不少写母爱的散文具有社会批判性,也考量着人性的深度。叶

---

① 肖复兴:《母亲》,载《梦幻中的蓝色》,文汇出版社2001年版,第338页。
② 肖复兴:《母亲》,载《梦幻中的蓝色》,文汇出版社2001年版,第348页。

倾城的《母爱，生命不能承受之轻》对医生、单位领导给予无情鞭挞，以至于感叹："这年头，吃人的并不嘴软，拿人的亦不手短。""护士说再不能缴费就要停药的口吻；那些一扇扇关上的门；那些冷淡的笑容；闷热尘沙的大道上他越来越疲倦的脚步；他曾经昧着良心，把质次价高的器械卖给客户……"①野夫的《江上的母亲——母亲失踪十年祭》通过刻画母亲的投江自杀和悲惨命运，反映了特殊年月的不公与荒诞，也折射出儿心的痛苦与啸叫。梁晓声的《母亲》写母亲的贫穷与无奈，也写了为儿女的生存，作为一个母亲所能做到的勤劳、慈爱、屈辱、坚韧，还透露出对于社会、人性的批判和赞扬。文中有个细节：作为孩子的"我"在电影院门口租借小人书赚钱，结果小人书被警察收缴。为此，母亲领着我去讨要。在警察的冷漠、当事警察的刁难中，一对母子忍饥挨饿、苦苦等待半天，反映了世道和人心的冷漠。不过，作品最后写，警察终于将小人书还给了我。当我检查出少了三本，向警察索要时，"他笑了，从衣兜里掏出三本小人书扔给我，咕哝道：'哟嚯，还跟我来这一套……'"母子刚要离开，却又被警察叫住，原来他拦截了一辆小汽车，让司机将母子送回家，并表示，"要一直送到家门口！"这一笔将人性深处的善写活了。作品还写到改革开放后北影分房，按条例规定：副处级以上干部，可加八分；得一次全国奖的艺术人员，可加二分。因为"我"得过三次全国中短篇小说奖，所以填表时填上了。但却遭到复核人员的质疑："那是指茅盾奖而言，普通的全国奖不算。"于是，作者感叹：不要说没获茅盾奖，就是获了三次，加在一起也只有六分，比一个副处级干部还少二分。②这一细节非常精彩，一面反映了当时的官本位思想严重，另一面反映了改革开放较长一段时间，社会仍不重视教育和文化，致使知识分子处于相当边缘化的状态。

其次，母爱也有失落甚至失误之时，对比那些纯洁美好的母爱，另一些则充满迷惑、冷漠甚至异化。胡适曾写过《我的母亲》一文，其中写"我

---

① 张国龙主编：《真情：感动中国的36篇至情散文》，天津社会科学出版社2005年版，第102—104页。

② 兆一、葛正夫编：《我爸我妈：献给父母的美文精萃》，中国文联出版公司1998年版，第332—333页。

母亲管束我最严,她是慈母兼任严父",有时竟到了不近人情的地步。比如,责备、罚跪,甚至拧儿子的肉,还不许哭出声。当儿子去美国留学时,母亲竟没来上海送行。在多年的留学生活中,母亲不让儿子回家探亲,甚至她去世好长时间,胡适在国外竟然毫不知情,一直被母亲和家人瞒住。所以,母亲去世很长时间,胡适一直能按时接到来信,那是她提前交代别人做的。然而,母亲又深爱着胡适,最大的希望是别耽误了儿子的学业。还有,据胡适回忆,他小时候得了眼翳,母亲竟相信偏方,夜里用舌头去舔,希望能清除儿子的眼翳。[①] 这是一篇外冷内热的母爱散文。改革开放以来,有的散文也用"冷"来处理母爱问题,但往往更注重发掘母爱的偏向甚至异化,从而展示另一种情状的母爱。席星荃的《生命深处的痛楚》写到自己的母亲,并说"母亲年轻时是一个羞涩的人。那时她不会骂人,不会吵架;那时的母亲会唱歌"。然而,经过岁月的磨难,母亲却开始骂人打架,还跟父亲、孩子没完没了地吵架,还与父亲打得你死我活,以至于临死都得不到父亲的原谅。作品写母亲让"我"教训她那倔强的侄子,没得到回应,她就大动肝火,立即开骂:"好,你不揍!你不揍!你不揍你就不是我生出来的!……""母亲半瞎的眼里露出恶狠狠的光,青色的火焰在瞳子里跳跃,两手战栗,嘴唇直抖。那样子,如果可能,是会吃掉我的。""这恶毒而粗鄙的话也激怒了我,我的脸腾地发烧,感觉就要发疯……"文末还说,父亲在母亲临死前坚决不去看她一眼,且和别的老人谈起此事,仿佛是一大骄傲。"在父亲,这是何等的决绝!在母亲,这是何等的伤痛!九泉之下,母亲的灵魂能够安息吗?给我们儿女造成的灵魂的痛楚能够抚平吗?"[②] 这是一个被异化的母亲形象,也是在亲人间不知道如何去爱的母亲形象。彭学明的《娘》也是一个母爱被异化的文本,母亲可以爱天下万物,爱非自己所生的孩子,爱穷人、仇人,唯独不会爱自己的儿女、丈夫,结果成为一个备受欺侮和怨恨的弃者。如在娘与妹妹的父亲之聚合分离中,就包含了双方的爱的无知与盲目:在一起时不知道

---

[①] 林非主编:《中国现当代散文三百篇》,中国社会科学出版社2003年版,第35—40页。

[②] 席星荃:《生命深处的痛楚》,《散文海外版》2008年第1期。

珍惜，更不会相爱，分开了却变得爱怜和珍惜起来。这是一个有着深刻内涵的潜在话题，值得深思和研讨。还有娘对于儿女的爱，表面上看深厚浓郁，但却充满无知甚至溺爱。当儿子在外面受气时，娘就奋不顾身地与人打架，甚至以命相搏，而不是充满包容地用智慧去解决。面对女儿的婚姻，娘越俎代庖和以死相逼，却不给她自由。当儿子遇到高考、晋升等难题时，娘不是教孩子树立正确的人生观和价值观，反而替他走后门和拉关系。面对儿子的犯浑与不自重，娘不是因势利导，反而是无原则地包容和纵容。所有这些都牵扯到爱的教育问题。在此，作品中的娘在爱的方面既无能更无知，还令儿子难堪和无奈。所以，"娘"这一形象在情感表达上多是逆向的，即她的心是好的，但方法和效果却总是不对，也难达到预期目的。在此，彭学明与席星荃的娘虽有不同，但都暗含了"如何学会去爱"的问题：越该好好相爱的人，为什么越不容易相爱，反而充满强烈的矛盾、冲突，甚至是令人绝望的隔膜与仇恨？现实往往也是如此：我们可以全身心地爱护那些宠物，对陌生人也彬彬有礼，对同事、朋友都保持联系和友善，但唯独忽略亲人，特别是至亲的父母儿女。因此，我们要学会爱，从最亲的人开始，以此为起点和原点，将对朋友、陌生人甚至于万事万物的博大的爱传达出去。这样的爱才会更有力量，也更加可信可靠。

再次，以自我剖析甚至饱含忏悔意识进行母爱叙事，就成为一种更加深入的爱的教育。纵观近百年来的母爱书写，有一个普遍特点就是，在母爱面前的自责、自嘲、自醒、自我忏悔。如萧军的《我的童年：乳娘》最初发表于二十世纪四十年代末，作品写乳娘郝妈妈将自己视若己出，但随着年岁增长，我却不领情，甚至有点儿讨厌她的"爱抚"。这是一次关于人间大爱的自白与忏悔。徐懋庸写于1957年的《母亲》也是如此，作品写"我在新中国成立以后不去看看母亲，实在是罪无可赦的事"。"能够见到我的面，能够在精神上占有我——至少一部分，在她，这才是幸福的真谛。但是我，剥夺了她的全部幸福！"[①] 不过，在以往的散文中，这样的剖白和忏悔还不占多少分量，而改革开放以来则变成一种趋势，且增

---

① 徐懋庸：《母亲》，载《芭蕉花——忆母亲》，邓九平、于海鹰编，中国对外翻译出版公司2000年版，第184—185页。

加了广度、深度、密度。季羡林一生最后悔的是，很早就离开母亲外出求学，甚至在国外读书十载，没能在母亲身边尽孝，连母亲去世都没能赶上见她一面。所以他在《赋得永久的悔》中说："我这永久的悔就是：不该离开故乡，离开母亲。""我后悔，我真后悔，我千不该万不该离开母亲。世界上无论什么名誉，什么地位，什么幸福，什么尊荣，都比不上待在母亲身边。"① 史铁生的《我与地坛》可做多种解读，但自我剖析和忏悔是不可忽略的。作为儿子，"我"在地坛中，有时母亲来找，但"我"看见母亲，却故意不做回应，"这也许是出于长大了的男孩子的倔强或羞涩？但这倔强只留给我痛悔，丝毫也没有骄傲。我真想告诫所有长大了的男孩子，千万不要跟母亲来这套倔强，羞涩就更不必，我已经懂了可我已经来不及了"。"多年来我头一次意识到，这园中不单是处处都有过我的车辙，有过我的车辙的地方也都有过母亲的脚印。"② 贾平凹的《我不是个好儿子》是对母亲的心语：母亲养育了儿子，用她那双满是老茧的手。儿子像小鸟一样飞走，离开母亲的巢，很少再想到母亲。相反，累了、病了、不顺了，还要母亲惦记，但母亲从不求回报，一如既往地疼爱着他。于是作者剖析说："在纸灰飞扬的时候，突然间我会想起乡下的母亲，又是数日不安，也就必会寄一笔钱到乡下去。寄走了钱，心安理得地又投入到我的工作中了，心中再也没有母亲的影子。老家的村子里，人都在夸我给母亲寄钱，可我心里明白，给母亲寄钱并不是我心中多么有母亲，完全是为了我的心理平衡。"③ 朱寿桐的《从俗如流》写自己作为一个知识分子，不得不在为母亲奔丧时，遵从当地的迷信风俗。这里既有无奈，也有自剖。

最有代表性的是彭学明的《娘》④，这是一个自我忏悔的文本，其中充满儿子的深刻反省，以及深刻自责。首先，写"我"对娘不好甚至有罪。有一次，从乡下跟我进城住的母亲，见街上的乞丐，想起自己一生的行乞

---

① 季羡林：《赋得永久的悔》，《光明日报》1994年3月26日。
② 史铁生：《好运设计》，春风文艺出版社1995年版，第99—100页。
③ 兆一、葛正夫编：《我爸我妈：献给父母的美文精萃》，中国文联出版公司1998年版，第296页。
④ 彭学明：《娘》，山东文艺出版社2018年版。后文引文均出于此。

生涯，就将他们领回家吃喝，还让他们洗澡，结果被骗，他们还顺手牵羊把"我"的手表拿走了。于是，作品写道："看着被两个小蟊贼弄得脏兮兮的毛巾、地板，我气得欲哭无泪，搬起板凳就往地板上砸，甚至，还有了把娘一脚赶出家门的罪恶念头。"作者还反思自己对母亲的凶恶："儿子的凶面孔，儿子的毒语言，儿子的冷暴力，儿子的铁心肠，把娘的自豪与尊严，把娘的希望和寄托，全都击得粉碎。娘在儿子面前，就像一个惊恐的小孩和一只胆怯的老鼠，整天提心吊胆、战战兢兢，实在可怜！"作品还通过对比，写对母亲的一向忽略："世界上那么多好看的地方，我看了，却没带娘看过。世界上那么多好吃的东西，我吃了，却没带娘吃过。世界上那么多好穿的衣服，我穿了，却没带娘穿过。世界上那么多好听的语言，我讲了，却一句都没给娘讲过。我算什么孝子呢？我有什么值得称道的呢？"这样的自责和自剖可谓深入骨髓。其次，作者自己虽深爱着母亲，但不懂得也不知道如何表达。于是，作者在思考一个重要问题："最亲的人，往往是我们最以为可以无所谓的人。""可悲的是，我那么关爱他人时，却从未关爱过娘，无论在北京开全国人代会还是在外地出差，我从没有想过给娘打一个电话、报一声平安，更没想过打一个电话问问娘的冷热、娘的病痛。有时开完会，我还想着为家乡和百姓办点什么好事，可就没想过给娘办点什么好事。""我以我博大的爱心，为贫困山区盖起了一栋崭新的教学大楼，为含冤受屈者撑起了一片天空，却以我狭小的心肠，把娘的世界变成了一片废墟！"为此，作者可谓痛心疾首："为什么我对天下人都好，唯独对娘不好？一个把娘当作敌人的人，是没有资格和脸面谈自己有一颗'亲民爱民'的菩萨心的；一个成天凶恶地对待娘的人，再善良伟大也是小人。""于那些我给予了最大帮助的弱者，我是一头披着狼皮的羊。""于一个我无数次打击伤害的娘亲，我是一头披着羊皮的狼。"作者还清醒地认识到："总之，这是我人生一大罪恶。娘的一生，儿女最重，儿女之中，我是全部的重，我却将娘放在了可有可无甚至完全虚无的境地。"在此，作品提出一个重要问题："人要学会去爱。"尤其要学会爱自己的母亲。这也是为什么，最亲的人最易受到伤害，最爱的人最易被忽略。再次，作品还对"孝顺"加以阐发，希望能改变自己，重获"爱"的真义。作品概括说："孝顺，孝顺，既要孝，更要顺,顺比孝大,先顺后孝。顺了老人心愿,老人开心快乐了,就是最大的孝。不顺老人心愿,老人不开心快乐,就是最大的不孝。""我从没替娘想过什么,总是自私地认为娘欠我的,从没认为我欠娘的。""偌大的宇宙和世界啊,当娘容纳了我和我的一切时,为什么就没有一处可以容纳娘的心?"

常言道:"母子连心。""知子莫若母。"其实,最能理解母亲的也是子女,尤其是能体恤外在世界和子女给母亲带来的伤害。还有,子女在母亲面前会放下所有的自尊、骄傲甚至狂妄,回归为"人之子",即使像彭学明的《娘》中的"我",对卑微贫贱的母亲也怀着一份忏悔、感恩和挚爱之情。管桦曾写过《只跪大地 只跪母亲》,表达的就是这种"只有母亲"的情怀。莫言在获诺贝尔文学奖时,也将所有的成功与荣誉归结于母亲,这个像泥土一样卑微的人。阿成在《母亲》中说:"其实,这个世上,夸奖我的,批评我的,并不算少。但我最在意的,的确是母亲的话。""我也愿意养花——这是母亲的力量。花养久了,会对生活有完全不同的感受。"① 可以说,母亲是儿女尤其是当了作家的儿女的神经,是最重要的那根生命线。应该说,改革开放以来的中国散文与时代发展、社会变动、思想解放息息相关,但在本质意义上离不开母亲,这个由"我"的母亲、故乡母亲、国家母亲、大地母亲、人类母亲所组成的意象。我们四十年的散文紧紧围绕"母亲"这个原点画圆,既歌咏母亲的无私付出,又批评和反思母亲所受的忽略和伤害,以及母爱的变形,散文家则更多从自身找原因,通过自我解剖进行生命和灵魂的锻造与提升。

## 三、直达人心和感天动地

在文学的四大门类中,散文最不受重视,人们往往把更多目光集聚在小说、诗歌上。至于价值评估也是如此:由于散文不像小说、诗歌那样多

---

① 兆一、葛正夫编:《我爸我妈:献给父母的美文精萃》,中国文联出版公司1998年版,第495页。

变和富于创新性,所以对散文的评价较低,甚至认为它拖了文学的后腿,是根本不值一观的日暮黄昏,已走向穷途末路。其实,这是一种观念性错误,是预设了"变数"和"创新"的进化论理念。如站在"常数"与"继承"的角度,尤其是以"变与常""创新与继承"的辩证关系来看,散文的价值就会得以凸显。写母爱的散文最有代表性,它虽然也有"变数"和"创新",但更多的是写人之常情,是涌动于心的地下泉源,是最为自然真实、朴素动人的美好篇章。每篇关于母爱的散文,既没有写母爱的小说、诗歌的虚构与夸张,也无先锋文学的模仿与做作,而是回归自我、自然、真心、真情,完全呈现出自己的真实面目。

直抵人心和动人心魂是改革开放以来中国散文的突出特点。以往写母亲的散文也以情动人,如周作人的《先母事略》、胡适的《先母行述》、冰心的《回忆母亲》、老舍的《我的母亲》、萧乾的《我是妈的命根子》等都是如此。不过,那时的情感抒发仍受到传统文化的限制,往往比较含蓄,难以尽叙情愫,这与放达恣肆地歌颂爱情的散文明显不同。另外,叙述、记事、理性的文体和思维也限制了情感的宣泄。如丰子恺的《我的母亲》写得比较理性,整个文章中规中矩,情感比较平稳。作者写母亲"眼睛里发出严肃的光辉"和"口角上表出慈爱的笑容",重复竟多达十次,在重复句式中有加强形象塑造的艺术效果,也留下过于理性和刻板的局限。尤其是用"眼睛里发出严肃的光辉"来塑造在劳动之余正襟危坐于高椅上的母亲形象,一下子将母子之情冲淡了。

然而,改革开放以来的中国散文则情深意切,母子之爱有的如火山喷发不可遏止,有的像深谷的飞瀑用所有重量撞击大地的胸膛,还有的则似小桥流水、山间云雾般弥漫心田。张洁的《世界上最疼我的那个人去了》,题目本身就令人心灵颤动。整个作品充满自怨、自责的思念与倾诉,给人一种撕心裂肺的沉痛感。作品写道:"我老是一厢情愿地觉得,妈还是拉扯着我在饥寒交迫、世态炎凉的日子里挣扎、苦斗的母亲。有她在,我永远不会感到无处可去,无所依托。即便是现在,我看上去已经是足够的强大、自立、独立的样子了。只有妈深知,不过是看上去而已。""她也一厢情愿地想着她不能老,更不能走。她要是老了、去了,谁还能像她那样呵护我、疼我、安慰我、倾听我……随时准备着把她的一腔热血都倒给我呢？"①尽管母亲去世时，张洁已五十多岁，但从文本看，她仿佛还是个孩子，是一个需要母亲在物质、精神、感情、心灵和灵魂上牵引的童子。因此，那种脐带断开后的情感失落，令张洁笔下的母女之爱铺天盖地，经久不散。梅洁以抒情见长，散文尤甚，而其写母亲的《那一脉蓝色山梁》更是血泪之作。作品写道："母亲活着时，尽管天涯海角尽管十年八年，女儿归来故乡偎母亲床边总可以再做一番女儿，此后呢？生之匆匆死之匆匆，苦之楚楚累之楚楚，我到何方再觅母亲膝下的这份浓福？""谁能再给我这劳顿的心以无边的抚慰？""含泪望母亲的山梁，山顶的月碎了……""扬一扬手吧，母亲！在你高高的山梁上，扬一扬手……"②读这样的文字，会禁不住泪水长流，我们眼前会出现自己的母亲，离别时的千言万语和万语千言，以及再无千叮咛万嘱咐后的不断的"扬一扬手"，在山梁上、火车旁、渡口边，以及睡梦中。洪烛的《母亲，请站在原地等我》是写母子情深的，而所有这些则主要通过"别离"来展现。其中，包含了多少母亲的爱意与儿子的思念，像悠悠不尽的滚滚逝水，我们看到作家笔下的情意绵绵。作品中有这样的句子："母亲简直就是故乡的一部分。我炊烟般袅袅升起的乡愁，最浓郁最无法割舍的一缕是属于母亲的。""母亲是游子精神上的故乡。而故乡对于我，相当于被放大了的母亲的概念。""而十八岁，只是这一次漫长的离别的开始。""此后的离别，在重复着母亲的痛苦。作为游子的母亲，她所体验的痛苦，注定将是常人的许多倍。""母亲的音容笑貌是我流浪生涯中最隐秘最柔韧的寄托。母亲无论居住在哪里，哪里都是我的故乡。游子的心室供奉着一枚隐形的磁针。"作者还写道："写这行字时，我的手在颤抖，我的心在颤抖。"文末，作品进一步写母子的难分难舍："阳台上的母亲，你别再流泪了。千里之外的母亲，你别再衰老了。请你一定站在原地，别动，等我回来。千万别

---

① 张洁：《世界上最疼我的那个人去了》，人民文学出版社2006年版。
② 梅洁：《并非永生的渴望——梅洁散文选》，百花文艺出版社1997年版，第63—64页。

动啊。"①如此的真情、浓情、深情在别的文体中较难看到，恐怕只有在写母爱的散文中方能尽显光彩。余秋雨的《为妈妈致悼词》表面上看非常理性，还充满某种轻松之感，但却内含深情。文末说："妈妈，这是我们的山路，我们的山谷。现在，野兽已经找不到了，山顶上的凉亭早就塌了，乞丐的家也不见了。剩下的，还是那样的山风，那样的月亮，那样的花树。妈妈，我真舍不得把您送走，但是，更舍不得继续把您留在世间。昨天晚上，我又找出了您年轻时风姿绰约的照片。九十一年的艰难世间，越想越叫人心疼。那就到山里去休息吧，妈妈。""谢谢大家，陪我和妈妈说了这么多话。"②谢望新的《珍藏起一个名字：母亲》写一个关系错综复杂的家庭，母亲经历过多次婚姻，而年轻时就将年幼的儿女送给了他人，第三任丈夫还有个病重的前妻，于是他们复杂地生活在一起，而"我"则被外婆与舅舅收养。后来，"我"与亲生母亲和姐姐相认，并疏通了长久以来被误解的亲情。最重要的是，"我"不仅能理解母亲，还与母亲第三任丈夫的前妻相识和相和。整个作品由"我"营造了一个克服人生、人性隔膜，进入彼此和解的友爱情境，其叙述方式也是圆融智慧的。这是一种经过苦难后实现的精神超越，其真情友爱如水般自由流淌。贾平凹的《我不是个好儿子》结尾充满辛酸：年迈的母亲到医院看望"我"这个患重病的儿子，"把母亲送出医院，看着她上车要回去了，我还是掏出身上仅有的钱给她，我说，钱是不能代替了孝顺的，但我如今只能这样啊！母亲懂得了我的心，她把钱收了，紧紧地握在手里，再一次整整我的衣领，摸摸我的脸，说我的胡子长了，用热毛巾捂捂，好好刮刮，才上了车"③。这是人世间最动人的母子之情，儿子再老也是母亲的孩子。季羡林曾表示，散文的精髓在于"真情"二字，即使是叙事文，也必有一点抒情的意味。以此观之，写母亲和母爱的散文有真情、浓情和深情自不待言，这是别的文体难以比拟的。

---

① 兆一、葛正夫编：《我爸我妈：献给父母的美文精萃》，中国文联出版公司1998年版，第497—502页。

② 余秋雨：《为妈妈致悼词》，《美文》2013年第2期。

③ 贾平凹：《凤里唢呐》，中国戏剧出版社1999年版，第110页。

为表达母子情深,改革开放以来的散文往往多用借喻,以物化的方式,用诗的情怀进行表达。而这些物化对象往往具体可感、形象生动,情感表达则或奔放激扬或含蓄内在,诗意也像光之闪烁、花之幽香。如张炜的《人生麦茬地》是写母亲的,也是写大地母亲的,但它用"麦茬"这一物象,既写了母亲的艰辛、执着,又写了她的牺牲奉献,还写了其孤独寂寞与希望梦想。这是一首关于母亲大地的生命之歌,是血泪、汗水、光影和梦幻交织的一幅母子爱恋图,其间我们甚至能听到母亲大地的心跳和呼吸。牛汉的《绵绵土》和鲍尔吉·原野的《针》都是写母亲的,写子女对母亲的深情厚谊。一个以绵绵土为背景,展示母爱的博大仁慈;一个以针为隐喻,写母亲将辛苦、慈爱、思念缝进被子和衣服,后面跟着长长的线。在此,"绵绵土"和"针"成为母亲大地的隐喻,也成为儿女永远的牵挂。《针》中有这样的描写:"针在家里是最小的什物,因此母亲藏针的时候最为仔细,不是珍贵,而在它太容易丢失了。这一枚光滑尖锐的利器,却丝毫没有兵刃的悍意。它在刀剪的家族里,也是一个女人,身后总带着索拉。那些绵绵的白线,被它缝在被子,包括膝盖的补丁上,像一串洁白的、小小的足印。在家的王国里,针线与棉花布匹生活在一起,一起述说关于夜、体温和火炕的话语。这些话语被水洗过,被阳光晒过。阳光和水的语言被远行的孩子带到了异乡。"[①]这是一种充满智慧的母爱叙事,它像画家给画作打上光,也像玉石和木器被把玩后光彩照人,没有深厚的内功和纯朴的心,很难达到这样的境界。换言之,写母爱的散文仿佛是母亲和子女的互照:在母亲的镜像中可看到子女的影子,在子女的写作中映出母亲的光辉。而在这样的双向互动中,更让人感动,一如李白笔下营造的"三影共徘徊"意境。

对比、排比、呼唤、感叹等修辞,成为改革开放以来中国散文的另一显著特点。许多作品喜欢用"母亲"与"子女"互相对比和映照的方式进行表达,以增强情感的张力效果和强大的爆发力。如史铁生的《我与地坛》、洪烛的《母亲,请站在原地等我》、张炜的《人生麦茬地》、贾平凹的《我不是个好儿子》、莫言的《一个讲故事的人》、肖凤的《小久

---

[①] 鲍尔吉·原野:《针》,载《掌心化雪》,吉林文史出版社2000年版,第101页。

寻母记》、张洁的《世界上最疼我的那个人去了》、李小树的《疯娘》等都是如此。这样的互相映照有时是顺势的，更多的则是逆势的，但都起到了意想不到的效果。如叶倾城的《母爱，不能承受之轻》中的母子冲突，就是缘于双方的不理解甚至是误解。父亲得了绝症，医疗费是一笔巨款。为了让母亲安心，也为了满足自己的虚荣心，儿子谎称费用可以报销，于是他投入到为药费奔波的艰辛之中。然而，母亲见儿子不陪护爸爸，甚至在父亲弥留之际都不在身边，于是不认这个儿子，并再也没有原谅过他。这种对比所形成的巨大反差和强大张力，在母子间形成沟壑般的隔阂，但也增进了儿子深沉的爱。作品写道："母亲再也没有原谅过他。""而他，宁愿母亲恨他薄情寡义，怨他不够尽心尽力，他不介意母亲恨他十恶不赦，只要这样母亲能宣泄老来丧夫的悲苦。他明白，罪，也是责任的一种，必须终生背负。"① 肖凤的《小久寻母记》通过一冷一热的母子之情，让我们感受到了情感的强大张力。母亲自女儿小时候抛弃她后再无音信，直到女儿五十多了，她才苦尽甘来，如愿以偿地找到母亲。然而，这种苦苦的思母之情，却在相见时母亲的平淡中被消解了。留下的是关于母女之爱的强大反差。梅洁的《那一脉蓝色山梁》是一个呼唤母爱的作品，那一声声、一句句、一字字的啼血的呼声，透过遥远的时空，迈过高高的山梁，进入故乡和母爱的回音壁中。作品写"我"从外地回家奔丧，母亲已经逝去，看着棺木中的母亲，这样喊道："起来呀，我的母亲！这粗糙的、狭小的鬼地方何以能容你的宽厚、你的豪爽、你生生不息的劳苦？我母亲宏大的、无边的、细致的感情原本在滚滚流淌，何以凄凉的寂寞的被堵截在这里？坐起来！坐起来！！坐起来！！！我的母亲！你说过了四月五月你到北方去。你起来，我们走。去北方，不去那鬼地方……"② 在梅洁的笔下，有设问、反问、感叹、排比、复迭、省略，有的地方连续用三个叹号，可谓一咏三叹、千呼万唤，读之令人断肠。这既反映了作者的真情切意，也反映了一腔热血从心中迸发而出，还包含了难以言喻的母女深情。这是感

---

① 张国龙主编：《真情：感动中国的36篇至情散文》，天津社会科学出版社2005年版，第104页。

② 梅洁：《并非永生的渴望——梅洁散文选》，百花文艺出版社1997年版，第60页。

天动地的灵魂叙事,这是一般散文或诗歌、小说不能望其项背的。

还有的散文在写母爱时,在手法和风格方面有所探索。这些作品受到现代主义和后现代主义的影响,有跳跃感,有人生的虚无感,也有某些关于"知"与"不知"的探求。如熊育群的《生命打工的窗口》,以近乎恍惚的眼神、灵魂丢失的情态、天问般的对答、肯定与否定的迟疑、生死界限的泯灭、得与失的追问、真与假的怀疑、明与暗的闪烁,来写母亲之死。从中可见超现实主义和印象主义的复杂斑影,这是一种具有复调叙事的散文风格。

总之,改革开放以来的中国散文母爱叙事既有继承,又有创新发展,这对中国当代文学是一个不可忽略的重要贡献。看不到创新发展,就会简单忽略这些散文的新意和价值,不重视继承,就会失去历史感、文化意蕴、民族情怀和人性深度。从历史的长河中打捞母爱散文的金质,这既要立足于创新性,又离不开千古流传下来的文化基因和密码。像生了锈的农具,只要我们的目光清新、观念鲜活,即使是那些表面看来没多少创新的母爱作品,依然能擦出生命的亮色与艺术的火星。问题的关键是,我们不能只用新和旧、创新与保守等二元论进行研究,从而得出传统散文没多少价值的可怕结论。当然,书写母爱时容易情感失控,也容易进入一种无限拔高的误区,还容易失去必要的距离感,从而导致散文精品和经典作品并不多见。这一情况在改革开放以来的中国当代散文中也同样存在。这是需要加以注意和进行进一步研讨的。

散文的边界与体性

# 第三辑

# 季羡林：散文的大树四季常青

生于1911年的季羡林，活了将近一百岁。他从年轻时开始发表散文，晚年更是笔耕不辍，成为少有的丰收季。用"四季常青"概括他的散文创作与思考，可以说并不为过。平时读散文时，我的眼前常晃动着四季常青的古老松柏，那就是季羡林给我留下的清晰形象。

## 一、小情与大爱

世上往往离不开一个"情"字。散文尤其重情，无情之文难以让人驻足，更不要说引起心灵共鸣和产生知音之感。季羡林认为，不只是抒情散文，就是一般的说理散文也不能无情。林非曾将"真情"说成是散文的"生命线"。其实，贯穿于季羡林散文始终的是真情，这是理解其散文和人生的关键和枢纽。

小抒情与私情书写成为季羡林散文的一个重要特点。这包括母子深情、夫妻之爱、朋友之情、宠物之好、娱乐之欢，从中可见作者起于自身、来源于生活的点滴心会。在此，真情如血脉一样流动，在可知可感中显示出生命力的跳跃。《赋得永久的悔》是季羡林的散文代表作，其中充斥着撕心裂肺的思母情愫，就是因为自己自六岁出去读书之后，只回了三次家，这还包括为母亲奔丧。直到后来，作者才理解多年来母亲倚门而望、翘首以盼爱子归来的心情。另外，季羡林写了不少回忆文，特别是关于旧人和老友的文章，其中，最难得的是一个"情"字，它们像陈年老酒，经过岁月的酝酿变得醇厚美妙，滋润读者心怀。小爱与私爱特别是深情使季羡林的散文很接地气，也是真实的自我流露与表达。

博大的爱是季羡林散文的另一境界品质。如只写一己小我私情，哪怕写得再真实感人，也难有洗礼的作用，更不要说让人的心灵和精神进入神圣境地。季羡林的散文能从自我情感进入大爱，一下子让作品升华了。《三个小女孩》写的是两岁、五六岁和十二岁的陌生小女孩对"我"的依恋，作者将这称为"平生一大乐事，一桩怪事"。草木山石、小动物常能进入季羡林笔下，幻化成一缕缕博爱的丝线，于是垂钓起读者的悲悯之情。《咪咪》写的是一只小猫，从中可见作者内心的柔软与仁慈。由此，作者在文中表示："我一向主张，对小孩子和小动物这些弱者，动手打就是犯罪。"其实，这没什么奇怪的，因为对弱者富有同情心与爱，所以小孩子与小猫不设防，愿与"我"亲近，是童心将老少两代、人与动物连在一起。爱国精神是另一种爱的提升，所以在《一个老知识分子的心声》中，季羡林写出这样的句子："我生平优点不多，但自谓爱国不敢后人，即使把我烧成了灰，每一粒灰也还是爱国的。"当然，他又绝不是一个狭隘的爱国主义者，而是有人类情怀的。这也是为什么他在《喜雨》中这样写道："请我们的天老爷把现在下着的春雨，分出一部分，带着全体中国人民的深情厚谊，分到非洲去降，救活那里的人民、禽、兽，还有植物，使普天之下共此甘霖。"

小我私情仿佛是一棵大树的根脉，博大的爱则如来自天空的无私的阳光，季羡林散文将二者有机结合起来，于是有了天地情怀，也给散文注入了旺盛的生机活力和高尚的精神品质。

## 二、平淡与神奇

在一般人看来，季羡林有些平淡无奇，谈起季羡林，人们总会拿他平凡的外表说事，并称扬他被误认为清洁工这件事。其实，人们过于强调季羡林的平凡，而容易忽略他的神奇。

确实，透过季羡林的文学人生可见其平淡儒雅的君子形象，这也是他与张中行的共同之处，也是当下最缺乏的精神气质。不论其为人还是散文都可作如是观。这也正好符合散文的平淡自然的本性。就如林语堂在《说本色之美》中所言："文人稍有高见者，都看不起堆砌辞藻，都渐趋平淡，以平淡为文学最高佳境；平淡而有奇思妙想足以运用之，便成天地间至文。"将这话用在季羡林的散文上也同样合适，特别是在"奇思妙想"上，季羡林的散文别有风采。

《神奇的丝瓜》是写植物的，题目被冠以"神奇"，于是作者向我们展示了普通的、平时不为人注意的丝瓜的奇妙。这不仅表现在丝瓜藤蔓与丝瓜的疯长速度上，更在于它本身的调整功能，甚至充满不为人知的智慧。于是，作者表示："我仿佛觉得这棵丝瓜有了思想，它能考虑问题，而且还有行动，它能让无法承担重量的瓜停止生长；它能给处在有利地形的大瓜找到承担重量的地方，给这样的瓜特殊待遇，让它们疯狂地长；它能让悬垂的瓜平身躺下。""这是一个沉默的奇迹。瓜秧仿佛成了一根神秘的绳子。"这样的文章是有一双发现神奇的慧眼的。

《红》也是摆脱黑白式平淡的写法。文章的主线是写那个"有一张纯朴的脸"的卖绿豆的小贩，然而，小贩对孩子时的"我"的微笑，让"我"心惊。更重要的是，这个人曾做过土匪，后来被捉住杀了头。作者写道：小贩被杀时，"一道红的血光在我眼前一闪。我的眼花了。回看西天的晚霞正在天边上结成了一朵大大的红的花。"这样的故事与笔法，再加上对"红色"的敏感，一下子将作品引入"红"的意境，给人一种神秘莫测之感。这是平淡中有神奇的写法，足见季羡林散文及其思维方式的神妙。

《槐花》是关于平凡与神奇的辩证关系的散文。作者说，他在北京特别是在北京大学朗润园从未感到洋槐的特殊，但一个外国朋友却为其美丽和香气所感染；同理，他在印度为耸入云天、红如朝阳的木棉树大红花惊诧，本国人却并不感到神奇。为此，季羡林总结道："越是看惯了的东西，便越是习焉不察，美丑都难看出。这种现象在心理学上是容易解释的：一定要同客观存在的东西保持一定的距离，才能客观地去观察。"这几乎是个关于平凡与神奇的哲学问题。

一般人认为，季羡林是个"好好先生"，其散文及其对散文的看法也是平和温润的，甚至因此对季羡林的散文不以为意。事实上，这种认识是错误的，至少是不够全面。季羡林在平淡质朴、温润自然中也是有风骨的，甚至是有刺的，其个性独见不输于人。如在《漫谈散文》中，季羡林直言自己的散文观。他说："我觉得在各种文学体裁中，散文最能得心应手，灵活圆通。""中国是世界上散文第一大国。""中国文学创作取得了长足的进步。但是,据我个人的看法,各种体裁间的发展是极不平衡的。小说,包括长篇、中篇和短篇,以及戏剧,在形式上完全西化了。""我个人的看法是,现在的长篇小说的形式,很难说较之中国古典长篇小说有什么优越之处。戏剧亦然,不必具论。至于新诗,我则认为是一个失败。""至今人们对诗也没能找到一个形式。"作者还对散文给予了最高评价,他说:"我认为五四运动以来中国文坛上最成功的是白话散文。"他还说:"我理想的散文是淳朴而不乏味,流利而不油滑,庄重而不板滞,典雅而不雕琢。我还认为,散文最忌平板。""我甚至于想用谱乐谱的手法来写散文,围绕着一个主旋律,添上一些次要的旋律;主旋律可以多次出现,形式稍加改变,目的只想在复杂中见统一,在跌宕中见均衡,从而调动起读者的趣味,得到更深更高的美感享受。有这样有节奏有韵律的文字,再充之以真情实感,必能感人至深。"长期以来,在新文学的四大体裁中,人们普遍高估诗歌、小说、戏剧的成就,对散文多有贬低甚至不屑,季羡林的看法却正相反,不能不说他眼光独到、自有主见。

如此,就可以理解,季羡林的散文在平淡自然中又有超越性,那是对神奇和变化的向往;反过来,奇思妙想也使得他的平淡均衡更加稳实内敛。这是一个动态、均衡、变动的发展过程。

### 三、理性与诗意

作为一个知识分子、专家学者,季羡林的散文属于学者散文。但他与一般意义上过于重视知识,特别是将知识进行罗列、堆砌及卖弄的学者不同,他非常谦和低调,甚至有点儿自我贬低。最重要的是,季羡林有一种能将知识硬块冲淡的能力,从而使其散文闪烁着一种异样的光。诗意是其中最为突出的。

季羡林的散文多理性哲思,这在《一个老知识分子的心声》《时间》《人生的意义与价值》《容忍》《东方文化》《起名的学问》《谈所谓的"老龄化社会"》《长寿之道》《缘分与命运》《中国历史必须重写》《谈孝》《谈老年》《哲学的用处》《新世纪,新千年》等作品中都有体现。其中,既有丰富的知识，又有理性的判断，也有思想的光芒，还有智慧的闪现，特别是对于国家、民族、时代、社会、人民、人生、哲学的思考，充分体现了一个优秀知识分子的良知与责任担当。在《东方文化要重现辉煌》《搞传统文化，正是为了现代化》等文章中，季羡林直言，东方文化复兴代表着人类未来的发展方向。他的"三十年河东，三十河西"说更是被不少人嘲笑诋毁。其实，季羡林的不少思考是辩证的，也是超前的，如他说："搞传统文化，正是为了中国的现代化。现代化而没有传统文化，是无根之'化'，是'全盘西化'，在有数千年文化史的中国，是绝对行不通的。"这是二十世纪九十年代的观点，在今天看来这一看法也是有价值的。

不过，季羡林的散文中始终有一股清泉，它清澈、纯净、浪漫、优雅地一直流到你的心中。这是许多学者散文达不到的，也是应该学习借鉴的。许多文化散文特别是"大文化散文"被知识、概念、逻辑、理念堵了门窗和气孔，于是将文章越写越死。季羡林的《寸草心》《芝兰之室》《晨趣》《清塘荷韵》《梦萦水木清华》《两行写在泥土上的字》《我的心是一面镜子》《梦萦红楼》《梦游21世纪》《佛山心影》《一朵红色石竹花》《星光的海洋》《海上世界》等，只看题目就能感受到其间的诗性与美妙，而其诗心、诗眼、诗意、诗趣更让散文变得通透、明净、湿润、光洁。《二月兰》有着紫色的清纯和早春的气息，《听雨》则将自己融入诗的意境。作者写道："我静静地坐在那里，听到头顶上的雨滴声，此时有声胜无声，我心里感到无量的喜悦，仿佛饮了仙露，吸了醍醐，大有飘飘欲仙之慨了。这声音时慢时急，时高时低，时响时沉，时断时续，有时如金声玉振，有时如黄钟大吕，有时如大珠小珠落玉盘，有时如红珊白瑚沉海里，有时如弹素琴，有时如舞霹雳，有时如百鸟争鸣，有时如兔落鹘起，我浮想联翩，不能自已，心花怒放，风生笔底。死文字仿佛活了起来，我也仿佛又溢满了青春活力。"季羡林喜欢用四言表达，这更增加了诗意节奏与美感，典雅中自有一种潇洒。在《咪咪》中，作者这样写香港美景："此地背山面海，临窗一望，海天混茫，水波不兴，青螺数点，帆影一片，风光异常美妙，园中有四时不谢之花、八节长春之草，兼又有主人盛情款待，我心中此时乐也。"四言与长句杂糅，长短句相得益彰，更衬托出诗意之美和中国传统文化的魅力。

诗意如点豆腐用的卤水，将季羡林的学者散文点醒、化开，变得通达舒畅和自然明快起来，也有了思想智慧和艺术灵光，获得对于散文真实的超越性理解。

总之，季羡林的散文有生活、有知识、有视野、有深情、有个性、有思想、有灵感、有智慧，再加上有天地情怀、有深厚的中国文化底蕴和自信，还有现代意识与世界眼光，这就决定了他不仅能成为大家，还是一个有良知的知识分子和智者。于是，季羡林的散文有着持久的生命力，能成为读者心中美好的花朵与果实。

# 贾平凹散文的魅力与局限

在中国当代散文家中，贾平凹无疑是颇具特色的，也是很有建树的。不过，目前对贾平凹散文的研究，总体说来并不令人满意，最明显的不足有三：一是从浅显层面一般化地进行理解和概括，忽略了其隐性结构和潜话语空间；二是停留在单个作家论的范畴，缺乏更广大的文学史背景作为参照；三是一味地褒扬遮蔽了对局限性的探讨，论者的批评精神和作家的自省意识处于缺席状态。此处试图突破当下贾平凹散文研究之限度，寻找新的立足点、生长点和归结点。

## 一、天地之道与神秘主义镜像

"五四"开始的中国新文学有一个重要特点，即对于"人"和"人的解放"给予了高度重视，周作人、钱谷融甚至直接提出"人的文学"和"文学是人学"的观念，如果从人和文学被遮蔽和异化的角度看，这当然代表着历史的巨大进步。不过，在强调人的主体性时，许多作家又走向了另一面，即过于夸大"人"的地位、作用和力量，而对天地自然和宗教等采取简单化甚至无知的态度。如郭沫若的《女神》中的"天狗"，一面是人的个性解放之象征，一面又是对天地失了敬畏的典型，否则，它就不会发出这样的呐喊："我是一条天狗呀！我把月来吞了，我把日来吞了，我把一切的星球来吞了，我把全宇宙来吞了。我便是我了！"陈独秀曾提出要打倒一切偶像，他说："一切宗教，都是一种骗人的偶像：阿弥陀佛是骗人的；耶和华上帝也是骗人的，玉皇大帝也是骗人的，一切宗教家所尊重的崇拜的神佛仙鬼，都是无用的骗人的偶像，都应该破坏！"① 到后来这一观念竟发展成"与天斗其乐无穷"的可怕逻辑。本来，人是天地自然之子，是宇宙中之一微粒，然而许多新文学作家却将这种关系颠倒了，人成为凌驾于一切之上的"神"，而这对中国现代散文精神是有负面影响的。

到当代中国，散文的这一状况也没有得到根本改变，许多作家对天地自然没有敬畏，甚至连基本的尊重都没有，所有的更多的仍是人的圈子和视点，以及人的欲望的无限膨胀，于是，作家在"人"的世界里迷失了自己。最典型的是李敖曾自称是"'天文地理，无一不通；三教九流，无所不晓'的一代奇才"，并自我吹嘘说："天下幸亏有我。"②"五十年来和五百年内，中国人写白话文的前三名是李敖、李敖、李敖。"③ 这是多么可怕的世界观和人生观！许多散文家也是人本主义者，他们较少关注天地之道，更多地将自己局限于"人"的范畴，于是现实、社会的人生书写成为其主要旨归。也可以这样说，许多中国现当代散文的空间观，往往是人间的、现实的、一维的，而又是可知解的。

贾平凹的散文空间意识比较独特，它既是现实的又是梦幻的，既有对人的理解又有对天地自然的探察，更重要的是其立体感和不可知的神秘力量。换言之，在贾平凹的世界里，天地自然是神秘莫测、难以了知的；而作为个体的人却是弱小甚至卑微的。在这样的对应关系中，人与天地自然就形成了强大的张力效果，而作为天地自然的一分子——人就可以细细地体味天地之宽及宇宙的神秘伟力！《丑石》实际上阐述的是人接受"天启"的过程；《狐石》充满人与狐相牵连的天意与神秘感，其实在指头蛋大、长方形、石灰石似的石头上，竟有鸡血般红、几乎跳石而出的狐，这本身就匪夷所思！《关于塬》讲的也是缘分，因为塬能发出土声，透出地气；《风竹》是作者与天地心气相通的佳作，因为在竹子上风才显形，成为天籁、地籁和宇宙自然之籁。为此作者说："风是通过竹的眼睛看万事万物对自

---

① 陈独秀：《偶像破坏论》，载《独秀文存》，安徽人民出版社 1996 年版，第 154—155 页。

② 李敖：《笑傲五十年》，中国友谊出版公司 1999 年版，第 13 页。

③ 李敖：《笑傲五十年》，中国友谊出版公司 1999 年版，第 8 页。

已到来的反应变化而完满天地和宇宙自然的意志的,而竹又在这种完满中变为天地和宇宙自然的一个分子。实在是一种奇迹,我观察着竹丛观察得久了,这风竹上的意志的完满又通过我的眼睛,传递于我的心灵,使我竟也得到了生命的觉悟和完满呢。"可以说,在空间的意义上,贾平凹不像许多作家只着意于"可视"的眼前的世界,而是通过"眼""心"体悟人生、天地自然和宇宙的神秘。这也是为什么,贾平凹那么着意于写山、水、月、石、花、梦、影、云、风、雨、电、露等天地自然意象,这其中充满着大道无形和永恒的神秘!后来,贾平凹写的太白山系列散文,其空间意识又有变化,进入了更为离奇、模糊、神秘、荒诞的层面,这是在现实层面和人力所难以企及的,从而将中国当代散文的空间进一步拓展了。

进入立体、多维、神秘的天地自然和宇宙图景中,使得贾平凹的散文少了狭窄、单薄、小气、功利和干枯,而多了广阔、深厚、大气、书卷气和滋润,也使之从整体上超越了中国当代散文的世俗化格局,具有了超然自得的境界与意态,这是贾平凹的散文宁静、空灵和玄妙的一个深层原因。这颇似密林觅胜和深海探宝,不仅是胜境和迷人的宝藏,更重要的是在未知和追寻中的乐趣,是林语堂所说的大荒中自由自在的探险的欢乐!这也像在天宇中放飞,风筝的美轮美奂固然重要,但空茫无际的天空带给人的无穷无尽的想象更不可忽略。

不过,在不可知的神秘主义底下,贾平凹的散文也有致命的"软肋",它直接限制了作品的发展后劲,也使作者失去了稳固的根基和生命飞扬的翅膀。这就是潜伏于作家心灵深处甚至潜意识中的"绝望感""邪气"和"鬼气"。在《少女》中流溢的是人类几近毁灭的末世感,人们争先恐后地行淫作乐,最后竟以"性"的礼仪完成了由"人"变"石"的庆典,在这种像似神话传奇的故事里,其实逃不脱可怕的绝望人生观,还有邪气和弥漫的鬼气。应该说,一定的神秘感对作品是有益的,但过于强化就容易误入歧途、走火入魔。贾平凹在《关于埙》中说:"埙却更有一种魅力,我只能简单地把它吹响,每一次吹响,楼下就有小孩吓得哭,我就觉得它召来了鬼。"所以在《〈埙乐〉前言》中,贾平凹将埙称为"虚涵着的一种魔怪,上帝用泥捏人的时候,也捏了这埙"。还有《红狐》等作品散发的怪异邪气的审美趣味,本来为常人所恶的妖冶艳媚的狐狸精,在贾平凹笔下却成了日思夜梦"最灵性最美丽最有感应的尤物"了。中国书法讲究人正、心正、身正、笔正和字正，而贾平凹的散文却被浊气、邪气和鬼气入侵和伤害，这是其散文缺乏孟子的"丈夫气"和苏东坡的"浩然正气"，也是逐渐滑坡的关键所在！如果说在早期，贾平凹的散文还是健康的，是元气充沛、英气内敛的；那么自二十世纪九十年代开始问题增多，到后来不少散文虚脱无骨、神采皆失了。如《〈秦腔〉记》即是一篇病容不展、有气无力，甚至连句子都不通畅的失败之作。

正确把握人与天地自然的关系至为重要，作家包括散文家更是如此。不顾天地自然的存在，或以无神论的姿态简单地否定天地自然的广大神秘，这是无知的表现！也是散文肤浅短识的主因。另一方面，将天地自然之神秘无限放大，将人置于被奴役状态，甚至使其陷入邪气和鬼气的重围之中，也非智者所为。贾平凹的散文的长处是进入了第一层面，但却陷落于其中不能自拔，即在顺应博大的天地自然和领悟其道时，没能充分发挥人的潜能和创造性。因为某种程度上说，人要克服其在宇宙世界中的生存困境，人生智慧和心灵之光不可或缺！

## 二、老旧之美与进化论的历史观

在中国现当代文学中还有一个既成的观念，那就是新的、年轻的就是进步的和好的，而旧的、老的也就成为落伍和坏的同义语。这种进化论的思想甚至有与之对应的经典文本，如《新青年》《少年中国说》《新民说》《青春》《新潮》《新月》《青春之歌》《青春万岁》等都是如此！这样的进化论优点在于，突破了中国传统文化保守不变的一面，注入了新鲜强劲的生命活力，但其问题是，简单地否定了"老的"和"旧的"，甚至于唯"新青年"是从。

好在二十世纪中国并未完全被这一进化论的声音湮没，其中一直有一种异质存在。比如，林语堂在二十世纪三十年代就批评说："今人所要在不落伍，在站在时代前锋，而所谓站在时代前锋之解释，就是赶时行热闹，一九三四以一九三三为落伍，一九三五又以一九三四为落伍，而欧洲思想之潮流荡漾波澜回伏,渺焉不察其故,自己卷入漩涡,便自号为前进。"①基于此,他赞赏秋天的况味,欣悦于老年的智慧、成熟和优雅,并因中国文化的古老长寿而自豪!梁实秋的《旧》、施惊蛰存的《论老年》和季羡林的《老年》等散文也是对"新青年"文化情结的反拨。这里值得一提的是,贾平凹的散文在"老旧"文化思想的张扬上很有代表性。

贾平凹虽没有直接以"老"和"旧"为题写作散文,但他的选题、理念、思想、韵致并不一意求"新",而是崇尚"老旧"的,当然他也并不排斥"新"的。在二十世纪八十年代初,一山一水、一草一木、一花一石成为他的主要描写对象,选题老旧,并无新意;后来的商州三录写的也是一些边远落后地区的老旧故事,似乎与时代格格不入;进入二十世纪九十年代,他的太白山记和记人记事也是陈旧的,甚至有些远离时代,颇具远古风貌。也可以这样说,贾平凹的散文的题材有意无意地远离了时代的喧嚣和气息,呈现出偏远边地和古老朴拙的特点。另外,以"静虚村"人自居的贾平凹甘处边缘,这本身就与你追我赶、急急躁躁的当下人拉开了距离,呈现出"守旧"的一面。不过,贾平凹并没有因此就否定他笔下的人事,而是从审美的韵味上看到了其价值光彩,因为在他的思想观念中并不是以"新与旧""老年和青年"作为自己价值判断的标准。换言之,人性、文化、文学与艺术的美是古今中外贯通一体的,这中间虽有因时而变的因素,但其性质和本色却又是弥久常新的。作者这样说:"如今的商州,陕西人去过的甚少,全国人知道的更少……这块不规不则的地面,常常就全然被疏忽了,遗忘了。""这是久久被疏忽了,遗忘了,外面的世界愈是城市兴起,交通发达,工业跃进,市面繁华,旅游一日兴似一日,商州便愈是显得古老,落后,跟不上时代的步伐。但亦正如此,这块地方因此而保持了自己特有的神秘。今日世界,人们想尽一切办法以人的需要来进行电气化,自动化,机械化,但这种人工化的发展往往使人又失去了单纯、清静,而这块地方便显出它的难得处了。"因为这不仅是一块"美丽、富饶而充满野情野味的神秘的地方",而且上面有着"勤劳、勇敢而

---

① 林语堂:《今文八弊》(上册),载《林语堂名著全集》第十八卷,东北师范大学出版社1994年版,第120页。

又多情多善的父老兄弟"。有人甚至直接称贾平凹有"老人的意识",[①]这不是没有道理的,因为即使在老旧的"落后"里,也不失文化的美质!这也是为什么贾平凹更欣赏王木犊式的人物,喜欢古朴浑厚的陶罐与书画,喜欢古朴灵秀的文章。

不过,在老旧文化底下,贾平凹也有失误之处,那就是暮气太重,有着虚无绝望的人生观。在《红狐》中他直言自己的颓废:"我不喜欢阳光进来,阳光总是要分割空间,那显示出的活的东西如小毛虫一样让人不自在。我愿意在一个窑洞里,或者最好是地下室里喘气。墙上没挂任何字画,白得生硬,一只蜘蛛在那里结网,结到一半蜘蛛就不见了。我原本希望网成一个好看的顶棚,而灰尘却又把网罩住,网线就很粗了,沉沉地要坠下来。现在,我仰躺在床上,只觉得这荒芜得好,我的四肢越长越长,到了末梢就分叉,是生出的根须,全身的毛和头发拔节似的疯长,长成荒草。""宽哥说,这屋子真是一座废园。""我说,那就要生出狐狸精的。"可见,贾平凹的小说《废都》并不是没有来由的,它是一颗颓废的心灵的告白。一般而言,贾平凹的这种荒芜颓废感并非没有道理,这甚至说明作者具有超常的感受力和悟性,问题的关键是他失了健康的人生观作底力,而对文化的生命延续力的理解也是有误的!我认为,"废而存"才是西安这座城市的伟大之处!而贾平凹只看到了前者。

看来,贾平凹在突破"新青年",确立"老旧"文化观念的同时,又沾染上了"暮气"与"虚妄"的气息,致使其散文创作常有浊气、霉气从中溢流而出,给人以压抑、颓败,有时甚至是糜烂的感觉,这是值得作者注意和深思的。问题的关键不是对偏向和极端的追求,而是"适度",是在"新与旧""青年和老年"的二元对立中找到一个平衡点,一种在相生相克中富有张力的艺术效果。

### 三、生殖崇拜与性器迷恋

总体说来,中国现当代散文的性意识是比较淡弱的,这往往是由"散

---

[①] 贾平凹:《贾平凹散文自选集》,漓江出版社1992年版,第273—279页。

文"这一文体的干净纯洁理念决定的,也与长期以来中国人的性禁忌有关。近一个世纪以来的中国散文基本是"性"缺乏的,这与"衣、食、住、行、性"为人生之常态极不协调。

不过,如果细细考察,在这一散文整体的大势底下仍有一条与"性"相关的潜流,它虽不为人注意,但却是不可忽略的。最典型的是周作人。他一反时论对郁达夫的小说《沉沦》中的"性描写"的否定,而强调其不可忽略之价值。在《性的心理》《猥亵论》《猥亵的歌谣》《〈性教育的示儿编〉序》等作品中,周作人有着理性的性意识,是中国现代散文作者中较早的性启蒙者。后来,李敖、董桥、赵玫、海男等人也都在散文中表现出"性"意识。如董桥写过《性感的品味》《作家与避孕》。在《中年是下午茶》中有这样的话:"中年是危险的年龄:不是脑子太忙、精子太闲;就是精子太忙、脑子太闲。中年是一次毫无期待心情的约会:你来了也好,最好你不来!中年的故事是那只扑空的精子的故事:那只精子日夜在精囊里跳跳蹦蹦锻炼身体,说是将来好抢先结成健康的胖娃娃;有一天,精囊里一阵滚热,千万只精子争先恐后往闸口奔过去,突然间,抢在前头的那只壮精子转身往回跑,大家莫名其妙问他干吗不抢着去投胎?那只壮精子喘着气说:'抢个屁!他在自渎!'"[1]如此开放大胆而又理性的性讽喻在中国现当代散文中是少见的。

贾平凹有着强烈的生殖崇拜,他曾这样解释自己的名字:"十五年前,这学生从那地方初到中国西部的最大一座城市去,在一所高等学府就读,教授问:名姓?他说××凹。教授对'凹'字颇感兴趣,遂问籍贯,再回答:瘪家沟。是的,天底下没有姓瘪的,它是学生家乡的土语,专用词,代表雌性生殖器的。教授惊得几乎掉了眼镜:'荒唐!'说;立即将村名同'凹'字相联系。"[2]由此可见,贾平凹有着强烈的女性生殖崇拜意识。在另一本书中,贾平凹还画过一幅画,画的是一个裸体男人,在他两腿之间是一只高高耸立、燃烧着并放出光芒的蜡烛。显然,这是一

---

[1] 陈子善编:《董桥文录》,四川文艺出版社1996年版,第510页。
[2] 贾平凹:《妊娠·逛山》,载《贾平凹自选集》(长篇小说卷),作家出版社1992年版,第149页。

个阳物崇拜的隐喻和象征，表现出作者惊人的想象力与丰富的文化隐含。值得注意的是，这种生殖崇拜意识在贾平凹的散文尤其是二十世纪九十年代后的散文中有突出的表现。

　　写于1980年的《母亲》是个典型的女性崇拜文本，作者着意于写妻子身上蕴藏的女性和母性力量，它具有无私、伟大、超越和美妙的性质。此时，贾平凹虽然将"性"隐匿起来，但生殖文化的魅力是非常巨大的。其实，贾平凹的早期散文中的女性、月亮等意象都是女性崇拜和生殖崇拜的外化。如老子所言："谷神不死，是谓玄牝。玄牝之门，是谓天地根。"有学者认为，"谷神"与"玄牝"都是跟生殖崇拜和女性崇拜有关的概念，而且，"谷神"与"月亮崇拜"也有关系，也可以说"谷神"即"月神"。至少可以说，"月谷"观念的基础是生殖崇拜。① 到了二十世纪九十年代，贾平凹的散文的性意识和生殖崇拜慢慢凸显出来。如在《关于父子》中，作者对"父—子—孙"三代的复杂关联进行了颇具文化心理学的解释，这是一篇颇具内蕴的散文。其中还有这样的话："做父亲的在已经丧失了一个男人在家中的真正权势后，对于儿子的能促膝相谈的态度却很有了几分苦楚，或许明白这如同一个得胜的将军盛情款待一个败将只能显得人家的宽大为怀一样，儿子的恭敬即使出自真诚，父亲在本能的潜意识里仍觉得这是一种耻辱，于是他开始钟爱起孙子了。这种转变皆是不经意的，不易被清醒察觉的，这似乎像北方人阳气重而喜食状若阴器的麦子，南方人阴气盛而喜食形若阳具的大米一样。也不妨走访一下，家有美妻艳女的人家谁个善于经营花卉盆景吗？有养猫成癖的男人哪一个又是满意着他的家妻呢？"这种观点是否确当暂且不论，但由于性意识和生殖崇拜文化的渗入，从而使作品的内涵更丰富、思想更深刻，却是不容置疑的。

　　但是更多的时候，贾平凹的散文的性意识和生殖崇拜没有进入文化层面，而是误入歧途，出现了异化，这主要表现在对性器的过于迷恋。换言之，在不少地方，贾平凹的性意识和生殖崇拜目的不是求"道"，而是重"器"，于是作品中充斥着大量无聊的"性器"描写，而粗鲁甚至丑恶的

---

① 萧兵、叶舒宪：《老子的文化解读》，湖北人民出版社1994年版，第551—554页。

语言俯拾皆是,有的描写令人作呕!《少男》写的是一个向往仙女的少年郎君,因为对妻子失了爱意,所以"每日劳动回来,脱光了衣服躺在床上抽烟,吆喝新妇端吃端喝,故意将自己的那根肉弄得勃起,却偏不赐舍。新妇特别注意起化妆打扮,但白粉遮不住脸黑,浑身枯瘦并不能白艳"。对于被丈夫"遗弃"的村妇,作者写其他村妇"唾她,咒她,甚至唆使自己的丈夫去强奸她"。显然,这是一种充满"施虐情结"的描写,我们看不到作家的一丝温暖、仁慈、友爱和光辉,而是从中透露出作家内心世界另一阴暗面的跃跃欲试!还有《寡妇》和《公公》两文也是如此。我不知道作家何以进行如此描写?它既不优美,也不健康,甚至毫无意义,有的只是令人作呕的感受,这些反映的是作家内心的不洁和人格的变异。

性与生殖如果不与文化、爱、健康和美好结合,而是充满了粗陋、庸俗、黄色、暴力甚至变态心理,这样的散文就必定走向可怕的境地,这与作家背上垃圾袋子和毒气瓶子到处投放有何区别?贾平凹的散文有的确实充满生殖崇拜的文化意蕴,为中国当代散文增添了光彩,但更多的却是失败的,是充满低级趣味、污浊与毒素的。这将他的很多后期散文污染得臭气熏天。

### 四、乌云压顶与毒汁噬心

我不赞同对贾平凹的散文所持的两种偏激观点:一是将它完全否定,认为一无是处、不值一观;二是将它看成大师,认为其有着无与伦比的成就。在我看来,贾平凹以农民之子的身份,以甘处边缘的心态,以刻苦耐劳的精神,以惊人的悟性与才情,确实创作了很有特色、境界和品位的散文,尤其是前期散文多有佳作,这是其他当代散文家难以替代的。换言之,贾平凹的散文独成一家,特色鲜明,是中国当代散文家之代表人物。另一方面,由于各种原因,二十世纪九十年代以后,贾平凹的散文渐渐走了下坡路,到后来有迷失自己和走火入魔之弊。那么,是什么原因令贾平凹的散文陷入难以自拔的困境呢?

第一,与他的生活经历和病体有关。在二十世纪八十年代的散文创作中,贾平凹以一支金不换的彩笔出手不凡,那时虽时有杨朔的痕迹,但境界、格调和才情少有能与之比肩者。可是进入九十年代，婚变尤其是病变使其文风直转而下，此期间写成的《太白山记》虽不乏新意，但"病气"已明显侵入散文肌体。可以说，"病"是贾平凹的散文与人生中的一个关键词，早年的自卑自轻和孤独寂寞是一种"病"，只是隐而未发；二十世纪九十年代后"体病"带来的是心灵和精神的颓唐，以至于思维方式和审美情趣也带有"病"痕。如他表示说："病是一种哲学。""爱情是一种病。"前一看法未尝不可，但后一看法确实就带有"病态"的性质了，因为当爱情成为一种病，那它的美好与持久就很值得怀疑了！其实，小说《废都》和散文中的病相，都是贾平凹身心"病变"的折射反应。否则，就很难理解为什么在作家眼里这个世界如此"病态"，以至于不可救药了。

第二，是他性格和人生观中的弱点慢慢暴露出来了。一般说来，作为农民之子往往具有两面性：一是具有心地纯良、坚韧不拔、情深义重、谦逊和平、深厚容忍和积极向上等优良品质；二是具有分裂变异、脆弱虚无、刻薄寡情、狂妄放任、自卑嫉妒和悲观失望等不良倾向。我认为，这两种相反的性格在贾平凹身上或多或少、或轻或重地存在着，只是前期光明面显得更突出，但后来暗调开始抬头，并逐渐侵袭了其美好的一面。这也是为什么，"灰色"与"暗调"一直是贾平凹心河中涌动的一股浊流，灵魂中翻飞的一只蝙蝠。前期它被遮蔽着，可是后来就涌流和放飞出来了。如作者自己说："我说不清我是个什么样的人物：得意时最轻狂，悲观时最消沉，往往无缘无故地就忧郁起来了；见人遇事自惭形秽的多，背过身后想入非非的亦多；自我感觉偶尔实在良好，视天下悠悠万事唯我为大，偶尔一塌糊涂，自卑自弃，三天羞愧不想走出门去，甚至梦里曾去犯罪：偷盗过，杀人过，流氓过，但犯罪皆又不彻底，伴随而来的是忏悔，自恨。"[①]另外，贾平凹还说自己像林彪，不喜欢阳光，喜欢没有窗户的房子，窗帘从来没有拉开过，窗户也从来没有打开过。他又承认自己的悲观："对人生我确实不是特别乐观。"他还说："自私本身是身体里边有，人性里边

---

[①] 贾平凹：《我的台阶和台阶上的我——人道与文道杂说之三》，载《贾平凹散文自选集》，漓江出版社1992年版，第580页。

有这个东西。人性里边有贪婪啊、自私啊、吝啬啊、狂妄啊、骄傲啊、示狠啊、凶杀啊、偷盗啊、窥视啊这些成分。环境不一样的时候，这些就冒出来了，遇到啥环境冒出啥来。比如说很贫困的时候，自私的成分就出来了。"① 由此可见，贾平凹的骨子里就有着某些缺陷，而且人生观也有问题，当处于逆境时它们就甚嚣尘上，难以控制了。他显然不会相信孟子的"人性本善"之说，也不会欣赏那些舍己救人、大公无私和宁死不屈的人性和品格。在我看来，如果一个作家心中没有大光，没有纯洁无私的大爱和大德，其异化当然就在所难免了。

第三，由他特殊的信仰和审美品位决定的。贾平凹"是个逢庙就烧香、见佛就叩首的人"②，他还说"谁叫我测字，谁让我判断，一般都比较准确……那一次有世界杯，我们在外头一路走，走哪都看电视，每天晚上预测，没有不准的"③。"西安市发生过几次凶杀案爆炸抢劫案，起码我预测过三次。"④ 很显然，这种民间信仰或说迷信，决定了贾平凹散文的神秘感，也决定了其绝望悲观的人生观。当一个作家在"天地自然"和"个体人"之间的关系完全倾斜，即只承认前者对后者的摆布时，他的宿命论就不可避免。还有，贾平凹受《易经》、《金瓶梅》、《红楼梦》、《聊斋志异》、张爱玲、川端康成等的负面影响较大，这渗透于其散文创作中。如《聊斋志异》中的狐狸多是美好的，但贾平凹笔下的则多充满妖邪之气；《红楼梦》中的"真假观"本来具有人生的智慧，但在贾平凹那里则成为说不清楚的"糊涂"。还有张爱玲固然有其精妙处，但她又是有毒的，像喜欢在衣服上洒汽油、喜爱吃闻焦煳味道、崇尚荒芜甚至糜烂的气息、人生观过于绝望等都是如此，贾平凹不以为意，反而对她极尽夸赞之能事，究其因一是并非出于理性自觉，二是很可能"趣味相投"是也！在《读张爱玲》一文中，贾平凹有这样一段话："看到《倾城之恋》《金

---

① 贾平凹、走走：《贾平凹谈人生》，上海社会科学院出版社2004年版，第34页。
② 贾平凹：《坐佛·最近的心情》，太白文艺出版社1994年版，第4页。
③ 贾平凹、走走：《贾平凹谈人生》，上海社会科学院出版社2004年版，第133—137页。
④ 贾平凹、走走：《贾平凹谈人生》，上海社会科学院出版社2004年版，第141页。

锁记》《沉香屑》那一系列，中她的毒已经日深。——世上的毒品不一定都是鸦片，茶是毒品，酒是毒品，大凡嗜好上瘾的东西都是毒品。张的性情和素质，离我很远，明明知道读她只乱我心，但偏是要读。"在此，贾平凹说的"中毒"是褒不是贬，但我认为，他确实是中了张爱玲"不健康"的毒！只是他不自知而已！需要指出的是，越到后来贾平凹的审美趣味越走偏锋，越庸俗不堪，这不能不与他学习前人时"取其糟粕"有关。

第四，归之于他成名后放松了个人修养，处于自我失控的状态。贾平凹与许多名人一样，在一度辉煌后，不是继续努力修炼和完善自己，而是放任自流，不加检束，甚至自毁长城。因之，中国名人往往缺乏瓦尔德内尔和曹薰铉式人物"求道"的精神高度，而多的是聂卫平、余秋雨式的精神"矮子"，这也是为什么中国名人包括文坛多是江郎才尽和昙花一现之辈！年九十且已失明但仍致力于学术研究的钱穆曾有言："唐诗在中国文化学术史上，亦自有其标格，如是而已。然中国之一切诗词文章之作者，果其于经、史、子三者无深造，斯其为诗文亦不足观。所谓一为文人，便不足道是也。"① 何以故？因为唐诗再好也只是文人的作品，难以达到经、史、子所包含的"大道"，具体而言，即道、德、仁、义。因之，我一直认为，一个没有"大道"蕴于心间的作家，很容易充满"文人气"。在此，贾平凹正陷入了泥淖之中。如有人这样记述："还有一次，一个香港女作家来访贾平凹，那小妮子看上去很美，小说写得又特开放，在她眼里，好像所有的男作家都对她有点意思，她当着老贾的面把《废都》贬得一无是处。老贾说你完了没有？美女作家感觉特棒，理也不理他，两片红艳艳的小嘴唇嘀里嘟噜说个没完，老贾窝了一肚子火，本来打算请她上酒楼的，结果临时改变主意，请她吃西安著名小吃'葫芦头'，吃完问她：'你知道"葫芦头"是啥？'美女作家一脸茫然：'是啥？'老贾答：'是猪的肛门和痔疮。'美女当街哇的一声吐出来，裙子、大腿上到处都是脏物，恨不得要抽他一个耳刮子，而贾大才子早兔子一样跑没影了。"② 在此，

---

① 钱穆：《晚学盲言》（上册），广西师范大学出版社2004年版，第180页。
② 陶方宣：《凡人贾平凹》，《散文百家》2006年第5期。

作者陶方宣对女性的"不敬"与"可厌"自不必说，贾平凹如果真有其事，则足见其有着怎样的胸襟、格调与趣味！此等行为不要说代表人类良心与爱心的作家，就是普通男子也不屑于为之。

曾在二十世纪八十年代读到贾平凹的小说《连理桐》，当时为其美好的爱情理念深深地打动，也对作者充满感激与敬仰之情。这是一种美好感受，是灵魂被震撼和升华后无以言喻的幸福体验。这种被文学打动的情景在此之后又出现过两次，一是读路遥的《平凡的世界》，二是读茨威格的《一个陌生女人的来信》。然而，读到贾平凹后期的作品包括散文，则真为他惋惜，为什么美好的东西渐渐远去，而庸俗、无聊、丑恶的东西不断地往外涌冒呢？

也许当下的贾平凹声誉日隆，比以前更加富有，但他是否更快乐、充实和幸福，我们不得而知。作为农民之子、受过人生磨难的贾平凹似乎不应心甘情愿让乌云当空，令毒液攻心，自毁功业，而应该寻到明媚、智慧的阳光，从对人生的不断进境中获益。尽管求道之路艰辛困苦，但美好的散文、文学和人生不可能舍本逐末。我希望贾平凹能够走出误区，再创辉煌。

# 胸襟与情怀

## ——读王干的散文随笔作品

我与王干是同龄人，都属于"60后"，他比我长两岁。不过，我很早就知道王干，他成名早，影响大，我曾读过他的一些作品。但真正与王干交往是近几年的事，虽然接触不多，但他的笑容与亲和力往往让人感到温暖。最近，我比较全面地阅读了王干的散文随笔，惊讶之余更加佩服，这是一个颇有胸襟和情怀的人。

## 一、开放与自由

与诗歌、小说等文体比，散文更加丰富多彩。如果再加上随笔，就更加显得开放自由，用山丰海富来形容散文随笔也不为过。有人统计，中国古代的文章种类多达168种[①]，现代以来的散文随笔各类已大大减少，但也还是丰富多样的。不过，长期以来人们对于散文随笔的狭义理解，导致过于强调抒情散文，即使是随笔，也限于学者散文、历史文化散文的范畴。王干的散文随笔视野开阔，有包容性，开放自由，有着不断延展的广大时空，给人留下深刻印象。

从抒情散文向随笔推进，大大拓展了王干散文随笔的疆域。众所周知，中国的抒情散文极为重要，许多经典名篇都出于此。因此，朱自清、季羡林、

---

① 吴承学：《"文体"与"得体"》，《古典文学知识》2013年第1期。

林非等人高度重视散文的抒情，认为真情是散文的生命线，不仅是抒情散文，即便是一般的说理议论文也不能没有真情。王干有不少抒情性强的写人状物类散文，像《和汪曾祺：也说高邮的鸭蛋》就很有代表性。不过，王干并没有停留于抒情散文，而是向随笔推进，将开放性、自由性、思想性作为重要维度，大大开阔了视野，也使作品得以增容，强化了文章风骨。如《汪曾祺与〈史记〉》就是一篇历史文化随笔，虽不乏情感的温度，但知识性、历史感、思想力量、文化精神远超一般意义上的抒情散文。在文体形式上，王干的散文随笔也表现出"随意"与"笔记"的特点，这包括长篇短制兼有，叙述方式自由，语言表达奔放，文风浪漫飘逸。可以说，正因为对于随笔的重视，王干的散文随笔才能突破抒情的限制，进入更加自为自在和收放自如的境界。

由散文随笔进入文学领域，大大强化了王干散文随笔的张力效果。一般说来，纯粹的散文随笔容易自我封闭，题材、主旨、叙述、文风都是如此，即使是余秋雨的大历史文化散文也不例外，它与更多的诗歌、小说拉开了距离。王干的散文随笔有不少是关于散文家的，但更多的是写小说家，像丁玲、汪曾祺、王蒙、高晓声、赵本夫、叶兆言、王朔、王安忆、刘恒、迟子建、苏童等小说家都进入了他的视野，这就改变了散文随笔意义上的单一性、简单化、同质感，而赋予了某些复性结构特点。如在《苏童传说》一文中，王干以切身贴己的方式将小说家苏童进行了内在化展示，其中不乏神秘感，以至于苏童欲成为电影导演这一"隐秘的幻想"也得以呈现。显然，这是一般性的散文随笔难以达到的力度与深度，也留下了更多想象的空间。读王干的散文随笔，有一种向更广大的文学领域放飞的可能，这有助于增加故事性与叙事性，也留下更多可供添补的空白。

将散文随笔置于跨界的范畴，大大提高了王干散文随笔的视域。应该承认，许多散文随笔都具有跨界特点，像鲁迅、周作人之于科学，汪曾祺之于地域文化，林非之于学术，余秋雨之于历史，都很有代表性。王干的散文随笔重视文史哲统一，有古今中外的融会，这就大大突破了文学的范畴。不过，最能代表王干散文随笔跨界性的还是多样性的爱好，以至于对这些爱好的痴迷。如围棋、足球、艺术、武侠、电影、茶道、美食、麻将、网络博客等，在王干的散文随笔中都有大量书写，成为一些关键性主题。

如王干有一册文集《闲谈围棋,热看足球》,全面、系统、细致、深入地谈论了围棋与足球,其中,与常昊、刘菁、罗洗河、邵炜刚、王磊、周鹤洋等多位围棋"国手"的深入研讨十分精彩,非一般散文随笔所能达到的。又如王干的另一册文集《博客,我的小家园》,写的是关于新科技之于作家的影响,以及其间所包含的文学与科学关系的思考。甚至对于麻将,王干的散文随笔也有涉及,其精于此道令人称奇。可以说,在王干的散文随笔中,多才多艺无所不在,旺盛的精力和强烈的兴趣如火一样在燃烧,某种程度上说,他是将生活、人生、天地作为一本更大的书在阅读,从中获得某种超越性和独特理解。常言道:"功夫在诗外。"其实,在王干的散文随笔中,散文随笔只是载体,它承载着世界人生的图景坐标,也包含了自然、生命和人性的丰富内容,这是一般人难以做到的。

王干具有多重身份,这在散文随笔作家中也是少见的。他写过小说、诗歌,当过编辑,又是著名评论家,还热衷于围棋、足球、美食、麻将、博客等活动,这是他能以多元视角棱镜式透视世界人生的关键,也带来其散文随笔的天地之宽与博杂多姿。

## 二、内敛与融通

像打开一把折扇,王干的散文随笔中仿佛包括一幅万里江山图,可以尽情领略欣赏。在此,有无限的可能性,也包含了更多的想象空间,还有难以言说的意味。值得注意的是,王干的散文随笔这把扇子又可以折叠起来,有着内在的精气神,也有着思想和智慧的光芒,还有着哲学的意蕴。

王干的散文随笔虽然包罗宏富,但并不是散漫无际的,而是有着内在的关联性。表面看来,散文随笔、文学、围棋、书法、足球、美食等是彼此分离的,甚至毫不相干;然而,于王干却是"其理一也"。所以,他说:"围棋和书法相通,书法讲究书写的过程。强调其中的变化、线条的节奏、文字的韵味。"这也符合围棋之理。谈到围棋的"打谱",王干表示:"我说的不仅仅是一个棋手的感觉,一个书家,一个琴家,一个医家,一个剑家,都会产生这种谱的困惑与超越欲。"于是,琴棋书画及围棋、剑术在此达到了统一。王干在《闲读围棋》一文中甚至这样理解日本围棋高手武宫正树的"宇宙流":"武宫以他出色的超凡想象力与无与伦比的激情完成了浪漫主义大诗人的形象。"王干还在《论麻将的无限可操作性》中将麻将的"大乱"胡法与"后现代"思想精神相参照,也与文章的散漫章法相媲美,可谓是奇妙的思维想象。王干还说:"反正听摇滚写作快要成为我的一种癖好,无论是国外的杰克逊、普瑞斯、麦当娜,还是中国的崔健、'唐朝'、'黑豹'、'指南针'、'呼吸'、'眼镜蛇',他们的声音都成为我写作的一部分。"这样的思维虽有点儿怪异,但它们之间是有一条丝线相连的。王干还说:"古琴家的手指在琴弦上滑行移动,他每拨动一个音符都似乎在书写一个句子,一曲下来便是一篇意蕴盎然情趣妙生的美文。""琴师的演奏越是精彩,越是美妙,我的写作的冲动便越是不可抑制。"原来,美文写作与古琴弹奏之间有着如此微妙精到的内在联系。王干还在《与批评相关的几个词》中将批评家与作家的关系比成"对弈",只不过作家有"先手"权,批评家更善于"收官"。他概括说:"批评家真正的价值,在于与作家的心智对弈,而不是作家的合唱团。在任何时代,心灵和思想的对话,都像阳光、空气与水一样不可缺少。"很显然,在内在情理上找到结合点、相通点、融会点,使互不相关甚至有隔膜的事物得以贯通,这是王干散文随笔的精妙之处。

王干的散文随笔有思想的金线串联,这就避免了其各部分变成一盘散珠。目前,困扰学者散文、历史文化散文特别是随笔的一个症结在于:资料堆砌成风,知识爆炸导致碎片化,文化含金量不足,思想如兑水之酒,更不要说得天地之道了。王干的散文随笔特别重视思想,并将之视为作家与批评家不可或缺的品质,甚至是伟大作家的标志。他说:"思想在我们这个时代是稀世珍品,平庸的批评家只是全盘照搬洋人和古人的哲学进行鼓噪,真正具有思想品质的批评家和具有思想品质的作家一样短缺。""我热爱伟大而深刻的思想,热爱贴近生活又超越生活的哲学。"也是在这个意义上,王干不论写高雅之事还是世俗之情,都不是平面更不是庸俗的,而是有思想的闪光,金属般的质感,也有力透纸背的穿透力。比如,王干说人更多的时候,处于健康与非健康的"第三种状态",这就是现代病、城市病、文明病。这是具有时代感、反思意识、批判精神的一种思索,也是从医学、心理学、精神学、生态学角度进行的深入透视。另外,在《围棋：宇宙的思维之花》中，王干站在天地大道特别是哲学思维的高度思考围棋，探讨天宇与人世的时空变幻，这种玄妙的命题体现在围棋上也就有了立足点和启发性。所以，作者表示："围棋是游戏，但是有思想的游戏，与中国古代哲学著作血脉相通，与老子的道家思想，尤其与《易经》可谓相辅相成，有人认为《易经》是围棋的起源之一。"这样的散文随笔显然超越了简单的材料堆积和知识累加，进入了形而上的哲思，也成为点燃知识谱系的光焰。

王干的散文随笔有着内在的纯净底色，这是不为外在世界干扰的关键。从外在表达看，王干的散文随笔充满强烈的张力甚至冲突，也有着复杂的思想意蕴和矛盾性；不过，从内心图景和文本底色看，王干的散文随笔是纯粹、干净、宁定的，是一种没有污染的绿色写作。这主要表现在：一是纯真。这包括实事之真、情感之真、叙述之真、语言之真，也有作为一个童子般的真纯无二。不论是童年的叙述视角，还是童心真趣，以及不被世人蒙尘的净洁，都是如此。最有代表性的是对汪曾祺文品人格的描写，在《赤子其人　赤子其文》中那仿佛是庄子笔下的"真人"，透出通透明净的心地。二是良善。在王干的散文随笔中有一个突出现象，那就是很少去表现"丑恶"，多是一个个"良善"的故事，并且是世俗生活中的普通人的故事，这更有助于真实反映世道人心。《三种时段的刘恒》写刘恒的日常生活，特别是透过"我"之所见所想所感，一个富有同情心、幽默感、温情的形象活灵活现地表现了出来。这既包括刘恒为了妻儿的健康坚决戒烟，也有写小说流泪的细节，还有自我解嘲的宽厚，从中可见王干的观察之细、体会之微、同情之深。在《友谊比爱情更广阔》中，王干极力赞赏友情，其间充满美好的良善，他说："其实，男女之间的交往虽然绝大多数笼上了爱情的色彩，但还是存在真正的友谊。比如世纪老人冰心和老作家巴金的交往就是纯洁、清澈的友谊，几十年来始终保持着这种友谊；你可以说他们是一种爱，但这种爱已经超过了男女之爱，是对文学的爱、事业的爱、人生的爱。在这种意义上，友谊比爱情更广阔、更深沉，也更长久。"这段温润的话语折射出王干满满的善意。还有《女儿的老师》，以及为不太熟悉的人出版作品，都反映了王干有着一颗纯良的内心。三是美好。王干的散文随笔有一种圣洁之美，它像清澈的涓涓细流在文本中诗意地流淌,有时会瞬间浸润读者心田。像《过着平静如水的日子》《让阳光叙述》这样的题目就是美的,关于北京、南京、云南等的季节描绘也是美的,这些仿佛是被王干用清泉洗过一样清新美好。

王干的散文随笔似乎有一个内外结构,也充满外观与内省的双重性,这就形成关于动与静、放与收、显与隐、精与细、化与合的辩证法。换言之,内敛与融通使王干的散文随笔像一个多棱镜,不论折射出多少刺目的光泽,其内心都是平静安然、纯粹莹然的。

### 三、智慧与境界

由于散文随笔后面站着的是作家本人,它除了表现外在世界,主要是自我人格与自我形象的塑造问题。① 因此,不是随便什么人都可以创作散文随笔的,除了"散文易学而难工"②,对作家的品质、智慧、境界也有较高的要求。这也是为什么,王干在《随笔即人》中说:"随笔的功夫也不在笔上,而在人身上,人的质量决定随笔的质量,人的品位影响随笔的品位。一个工于心计的人写不好随笔,一个缺乏幽默感不能自我解嘲自我反思的人也写不好随笔,一个不学无术的人不配写随笔,一个光知道掉书袋的人与随笔无缘。"

王干擅长写人,通过对人物活灵活现的描摹,特别是人品与情怀,显示人生智慧与心灵境界。人生不易,岁月如梭,不同的人有不同的活法,但智慧与通透地生活才是人们追求向往的。人生若梦,大道至简,平淡从容方为高尚之境界。王干的散文随笔主要是站在这样的高度写人:写伟人的平凡,写凡人之伟大,特别是从日常生活琐事写人的精神境界,往往能如水一样感染世道人心。在《艾煊》一文中,王干开篇即写"艾煊的文章像他的人一样:清爽",然后写他的随和、自律、平淡,仿佛是一个世外高人,又不失人间烟火气。作者举了两个例子:一是热爱围棋,但他从不

---

① 参见吴周文:《文体自我性:散文家个人的生命形式》,《天津社会科学》2022年第3卷第3期。

② 王国维:《人间词话》,上海古籍出版社2005年版,第78页。

争锋，将胜负看淡，已经报名参赛了，又自动退出，与人在旁边下不计分的棋；二是热爱散文创作，他身为领导，却自费出书，开研讨会不花国家一分钱，还自掏腰包供参会者盒饭。两件事都极为普通，却将艾煊的境界品位映照出来，让人感到他颇有魏晋风度。王干还特别欣赏汪曾祺的人生智慧与境界，即在生活中寻找诗意与审美，但生活中却并非全是诗意与审美，如他虽为名人但只能久居陋室，对此，汪先生毫无怨言。于是，作者评说道："他身上那种知足常乐甚至逆来顺受的生活态度让我吃惊。"这是非常难得的，是一种经过修炼后方能达到的温润自然，而王干的散文随笔处处闪烁着这样的光芒。

　　王干沉醉于写物，在体味物性和"格物致知"中达到生命的升华。中国古人讲究天人感应，充满对天地自然的崇拜，所以笔下之物往往有情有格，从中也包含了对世界人生的体悟。近现代以来，"人的文学观"往往更强调"人"，但相对忽略"物"，于是，"物"成为人的宾语，作家即使写物也是拟人化的，更不要说对"物"的无视了。当然，在鲁迅、周作人、郁达夫、许地山、林语堂、朱自清、汪曾祺等人的笔下，一直流传着关于"物"的精彩描写。近些年，"物"的书写越来越引人注意，特别是在散文随笔中随处可见，不过，真正有品位境界地参悟万事万物却并非易事。王干的散文随笔多写天地万物，特别是家乡的风物，如对南京、北京、云南、泰州的书写，《里下河食单》《文学中的地名》《晋江的土笋冻》《高邮美食地图》《谁送的酒》等作品较有代表性。在《人生的三种颜色》中，王干将酒、茶、咖啡进行比较，极言其间的异同，并从中品味人生的滋味，可谓深得三昧的真知灼见。他说："酒辣，茶涩，咖啡苦，三种味道都是人生中必然会品尝的滋味。喝酒需要群体，茶对饮更合适，而咖啡往往伴随着孤独，也是人生经常出现的境地。"没有对于生活、人生、生命的彻悟，是不可能达到这样的人生智慧层面的理解，也难有这样的清醒。王干还在《平静如水》中通过水、风诉说岁月、心灵与境界，有一种格物致知、修心得慧的达观超然，犹如得道者的内心独白：

　　　　水并不意味着就是平静，但如水之态肯定与喧嚣无关，与浮躁无关。心境本是一汪清水，风是动静之源。风来了，水成浪涌之势，水会言说水会舞蹈，水为一个目标奔流不息；风走了，水作腼腆之状，水在沉思水在静想，水又恢复了初始之状：平和无求。

风是什么？欲望？理想？本能？精神？为什么会驱动这么多的岁月，为什么会吹皱那么多生命，岁月如水，生命如水，在风这无形的魔力指使下，上演了人间多少的悲喜剧。

……

这是一种深潜的内在化的文学表达。在诗意的包裹下，透出的是作家对物、物性、天地之道的深入理解，也是身心双修后的一种智慧启示，还是八风不动、安如泰山的从容平和。很显然，这是需要有深厚的功力做支撑的。

王干也常常写到"自我"，这是他能够不断获得超越性意向的秘诀。常言道：一个人既要有"知人之明"，更要有"自知之明"。在王干的散文随笔中，"知人知物论世"是一个重要维度，但更值得重视的是他的"自知"，这主要表现在：一是将自己放得很平，有一颗平常心。这与不少散文随笔将"自我"无限地放大区别开来，王干没有余光中、余秋雨、李敖等人散文随笔中的自我感觉良好甚至自夸自大，而是以平等心态对待每个人，所以给人以心平气静之感。这在对艾煊、汪曾祺、女儿的老师、陌生来访者、亲朋好友等都有所体现。二是自知不足，有时是以自我解嘲的方式对自我进行消解。比如，王干在《我的小说家梦》中，对自己写小说有这样的描述："我并不承认我是一个失败的小说家，我的小说家梦想仍在延续，只是没有当年那么迫切，但我不会放弃我的追求，我惨淡经营的长篇小说还时不时折磨着我。小说家的梦想让我对当代文学保持着足够的热情和高度的敏感，或许一个小说家的背后应该站着一个评论家，而一个评论家的脚下会躺着一个小说家。呜呼，难道我的梦想被自己踩在脚下了吗？"自我解嘲中仍未放弃理想希望，这更显出王干的可爱之处。三是刀刃向内作自我剖白。整体而言，王干是个知足常乐、自得其乐、自我满足的人，但也有自我审视、批评、反思的时候，这就为其散文随笔带来某种内在化力量，也有了风骨与个性。在《又一种》一文中，王干谈及了样板戏，别人将它看成悲剧，"可对我等无知无虑的小辈来说，样板戏更多的是喜剧"，以至于闹出各种笑话甚至容易坏事。"从那时起,我知道了样板戏的厉害。谁知劣性难改,三十年后,1998年冬天,在上海电视台《有话大家说》里一不小心,又'戏说'了一回,惹得诸位样板戏迷群起而伐之,直恨自己幽得太默,不懂得样板戏的记忆里,除了演得滑稽之外,还有一代人的青春、爱情和泪水。"这种对自己"幽得太默"的剖析,是虚其心、立其诚,有点自我革命的味道,反映了作者有一种敢于向自己动刀的勇气。

在王干的散文随笔中,将世界人生的复杂矛盾和纠葛进行化合、提纯、升华,不为纷繁万物和人情世态纠结,从而由外而内、再由内而外达到一种平衡和谐,形成属于自己的智慧人生境界,这是非常难得的,也是很有意义的。生活、人生、人性、人情、生命在作家那里要做到练达,特别是进入化境,殊为不易。在这方面,王干的散文随笔常有会心之倾、得意之笔,颇能启人心智和让人思考。

## 四、细节与语言

总体而言,散文随笔越来越强调"破体"。从鲁迅的"散文大可随便",到肖云儒的"形散神不散",再到刘烨园的"形散神也可以飘忽不定",以及有人倡导的跨文体式的"非驴非骡非马"式的"四不像",都说明了这一点。我曾提出"散文形不散、神不散、心散"的散文观[①],希望克服对散文之"散"的片面理解。其实,好的散文随笔既要有"放逸"又要有"收敛",不能不注重基本的结构规范,比如季羡林、贾平凹等人在倡导大文化散文过程中,一直重视散文结构,特别是细节与语言等问题。王干的散文随笔有粗放自由,为了做到形神凝聚,在细节和语言上也有独到之处。

王干是粗中有细的,有时是特别的精细那一类,这使他的散文随笔坚实有力。就如同高层建筑,没有深厚的地基是不可能做到直入云霄的。王干的散文随笔有深厚的历史文化素养,又特别敏感灵动,还有较好的悟性,创造性思维活跃,所以常有意外之思,精彩之笔,特别是有一目十行的功

---

① 王兆胜:《"形不散—神不散—心散"——我的散文观及对当下散文的批评》,《南方文坛》2006年第4期。

夫。以《汪曾祺与〈史记〉》一文为例，王干细如发丝般挖掘出汪曾祺与司马迁《史记》的关系，用细读法和近于考证学进行研讨，在汪曾祺研究中有所突破。作为中国当代著名作家，汪曾祺研究可谓显学，但他与司马迁的关系却是一个盲点，这个漏洞被王干用散文随笔的形式弥补了。值得一提的是，王干是从归有光切入，将汪曾祺与司马迁二人贯通起来，一些分析也是相当精彩的。王干有下面这样一段话，可见他密不透风的往"细"处和"深"处用力的努力：

> 也就是说，归有光追求的境界与司马迁的"深有会处"，一个"深"字，说明归有光未能超越司马迁之境。细读汪曾祺的作品，汪曾祺对《史记》也是心向往之，在谋篇布局、人物塑造方面，以及语言"于不要紧之题，说不要紧之语"上，都能清晰地感受到与太史公"深有会处"。他的小说不仅回响着归有光的余韵，还飘荡着《史记》这部"无韵之《离骚》"的前韵。

这仿佛在收一盘围棋的"官子"，精细与深入环环相扣，也像拨动心灵的琴弦，还像"戏眼"和"棋筋"一样，是散文随笔的关键中的关键。

《里下河食单》是王干对饮食的描写。一般说来，这样的题材容易变成流水账。然而，在王干笔下，却因细节的精彩让人眼前一亮。如写"米饭饼上还沾着那些大米粥的米粒儿，那些米粒儿，是记忆里的珍珠，是美食中的钻石"；又如写吃"高邮的鸭蛋"，汪曾祺"敲破'空头'用筷子挖着吃。筷子头一扎下去，吱——红油就冒出来了。高邮咸蛋的黄是通红的"。这些都是让人眼前一亮的细节，却将整个文章一下子照亮了，也凝聚了结构，深化了主旨。

关于散文随笔的语言，王干也是有所探索，很有特色的。应该承认，时下的不少散文随笔的语言有大量欧化句式，有的表现生硬，有的充满杂质，从而直接降低了作品的品质。王干的散文随笔非常重视语言，那是一种经过思想过滤和心灵净化的艺术表达。一面受到汪曾祺的启发，一面受到道家禅宗的影响，还有自身的思想文化精神追求，所以，王干的散文随笔语言在平易自然中见性灵真纯，很有感染力和艺术魅力。如在《守住那份清静——致〈何时来入梦〉作者的一封信》一文中,王干这样写道:"文章是个人心灵的一面镜子,尤其是散文,它更应是真诚的、纯净的,不容掺进沙子和水分的。在这个日渐喧嚣的时代里,更需要有人能够守住那样一种心灵的清静。这不仅是为了呵护你文章中流露出的乡情、亲情、山水情,也是为了维护我们精神的安宁和自由。一颗不被世俗利益所迷惑的文心,在他的创作中才会写出真诚、清静、纯净的文字来。"在这一表述中,文字干净,意境清明,心态从容,思想悠远,在近于口语化中包含了书卷气,也透露出知识分子的人文精神。可以说,这是用思想串联、心灵过滤、生命弹奏的语言。事实上,在王干的散文随笔里,生动美妙的语言随处可见。

在一篇文章中,王干还对"想象""理想""幻想""梦想"进行了区分,也可看出他注重在细微处下功夫,对语言是非常讲究的。作为一个作家和批评家,"语言"确实是"精神的家园",有时"细节"又决定成败。从此意义上就容易理解,王干的散文随笔有着独特的个性及风貌。

总之,王干的散文随笔是从"大处着眼"和"小处入手",也是在万千变化中寻找平衡与融通,还是有思想风骨、人文精神、生命体验、人生智慧的,更是有大情怀、大境界、高尚品质的。读者欣赏他的散文随笔,常常被那些不经意之笔带动,进入一个"飞白"和"隐秘地带",突然有所顿悟并发出会心的微笑。

# 中国之文的发现与再造
## ——穆涛散文的价值意义

以前，我读过穆涛的一些散文，也读过他对散文的论述，常感到眼前一亮。这次，有缘读其全部作品，受到很大震动。这种震动既有关于他这个"人"的，也有关于他散文的，还有关于他的文学观、人生观、价值观的。如将所有这些概括起来，那就是：穆涛不是一般的散文家，也非一般人，而是一个得道者。他胸有谋略，运筹帷幄；他心有韬略，内敛沉静；他大道藏身，举重若轻；他看透世界人生，逍遥自适。这与那些随波逐流的散文写作者和浑浑噩噩过人生的人大为不同。在此主要站在中国现当代散文史、新文学史、新文化的角度上谈谈穆涛散文的价值意义，从中可见其境界、品位、风格、气度。

## 一、历史文化自信与整体时间观念

有人将中国传统文化分为"大传统"和"小传统"。所谓"大传统"，是指中国古代文化传统；所谓"小传统"，是指五四以来开辟的新文化传统，或曰向西方学习后得来的"现代性"传统。[①] 长期以来，对于这两个传统，不论是文学还是文化都处于断裂甚至尴尬状态：既然"五四"新文学和新文化是在批判乃至否定中国古代传统基础上建立起来的，求新求变、去老

---

[①] 余光中：《炼石补天蔚晚霞：谈诗歌、散文创作和评论的写作》，《文汇报》2003年第21期。

破旧也就势在必行。因此,不管怎么说,"五四"在开辟一个新时代的同时,也与中国古代文学文化传统断裂了,这在五四时期有着深厚国学功底的那代人身上表现得尚不明显,越到后来这一断裂愈加突出。

"五四"那代人仿佛在清醒中又中了魔,他们不遗余力批判和否定中国古代文化传统。鲁迅将中国古代文化比成"吃人的宴席",陈独秀觉得中国古代的偶像崇拜都应打倒和根除[①],钱玄同偏激地说中国应废除汉字和换血换种,等等。在这一过程中,虽有学衡派等的坚决反对和据理力争,但基本是一边倒,即用西方的现代性之刀割断中国传统文化的脐带。乐黛云曾回忆在二十世纪五六十年代,她没读过《诗经》,被汤用彤的"谁生厉阶,至今为梗"一句考住的窘态。尽管她找的理由是搞现代文学的,老师没教过这课;但汤先生却认为,连《诗经》都没读过,还算是中文系毕业生?于是,乐黛云感到非常耻辱,从此发奋背诵《诗经》,并表示:"我认识到作为一个中国学者,做什么学问都要有中国文化的根基,就是从汤老的教训开始的。"[②]

更年轻的国人、学人、作家对于中国古代传统文化更是忽略,在西方文化的天然优越和先进的预设中,"唯西方是从"和"西方崇拜"的现象非常突出。即使所谓的"寻根文学"也往往不一定寻到真正的"根",有的还将糟粕当精华。像余秋雨等人的历史文化散文往往存在两个不足:一是知识漏洞百出,因此受到多方批评;二是用西方价值观审视和剪裁中国历史。可以说,在五四以来的"小传统"面前,包括散文家在内的不少作家、学者都陷入一种盲目随从状态。他们在文化的意义上缺少谋篇布局,更无理性自觉。在此,穆涛有着清醒的认识,他说:"20世纪的一百年,是中国历史中唯一的一个'不自信的一百年'。20世纪,军阀们做的恶劣事情以及恶劣结果,已经被认识到了,但文化上酿的一杯杯苦酒还有待于我们自斟自酌。"(《解放思想》)事实上,长期以来,我们一直遵循

---

[①] 陈独秀:《偶像破坏论》,载《独秀文存》,安徽人民出版社1996年版,第154—155页。

[②] 乐黛云:《我心中的汤用彤先生》,载《红霞一抹乘云去》,中国言实出版社2013年,第107页。

着这样的启蒙逻辑：国家战败是因为军事不如人，军事战败是因为缺乏实业，实业不兴是政治所致，政治腐败是因为制度落后，制度落后的根源在文化的劣根性。于是，中国古代传统文化成为罪魁祸首，被"五四"新文学和新文化挖根掘坟。

穆涛首先充分肯定五四革命的价值，他在《现代精神与民间立场》一文中说："'五四'以其现代精神革掉了封建旧制式的命，拆除了老围墙，前后左右贯通了思路，进而在文心上真的雕了一个龙，而且是飞舞起来的巨龙。"不过，他也指出其局限性，"但从散文角度看，'五四'另一个'大成就'正是把散文从正统席位上推了下去"。不过，与许多人不同，穆涛全力探入中国古代散文、文学、文化的历史，特别是对班固的《汉书》有专深研讨，发表了一系列成果。他在《代价与成本》一文中表示："强化中国传统元素才显得更为迫切。一个国家的大学，特别是人文学科领域，自身元素不占上风，是让后辈人不幸的大事。"穆涛对于中国古代思想文化的态度诚恳坚定，充满强烈的文化自信和文化耐心，他像一个痴迷的探险者和寻宝者乐此不疲。

首先，在他笔下，中国历史知识如花树一般枝繁叶茂，充满生机活力。在《算缗和告缗》一文中，穆涛讲到汉代的两个经济措施："算缗是中国历史上农业税之外的首项财产税，为开拓之属。功益处在于不加重农民负担。""为确保政令畅通，作为配套措施，公元前118年和公元前114年，两度发布'告缗令'，鼓励百姓检举揭发。""告缗使民风败恶，倡导诚信反而使诚信沦丧，百姓风行给政府打小报告，做政府的密探。"类似的知识点在穆涛散文中俯拾皆是，如春日之繁花似锦，令人目不暇接。

其次，穆涛对于中国古代文化的根本认识非常透辟，处处是真知灼见，这在《敬与耻》《正信》《什么样的朴素什么样的爱》《致中和》《敬礼》《清雅》等文中都有较好体现。他这样谈"敬"："敬有两方面的指向，敬人与敬己。敬己是敬德，是自尊，自重，自爱，是克敬守敬。敬礼不是举举手，摆个姿势，装装样子，而是循规守矩的总称。敬人，敬业，敬行当，敬天地万物。""敬是一个人的态度，要有态有度，态是行为状态，度是分寸感。无论对人还是对己，不及和过分都是失敬。"（《敬与耻》）他如此论"信"："正信，是迷信的基础上再上一个台阶。迷信是忘我地去相信。正信要清醒，要走出迷宫，要找到通往理的大方向。正信，也不是置疑那个层面，用怀疑的眼光看待一切，会出大问题的。迷信，再加上一份自信，离正信就不太远了。""'信得过'这个词指的就是上一个台阶，仅仅觉悟了还不够，还要有所超越，要跨过去。""信见，是正信之后所见。以信见指导所为，才会积好一点的功德。""义的主航道不在生活的表层，有点类似隧道，也不是通途，需要勘探，需要拨开迷雾，有时也需要破冰或者凿岩。"（《正信》）他偏爱清正之气，认为"养出大气需要磨砺"。"写文章写出正气是更难得的。一篇文章里，如果洋溢出了清正之气，就入了文学的境界。"（《气》）他还这样解"爱"："爱的实质，是对自己的制约。""博爱不是贪，是对自己多加约束，要更多地担当责任和义务。要特别留心爱自由这句话，自由不是放纵，自由的上限不是由自己，公众的利害要放在首位。"（《什么样的朴素什么样的爱》）所有这些对于中国现代新文学和新文化的价值观无疑具有纠偏作用，因为它过于强调个性解放和个人自由，在爱情与欲望方面泛滥成灾。其突出表现为：如无爱毋宁死的爱情观，没有自我约束的师生恋，失去生命伦理的爷孙恋，等等，都可作如是观。

再次，用心感悟的智慧在穆涛散文中并不少见。这是一个理性和智力往往达不到的地方，是一种醍醐灌顶和豁然开朗的通透清明境界。在《黄帝的三十年之悟》一文中，穆涛说："灰色是不动声色……物质，当然还有思想，充分燃烧之后是灰的。天破晓，地之初是灰的。天苍苍，野茫茫，苍和茫都闪烁着灰的光质。在希望和失望的交叉地带上，是一览无余的灰色。一个人，灰什么都行，心万万不能灰的，心要透亮，不能杂芜。"他还说："中国人真正相信的东西其实不多，但对黄帝，是骨子里自发的迷信，着迷一般的坚信。无论海内的，还是海外的，只要是华人都自傲为他的子孙，附庸其后。黄帝是中国历史上唯一一位不被争议的国家领导人，既领袖当年，也滋润着几千年以降的民心民意。"这样的表述充满"悟力"，是从数千年历史文化中感受到的心语。"灰什么都行，心万万不能灰的"这句话，像智慧的"心灯"一样将暗夜照亮。

不少历史文化散文或"寻根文学"往往缺乏现实性和时代感，更缺乏未来向度，从而造成"面向历史、背对时代、失去未来"的困局。像张承志在《清洁的精神》就用古代士子的清洁否定现实与未来；余秋雨用现代性简单消解中国书法艺术，认为它是中国知识分子整体弱化与堕落的表征，[①]所以写出了《笔墨祭》一文；贾平凹、张炜、苇岸、刘亮程等偏爱乡土的作家往往也表现出对"都市文明"的困惑与迷茫。穆涛虽深潜于历史进行精耕细作，但并未陶醉和迷失于过去，在对历史不断进行批判与审视的同时，还有着强烈的现实感性、时代性和未来向度。穆涛认为："读史治史不是念旧，旨在维新。"（《念旧的水准》）他又说："回头看，要有历史观。""回头看，是为了更好地向前走，因此清醒是至关重要的。没有正向感而寻求反向，会从现实的泥淖滑入历史的漩涡。"（《回头看》）他也说："文章当合时宜而著。合时宜，是切合社会进程的大节奏，而不是一时的节拍或鼓点。写文章的人，宜心明眼亮心沉着，看出世态的焦点所在，看出社会的趋势之变。文章一旦失去时代与社会的实感，失去真知和真情，就衰落了。"（《使时见用，功化必盛》）他还表示："八十年代的文学是热的，读者多。作家们看社会问题准，脉把得好。……作家们为多个领域代言，看得很是'超前'。但随着社会的进步，作家看社会不太清楚了，不是眼花了，而是社会结构多元也多姿态了。作家的眼光不再'超前'了。""作家写的东西，如果不是社会焦灼层面的，不是社会进步层面的，如果听不到社会文明脚步艰难迈进的节奏声，听不到观念的车轮轧动铁轨的咣当声，这样的文学注定不受欢迎。"（《给贾平凹的一封信》）因此，作者常常古今类举、借古鉴今、互为生发，达到启迪社会与时代的作用。他这样写国耻："士大夫是对官僚的旧称谓，泛指国家机器的所有零件。用今天的话讲，叫各级公务员。有外族入侵的日子，是国耻。没有外族入侵，自己入侵国家纲纪的底线，也是国耻。"（《敬与耻》）他这样写"静雅"："静和雅这沉甸甸的两个字，在现代生活里，都被瘦身了。"（《静雅》）他预感到时代的巨变："如今是哲学和科学大碰撞的年月，也是经济和文化大碰撞的年月，这样的社会趋势，散文写作应该以怎样的方式去应对，还真是个大课题。"（《一杯水》）他还对

---

[①] 余秋雨：《文化苦旅》，东方出版中心1992年版，第246页。

未来中国文化发展充满期待:"如今中国的经济是世界的'老二',但我们中国人行为做事的整体形象,在外国人眼里,实事求是地说,不要说排在第二,前二十名排得进去吗?在这个问题上,应该讲,当代中国人是愧对我们古人的,是给老祖宗丢脸的。我们中国以前是'礼仪之邦',各行当有各行当的规矩,'仁义礼智信'这些东西基本上是深入人心的。如今有两个自我检讨的热词:'诚信缺失'和'信仰缺失',其实都不太妥当,事实上是规矩缺失。我们如今做事情,很不遵守我们老祖宗的规矩。如今政府高调讲'繁荣文化',我觉得首先应该对文化有个清楚清醒的认识。"(《文化是有血有肉的》)在此,穆涛对中国未来文化如何重建,给出科学有力的设计,但针对当下存在的问题,从历史中吸取精华,富有前瞻性、发展性、建设性的一些看法,还是非常明晰和有益的。

历史传统、时代现实、未来发展是一个具有时间连续性、继承性和创新性的链条,我们应有整体视野、全局观念,并进行思想融会和文化贯通。在这方面,穆涛散文做出一些努力与思考,体现了"中国人的大局观",是一种真正的"文化自信"和"文明自觉",值得引起人们的足够重视和认真研讨。

## 二、深度写作追求与内外空间拓展

众所周知,"人的文学"观是周作人提出来的,它对于打破中国古代传统"非人的文学"无疑具有进步意义。不过,当将"人"从复杂的关系中抽象出来,特别是忽略了人的局限,将人的智力、欲望、创造扩大到无以复加的程度,那就走向另一种极端甚至出现异化状态。因此,近现代以来,"人的文学"得失互现,它所带来的负面影响越来越突出地表现出来。穆涛散文在彰显"人的文学"的同时,又做出了新的突破创新,这大大拓展了表现空间,丰富和深化了文化内涵。

一是对于"人"特别那些"特殊人"有新的认知。穆涛说:"我们每个人的身体,都是一个小地球,也可以叫小宇宙。"(《内装修》)这就赋予了人更大的内在空间和心灵空间。另以《笨人》为例,穆涛写战国时期的笨人商丘开,他从来到茅草房留宿的高士那里,听到有个叫范子华的高人收纳门客，于是投进范门。没想到，商丘开的地位低下，加上他笨得要命，常受到不公正待遇，有的门徒还耍弄和取笑他。然而，笨人商丘开却从不为意，还总是绝处逢生，福运连连。对此，穆涛概括说："商丘开讲的话，用大白话说就是心诚则灵。笨是不设防，不设防有什么益处？醉鬼，睡熟的人，以及婴儿从高处摔下来，所伤是无大损的。笨还有一层内涵，就是肯下死力气。心诚，再加上一膀子死力气，只要不是航天飞船入太空那类特殊的事，世上很多难题都可以解开。"这让人想到袁中郎笔下的笨仆，即使他们总给主人带来麻烦，主人也不为意，反而比聪明人更得主人重用和爱护。穆涛还写到通天之人："据说中国民间有神通人，可以穿越时空，洞解人上辈子和下辈子事。"（《局限》）也是从此意义上说，有学者认为："穆涛是个笨人"，同时，"穆涛也是个精人"[①]。

二是对于鬼神的关注兴趣和独特理解。无神论者是不信鬼神的，穆涛信不信鬼神，我不知道。但穆涛散文是谈鬼神的，并涉及与鬼神相关的人与事。他在《神话与鬼话》中有言："神话与鬼话，都是人说的。"在抄了几段话后，作者提出这样的看法："带些人味的神话与鬼话，纵然不足信，但给人警醒，也可以填闲做下酒菜。没有人味的神和鬼，让人敬而远之。如今去大街上、市面上走走看看，这类生物真是不少呐。"在此，将"鬼"与"人"相关联。在穆涛看来，有时"鬼"比某些人还可爱。穆涛还特别欣赏画友画鬼画得像人，特别是像那些好人，"他的画我爱去看。他专门画鬼，在世俗观念里，鬼即无常，不走大路，不着边际，嘴脸狰狞，身子没肉，有一点肉也是和皮粘连着，衣服朴素得过了头，要么衣衫褴褛，要么一身旧朝的装束。我这位老兄却一反常识，他笔墨中的鬼胸宽体胖，慈祥善良，个个厚谆可敬。"（《画事》）穆涛还站在"鬼"的角度写"人"，他说："人体内最深奥处潜伏着两个能量源，一个叫魂，一个叫魄。魂是意志力层面的，比如有一个词叫灵魂。魄是生物钟层面的，还有一个词叫体魄。魂是上层建筑，是精神领袖。魄是物理基础，是生理主管。魂和魄两个字的结构，皆从鬼，都是可意会不可捉摸的东西。'魂魄失和''神

---

[①] 李浩：《穆涛的风气》，载《先前的风气》，陕西师范大学出版总社2014年版。

遇为梦'。魂和魄高度统一了，是大清和的境界，也就无所谓梦不梦了。但这样的人生，俗人能有几回合呢？"（《睡觉》）显然，与以往"人的文学"相比，穆涛的散文也就有了不同的风貌和意义。

三是对于"人与物"的关系有了新的理解。在"人的文学"观念底下，"人"是天地主宰和万物精华，"物"特别是动植物是没多少地位的，至于那些无机物更甚。这就带来整个二十世纪散文、文学、文化的偏至，也大大削弱了丰富多彩的文化生态。有时，一些作家也有"物"的描写，但多是拟人化的，即为了"人"而进行的忽略"物性"的表达，从而导致"失真"。穆涛散文除了写人，特别注重写事、物，并站在"事物"的角度体会其特性，然后反观人和人性，这样的做法将散文、文学的空间一下子打开了。他写草芥："人生卑微，不如草芥，草芥有根呢，枯了可再荣，年复一年葱茏度日。人没有根，死了就死了。……青史驻名的那些大人物，就是把自己植根于世道人心里边了。"（《道理》）他写树和碑："树往上生长，长的是无量的功德，碑碣朝下栽，栽种的是教训和纪念。"（《树和碑》）"老树就是佛，生长了那么多年，披风沐雨的，不怨不嗔，而且不停歇地增枝叶，长果实，人们可以热天乘凉，雨天避雨，还可以呼吸到有益的空气。"（《觉悟》）他写老城墙："长安城老城墙经见的世面足够多了，把一切看在眼里，人伦物理、是非曲直，以及烟云浮尘、天光月影，城头变幻大王旗，它却是什么也不肯评说，形势高贵，镇定自如，'凭自觉吧'。想来这该是老城墙对城墙内外忙碌着的人们的基础态度。"（《城墙下》）他写马："马的心肺发达，善奔跑，听力敏锐，无须转动脑袋，即可辨明声音来源。嗅觉也了不起，鼻翼扇动，几公里之外的母马即可'眉目传情'。"（《过时》）他写牛："还有一个词，叫笨如牛。牛怎么笨？倔强，踏实，吃苦耐劳，少言寡语，这不是笨。对牛弹琴，不是牛笨，是人矫情。"（《认了》）他写大象："一头非洲的大象和一头中国象见了面，不需要翻译做中介，凭直觉和气味，相互搭一搭长鼻子，很快就熟稔了。人是万物之灵，但两个陌生国度的人要成为朋友，先要熟悉彼此的语言和生活方式，落后国度的那一位可能还会产生微妙的自卑心理。让万物之灵显出这种脆弱的正是文化。没有文化的政治，理想国是大象的群落。"（《大象国》）在此，穆涛写出了"物性"，写出"物"与"物"的差异，"人"与"物"的不同，也以"物"的视角反观"人"，从而带来"人"的思想与情感变化，也获得更大的想象空间和独特启示。

四是探寻更为博大的天地自然之道。在中国传统文化中，老庄重视"天地之道"，孔子强调"天"，它们都是对万事万物起着主宰作用的规律。穆涛散文中一直有这样一个天地自然的主宰，它自觉不自觉规约人们的言行与命运，从而将空间进一步拓展了。穆涛在《树和碑》中说："八卦指乾坤巽震坎离艮兑，即天地风雷水火山泽，古人用此八种自然状态结构世界，这是中国人最早的宇宙观，是中国的大智慧。"他在《信史的沟与壑》中直言："经是常道，世事变迁，但人的基本东西不会变，且会持久鲜亮。读经就是卫道，找天地人的大道理。"他在《道理》中又说："道貌岸然，是表面现象。道法自然，大道无形，指道的复杂和无量。但道不是虚无缥缈的，道是人间道，道的地基是常识，是寻常生活里过滤出来的认识和见识。"他在《谁敢窥天机》中写到明代朱静园与狐友饮酒悟道一事：狐友在朱家饮酒，大醉，但一直未显原形，也无一点变化。当狐醒了，朱静园问其故，狐友答道："凡修道，人易而物难，人气纯，物气驳。成道物易而人难，物心一，人心杂。炼形者先炼气，炼气者先炼心，心定则气聚而形固，心摇则气涣而是形萎。"穆涛引了这段话后表示："天赋是老天爷发的奖品。芸芸众生，都是老天爷的属下，老人家为什么单发给你？这就是世事的奇妙之解了。"他在《自然者默之成之》中还有一句话："无为，是顺其自然。天道自会，天道自远。自然者默之成之。"这就是"顺其自然"的智慧。有了天地自然之道，"人之道"就变成一个方面，甚至是天地之道这个坐标中的一个"点"，穆涛散文的空间、精神与境界也就变得大为不同了。

五是描摹更为虚幻的"神界""仙界"以及"三界"景象。穆涛对《西游记》等小说充满兴趣，并指出其中的玉皇大帝住的天庭以及"神仙鬼怪的行为方式"，都是"临摹着人间烟火的标准，佛也受贿，鬼也多情"。另外，穆涛还说，我们称美国总统住的房子为"白宫"，这与英文的"白房子"意义不同，与外国的"神就是神，在天堂大门的那一边"也是不同的。（《玉皇大帝住什么房子》）穆涛对于"神界"和"仙界"的看法，大大拓展了其散文的叙事空间，特别是超出了"人的文学"观。在《四月天》一文中，穆涛详细阐释了三界："'三界'这个词指的天界，是欲界天、色界天、无色界天。住在天界的是天人。欲界天在最底一层，已经离开了地球，但没有脱离太阳系，还受着日月男女的局限。断了大部分情，但欲根未了。比如思夫的七仙女，爱吃蟠桃的王母娘娘，再比如各路神仙……这个界面里的天人过的是神仙日子，修身养性，漂洋过海，登山赏月，养花护草，菩萨手里也是不离那株通灵的柳枝的。第二层是色界天，这是大自在界。这是一个很遥远的地方，甚至脱离了银河系。……最上层是无色界天。这是最高境界，已经无所谓自在不自在了。色界天和无色界天里的天人，生育方式都变了，不再是胎生。"这样的空间观深化了对宇宙的认识，使穆涛散文高远辽阔、缥缈无际、虚幻逍遥，极具张力效果。难怪有学者这样概括穆涛："几十年下来，表面上是剑走偏锋，实际上是熟而生巧，巧而成技，由技进乎道。得了道行的，即便土偶也能成精，野狐也能修禅，何况颖悟灵醒如穆涛者乎？"[1]

六是从"知"与"不知"中受启和超升。在科学主义的指引下，这个世界和人生都是可知的，只要我们努力不断地进行探索，所有的谜语和谜底都可以解开。这就容易获得积极进取的价值观和人生观。不过，还有一种"不可知"论，即认为在博大神秘的天地宇宙面前，人的力量微乎其微，我们只能顺应它特别是其中的道，才能从中获益。穆涛在"知"的前提下，又能看到"不知"的价值意义，从而承认自身作为一个人的局限。他特别欣赏"平伯老人对烹鱼的无知，彰显着他对人生的大知态度"。（《我们的无知在流行》）他也承认"留白""中断"以及"余韵"的哲学意味，从而留下巨大的可不断被想象和补充的"空间"。穆涛有这样一段话，很好地说明这一点。他说："国画里的留白是一种空，音乐里的瞬间停顿是一种空，文学描写里的闲笔是一种空，这些空里都潜藏着奇妙的魅力。"（《空指什么》）他还谈到"息"："息这个字的本意，是一呼一吸之间的停顿地带。气息，指的是呼吸再加上停顿的全过程。身体健康的人，既呼吸顺畅，停顿也恰到妥当处。在大街上，见一个人气息短促，如果不是

---

[1] 李浩：《穆涛的风气》，载《先前的风气》，陕西师范大学出版总社2014年版。

遇到紧急情况，他的身体一定出现麻烦了。"（《局限》）还有对于"空"的认识，穆涛解释说："空有两个方面。一方面是没有，另一方面是有。""空也是大有。""佛经里边的话叫真空妙有。空是更高一层的境界，是有待于人们去认识去发现的境界。有一种生活用品叫真空包装，真空，只是被抽走了气体，里边还存在什么？它凭什么让包含的东西较长时间不变化？人类对这个问题的认识，目前还很有限。"（《空指什么》）我们现在的散文、文学、艺术有时太"实"，没有空隙，缺乏"虚"，这不只是个技法问题，还是个空间问题，更是个哲学问题，在这方面穆涛散文颇有意味，可资借鉴。

穆涛曾向贾平凹建言："您于'易学'，于'神秘'，及至'天象''星徽'是有内修的，在写新书时，可否收敛于书内？"《给贾平凹的一封信》其实，我们也可用这句话理解穆涛的散文：正是他从"人"到"物"，再到"天地大道"，特别是在神秘的"不知"中进行探求和体悟，才有了超越"人的文学"局限，进入更为博大的天宇的可能性。

## 三、复合叙事模式与熟悉的陌生化

整体而言，与小说、诗歌、戏剧相比，中国现当代散文叙事显得过于单一。这既表现在对于故事性的过于依赖，也表现在结构的简单化，还表现在修辞的模式化，当然更表现在顺势思维的惯性，致使散文像白开水一样清浅和无味儿。穆涛散文属于"元叙事"或"复合叙事"，是那种充满大情怀、丰富性、复杂性、缠绕性、悖反性，但又具有包容性和清明透彻的一类。

映照对比是穆涛散文叙述中的第一个特征。它具有双重结构，有相互生发、相得益彰之效，有助于突破简单与肤浅。有时是"大"与"小"对比，所以穆涛说："小故事里该怎么去藏大道理？"（《小故事》）有时是"主"与"客"分，所以穆涛认为："中医研究气理，分主气和客气。主气是一个人身体内的常在之气"，"主气不是孤家寡人，与客气相生相从。主气是稳定的，客气是变化的。在一个人的身体里，主气客气相融，是和气顺气。主客反目，则生邪气。""运气这个词，指的就是主气和客气的相互协调，是五运六气的简写。五运是金木水火土五行变化，六气，在时间上是一年十二个月，又具体表现为风寒暑湿燥六种气候。"（《客气》）有时是"爱钱"与"不爱钱"之别，穆涛归结道："爱钱爱出趣味才可爱。不爱钱的人在钱上弄出趣味更是可爱。"（《钱语录》）有时是"强权"与"公理"："国家文明是复合结构，有点像天平，强权和公理是天平的两端。无论哪一端薄弱了，整体上都会失衡。"（《认了》）关于好文章写法，穆涛也有两段看似矛盾，实则可相互映照对比的例子。他一面说："'辣手著文章'是一个老对联的下联，辣手不仅是手辣，还是眼辣、心辣，指的是有见地、有分量。"（《言者有言》）另一面他又说："文风朴素好，别刮浮夸风。"（《真实 境界 表达》）可见，"辣"与"素"并观才能看出穆涛散文的张力与浑然一体。穆涛以强烈的文化自信研究政治与文化的对应关联："政治是热的，文化是凉的。政治导引社会，文化制衡社会。政治澄明的年月，文化散漫多姿。政治开倒车的时候，文化就成了骁勇的民兵和战士。文化什么都不是的朝代，政治基本上也是一塌糊涂。"（《大象国》）这样一种二元复合式结构，仿佛是两面镜子，在相互映照中既照亮对方，又映出自身，从而产生巨大的增殖效果。

拆分融合是穆涛散文叙事的第二个特征。如套合一样能自由开合，从而带来相互蕴涵、连绵起伏、不断阐释、逐渐深化之效。与许多散文的单调不同，穆涛散文不论在结构还是语句上都有强烈的内在关联性，哪怕是短文、通信也不例外。以《收藏》一文为例，这是写穆涛与贾平凹关于收藏的来来去去，几个故事相互套用，每次藏物的"进"与"出"相关，两人的对话也仿佛是用螺钉或卯榫结合的，给人以故事套故事、叙述连叙述、问答粘问答的感觉。如写军统文件柜子一事，贾平凹为了从穆涛手中得到它，竟打了三次电话。穆涛写道："第一个说国共两党现在关系缓和了，但仍需提高警惕，你是年轻党员。我说我是放在家里批评着看。第二个说那个柜子可以装手稿，你是编辑，写作又少。我说今后我多写些。第三个电话是硬来了，'我这些年也没要过你什么东西，这一次我要了，你可以来我家随便拿一个东西，咱换。'我说你没要过，但抢过。"穆涛接着说，说归说，下班他还是抱着柜子去了贾家，在欣赏中贾平凹拿给穆涛一篇自己写成的稿子，算是赠给《美文》杂志。当穆涛要自选一件贾平凹的东西时，突然被叫停，理由是已经给过一篇文章了。穆涛无奈，他写道："'那你给我写一幅字。''我是主编，你是副主编，咱俩要带言而有信的头。写字可以，你再找理由。'我转身打开了他存的一瓶五粮液，倒了半茶杯，'到了你家，饭也不招待。'他笑着说：'多喝些，浇浇愁。'"这是一个相互包涵的叙事，在紧凑瓷实中又洋溢着难以言说的知音之感。还有一种连环套的叙述，是词、义、理、趣镶嵌在一起的，仿佛是一个长链条。在《解放思想》一文中，穆涛说："学问，重点在问，问是深研精进的意思，比如问道、问禅、问茶那三个词。学问这种东西，有的化成力量，有的化成趣味，有的化成笑柄，化成笑柄也没有什么，只要别化成加了三聚氰胺的牛奶，那可是比苦酒更恶劣的东西。"穆涛还善于拆字，以显示一个完整性的意义存在，在《睡觉》中有这样的句子："睡而觉，这个词里，隐着禅机呢。觉是人的意识流，觉醒、觉察、觉悟。视觉是眼睛的，触觉是肢体的，感觉是诸器官的，五脏六腑各司其责，自负盈亏。知觉则要深入一层，是思虑之后的。""睡与梦密切联络着，梦也是意识流，但和觉得是一个大系统里的两种思路。"还有，穆涛对于"儒""匠""道""理""德""气""信"等字的拆分与融合，都是典型的例子。

　　逆向思维是穆涛散文曲折表达的第三个特征。中国当代散文更多的顺势思维，在穆涛散文中取"逆势"者不在少数，这包括观点创新、结构作品、语言修辞等。他曾这样盛赞："贾平凹是当代作家中'推陈出新'的代表人物。……他是由'陈'而生的机心。……他的根扎在中国文化里，又练就了一手过硬的写实功夫，无限的实，也无限的虚，越实越虚，愈虚愈实。"（《创新》）其实，这也是在说他自己，因为将自身像跳水运动员一样投入历史深处，没有"推陈出新"也就失去了意义，所以他能在众多史料中发现新意，如果没有与众不同的逆向思维能力，几乎是不可能的。在《反粒子》一文中，穆涛通过《列子》中的神童之"迷罔之疾"，引发对于价值观迷失和反粒子的思考。作品结尾说："我对反粒子肤浅的理解是，有一个正数，就有一个相对应的负数，中间至少隔着一个零。正数和负数不是一分为二那个层面，更不是正数是正确的，负数是倒行逆施，有时恰恰相反。负数的可贵之处,在于难于被发现,难于捕捉到。人们整天为正数奔忙,疏忽了相对应的那个客观存在,就埋下'昏于利害'的种子。"这也是为什么,读穆涛散文总有一种熟悉的"陌生感",一种让人眼前一亮的东西。穆涛曾在《树和碑》一文中有这样一段话:"至今在羑里城还有'吐儿冢',吐儿与兔儿谐音,做兔肉的生意人不要去汤阴,天下只有那一片地方敬重兔子为神物。"初读时,觉得非常新鲜,也佩服作者的眼力;但读了穆涛的《兔子的爱情》,得知穆涛夫妻均属兔,方恍然大悟。由此反观,也就理解了穆涛的《兔子的爱情》为什么写得细如发丝和温暖如春。像火苗遇到引信,逆向思考常在与正向思考的"一爆"中,产生焰火样的光芒。当然,穆涛散文的逆向思维有时还表现在对"规律"和"道理"的消解上,他说:"有道理的事都是合乎自然规律的,但人的世界仅有这些是远远不够的,一定还要弄些没道理的事掺入其中,才会显出灵长类动物的智慧和高明。而没有道理的事一旦做出硬性规定就显得有些道理了,久而久之也会约定俗成。有些没道理的事也是很有积极意义的,比如一夫一妻制,比如行人要走马路的右边,比如西方四年一选总统。……'道'当然是重要的,谁敢违背自然法则呢?"(《没道理的事》)这是取得另一种逆势之姿。

动态遍观是穆涛散文艺术表现的第四个特征。纵观穆涛散文,不论是长篇还是短制都有一个共同点,即很少孤立、静态更不是死板地进行描写和阐述,而是动态遍观,整体全面地审视、把握、观照。这是其散文生动灵活、五光十色、有思想穿透力和艺术感染力的地方,也是具有历史感、现场感、时代感和未来性的原因。穆涛表示:"看一个喝水的杯子,角度不重要,因为杯子规模太小,一眼可看穿,见到整体。看一个独立的房子,角度的重要性就显示出来了。从前边看,和从后边看是两回事,爬到房前的高树上往下看又是一回事。站在哪里看,哪个位置,就是立场。"(《给贾平凹的一封信》)他还说:"看山和看河是不同的。山是静的,但四季有变化。河是每一刻都流动着,但四季变化不大。北方的河冬季要结冰,但这只是表面现象。看山,在山脚看,和在山顶看不一样。山里人和山外的游客对山的态度也不一样。鱼是水里的游客,却是河的家人,对河的态度和岸上人家不一样。大的河流,横看和竖看不一样,顺流看和上溯逆流看更不一样。"(《立场与观念》)像转动一个磨盘，也像对着飞行的靶子射击，穆涛散文的动态遍观方式非常精彩，给人一种艺术呈现的美好感受。

融通幻化是穆涛散文艺术生成的第五个特征。时下，模仿或模式化散文大行其道，多见流行风、跟风、随风式写作。因此，真正有个性、创见、特点的散文并不多见，这既需要定力，也少不了融通、化合、创造。穆涛曾以跳高为例，他说：不论是背越式、俯卧式、跨越式，还是采取别的什么式，都不重要，重要的是跳出高度，"如果跳出的高度一般，跃杆的方式再怎么创新，都在自娱自乐范畴之内"。（《言者有言》）在穆涛，他强调的是融通幻化作用，就像生命的升华一样。在《化与幻》一文中，穆涛说："这个过程就是幻，像放幻灯片一样，幻处即真，真处亦幻。""化是动态的。量化，转化，融化，进化，潜移默化。""化也复合多元，佛经里讲命有'四生'，胎生和卵生是众生常态，比较特殊的生态是湿生和化生。湿生是魔鬼道，蚊子、苍蝇一类，是恶业行径的旧宿。化生是大境界，蛹成蝶，俗化仙。""文化不是简单的事情，不是用先进文化传统文化就能概括得了的。文而不化不叫文化，读一肚子书，如果转化不成能量发扬出去，是把书糟蹋了。文化的重心在如何化上。"正是基于如此清醒的理性自觉，穆涛散文才能不羁不绊、信马由缰、天马行空，获得大鹏展翅般的逍遥自适，将散文提升到一个幻化的境界。比如，穆涛有这样一段文字，从中可见其幻化之功："朴素是放松的，爱是苛刻的，这两种东西又都是大的，大到什么程度呢？'惚兮恍兮，其中有象；恍兮惚兮，其中有物。'这个恍惚不是捉摸不定，是心地光明，是飘然自在，但更是踏实，缺少了踏实，朴素和爱容易走形。"（《什么样的朴素什么样的爱》）从这样的表述中，可见作者所受的儒、道、释的影响，以及对于"朴素"和"爱"的新解。穆涛还说过这样一句具有幻化内修的话："一个人回避社会，躲进小楼成一统，是容易的。当社会把一个人当回事了，这个人仍不把自己当回事，心就大静了。"（《静雅》）只要当一个人将天地之道装在心间，在"知人"与"自知"中方能达到这样的万物归"一"的境界。

穆涛散文的叙事策略在正、反、合中达到辩证统一。他深入中国古代文化传统，重视用时代精神和现代性意识激活传统；在人们执着于现实主义的为人生时，他将"人的文学"观念向更广阔的天宇空间拓展；在一般人以惯性甚至模式化方式前行时，他以"陌生化"和"复合结构"进行创新。当然，所有这些变化与不同又都建立于"正"与"合"，一种永不失去对于"底线"与"规矩"的坚守上面。

# 精神生态与绿色写作

## ——郭文斌散文的价值旨趣

新时期以来,中国文化与文学自觉不自觉受制于两个维度的价值:"物化"和"强力"。前者更强调物质、功利、技术,后者偏于智力、蛮力、暴力,从而导致对于人、事、物的认知偏向,以及价值观的失范与失衡。就散文写作而言,目前,缺乏基本道德伦理底线和审美品质的作品不在少数,靠一己欲望进行夸张、暴力、虚假写作者也屡见不鲜;真正有精神高度、生态意识、高尚审美趣味的作家作品却并不太多。如山洪暴发挟带着泥沙碎石将理智的堤坝冲垮,散文写作生态受到破坏,也充满危险与危机。郭文斌散文追求的是精神生态和绿色写作,是当下散文的一道亮丽景观。可惜的是,其散文价值并未得到应有的重视,甚至有时还面临被误读的可能。(有作者以郭文斌散文《如莲的心事》作引,提出"郭文斌强调作家的使命是传达'天性',与其说他的乡土小说是一种美化或者净化,不如说是有意识的选择与摘除后的真实,这里已然隐含着对'人'作为整体性的放弃",是"有些思想止步、语焉不详的意味"。[①])这必然导致与研究对象的隔膜与疏离。

---

① 贾艳艳:《还原与建构——郭文斌小说的情感叙事》,《黄河文学》2009年第9期。

## 一、从平常物事到心灵净化

　　散文的跨文体写作特别是新散文的提出，为传统散文打开了视野，这在选题、主旨、叙述和语言上都有明显突破。如小说的故事性虚构、诗歌的夸张、电影蒙太奇等元素的加入，使散文具有复调性质；但是，这也带来远离散文真实性、文体本性、过于虚幻的不足。特别是争奇斗艳式的自我个性表达，使散文受到某种程度的污染。换言之，从生态角度看，如今的不少散文过于停留在外在化的热闹，吸引眼球的猎奇，以及失去分寸感的欲望表达，少有能从素朴自然走进内心世界的净化之美。在这方面，郭文斌散文值得给予足够重视。他说过："我觉得我们不但应该保护环境，保护动物，保护自然，更应该保护心灵。"①

　　郭文斌散文主要写身边的日常生活常事、小事、琐事，这包括自身的，也有家庭社会的，还有历史传统的；然而，所有这些都指向精神与心灵，也有了哲学底蕴和文化智慧，还闪烁着诗意的灵光。这与那些外在化的炫目夸张散文形成鲜明对照。像一个素面朝天的女性，郭文斌散文不假装饰、真诚无欺、自然天成，有着内在的精神气质。《腊月，怀念一种花》写的不是过年时的物质享受"吃"与"穿"，而是大年三十晚上父亲剪贴窗花。为此，郭文斌写道："腊月，在故乡，曾经是一种花盛开的季节。多年来我一直回味着那个大年三十晚上发生的情景，当我们父子第一次将一种幽闭多年的鲜花复活于窗格子里时，院子里一下子拥满了人，至今我仍难以描绘人们被一种美惊吓的样子。"作者还写道："父亲将喜鹊在窗格子里比画了一下，我的小小的心里就咯吧响了一声，我被一种搭配震惊了。""我的心灵经受着一种难言的情绪的'袭击'，我想仅仅用激动和感动是无法概括的。现在想来，父亲不单单是挽救了一种美。"在此，作者只通过一种窗户剪纸花，打开了严冬中农家的窗户，给贫困带来美好的希望，擦亮了农民特别是幼年"我"的心灵世界，也让难以言说的自信心与满足感为

---

　　① 胡殷红：《与郭文斌说〈大年〉》，中国作家网 2007 年 1 月 18 日。

过年增了光、加了彩。《守岁》写中国人在除夕夜的"守",这个在现代文化中被误读乃至渐渐抛弃的字眼,在郭文斌笔下则成为一种文化精神传承。作品写:"守岁显然是一种象征。古人特意拿出这个带有交接意味神圣意味甚至基因意味的夜晚,让我们打量被平时忽略的时间。换句话说,守岁,就是让我们进入时间,因为只有进入时间我们才能真正进入幸福,或者说进入真正的幸福。"当然,这"无疑是给灵魂松绑的最好方式"。基于此,作者还认为,"守,首先是守着一份怀念,对恩情的怀念;守,同时还是守着一份敬畏,对时间的敬畏;守,当然还是守着一份感恩,对造化的感恩。"郭文斌还通过《静是一种回家的方式》《给是天地精神》《愿人人都能顺利返乡》等散文,借"回家""给""返乡"等日常生活语词与叙事,寄寓一种让生命、精神、心灵的安顿与闪耀,从而达到具有哲学意义的觉悟、从容与安详。所以,他在《给是天地精神》中,对于现实欲望的膨胀进行鞭笞,希望获得一种来自本原的精神性,并倡导说:"没有山水精神的人格是残缺的,没有日月精神的人格同样是残缺的人格。"这是一种通过"形而下"上升为"形而上"意义的提纯、升华、超越性意向,也是一种身心的脱胎换骨。

在郭文斌散文中最常用也是最引人注目的是"心",这既是由物质世界向精神世界过渡的通道,也是内化孕育和转换的温床,还是洗礼、纯化、升华的关键。在《红色中秋》中,郭文斌写中秋献祭月亮的习俗:将切开的西瓜莲花盛开般置于盘中,献给月亮。于是,作品有这样的描写:"哥将'莲花'端出来,放在炕桌上。我们静静地等待着月光一线一线往炕桌这边移。这时,我发现鲜艳的西瓜水在悄悄地往盘里淌,我有点忍无可忍了。然而神秘的东西实在太强大了,在月亮玉口未开之前,我的心里没有丝毫邪念,我敢发誓我的心里一片忠贞一片美丽。我们静静地看着月亮沿着炕桌腿不紧不慢地接近西瓜,心里有种无比宁静的激情在奔流。"这段话写的虽是物事——中国传统的习俗,一个带有神秘色彩的民间礼仪,但却在"我"心中,充满虔敬、宁静、美好、神圣,是纯然一片的心灵洗礼与精神升华。郭文斌还处处用"心",在散文中充满关于"心"的表达,这包括"心灵""心田""心态""心神""心量""心境""心气""心情""得失心""世道人心"等。其中,既有"心生""起心动念""心中一震""心里一惊一惊""触目惊心""揪心"这样的心中之动，更有关于心灵的开悟与幻化，如"平心而论""耐心""开心""心量""了悟于心""心平方能气和""文字养心""滋润人心""父母心肠""三心（感恩心、敬畏心、慈悲心）""孝心"等。所有这些"心"，都指向不被污染的宁静、从容、和谐、美满、安详、快乐、幸福，即那个干干净净的"初心"与"原心"。郭文斌在《从假象里出来》中说："孝心即天心，动孝心即打开天力之开关。"他还在本文中将"心"放大，集"心"之大成，对于"心"可谓颇多心会，他写道：

生命是个同心圆，最核心层为本体，它同时是真我、真心、真能，围绕着它的是高能量，表现为喜悦、永恒、圆满、能生，换一个角度看，是无痛苦、无烦恼、无生死、无缺少、无动摇、无求、无控制、无杀机、无占有，等等；再换一个角度看，是常清净心，无思无虑心。如果把它视为树干，它的枝是爱心、细心、安心、诚心、耐心、信心、敬心、畏心、廉心、耻心，等等，花叶是温暖、善良、崇高，包括孝悌忠信礼义廉耻仁爱和平，等等。又一天，觉得生命是一个翻转片，正面为阳，背面为阴，阳为善，阴为恶，中间是本体。掌握这个翻转片的，当是本体。沿着这个思维，觉得生命还可作内外解，核心层是真我，外面为习我；还要作净染解，净我为真我，染我为习我……去执着，从绑中解脱，回到松体，松是通道；去分别，从小中解脱，回到大体，大是能到一切；去妄想，从动中解脱，回到定体，定是回到核心……既然灵魂是灵性大海中出来的浪花，说明它本身也是灵性，只是被污染了，被念头和念头的果所污染，除去这些污染，浪花的品质等同大海，因此，悟为本性，迷是灵魂，应表达为未染时为本性，染为灵魂，污染水净化后即为纯净水。

郭文斌还在《文学最终要回到心跳的速度——答姜广平先生问》中，这样表达自己对于"心"以及"心与文学"关系的理性认知："古人讲，境由心造，相由心生，在我看来，心也是由境造，心也由相生，当然我这样讲有些大逆不道，我只是想说，强大的环境是可以影响心灵的，一个人面对镜子久了，就会把镜子视为自己。""文学最终要回到心跳的速度，因为那是'感动'的速度，感动只有在心灵同频共振的时候才能发生。"这种心学观就不只是一种文学观，还有人生观和生命观。有学者这样强调

"心"力:"我强调写作的个人情怀,就是要召唤一颗广大、敏锐的心——唯有心觉醒了,作家才能了悟写作的根本意义,才不会在消费主义的喧嚣中丧失必要的道德关切。"① 这看法也同样适合理解郭文斌散文。

在《如莲的心事》中,郭文斌以精神生态理念和绿色写作姿态对作家提出严格要求,也对当下文坛作家的歧途异化表达强烈不满。他提出:"为欲望写作的人肯定不懂得生命的意义是什么,不懂得读者内在的需求是什么,不懂得生命最需要的那眼泉水是什么。""我固执地认为人的成长是一个不断被污染的过程,只不过有些人能够通过污染超越污染,有些人则不能。而写作应该是一个反污染的过程,一个接近生命本意的过程。""一个人只有具足了人格,才能有资格以作家的名义去下种,去播下心灵的种子,美的种子,才能把人带到人道里。"在《文学的祝福性》中,郭文斌以生态环保意识作为好书与坏书的衡量标准,他说:"一本书让人读完,就有孝敬的冲动、尊师的冲动、节约的冲动、环保的冲动、感恩的冲动、爱的冲动,无疑是好书,相反,自然是坏书。"在《记住乡愁,就是记住春天》和《素食伦理》中,郭文斌坦承"素朴"本身就是人生与写作之"道",也是生命的真相,他认为:"当你发现幸福原来就在五常十义里,甚至在一餐一饮里、一草一木里,你的心里该是一种如何的震撼。""如果我们有足够的细心,就会发现一杯白开水也是非常香甜的,甚至它的香甜程度超过饮料;白米饭也是非常可口的,甚至它的可口程度超过大鱼大肉。"郭文斌还对"欲望至上"进行批评,在《大山行孝记》中,他不仅写了儿子郭大山行孝,还写儿子的俭朴自律,有时甚至到了苛求自己和吝啬的地步,这是儿子有生态意识的突出表现。在《常识的价值》中,郭文斌还说:"最大的危险是一个人的放浪,所有的失败者都是被自己心中的浪头打翻的。"如结合"五四"以来的个性解放、爱情至上、欲望泛滥、道德伦理失范等弊端,郭文斌无疑在倡导一种精神清洁与心灵环保,这对当下散文以至于整个文学创作是有纠偏作用的。

郭文斌散文有一种神圣感、精神性、审美性,充满积极进取的正能量

---

① 谢有顺:《对现实和人心的解析》,《文艺争鸣》2007年第6期。

和雅量从容的自然而然,从而突破了物欲的世俗世界,也超越了智力和暴力的写作。他在《好散文当是生命必需品》中表示:"好散文当需无菌作业……当我自己还很假时,大概写不出真正真的文字,而一种文字如果真不起来,是不可能真正打动读者的……好的散文当有改造力。近年来,我收集到了大量正能量的文字改变读者命运的案例……古人所讲的祝福不单单是一种形式……我们要让散文真正繁荣起来,散文本身是重要,但写作者的价值观可能更重要……因此,我们的崇高感提高一分,慈悲感提高一分,喜悦感提高一分,也许会多赢得成千上万的读者。"值得强调的是,郭文斌散文的精神生态与绿色写作都是通过习以为常的凡人小事表现出来的。这是以心灵的洗礼与精神的净洁为目的的清雅诗学、柔性美学、智慧哲学,它犹如山涧清泉般在读者心中潺潺地流淌。

## 二、从一己之情到博爱仁慈

中国人最重一个"情"字,所以有"情之一字,所以维持世界"①的说法。在文学的四大门类中,散文以"真情"动人,所以抒情散文一直占据散文的要津。林非将"真情"视为散文的生命线;季羡林则进而强调,不只是抒情散文,就是一般的散文甚至是说理文也离不开"真情"。郭文斌散文以"情""深情"动人,特别是其间所表现出的博大的仁慈,将其散文提升到天地情怀,这是一种一般人难以达到的精神高度,也是一种充满自然生态的绿色写作。

个我、小我与私爱是所有爱的源头,也是私情、真情、深情的发源地,失于此的所谓大爱都容易陷入空洞。郭文斌散文中的一己之情特别突出动人,有感人肺腑和感动天地的力量,这是抒情散文的魅力所在。《布底鞋》《一片荞地》都是写母爱的,是写一个母亲眼中的儿子和一个儿子心里的母亲的。郭文斌透过母亲为全家人纳鞋底看到母爱的分量,他说:"以后,

---

① 〔清〕张潮:《幽梦影》,载《明清清言小品》,程不识编注,湖北辞书出版社1993年版,第353页。

我上学了,每晚,母亲在操劳完家务后,就坐在或读书或写字的我的身边纳起来。不时看看我,将满心的希冀纳成慈祥而又温暖的歌,纳成一条清凉而又温柔的溪流,承载着我,鼓励着我,给我意志,给我力量,洗去不时向我袭来的倦意,抚平不时向我挑衅的浮躁。"在关于母爱的叙述中,作者有一种会心的感动与含容,这只有在母子间才能真正被理解。当穿上新鞋上学时,作为儿子的"我"突然发现"那白色的鞋底上沾满了鲜血",于是"怔住了",也变得"触目惊心",其间有母亲多少辛苦与血泪。郭文斌还写过一段母子对话,表达母子连心的深沉力量。他说:"那年,也是这个时候,我和娘在荞地拔野燕麦。看到眼前灯海一样的荞花,我问娘,荞麦是粮食吗?娘说,是啊。我说,我怎么觉得它不是粮食。娘看着我笑笑说,那你说它是啥?我说,它是娘。娘怔了一下,蹲下来,放下手中的燕麦,捧住我的脸一个劲地看。我就在娘的眼睛里看到了一片荞地。"这样的叙述与对话充满温情、挚爱,更有一种难言的母子深情在心间流动,特别是最后一句"我就在娘的眼睛里看到了一片荞地",多么清纯的眸子和情感世界啊!作品写到母亲之死,以及"我"的悲情,一句"当众人将娘的棺材吊下那个深坑里去时,我觉得无法忍受,我觉得拖着棺材的不是绳子,而是我的肠子",将丧母的肝肠寸断写了出来。作者还在母亲去世后,打了个比喻:"太阳落山时,我和哥去给娘打灯笼。往坟地走时,我蓦然觉得那不是坟地,而是一个家,我仿佛能够看见娘就在那里忙着,叮叮当当地,等着我们回去。"这一细节将伟大的母爱镌刻出来,使读者永难忘怀。《儿子如书》和《大山行孝记》是写儿子的,写儿子的孝,那种人们难以企及的孝心,从处处为父母和爷爷奶奶着想,到了无微不至的关爱,可见新一代年轻人的可贵品质,这既是对传统文化的承传和发扬光大,也是家庭之爱的颂歌。

不过,如果仅仅停留于亲情,散文写得再动人也难以达到高尚境界,更不容易成为精神的高标和天地的绝唱。郭文斌散文更值得关注的是突破一己之情,对非亲情的博大仁慈。《永远的堡子》既写亲情,也写妯娌之情,还写"我们弟兄"与伯母的感情,这是一个突破家庭矛盾和充满大爱的叙事,在当前乃至中国新文学史上都是少见的。因为伯母不能生养,奶奶临终时留下一句让父母善待哥嫂的话,于是,"我"的母亲就像以往侍奉婆婆一样,不辞劳苦、真诚友善、甘处下位地对待嫂子。直到长媳进门,母亲仍不知道怎样处理自己的角色:是当婆婆,还是继续给"我"的嫂子当"媳妇"?问题的关键是,这家人特别是妯娌之间关系融洽,和睦友善,不分彼此。反过来,伯母对弟媳也是一团和气,对"我们弟兄"一直视为己出,爱护有加。作者写道:"说起来大概人们有点难以相信,我在十几岁了还不知道到底谁是我的亲生父母。通常我是管伯父伯母叫'爹''娘',管父母叫'大''妈',并且觉得'爹''娘'要比'大''妈'亲得多。因为他们总和优待有关,和救护有关,往往是他们将我们从父母的鞭笞中搭救出来。所以,我们弟兄差不多是伯父伯母怀里睡大的。及至到了三弟,伯母的母性简直达到极致,没有满月更多时间就在伯母怀里……"在没有血缘关系的妯娌、"我们弟兄"与伯母之间,竟然流动着一条纯真的爱河,这是博大的爱的显现,是对人性善的保护以及人性恶的清洁。

郭文斌散文的"大爱"还被施于同学、师生甚至互不相识的普通人,这对改善人与人之间的隔膜、冷漠、仇视无疑具有重要作用。在《大山行孝记》中,郭文斌这样描述:"2012年春节,他又给妈妈说,借给同学×××的那一万元,咱们就不要了吧,一万元对我们不算少,但没有也能过得去,可对×××来说,却是一个大数字。这次我就不单单是惭愧了,而是觉得有一种力量拽着我的衣领,硬是把我带到一个开阔地带……就让妻告诉儿子,我们不但同意他的意见,而且欣赏他的做法。"作者又写道:"实习结束时,儿子又给我出了一道考题,问我能不能给他的每位学生送一本我的《〈弟子规〉到底说什么》。我问一共多少人。他说大概五百人,如果算上另外一位实习老师的学生,大约八百人。我想了想,这等于把这本书的稿费全部捐赠了,心里多少有些不忍,但表面上还是十分痛快地答应了。他鼓励我说,老爸这次表现不错啊,有些真放下的样子。"作者接着说道:"在儿子的鞭策下,我把刚刚出版的散文集《守岁》、随笔集《寻找安详》修订版的首印版税全部折合成书,捐了出去,包括第三次重印长篇小说《农历》,直捐到出版社无书可供,这一次我真正体会到了一点放下的感觉。但我深知,离真正的放下,还远着呢。"一面写儿子郭大山的博爱,一面写自己受儿子影响所做的提升;一面写自己在捐献时的不忍与局限,一面写在给予时的超越性与满足感。特别是郭大山一面对自己朴素自律，一面是关爱理解他人的慷慨大方，两相比较以及与作者比较，一下子将一个大学生内心生发出来的博大情怀衬托出来。这是一股清风，也是一贴清凉剂，还是一瓶去污剂，对当下社会、文化、文学、散文生态，具有点醒、提振作用。在不少人特别是包括散文在内的文学创作追求森林法则、自我个性与欲望的无限膨胀时，郭文斌散文是有博大情怀的，也是一种有生态意识的绿色写作，其境界品位值得给予充分肯定和阐扬。也是在此意义上，郭文斌在《给是天地精神》中表示："当我们尝试着把能拿出来的那份财物给更需要的人，一段时间之后，对财物的占有欲就降低了。""通过把自我认同的财富、力气、智慧给予他人，我们的心量就打开了，扩大了，结果必然是：焦虑消失，安详到来。""在给别人的过程中，我们有了力量感，还有包容感、温暖感。这时，我们就懂得了什么叫'量大福大'。事实上，'量大'也会'力大'。也才知道，真正的力量是与我们的心量对应匹配的，这大概就是古人讲的大则势至吧。"由此可见，将爱施加于非亲非故，特别是那些与己无关的人，一个人的心量才足够大，爱也足够多，郭文斌在此获得了觉悟，也有所实践和推行。

郭文斌散文对于万事万物还有同情之理解，于是形成更加博大的天地情怀。一般来说，对人和有生命的动物多情施爱，往往是可以理解的；但对那些生命感不强甚至没生命的无机物赋予真情，却不易做到。郭文斌在《清明不是节日》中说："瓜和豆醒了，开始了它们新一轮的生命旅程。"在《想起了旧房子》中，他表达了自己对旧房子的留恋，文末说："从梦中醒来，我感到了一种巨大的异样，我陡地想起旧房子，现在，皎洁的月光一定从那扇纱窗里照了进去，同往日一样，却没有人。我的眼里就有一种液体悄悄地爬出来。"这不只是怀旧，也是温情与仁慈，是蕴于一个有人情味和知道感恩的人心中的悲悯。在现代化过程中，我们这些游子不知搬过多少次家，但有几人在急不可待搬进新居时，还放不下那个曾给我们欢乐与痛苦的旧屋？不要说旧房子，就是旧友、老妻、父母，我们现代人在抛弃他们时又有多少不忍、不舍与留恋？包括鲁迅、郭沫若、徐志摩、郁达夫等人在内的中国现当代作家，以追爱名义移情别恋而不顾发妻旧情者多得是。在郭文斌散文中，则常让我们看到温情暖意，它不仅表现在人情世态，还给予那些老房子等旧物。郭文斌在《点灯时分》中，有为各种事物送灯的习俗，他说，"每人每屋每物，都要有的，包括牛鸡狗、石磨、水井、耕犁等。让人觉得天地间的所有物什连同呼出的气都带有一种灵性"。在《给是天地精神》中，郭文斌还写了这样一段话："有一天我突然意识到，原来我们平时吃的东西，全是种子，心里就打过一个闪电。想起每次用夹子捏核桃，我都有一种强烈罪恶感，一个那么完好的世界，却让我们咔嚓捏破。一颗土豆是一个世界，一粒玉米是一个世界，一只苹果也是一个世界，每天，有多少个'世界'到了我们的胃里。而它们，是种子。这些种子如果到了田野，将是一个无法估量的生机。再想，它们是用一生的光阴来供养我们，更是让人惊心动魄了。"如此心怀感恩和仁慈地对待万物，这样的散文作家在现在不能说没有，但却是难得的，也是极为珍贵的。

情感是衡量散文家在内的所有作家的一面镜子。这包括情感的有无、多寡、深浅、表里，也包括施加于人还是万物，以及如何给予。郭文斌散文情深意长，它从"个我"开始，一直扩展到更为广大的世界，以至于天地宇宙，于是使自己的真诚变得无远弗届，兼及一草一木、一沙一石。与诸多暴力写作不同，郭文斌散文有细腻的温情，更有大爱博爱的天地情怀，所以才能感动世道人心，进入心灵世界，拨动灵魂的琴键，让人以知音之感。在《给是天地精神》中，郭文斌概括说："所有的痛苦都是因为'小'造成的，宇宙、苍生、人类、国家、家族、家、小家、本我、大我、小我，层层剥离，逐次成'小'。为了捍卫这个'小'，焦虑产生了，痛苦产生了。"这也是作者有天地情怀的最好注释。

## 三、从悬念惊奇到均衡平和

一般人可能认为，郭文斌散文比较平，说理性强，观念表达多，缺乏动感曲折，尤其少有拍案惊奇和神秘感。这只看到一个方面，因为不少作品有这样的特点，哲理性与哲学化常容易成为作家的叙述内容和表达方式。不过，全面细读郭文斌散文就会发现，郭文斌散文也有悬念惊奇，更有一个关系结构的张力效果和平衡感。这在动与静、曲与直、险与夷、奇与偶、变与常、虚与实、得与失、明与暗、浓与淡、艳与素等的辩证关系中获得一种和谐均衡。梁实秋说:"散文之美,在于其适当。"① 林语堂认为,他为文有个特点也算秘诀,即"这样写文章无异是马戏场中所见的在绳子上跳舞,亟须眼明手快,身心平衡合度"②。郭文斌散文一面是惊奇,一面消解这种险情的平衡能力。

一是故事之奇,它带领作者与读者进入生命的感悟,然后则进入一种彻悟与宁定。郭文斌在《点灯时分》中写弟弟的一个巧合:在元宵夜,可爱的小弟弟点起自己那盏灯。然而,一股风突然进来将它吹灭了,于是弟弟又点,风又将它吹灭,弟弟再点。"可是弟弟手中的火柴最终没有抗拒过风,七个月后,可怜的弟弟死于痢疾。"基于此,作者感叹:"十几年过去了,死别的悲痛渐淡,生命的感伤更浓。我不止一次地想,如果弟弟还活着,他该走过怎样的一条人生之路。我甚至想,是聪明的弟弟要了一个花招,将生命中的许多艰辛一下子甩开了。"这是一个极富巧合又有奇变的真实故事,然而作者却从中找到了平衡点,即对生命的感悟与参透,以"弟弟要了一个花招"将"生命中的许多艰辛一下子甩开",这看似一种自欺和虚妄,也是自我解脱的法门。作者接着说:"再后来,我想,弟弟正是用他的'去',保全了他的宁静。""而我们就不能披拨红尘,于纷繁中守持那个宁静吗?倘若能够,那不更为上乘之功?"这是进一步开悟与心会。作者还说:"我们的失守,正是因为将自己交给了自我的风,正是因为离开生命的真朴太远了,离开那盏泊在宁静中的大善大美的生命之灯太远了,离开那个最真实的'在'太远了。"最后,作者有这样的话:"灯,又何尝是风能吹得灭的。"这是得道之语,是体悟了生命真谛后豁然开朗与大彻大悟。既然生命之灯的关键在于宁静的"心灯",那么,外在世界的风又有何惧哉?如真有天风吹灭心灯,那不也是一种自然而然的事吗?由此可见,在郭文斌的弟弟近于神奇的故事中,其实包含了参透生死与生命的大智慧,即不是在恐惧中焦虑,而是获得人生的真正的清醒与宁静。

---

① 梁实秋:《论散文》,《新月》1928 年 10 月第 1 卷第 8 号。
② 林语堂:《八十自叙》,宝文堂书店 1990 年版,第 112 页。

二是含糊中的清明,它透过理性、思想的坚壁进入悟性和智慧,有拨云见日之感。在许多散文中,理性与思想被视为最难得的,所以常用深刻的思想高度肯定赞扬像鲁迅这样的作家。一本《野草》被视为现代思想的瑰宝,鲁迅也被称为中国思想革命的一面镜子。不过,有时人们容易被理性和思想遮蔽,从而失去智慧的光芒。郭文斌当然不否定思想的意义,却认为还有比思想更重要东西,所以他在《我的大年我的洞房》中表示:"报纸已经贴好,年的味道再次扑面而来,那是一种被阻止了的光,或者说是一种被减速之后的光。恍然大悟,原来年的味道就是停下来的味道。……我的胡思乱想被窗外的一声炮响打断,好一阵懊悔,多少年神秘在心里的一种美好,一种鸡蛋清一样漾在心里的美好,满月一样圆在心里的美好被刚才的胡思乱想划破了。从未有过地觉得思想这东西的坏。'时时勤拂拭,莫使染尘埃',才觉得这话说得真是好。就用一把想象的大扫帚把这些胡思乱想从心里扫去,连同懊悔。"在此,胡思乱想当然不能等同于思想(特别是深刻的思想),但作者显然"觉得思想这东西的坏",更看重"停下来",细细品味年的味道,一种内心的宁静与美好。这就具有了哲学意味,也有了智慧的闪现。因为只有在这一情境中,才能将包括胡思乱想的思想过滤掉。从这一角度看,鲁迅的《野草》的题词中,首句"当我沉默着的时候,我觉得充实;我将开口,同时感到空虚"①,也就有了新意,是超越所谓深刻思想的"空隙"与"交叉点",一个相对静止的所在。就如同中国太极图中黑白、阴阳相交的核心点,它在动中有静,那是天地间的"大静"。

三是叙述的巧妙,它是形神兼备的艺术表达,令阅读变成类似走钢丝的高超平衡表演。在《我的大年我的洞房》中,郭文斌写父亲三十年前到供销社打油的场景:"父亲带着我,站在那个比我还高的大油桶前,把带嘴的油壶放在木板柜台上,那个穿蓝卡其制服的漂亮的女售货员用一个竹竿舀子,把油从油桶里提上来,往油壶里倒。父亲拿出布做的钱包,把几角钱错来错去,艰难地做着是否还要第二提的决定。我仰起头来,看着父

---

① 鲁迅:《野草》,载《鲁迅全集》第1卷,人民文学出版社2005年版,第163页。

亲的眼睛，父亲的眼里是一万个铁梅。最终，女售货员悬在空中的那提煤油一路欢歌进了我家的油壶。父亲说，就是再穷，腊月三十晚上每个屋里的灯都是要亮着的。"在这一叙述中，父亲、女售货员、我、油桶、油壶、竹竿舀子、蓝卡制服、理解的笑、眼睛、错来错去的几角钱、一路欢歌进入油壶的煤油，都在同一舞台以瞬间形式上演，形成一种动态的复调叙事，甚至还有"我仰起头来，看着父亲的眼睛，父亲的眼里是一万个铁梅"这一意象，所产生的镜中镜、象中象、意中意，令人叹为观止。最重要的是，所有这些悬念与岔口都因父亲最后一句"再穷，腊月三十晚上每个屋里的灯都是要亮着的"而归于平稳落实。像看过一场惊心动魄的戏剧，突然被徐徐拉上由丝绸和鹅绒做成的帷幕，内心一下子归于平静安宁。

四是语言的奇妙，它被清透的白描化解于无形，产生礼花在天空一爆的绽放感。郭文斌散文的语言以平实白描为主，但也有摇曳生姿和变幻莫测的艺术表达，从而形成一种"爆裂"感，令人惊诧和恍惚。不过，这种语言并不走向晦涩艰深，更不进入不着边际的意识流，而是如天上飞机般最后获得一种平稳的着地感。在《红色中秋》中，郭文斌写道："倒西瓜皮时，我猛然发现，中秋的月亮原来就是一半拦腰切开的西瓜，那么红那么红，那么冰凉那么冰凉。"在《腊月，怀念一种花》中，郭文斌有这样的句子："农村的窗格子如同现在的格子田，老百姓通过它看山看水看风看雨，窗花贴上的时候，山也好水也好风也好雨也好，都是花。"在《点灯时分》中，郭文斌说："用老人们的说法，这正月十五的灯盏，很有一点儿神的味道。一旦点燃，则需真心守护，不得轻慢。就默默地守着，看一盏灯苗在静静地赶它的路，看一星灯花渐渐地结在灯捻上，心如平湖，神如止水，整个生命沉浸在一种无言的幸福中、喜悦中、感动中。渐渐地，觉得自己像一朵花一样轻轻地轻轻地绽开。"这样的文字很有张力，有的甚至相当扎眼，充满刺激性和斑斓感；然而，它们又仿佛被作者以神力控制住，因此没有一味地划开，更没有划破或炸开，导致情感外流、力量外泄、生命外失。如作者将中秋月比成"拦腰切开的西瓜"，在"那么红那么红"中又因"那么冰凉那么冰凉"归于平淡冷静；将农村的窗格儿比成格子田，几个"看"和"好"连用，以"都是花"收住，既有动态美，又有静态美，复迭沓起的语序和节奏像轻歌妙曼的舞蹈，有一种难言的欢欣鼓舞；正月十五被点燃的灯，更多了象征意义，也有了生命的跳跃，还有了神的味道，因此充满不安定和神秘，但作者在真心守护中，心平如湖、神如止水，从而获得了喜悦与幸福。作者用"觉得自己像一朵花一样轻轻地轻轻地绽开"作结，更是动静结合、会心微笑、大道藏身的象征。读这样的文字，有拈花微笑的智慧闪现，让人想到"云在蓝天水在瓶"的意境。郭文斌自己曾在《如莲的心事》中说："曾经喜欢'不平常'的文字，但是很快就发现'平常'才是'不平常'。作为一个作家，需要时刻检点自己的文字，收敛我们放纵的习气、卖弄的习气。要使自己手中的笔具足方便之德。现在，我们有些文字太不方便，让别人读起来吃力不说，更重要的是污染、带坏人，那种文字肯定来自不方便的心灵。在做人上方便别人是一种美德，在作文上可能是一种美学。""当我们每天看安详的文字，就心平，而只有心平才能气和。""在我看来，文字就是大米，大米养身，文字养心。"从此意义上说，郭文斌散文的文字是有讲究的，是"放"中"收"、"动"中"静"、"方"中"圆"、"实"中"虚"、"阳"中"阴"、"变"中"常"，有一种艺术的辩证法。

　　郭文斌散文是当下散文的一股清流，它以身为舟、以心为桨、以慧为帆，淌过那些被污染的河道，进入汹涌澎湃的江河大海，向湛蓝的天际进发。在郭文斌散文中，更多的是一种精神追求、心灵陶养、审美的灵光、智慧的闪现，是没被污染或出淤泥而不染的存在。这也是为什么郭文斌在《如莲的心事》中有这样的话："莲是花里面的行者，它是一种会修行的花。它生在污泥当中，长在污泥当中，却能够保持自己的高洁。我们可以想象它是如何打扫它心里的污泥浊水的，如何保护它的身口意的。对于莲来说，能够在污泥中完成它的生长、绽放、盛开，已经足够。"从这个意义上说，我愿将郭文斌散文看成那片修行的莲，郭文斌本人就是那根藏身于污泥中的温润的白藕吧？

# 魄力与魅力

## ——刘琼《花间词外》的文化选择与审美旨趣

自二十世纪九十年代至今,文化散文已历经三十载,其辉煌壮丽自不必说,但有两大局限是非常明显的。一是在文化选择上多有误区,特别是受制于古今中外价值差异所导致的盲目与错误;二是在审美旨趣上存在的区隔,形成的情感虚假、外在化写作倾向。刘琼的《花间词外》显出与众不同的魄力与魅力,在文化散文创作上有明显的推进作用。

### 一、浸润于心的草木情怀

许多文化散文特别是大历史文化散文很不可爱,其弊病在于堆积、展示甚至炫耀"知识"。由于"知识"之于作者的外在化特点,散文显得很"隔",缺乏真情实感,也没有多少真知灼见,有时还会出现各种硬伤。刘琼散文视野开阔、涉及面广泛,有古今中外的各种知识,但主要与自己的专业有关,特别是立足于"花间词"外,以发自内心的草木情怀进行书写,一扫文化散文特别是大历史文化散文的积习弊端。

在刘琼散文中,繁复的知识也纷至沓来,这包括音乐、戏曲、书画、饮食、服饰、文论等各个方面,特别是以词为重中之重。以花间词为例,整本《花间词外》其实主要是写花间词的,如将之视为花间词的经典读本也不为过。不过,最有意思和价值的是,刘琼对以"花"为代表的草木有一种情怀,那种从心灵深处流淌出来的对生命的感知与吟唱。

散文集共分十二个部分,它分别写了兰花、梅花、荠菜花、海棠花、石榴花、芙蓉花、槐花、桂花、菊花、水仙花等，而除了这些，文中又有各式各样的别的花，可谓是关于"花"的总集。比如，在《七月芙蓉生翠水》中，在写芙蓉花的同时，又写到荷花与莲花。与许多散文不同，刘琼没停留在一般性地介绍花间词，而是通过喜欢特别是内心感受进入花的丰富复杂世界，尤其注意对花进行细分，让人耳目一新。作者说："至少我，对于荷花的喜爱，主要来自莲子，藕还在其次。莲有诸般好处。不记得采莲是否用来怀人，但莲子鲜甜，喜食莲子确实是从小养成的习惯。"作者还说："荷花与莲花本质上是一样的，都是睡莲科。荷花在漫长的进化过程中，孕育和衍生了许多品种。如果硬要强调差别，莲叶要比荷叶更加阔大，荷花要比莲花更加出挑。荷花的叶和花会高出水面，所谓'亭亭玉立''出水芙蓉'。而莲的叶和花大多齐着水面，或浮在水面。"这样的分别极尽写花之能事，没有对花的喜爱特别是细微观察研究，是很难达成的。

写花不局限于花，而是将草木与之并观，这就打开一个更加广阔的天地。众所周知，五四以来的中国现当代文学强调"人的文学"，而包括草木在内的"物"自觉不自觉地被边缘化了，这在现代性追求中获得人的解放的同时，也窄化甚至异化了文学书写，也带来与中国古代文学的重"物"传统发生偏离。近些年，写物的传统得到重视，特别是以《诗经》《离骚》等文化本文越来越得到作家学者关注喜爱，刘琼散文显然是顺应这一大势，进行了自己的研讨。因此，刘琼散文以"花"为切入口，以草木情怀入心，从而展示了一个丰美富丽的自然万物世界。在《忙踏槐花犹入梦》中，作者是一种心灵花开，也有魂牵梦绕的感动，从而进入由槐树、桑梓、杨树、梧桐等所形成的草木世界。

问题的关键在于，刘琼从"物性"角度对草木进行的区分，深入体会草木性情以及其间所包含的生命密码。在《正见榴花出短垣》中，作者写道："植物大多先开花后结果，花果不相见。但石榴特殊，一年开三次花结三轮果，花果免不了会在某个时间碰头。"这是石榴花的特别处。作者还在《忙踏槐花犹入梦》中认为："梓树是低调的树，除了种子做白蜡、嫩叶可食可入药，梓树的木质要比槐树和桑树都软，是雕刻良材。"在此，较软的梓树由缺点变成优点，它并不比槐树和桑树差。至于泡桐树，作者尽管认为它生长得快，是更松软的树木，但从耐湿、耐磨、轻便、纹理细腻、音色稳定，特别是制琴不可或缺的材料角度看，这又成为优点。另外，"良禽非梧桐不栖"也反映了梧桐树的独特品质。于是，作者总结道："人有人性，物也有物性。物性本身无好也无坏，关键看怎么用。比如说泡桐，本来因为轻和软，不能造房，也不能制作大件家具，但正因为轻和软，成为雕刻和做小家具的好材料。"刘琼还进而将梧桐分为法国梧桐、中国梧桐、泡桐和油桐，并说"法国梧桐和中国梧桐除了高大这一点相似外，还真是天差地别"，"泡桐开的花既有白花，也有紫花，介于法国梧桐和油桐之间。中国梧桐开黄花。这也是很有意思的现象。植物在给自己的存在细致地做着记号"。作者还概括说："植物如人，不择地而居，便能传播久远。"

刘琼还有一句话："唐代诗人中，白居易也许是最喜欢养花的诗人，同时也写了不少关于花的好诗。槐花这样一种富有文化内涵的花，当然会被白诗人眷顾。"在散文中，刘琼也表达了自己对于花的喜爱之情，"因为爱，也试图把山里的兰草栽进自家的花园"，"家住一楼，有小院子，沿墙砌了个长条形的花台。我对园艺持久的爱好大概始于彼时。园艺的探索，当然不止兰草这一种"。显然，有爱、有深爱，花草才不至于外在于"我"，而是成为内心的存在，成为心灵的知音，于是它不仅有了生命，而且有了灵魂，才会在作家笔下熠熠生辉。

《花间词外》之于花和草木的感情是由"外"到"内"的，有时读着读着，仿佛作者就是那些草木和花朵，在书页和字里行间滋荣绽放。在《兰生幽谷无人识》中，作者写："皖南山里有兰草，很不起眼，成片成片地混住在灌木丛里。兰草属于多年生草本植物。春天到了，小草抽出长长的花葶，远远地看，蝶飞蜂舞，走近了，清香飘来，三四牙花瓣，淡玉色，竹叶形，纤细、优美、结实，偶尔透红，大多透着绿，由浅入深，以至花叶分不清爽。兰草的好处是叶形美，叶繁不乱，俯仰有致，才会有'看叶胜花'之说。兰香特殊，花香清雅，是清香，是香与不香之间的香，用行家的话是有层次的香。记得还是小姑娘的时候，大家永远在争论一个问题：茉莉、米兰、栀子、兰草这四种，到底谁的香味最好闻？米兰刺鼻，茉莉和栀子各有千秋，兰草最优雅，大家都爱兰草。"作者不是作知识介绍，更不是外在化地述说兰草，而是以小姑娘时候在家乡所体验到的对于山里兰草的痴迷，与我们分享的是自己的独特感受，那是由形、色、意、态、神、韵、味以及"有中无"组成的兰草的精魂。

知识犹如木柴，也像一个个棋子，它必经思想、文化、智慧点燃和凝聚方能发挥更大作用，有光热也有闪烁，否则就只是知识而已。刘琼的《花间词外》将丰富的知识用思想的丝线串联起来，加上心灵之光照耀，于是呈现出与众不同的景致。在此，草木世界不是可有可无的，它远远大于"人的世界"，并有着更为丰富多样、多彩多姿的神秘感和内在化特点。刘琼散文为我们打开了这个"草木世界"，有时她自己仿佛也成为一株草木和那朵兰花。

## 二、熠熠生辉的精神风骨

长期以来，散文最受人诟病的是缺乏时代精神风骨。像小女人散文、花花公子散文、大历史文化散文等都是如此。有些散文看似在追求思想、文化和精神，但由于用西方现代性或中国古代价值观进行强制阐释，往往给人一种错误认识和荒诞感。这也是造成当前散文或过于崇尚西方或缺乏中国文化自信的重要原因。刘琼散文无此弊端，它是在古今中外融通的基础上，以时代社会精神作为内在风骨，从而形成一种充满正能量的文化美文。

西方知识背景往往成为刘琼散文的价值存在，也避免了简单回到中国传统的局限。目前，不少写中国传统的散文容易陷入中国文化的盲目自信，似乎西方现代价值变成一种异己力量，从而形成明显的保守性质。这与不少人的知识结构直接相关。刘琼受过现代知识文化体系的严格训练，所以"现代性"一直成为散文的一个价值参照。如《兰生幽谷无人识》中有"用情、移情、同情、共鸣"，认为"这应该是李白诗歌能够广泛流传的一个重要因素"；谈到"中国画的滤镜，往往内含创作主体的审美移情和哲学观念，是具有美学自洽的笔墨表达"。在此，"移情""审美移情"甚至"创作主体""美学自洽"等显然是西方观念。作者还指出"达尔文进化论""人类中心主义思想"的局限，提出应从生态观念看待人与万物的关系，"探讨生物进化，如果换个角度，植物其实要比人高级得多，人对植物的依赖要远远大于植物对人的需求"，"植物因为不会言语，比动物更容易受到伤害"，"人类伤害了大自然，大自然对于人类的报复不是在眼前，就是在未来"。这是一种现代性转化的理解认知，是古今中外进行融通后的创新性发展。

以女作家学者的笔触写出花间词人的气象风骨，这是刘琼散文的闪亮处。应该承认，在《花间词外》中，作者充满温情蜜意，也有女作家学者的细针密线和一目十行的功夫，这是散文具有柔性美学的重要原因。这在写李清照等女性词人时表现最为突出。在《丁香空结雨中愁》中，作者明确表示："娇小柔弱的东西比较讨喜。这是文人式的审美。文人式的审美渐渐影响普罗大众，成为中国式审美。""对于瘦弱、纤细、哀愁表现出的这种特殊的关爱，可以用一个成语概括，叫'我见犹怜'。"不过，我更看重作者对于时代的关注、精神的追索，对于风骨气象的热爱崇尚，这是充盈于天地间的浩然正气和大丈夫的风标。这也是为什么，刘琼敬佩婉约词人李清照笔下的"生当为人杰、死亦为鬼雄"，也充分肯定苏东坡、辛弃疾的丈夫豪情。在写到叶嘉莹时，作者表示："叶先生是一介文弱书生，还是女流之辈，但身上的丈夫气，拿得起放得下，骨子里流淌着一腔热血。"于是，刘琼在《春入平原荠菜花》中写道："历朝历代有才华者多，有正大气象的人少。所谓正大气象，即善于发现生命和生活中的光亮，并能于逆境中创造光亮，用今天的通俗表达，就是自带正能量。这样的人，是历史的实践者，也是历史的创造者，也就是鲁迅所说的'民族的脊梁'。民族的脊梁，每个历史时代都会有，但也都是很难得。"也是在此意义上，作者否定人格境界低下的词人，这也是"秦桧的书法与文名也基本不传"的内在原因。刘琼在《落梅横笛已三更》中直言："纳兰性德让我喜欢的是风骨。没有他的境遇，没有他的深情，是学不来的。"基于此，作者借纳兰性德与他的词阐述深情、优美的重要性，她说："深情还不是多情。多情是一种生理反应，在量上面的优势。深情折射主体精神气质，在深度和专注层面取胜。有无深情，是一个人的人格指标。""深情来自真情和赤子般的真诚，对人如此，对物也如此。""光有深情还不行，还要善于表达。"这个"善于表达"即为"优美"。在《春入平原荠菜花》中，作者还在充分肯定叶嘉莹时,对她提出批评,认为"有这样气质和这样经历的叶先生,讲论另一个女中豪杰李清照的词,却过于简单和干硬,缺乏代入感和同情心,不生动,不如辛词讲得好"。这是刘琼有主体性、敢于直抒胸臆的地方。

不只是写人,就是写物、写草木、写花,在刘琼笔下也处处可见精神风骨。除了写那些名花,所见到的精神风采,作者还写到一些普通花草,从中可见另一种精神气质。作者在《忙踏槐花犹入梦》里说:"槐,也称国槐。无论是官家,还是民间,槐都是栋梁之材。""槐花对于古人,是精神和文化的正面指向,长安城里因此栽满了槐树。"《春入平原荠菜花》一文更有代表性。刘琼认为,辛弃疾写田间的"荠菜花",是"一反惯性"和"不拘大俗","不仅将农人视角和田园风光堂堂皇皇地引入诗词之堂,而且敢于创造美学新形象"。作者认为,"植物开花通常都是'窈窕之年'","荠菜不然。荠菜是中年开花"。于是,刘琼借荠菜花以抒怀,抒写朴素的心灵之美,折射淡泊的精神之光,"星星点点的荠菜花,被发现时已是中年,发现者也人到中年。人到中年的词人,阅历多样,透过似锦桃李,看到荠菜花朴素到近乎尘埃的容颜和繁荣的生机。荠菜从外形看,花叶都不特别,属于典型的心灵美"。由此可见,由绚烂到平淡、从繁华到落寞、经轰轰烈烈到偃旗息鼓,难道不是另一种美,甚至是一种更高境界的无言的大美?所以在文末,作者用"这种收获,某种程度上是不是也是一种回甘?"作结。这是因为,归根结底,平淡是生活和人生的常态,绚烂则是非常态,这样也就获得人生的醒觉,也得到生命的真谛。

中国古人一直讲境界、格调、风骨、精神,这也是孔子能历经千年百代而不衰的原因。刘琼散文一直重视境界品质精神,这既与中国优秀传统文化有关,也与时代精神、社会责任担当、人类命运发展直接相关。与不少负面情绪甚至充满腐坏气息的散文创作不同,刘琼散文是精神性的,也是属于风骨型的,是精、气、神、美集于一身的,所以读起来让人精神焕发、神清气爽,有醒脑提振之功效。

## 三、意味隽永的自我告白

受不正确思想观念的影响,当前不少散文不是充斥着各种各样的概念,就是被杂乱的知识堵塞了气孔,再不就是淡得像白开水或没有作者的在场感。刘琼散文较好地处理了多与少、明与暗、显与隐、书写对象与自我之间的关系,形成一种辩证的理解,也使散文达到了艺术化的程度。

首先,写的虽是花间词,但散文中一直有"我"在。刘琼的《花间词外》一直有作者的"我"在,有一个强大的自我及其精神主体在,这就避免了被历史知识与陈旧观念遮蔽甚至覆盖和淹没的危险。一是"我"在作品中时隐时现,如一条丝线将一个个历史叙事串联起来,从而起到穿针引线作用。二是"我"常出来进行自由的评说议论,直接起到判断和选择功能,这也是现代思想意识能轻易进入作品的关键。三是"自我"形象的塑造问题,这是贯穿作品始终的主客观存在,也是创作主体和书写对象可达到互换甚至互文性的原因所在。比如,在《却道海棠依旧》中,作者分析李清照何以在丈夫死后,那么快就轻信和改嫁小人物张汝舟一事,她先否定别人的观点,即表示"有人说为生计所迫,这是胡扯。张汝舟区区小吏,哪有什么经济能力!""只有一个理由可以解释:孤独"。接着,作者分析说:"李赵婚姻看起来像今天的童话,但在一千多年前的中国传统社会,一个没有孩子,娘家还有'政治问题'的女人,与丈夫以及丈夫家族的关系,其实很不容易相处。这个丈夫,还是个天生公子哥,先是严重缺乏家庭责任感,后在与金兵对峙中临阵逃跑,丧失大体、大义。知识分子的李易安,既无面子,也无里子,内心的孤独由来已久。与北方公子哥出身的赵明诚比,南方小生张汝舟应该更殷勤、更体贴、更接地气。在李易安动荡不安、辛苦逃亡的羁旅中,张汝舟送去了温暖。今天,包括当时,人们都认为张汝舟动机不纯,李易安上当受骗了。李易安不是上当受骗了,而是想得简单了。一旦结婚,进入具体生活,文化差异包括成长背景差异产生的矛盾必然难解。一度曾被张汝舟吸引的李易安,迅速冷静下来,不惜一切代价,及时止损。这才是李易安的过人之处。"这段话条分缕析、丝丝入扣、深入骨里,极其精彩,是知人论世,展示了李易安的深层心理变化及其过人之处,也折射出作家"自我"的明确清晰形象。

其次,在历史文化的书写过程中,一直有时代的光影在,这对于处理好传统与现代、历史与现实、古与今、古人与自我的关系至为重要。刘琼并不像有的历史文化作家那样一本正经地沉入历史,更不是"背对时代,面向历史",而是一直用时代特别是时代精神烛照历史,从而形成一种复性叙述。作者还常用当下的流行语来拟写历史及其人物,既有助于增加作品的灵动,也能使古今进行互鉴。作者有这样的表述:"与诗相比,词只能算小家碧玉,起初只在教坊的 Party 中流传。""对于这样一位有着英雄情绪的直男来说,'醉里挑灯看剑,梦回吹角连营'才是生活常态。""史湘云的豪爽,主要是天真、活泼、开朗、可爱,用现在的语言,是'萌宠'。""看宝钗和薛夫人在贾府居住时的大方气派,便知'不差钱'。""曹雪芹写史湘云,乃一箭双雕,实则是在写青春版的老太太。"这种艺术表达通过互通、互感、互照,一下子达到某种通透感,也让人感到耐人寻味。

再次,比较的方法是刘琼常用的,这不是一般的简单比较,而是一种深层次、内在化甚至具有传神性的比较,像镜子与镜子的互相映照一样。作者在《忙踏槐花犹入梦》中有这样一段话:"比较而言,年轻时更喜欢李煜,李煜更显哀艳。李煜的家仇国恨和感时伤怀,每每读完,都锥心蚀骨。但随着阅历和经历增加,李煜的词就不大能读进去了,更看重李商隐。看起来是翩翩浊世佳公子的李商隐,其实一生遭遇曲折不顺,但为什么诗词中的李商隐给大家的感觉不是那么落魄,不是那么怨怼,不是那么沉重?哀而不伤,沉郁顿挫,李商隐有李白的才华,老杜的情怀。诗人的写作风格,恰恰成之于情感力和思想力。"这种将多位诗人放在一起比较,特别是加上自己不同阶段有着不同的体会,还是非常精彩的,没有深度认知是不可能做到,也很难有如此这般的见解的。在《却道海棠依旧》中,作者还有一比:"花通人性。养花的人都有这个经验。西府海棠从打花苞到完全绽放,要经历血红、粉红、粉白三个时期,似霞似云,就像一个女人由风华正茂到容颜老去的一生。"这是深得草木花期与女性生命周期的精妙比较。

最后,雅俗共赏、博约相参的辩证性理解,使刘琼散文内蕴丰富、意味深长。作者一直注重"雅正",认为这是文化、诗词、文章的精要所在,从孔子到欧阳修、苏东坡、纳兰性德等都是如此,各种名花也不例外。不过,作者又强调大众化和通俗性,这也是她看到辛弃疾在喜爱雅致之外还有对荠菜花的赞美,在肯定姜夔的典雅内敛时充分认识到柳永词的世俗性和创新价值。刘琼在《紫樱桃熟麦风凉》中认为,柳永"作为文体家"的价值具有不可代替性：一是改革词的声腔结构，新创一百多个词牌；二是提倡慢词写作。这就牵扯到"达"的问题，所以作者认为"位于顶端的作品，达和雅这两个要素缺一不可。否则，只能放在链条的底端"。在《落梅横笛已三更》中，作者认为："李白与李贺的根本区别在于，李白也有离愁别恨，但能把生活艺术化，能让生活入诗，能用内心点燃日常。"关于"博约"的问题，作者在《七月芙蓉生翠水》里，一面承认"写作跟阅读一样，经验丰富，视野杂，写的东西才有可能好看"；另一面又表示"讲究而不艰涩，丰润而不铺张"，"各种意象令人意想不到，却又那么贴切传神"，所以，"实质上，词也好，文也好，看任何事情，写任何东西，可能山都不是山、水都不是水，景别都带着景深。景深也是眼力，决定了写作者的笔力"。这些论述都深得"博约"的为文奥秘，也是入道明慧之见。

总之，一本《花间词外》既能观乎其外，又能入乎其中，还能出乎其内，显示了作家主体性的强大。文化散文特别是大历史文化散文写作至今面临不少困境，刘琼在一些方面都有探索创新突破，其中最主要的是有胆有识有趣，表现出一个学者型女作家的魄力与魅力。像用丝绸表演武术的女性，刘琼是有内功的，是有气象、品质和境界的，所以才能写出平实自然、略带诗意、不乏智趣的优雅散文。